Martin Conrath, 1959 in Neunkirchen/Saar geboren, ist Journalist, Autor, Dozent, Musiker, Werbetexter, Schauspieler, aber vor allem: ein Leben lang Aufschreiber, Geschichtenerzähler, Beobachter. Er lebt in Düsseldorf. Im Emons Verlag erschienen »Stahlglatt«, »Das schwarze Grab« und »Der Hofnarr«.

Dieses Buch ist ein Roman. Handlungen und Personen sind frei erfunden. Ähnlichkeiten mit lebenden oder toten Personen sind rein zufällig.

MARTIN CONRATH

DER SCHATTENREITER

SAARLAND KRIMI

Emons Verlag

Umschlagzeichnung: Heribert Stragholz
Druck und Bindung: CPI – Clausen & Bosse, Leck
Originalausgabe
Printed in Germany 2008
ISBN 978-3-89705-556-8

»Die Welt wird nicht bedroht von den Menschen,
die böse sind, sondern von denen, die das Böse zulassen.«

Albert Einstein

EINS

Er mochte Kino und Fernsehen, liebte es, im Sessel zu sitzen, egal ob zu Hause oder im Saal mit vierhundert Fremden, Popcorn zu knabbern und einzutauchen in eine andere Welt. Heute Abend war er zu Hause geblieben und hatte sich eine DVD eingelegt. »The Last Samurai«. Den hatte er schon hundertmal gesehen, und jedes Mal war es wie das erste Mal. Die Vision des Helden Katsumoto ganz am Anfang: der kämpfende Tiger, der ihn zugleich erregte und beruhigte. Tom Cruise, der zwar einer perversen Sekte angehörte, sich im Film aber so entwickelt hatte wie er selbst. Ein gefallener Engel, der letztlich doch weiß, wo er hingehört. Die Szene, wenn Cruise die Seele seines Freundes Katsumoto befreit, indem er ihn tötet. Das ist Bestimmung. Die Menschen-Seelen zu befreien aus den Körpern.

Als der Abspann begann, hatte er die Pausetaste gedrückt. Seit zwei Stunden starrte er auf das eingefrorene Bild. Der Wecker piepte. Zuerst leise, dann immer aufdringlicher durch das ganze Haus.

Eine halbe Stunde dauerte es, bis er sich bewegen konnte. Die Gelenke knirschten, die Muskeln leisteten Widerstand, aber nach einer weiteren Viertelstunde war er so weit. Vorsichtig stieg er die Kellertreppe hinunter, sie war steil, schnell konnte man stolpern und sich den Hals brechen. Rechts die Öltanks, links die Heizungsanlage, geradeaus seine Werkstatt. Die Schiebetür glitt zur Seite, an der Stirnwand standen sie aufgereiht, die Speere. Er wählte einen leichten mit Widerhaken an der Spitze. Der Taser stand in der Ladestation, die Kontrollleuchte glimmte grün, volle Ladung hieß das, siebenhundertfünfzigtausend Volt, damit konnte er einen Elch lahmlegen. Der Taser hatte sich als kleine Wunderwaffe entpuppt. Im Gegensatz zu herkömmlichen Elektroschockern schoss der Taser zwei Elektroden ab, die sich in die Haut des Gegners bohrten und ihm dann den Stromstoß verpassten. Bis zu fünf Meter überbrückte das Gerät. Genial einfach und äußerst wirkungsvoll.

Er schaute sich um und fand alles an seinem Platz, alles wohlvorbereitet. Er schlüpfte in seinen Tarnanzug, nahm den Gürtel vom Haken, steckte den Schocker in die passende Schlaufe, warf einen Blick auf die Wetterstation. Zwei Uhr fünfundvierzig. Luftfeuchtigkeit fünfundvierzig Prozent. Temperatur einundzwanzig Grad Celsius. Luftdruck tausendunddreißig Millibar. Schönwetterlage. Mondphase: Neumond. Jetzt noch sein handliches GPS-Gerät für unterwegs, die Route war programmiert, das Terrain erkundet. Eine Taschenlampe, zwei Müsliriegel, zwei Bananen, zwei Äpfel und eine kleine Flasche Rotwein, etwa ein drittel Liter.

Die Tür glitt zurück, er wechselte in die Garage, die direkt mit dem Keller verbunden war. Schon gestern Abend hatte er den Jeep vorbereitet. Alter Indianertrick, dachte er und stieg ein. Einseitig matt verspiegelte Scheiben. Verboten, aber nachts kaum zu sehen.

Das Tor öffnete sich automatisch, wenn er einen bestimmten Punkt passierte. Starke Motoren zogen es in drei Sekunden nach oben. Sobald er die Garage verlassen hatte, schloss es sich ebenso schnell und automatisch. Sein Jeep und die Garage kommunizierten miteinander. Darüber staunte er immer wieder. Tote Dinge, die miteinander sprachen. So wie sein Navi und die Satelliten. Hat nicht jeder, der kommuniziert, eine Seele? Und kann man Seelen nicht töten? Natürlich. Er konnte Seelen töten, er konnte Wesen töten und Maschinen. Sogar das Tote konnte er töten.

Fast lautlos rollte er durch die Straßen. Niemand würde sich an das Fahrzeug erinnern. Ein Jeep, ja, aber es gab inzwischen so viele Jeeps und so viele dumme Menschen, die sich so ein Fahrzeug kauften, das sie gar nicht brauchten. Als wollte man zehn Eiswürfel in einem Kühlwagen lagern, in dem man fünf Tonnen Fisch einfrieren konnte. Die Tarnfarbe entzog den Jeep nachts den Blicken. Tagsüber wäre das etwas anderes gewesen. Da wäre er aufgefallen wie ein bunter Hund. Sein Jeep war ein Nachtwesen. Ein Schatten, der sich ohne Spuren bewegte.

Nach ein paar Kilometern auf der Autobahn fuhr er auf eine Bundesstraße ab, dann auf eine Kreisstraße, schließlich rollte sein Jeep, der Nachtmahr, über einen Feldweg, rechts der Waldrand, links gemähte Wiesen. Der Weg endete; quer durch den Wald tastete er sich vor, er kannte die Strecke, hatte seinen GPS-Scout. Trotzdem. Bliebe er hier stecken, wäre er verloren. Natürlich hätte er auf dem Feldweg parken können. Das wäre sicherer gewesen, aber es hätte nicht so geprickelt. Manchmal verstand er sich selbst nicht. Was war es, das ihn zu seinen Auserwählten führte? Eine unsichtbare Kraft wies ihm den Weg, rief ihn, zeigte ihm, wer bereit war, befreit zu werden. Woher kam diese Kraft? Von Gott konnte sie nicht kommen. Er glaubte nicht an Götter. Götter waren für ihn Projektionen menschlicher Schwäche.

Es spielte keine Rolle. Also stieg er aus, griff seinen Speer und ging los. Er wusste ja, wo die Auserwählten auf ihn warteten, und nur das zählte.

ZWEI

»Sie wundern sich tatsächlich?«, fragte Richterin Katharina Swelow-Hübner freundlich und beugte sich ein wenig nach vorne, gerade so, dass die Bewegung das Gesagte unterstrich. Sie wartete die Antwort nicht ab. »Sehen Sie sich an. Sie sitzen heute im Gerichtssaal, und Ihr Rock ist so kurz, dass ich fast Ihren Slip sehen kann. Wissen Sie nicht, dass so etwas Männer reizen kann? Dass so etwas missverstanden werden kann? Dass so etwas Fehlverhalten geradezu provoziert?«

Sonja Wraake zuckte nicht mit den Wimpern. Ein kurzer Blick auf ihre Mandantin, dann erwiderte sie vollkommen regungslos, die Richterin möge sich solcher Bemerkungen enthalten, man lebe im dritten Jahrtausend, das sei ein Zeitalter, in dem Frauen das Recht hätten, sich zu kleiden, wie sie wollten, und kein Mann habe das Recht, eine Frau zu vergewaltigen, selbst wenn sie nackt auf der Straße herumlaufe.

»Meine Mandantin Helga Simonis hat den Tatablauf zur Genüge dargelegt, der werte Kollege Staatsanwalt Bellorz hat alles mit hieb- und stichfesten Beweisen untermauert.«

Die Richterin setzte sich auf, das Lächeln trug sie wie einen Schild. »Noch irgendwelche Beweisanträge?«

Bellorz schüttelte den Kopf, Sonja ebenfalls, der Anwalt des Angeklagten sagte ungeduldig: »Nein!«

»Dann bitte ich um die Plädoyers.«

Sechzig Minuten später zog sich das Gericht zur Beratung zurück. Nach zwei Stunden wurde die Verhandlung auf den nächsten Vormittag vertagt, da sich die Richter nicht einig waren.

Bellorz verließ fluchend den Gerichtssaal, der Angeklagte pfiff Helga Simonis hinterher, was ihm einen Stüber von einem der Wachmänner einbrachte, Sonja nahm Helga Simonis am Arm und bugsierte sie nach draußen. Vor dem Gerichtsgebäude steckten sich die beiden Frauen eine Zigarette an, rauchten schweigend. Nach ein paar Zügen trat Helga Simonis die Zigarette aus. Eigentlich rauchte sie gar nicht.

»Was glauben Sie, Frau Wraake? Besteht die Möglichkeit, dass das Schwein davonkommt?«

»Auf keinen Fall. Der ist fällig. Die alte Zicke weiß genau, dass sie keine Chance hat. Gut, dass wir ein halbwegs vernünftiges Strafrecht haben. Dass sie nicht allein entscheiden darf. Haben Sie die Richter und die Schöffen beobachtet? Es waren ja durchweg Männer. Die sind fast vom Hocker gefallen. Ich glaube, die Swelow-Hübner hat dem Angeklagten keinen Gefallen getan.«

»Warum dauert das dann so lange?«

»Sie ist nach wie vor eine mächtige Frau im Apparat und hat so manchen Karrierefaden in der Hand.«

»Also wird er doch ...?«

»Nein. Bellorz hat siebeneinhalb Jahre beantragt, er kriegt so um die sechs.«

Helga Simonis schluckte. »Nur sechs Jahre.«

»Ich weiß. Für jeden Bankraub gibt's mehr, egal ob man eine Gaspistole benutzt oder eine Kalaschnikow«, sagte Sonja und legte eine Hand auf Simonis' Schulter. »Ich bewundere Ihren Mut und Ihr Durchhaltevermögen.«

»Alles Fassade. Vorhin dachte ich, ich halte das nicht mehr aus. Wo bist du hier?, habe ich gedacht. Warum kriegt dieses Schwein nicht eins in die Fresse? Warum kriegt er nicht lebenslänglich, so wie ich?«

»Mit ›Schwein‹ meinten Sie die Richterin?«

»Nein. Wieso?«

»Sie hat Ihnen schwer zugesetzt.«

»Ja. Das hat sie. Sie ist fast so schlimm wie er.«

Helga Simonis' Miene wurde steinhart, ihr Blick glasig, und sie erzählte, was Sonja schon oft gehört hatte. Immer wieder hatte ihr Simonis die schwärzesten Stunden ihres Lebens geschildert. Sonja wusste, wie wichtig es war, ihrer Mandantin zuzuhören.

»Wir haben uns beim Scheidungsrichter getroffen, die Sache ging ganz schnell. Dann hat er mich eingeladen, zu sich nach Hause. Ein kleiner Abschiedstrunk. Zehn Jahre verheiratet sei ja schließlich nicht nichts. Charmant war er, wie zu der Zeit, als ich ihn kennengelernt hatte. Ich war so dumm, so dumm, so dumm. Selbst schuld. Champagner stand bereit, und ein Strauß rote Rosen. Der war gut, der Schampus. Zwei Gläser hab ich gekippt, mich bedankt, dass nach unserem anfänglichen Streit alles so schnell und unkompliziert gegangen ist. Und dann fängt er auf einmal an. ›Jetzt sind wir beide wieder frei und können uns wieder lieben, so wie damals.‹ Ich konnte es nicht glauben, hab ein paar flapsige Bemerkungen gemacht, er könne jetzt lieben, wen er wolle, und ich auch, und das würde ich auch machen. Nur dass er nicht auf der Wunschliste stehe. Gelacht hat er. ›Wie damals‹, hat er gesagt, ›mein süßer kleiner Kaktus, der gerne sticht‹, hat er gesagt und mich dann einfach in die Arme genommen und seine Lippen auf meine gepresst. Er ist so verdammt stark. Ich hab den Kopf weggedreht und geschrien, aber er hat nicht aufgehört. Immer wieder presst er mir seine schmierigen Lippen auf den Mund und versucht mit seiner Zunge reinzukommen. Als das nicht geht, reißt er mir die Kleider vom Leib, ich habe ihn getreten, aber nicht richtig getroffen, und dann ist er wütend geworden, wie immer. Die Ohrfeige hat mich umgeworfen, und ich wusste genau, was kommt. Aber diesmal sollte er mich nicht kampflos kriegen. Noch mal habe ich zugetreten und ihn am Knie erwischt, dass er gejault hat. Fast wäre ich zur Wohnung raus gewesen, aber er war schneller, hat meinen Knöchel erwischt, mich zurückgezogen, sich auf mich geworfen, dass mir die Luft wegblieb. Die restlichen Fetzen Stoff hat er zerrissen, mir seinen Daumen reingebohrt in meinen Leib, das tat so weh, dann hat er mich an die Fußleiste geknallt, mit dem Kopf, ich spüre das Blut, und dann habe ich das Gefühl, mein Unterleib platzt …«

Helga Simonis hatte beide Hände auf Sonjas Schulter gelegt und starrte ihr in die Augen.

»Eine halbe Stunde. Und immer wieder hat er mir den Kopf an die Fußleiste geschlagen und gegrunzt wie ein Schwein, als er endlich seinen Scheiß-Orgasmus hatte. Dann ist er aufgesprungen, ist abgehauen und hat mich im Blut liegen lassen. Ich wollte nur noch sterben, mir die Adern aufschlitzen. Das Messer hatte ich schon in der Hand. Ich war so dumm.«

Sonja spürte ihre Mauern fallen. Abscheulich. Widerwärtig. Unmenschlich. Nein. Menschlich. Männlich. So etwas brachten nur Männer fertig. Diese verzweifelte Frau hatte so recht. Lebenslänglich müsste es dafür geben. Warum nicht als versuchten Mord werten? Das war es doch! Helga Simonis hätte sterben können. Aber ihre Verletzungen waren nicht schwer genug gewesen. Noch nicht einmal eine Gehirnerschütterung, hatte der Gutachter festgestellt. Und trotzdem hatte sie Glück gehabt. Viel Glück im Unglück. Dass ihr Ex-Mann abgehauen war, sich hemmungslos betrunken hatte, sodass ihn die Streife hatte aufsammeln können wie Fallobst; dass Oberstaatsanwalt Bellorz den Fall übernommen und so wasserdicht vorbereitet hatte, dass selbst Swelow-Hübner kein Schlupfloch finden konnte; die beisitzenden Richter: jung, immer noch schockiert von solchen Verbrechen. Angeekelt von dem Angeklagten, der selbst in der Verhandlung noch den coolen Macho rauskehrte.

Helga Simonis beruhigte sich wieder, wischte sich die Tränen aus dem Gesicht, griff in ihre Handtasche, nahm ein Päckchen Tabletten heraus und schluckte eine trocken. Sonja wusste, die Therapie schlug gut an, die junge Frau hatte die Medikamente schon auf die Hälfte reduzieren können, aber ihren Beruf würde sie noch lange nicht wieder ausüben können. Als operationstechnische Assistentin musste sie hundertprozentig dabei sein, durfte sich keine Aussetzer leisten. Ihre äußeren Verletzungen waren schnell verheilt, nicht einmal eine Narbe würde bleiben. Sonja schüttelte kaum merklich den Kopf. Glück. Wie konnte sie von Glück reden? Konnte ein zerstörtes Leben Glück haben? Seit neun Jahren vertrat sie als Anwältin Opfer von Gewaltverbrechen vor dem Landgericht Saarbrücken. Überfälle, Körperverletzungen, sexualisierte Gewalt, Mord und Totschlag. Nein, sie bereute es nicht. Im Gegenteil. Verbrechen war real, und sie konnte helfen und mit dafür sorgen, dass die Täter auch als Täter behandelt wurden. Dass Richterinnen wie die alte Swelow-Hübner nicht schalten und walten konnten, wie sie wollten. Ein guter Gedanke, der sie immer wieder aufbaute. Es gab ja auch andere. Schade, dass dieser Fall nicht bei Richter Rebald gelandet war. Der hätte die Höchststrafe verhängt und vielleicht noch ein bisschen mehr. Sicherungsverwahrung. Davor hatten alle Schiss. Dann ging es erst mal für viele Jahre hinter Gitter, oder das Schlimmste: ab in die Geschlossene. Zu den ganzen bekloppten Sabbertypen. Dann machten sich die Vergewaltiger in die Hosen, kreischten nach Rechtsstaat und Revision und sie seien doch nicht verrückt, wo bleibt denn da die Gerechtigkeit? Lachhaft.

»Alles klar?«, fragte Helga Simonis.

Sonja spürte eine Hand in ihrer. Sie blickte auf, in diese blauen Augen, die matt glänzten, hinter denen ein grausamer Kampf stattfand. »Oh ja. Natürlich. Verzeihung«, sagte sie und holte tief Luft.

Einer von Simonis' Mundwinkeln deutete den Hauch eines Lächelns an. »Ich weiß Ihre Arbeit zu schätzen. Ich weiß, dass Sie mit Herz und Verstand dabei sind. Sonst hätte ich das auch nicht durchgestanden. Danke.«

Ohne ein weiteres Wort drehte sie sich um und ging mit kräftigen Schritten in Richtung Innenstadt.

Glück gehabt, dachte Sonja. Noch einen Moment länger, und meine Fassade wäre eingestürzt. War es nicht doch ein guter Tag? Zum Feiern geeignet? Der Prozess stand kurz vor dem Abschluss. Helga Simonis hatte durchgehalten. Bellorz' Plädoyer war brillant gewesen. Sie kramte ihr Handy aus der weißen Lederhandtasche, meldete sich im Büro ab und beschloss, auszureiten. Bewegung würde ihr ebenso guttun wie ihrer Stute Annabelle, der Nachmittag lockte mit Schäfchenwolken, einer angenehmen Brise, einem späten Sonnenuntergang und gemähten Wiesen am Hoxberg.

Sie brauchte zehn Minuten mit dem Auto für die elf Kilometer zur Litermont Ranch. Sie würde nie vergessen, wie sie das erste Mal hierhergekommen war. Auf einem Spaziergang in Oberlimberg, wo Oskar Lafontaine sein Haus gebaut hatte, war sie zwei Westernreitern begegnet. Schnell waren sie ins Fachsimpeln geraten, was denn nun besser sei: Western oder Englisch. Sie musste sich eingestehen, dass die Pferde absolut ruhig und ausgeglichen waren. Und zumindest diese beiden Reiter verstanden verdammt viel vom Reiten und vertraten eine Auffassung, die genau ihrer eigenen entsprach: Ein Pferd macht keine Fehler. Nur der Reiter macht Fehler.

Sie hatte die Einladung zum Probereiten angenommen, und schon eine Woche später fuhr sie durch die Eisenbahnstraße in Nalbach. Mitten durch ein kleines Industriegebiet, in dem sich auch der letzte Nachtclub der Gegend fand. Anfangs war sie entsetzt gewesen, denn der Zugang zu den ausgedehnten Reitwegen im Saarwellinger Wald führte durch ebendiese Straße: vorbei an einem Betonwerk, das mehrmals am Tag ohrenbetäubenden Lärm produzierte und von Horden von Lkws angefahren wurde, um die tonnenschweren Teile abzuholen. Vorbei an einer Kfz-Werkstatt, aufgegebenen, halb verfallenen Gebäuden. Vorbei am alten Bahnhof, der zeitweilig als Jugendzentrum diente, vor allem an Wochenenden. Unter der Brücke hindurch, über die ständig der Verkehr donnerte. Wie gut, dass sie nicht umgekehrt war, sondern sich einen Ruck gegeben hatte. Das Tor hatte gequietscht, als sie es aufschob, und schon waren ein paar Hunde schwanzwedelnd angelaufen gekommen und hatten um die Wette gekläfft, ließen sich hinter den Ohren kraulen und warfen sich auf den Rücken, eine eindeutige Aufforderung, ihnen den Bauch zu massieren.

Seitdem waren vier Jahre vergangen, und Sonja konnte sich nicht mehr vorstellen, woanders zu reiten. Der Umstieg war ihr leichtgefallen. Wenn sie etwas vermisste, dann die Eleganz der Dressurpferde. Aber wenn es ums Reiten und um die Pferde ging, dann gab es für sie nur noch Western. Allerdings ohne den Ehrgeiz, auf Turnieren Preise zu gewinnen. Reiten sollte sie entspannen und ihr Pferd nicht krank machen. Solveig, ihre Reitlehrerin und Besitzerin der Litermont Ranch, hatte ganz zu Anfang gesagt: »Wer sein Pferd wirklich liebt, der verkauft seinen Sattel und seine Sporen.«

Sonja hatte gelacht und genickt, aber so weit ging ihre Liebe zu Pferden nun doch nicht. Und Annabelle konnte sich nicht beschweren. Sonja hatte die Araberstute dem Metzger unterm Messer weggekauft und ein Jahr mit ihr gearbeitet, bis sie überhaupt bereit war, wieder einen Sattel zu tragen.

Heute begrüßte Annabelle sie mit tänzelnden Schritten und leisem Brummeln. Sie freute sich auf einen Ausritt, ein paar Kilometer rennen, nichts als rennen. Sonja öffnete die Box, Annabelle trat vorsichtig auf die Gasse und stellte sich in die richtige Position. Niemand sonst war da, also brauchte sie Annabelle nicht anzubinden. Seit einigen Wochen musste die Stute nachts in die Box, die Koppeln waren zu unsicher. Ein Pferderipper ging um, schlachtete wahllos. Die Angst hatte Einzug gehalten unter den Pferdebesitzern. Sonja machte sich keine Sorgen, auf der Litermont Ranch war Annabelle gut aufgehoben und bestens bewacht, die Pferde standen nachts nicht auf der Koppel. Für alle Pferdebesitzer, die keine Stallungen besaßen, sondern ihre Pferde immer draußen, also »robust« hielten, hatte sich eine Wachtruppe gebildet, die nachts aufpasste. Sonja tat ihren Dienst ebenso wie viele andere.

Schnell sattelte sie ihren Liebling, legte ihr eine milde Wassertrense an, das reichte fürs Gelände. Annabelle hatte starke Nerven. Weder Motorräder noch plötzlich aufklappende Schirme oder orange gekleidete Müllmänner konnten sie erschrecken. In der Halle ritt sie ihr Pferd oft nur mit dem Stallhalfter. Aber Sonja wusste, es gab etwas, bei dem Annabelle hätte durchgehen können: einen Schuss aus einem großkalibrigen Gewehr. Äußerst unangenehm. Einmal war ihr das im Gelände passiert. Es hatte fast zehn Minuten gedauert, bis Sonja Annabelle aus dem gestreckten Galopp wieder zum Stehen gebracht hatte. Obwohl sie sich ein Quarter Horse hätte kaufen können, das auch bei Gewehrfeuer ruhig blieb, hatte sie Annabelle behalten. Ihr feiner Kopf, der edle Schwung der Nüstern, die eleganten langen Beine, der zierliche Körper: Sie war eben eine Araberstute. Und sie war geboren für Distanzen. Bis zu hundertzwanzig Kilometer an einem Tag waren kein Problem für sie. Deswegen hatte Sonja mit Annabelle begonnen, Distanzrennen zu reiten. Einfach so. Ohne sich Gewinnchancen auszurechnen, denn die meisten Pferde wurden für die Distanzen regelmäßig trainiert, so wie Marathonläufer. Ärzte wachten über die Gesundheit der Tiere und nahmen jedes Pferd aus dem Rennen, dessen Puls zu hoch war oder das irgendwelche Anzeichen von Erschöpfung erkennen ließ. Annabelle machte einfach, was ihr das Liebste war: rennen. Sonja ließ sie laufen, Annabelle wusste, wann sie Pausen brauchte. Manchmal hatte sie das Rennen abgebrochen, weil Annabelle genug gerannt war, aber meistens waren sie im mittleren Feld ins Ziel gekommen. Zweimal hatte sie ein Rennen gewinnen können. Die Favoriten waren ausgeschieden, und Annabelle war die Schnellste unter den Langsamen gewesen.

Sonja hinterließ eine kurze Nachricht, dass sie allein ins Gelände ging, dann schwang sie sich in den Sattel, verknotete die Zügel am Sattelknauf, sodass kein Zug auf das Gebiss in Annabelles Maul drückte, und richtete sich auf. Annabelle verstand und trottete los. Vorbei an den Lkws ging es, vorbei an dem Getöse der Betonmaschinen, vorbei an dem Nachtclub, vorbei an einem Materiallager, dann rechts auf einen Feldweg, parallel zu einer stillgelegten Bahnlinie. Annabelle blieb ruhig. Nach ein paar hundert Metern ging es über die Gleise, sie kannte den Weg, manch anderes Pferd musste hier erst überredet werden, die Metallschlangen zu passieren. Ein kurzes Stück durch ein Wäldchen, dann über die L337 hinein in den Saarwellinger Forst.

Annabelle zögerte einen Moment, Sonja legte ihr rechtes Bein ein wenig nach hinten, spannte ihr Kreuz, und schon sprang Annabelle in den gestreckten Galopp. Weit griff sie aus, Sonja musste nicht aus dem Sattel, ihr Oberkörper bewegte sich nicht, allein das Becken glich die Galoppsprünge aus. Die Zügel leicht angenommen, nur so viel, dass Annabelle mit den Hinterläufen tief untertrat und den Bauch anspannte, damit ihr Kreuz nicht unnötig belastet wurde. Ansonsten brauchte Annabelle keine Kontrolle. Hätte Sonja sich nur ein wenig schwer gemacht im Sattel, Annabelle wäre sofort in den Trab gefallen und dann stehen geblieben.

So flogen sie durch den Wald, und Sonja vergaß das Leid, das sie jeden Tag erlebte, vergaß, dass sie Angst hatte. Angst davor, dass die jungen Richter doch einknicken könnten vor der Übermacht von Swelow-Hübner. Sie hatte mit halbem Ohr gehört, wie Bellorz vor sich hingeflucht hatte, die deutsche Justiz solle sich schämen und er würde am liebsten den Kram hinschmeißen angesichts solcher Zustände. Natürlich wusste sie, dass Bellorz oft und gerne fluchte und schon mindestens hundertmal am liebsten den Kram hingeschmissen hätte. Trotzdem. Er schien ernsthaft besorgt.

In einem großen Bogen umrundete sie den Hoxberg und kehrte über Nalbach zum Stall zurück. Sie näherte sich von den Kiesgruben her, passierte einen Schlammweiher, als Annabelle stieg, einen Satz zur Seite machte und gleichzeitig bockte. In hohem Bogen flog Sonja aus dem Sattel, landete vor den Hufen von Annabelle, die wie von einer Sehne abgeschossen zur Seite schnellte, um nicht auf ihre Herrin zu treten. Annabelle verlor das Gleichgewicht, durchbrach den Maschendrahtzaun, überschlug sich, rappelte sich hoch, keilte nach hinten aus, machte einen weiteren

Satz und landete im Schlammweiher, wo sie zu Stein erstarrte. Ihre Instinkte sagten ihr, dass jede Bewegung tödlich sein konnte. Der Schlamm griff ihre Hufe wie eiserne Klammern und zog sie in die Tiefe. Langsam, aber unaufhaltsam. Annabelles Augen rollten, dann stieß sie ein lang gezogenes verzweifeltes Wiehern aus, das sofort aus vielen Pferdekehlen beantwortet wurde und Sonja aus ihrer Benommenheit holte. Sie rappelte sich auf, wollte zu Annabelle hinstürzen, aber sie erkannte rechtzeitig, dass sie ihr so nicht helfen konnte. Sie wäre nur selbst versunken, und das viel schneller, da sie weniger Angriffsfläche bot.

Annabelle wieherte weiter um Hilfe, Sonja zückte ihr Handy und wählte den Notruf der Feuerwehr, gab ihren Standort und das Problem durch, schätzte nüchtern ab, wie viel Zeit noch blieb, bis Annabelle tot war. Fünf Minuten, vielleicht sechs. Die Feuerwehr würde fünf bis acht Minuten brauchen. Zu lange. Sie musste Annabelle stabilisieren. Sie schaute sich um. Nichts. Kein Balken, kein Seil. Alles schön aufgeräumt. Sie schlug sich an den Kopf. Keine dreihundert Meter entfernt gab es Menschen und Material, um Annabelle zu retten. Sie rannte los, drückte die Kurzwahltaste des Telefons und betete, dass Solveig ihr Handy nicht ausgeschaltet hatte. Nach elf endlosen Klingelzeichen meldete sich John Filmour, Solveigs Ehemann und Geschäftspartner. Sonja blieb stehen.

»Schnell, Annabelle liegt im Schlammweiher! Sie ist schon fast weg!«

Schneller als die Feuerwehr waren die Helfer der Litermont Ranch. Bewaffnet mit Balken, Brettern, Seilen, Schaufeln stürmten sie gemeinsam mit vier Reitschülern den Weg zum Schlammweiher herauf. Annabelles Ruf hatte sie alarmiert, aber sie hatten nicht wissen können, wo sie steckte.

Annabelle sank immer weiter. Ihre Kruppe war schon vom Schlamm bedeckt, wie ein sinkendes Schiff legte sie sich auf die Seite.

»Schnell!«, schrie Sonja. »So macht doch schon! Sie sackt nach links weg!«

Die Helfer rannten, als ginge es um ihr eigenes Leben. Aber dreihundert Meter waren kein Pappenstiel, zumal mit schwerem Material. John Filmour machte den ersten Platz. Ohne Zögern warf er sich mit seinem Brett auf den Weiher und griff Annabelles Kopf, zog ihn zu sich hin. Das Gewicht drückte Filmour samt Brett einige Zentimeter hinein, immer noch zog der Schlamm an dem Pferd, langsam sanken sie weiter.

Die anderen kamen heran, mehr Bretter klatschten in den Schlamm, Solveig warf sich auf eines, sie hatte ein Seil um ihre Hüften geschlungen, das die anderen hielten und stramm zogen. Langsam ließ sie sich in den Schmodder hineingleiten, warf Filmour ein anderes Seil zu. Gemeinsam zogen sie es vom Kopf her Annabelle unter den Bauch.

Ein zweites folgte, weitere Helfer trafen ein, kurze Kommandos eilten hin und her.

Immer noch sank Annabelle, zwar wesentlich langsamer, aber sie war noch nicht aus dem Schneider.

Mit den Seilen führten sie einen breiten Gurt nach, zogen ihn stramm, legten ihre ganze Kraft und ihr ganzes Gewicht hinein. Nach sieben Minuten hatten sie Annabelle stabilisiert; sie spürte, dass ihr keine Gefahr mehr drohte, ihre Augen hörten auf zu rollen, ihr Atem normalisierte sich.

Endlich rückte die Feuerwehr an, die Lage wurde kurz besprochen. Weitere Gurte wurden unter Annabelle durchgezogen, nach oben verbunden, um sie mit dem Kranwagen vorsichtig aus dem Schlamm ziehen zu können. Eine halbe Stunde nachdem Annabelle in den Schlammweiher gesprungen war, gab der Einsatzleiter grünes Licht. Die Winden zogen an, die Gurte strafften sich, Annabelle entspannte alle Muskeln, als hätte sie dieses Manöver schon zehnmal geübt. Mit einem schmatzenden Geräusch löste sie sich aus dem Morast, hoch über den Köpfen schwebte sie ans rettende Ufer.

Ein Reitschüler begann als Erster zu schreien, zwei weitere stimmten mit ein, John übergab sich in die Wiese, und Sonja sagte nur: »Heilige Scheiße«, bevor sie ein weiteres Mal ihr Handy zückte.

DREI

Martin Bremer zitterte und schwitzte. Oberstaatsanwalt Sascha Bellorz hatte ihm das eingebrockt. Und das um diese Zeit. Zehn Uhr abends.

»Martin, fahr nach Nalbach, Litermont Ranch, da haben sie ein Pferd aus dem Weiher gezogen«, hatte er gesagt.

Bremer hatte nervös gelacht und gefragt, was er da solle.

»Na ja, an dem Pferd hat was drangehangen, was uns interessieren könnte.«

»Aber Pferde! Da sind Pferde. Ich bin befangen. Ich hasse Pferde! Schlimmer. Ich habe eine Hippophobie. Außerdem sollen sich die Saarlouiser drum kümmern. Wozu gibt's die denn überhaupt!«

Bellorz druckste rum. »Ja, weißt du, zum einen ist das eine hervorragende Gelegenheit, deine Phobie in den Griff zu kriegen, und zum anderen habe ich jemandem versprochen, meinen besten Mann dranzusetzen.«

Für einen Moment blieb Bremer die Spucke weg. »Du verschacherst mich, weil du irgendwem einen Gefallen schuldest? Bist du komplett übergeschnappt? Wer hat die Macht, dich zu kaufen?«

»Niemand, das weißt du. Die Reiterin heiß Sonja Wraake, Rechtsanwältin in Saarlouis, sie engagiert sich für den Opferschutz. Ist eine echt gute Anwältin. Und, na ja, an ihrem Pferd hing halt die Leiche. Oder zumindest ein Stück davon.«

Bremer hatte den Hörer hingeworfen und war in Bellorz' Büro gestürmt.

»Leichenteile, die an Pferden hängen! Jetzt weißt du, warum ich nichts mit diesen grauenerregenden Monstern zu tun haben will. Wen hat das Pferd gefressen? Und nur ein Stückchen übrig gelassen? Der Münster aus Saarlouis soll das machen. Fertig.«

Bellorz drehte seinen Fünfhundert-Euro-Füllfederhalter in der Hand. »Der Münster ist in Urlaub, den Rest kannst du knicken. Und das Pferd hat außer Gras nichts angerührt. Ich erkläre es dir gleich. Und du hast einen echt dicken Gefallen gut. Ist das nichts?«

Bremer schnaubte nur. »Mit deinen Gefallen will ich nichts zu tun haben. Vielleicht wundert es dich, aber ich kenne Sonja Wraake ebenfalls. Ja, sie ist gut. Aber das ist kein Grund, mich als Wechsel für überfällige Forderungen zu missbrauchen.«

Der Füllfederhalter beendete seine Drehungen. »Machst du es oder nicht?«

Bremer stemmte beide Hände in die Hüften. Schnaubte erneut. »Wenn du bei Haffner durchsetzt, dass wir drei Planstellen mehr kriegen. Und ich will Susanne Holt. Für immer. Und ich will, dass Weber aufhört zu schmollen und wieder mit mir zusammenarbeitet. Wie du das machst, ist dein Problem.«

Bellorz nahm seine Finger zu Hilfe und zählte, streckte Bremer zuerst den kleinen hin. »Erstens. Haffner ist nicht das Problem. Aber Innenminister Schuster kriegt einen Herzkasper, wenn ich damit komme.« Der Ringfinger. »Zweitens. Susanne Holt. Hast du. So gut wie sicher. Kein Thema.« Der Mittelfinger. »Drittens. Weber. Mein Gott, ihr habt euch verkracht wie ein altes Ehepaar. Das ganze Präsidium lacht darüber. Ich werde mit ihm reden. Wahrscheinlich fordert er Überstundenausgleich und festen Urlaub. Mal sehen. Das kann ich mit Haffner regeln.«

Bremer verschränkte die Arme vor der Brust und kniff die Augen zusammen. »Überleg dir sehr genau, was du mir versprichst. Wenn du es nicht einhältst, schmeiße ich den Fall mittendrin hin und mache vier Wochen Urlaub.«

»Kein Problem. Innenminister Schuster schuldet mir auch noch einen Gefallen. Mein Gott, ich komme irgendwann noch durcheinander mit den ganzen Steinchen im Brett. Gut, dass du doch käuflich bist.«

Der schmächtige Bellorz lachte sein dröhnendes Lachen, das wie eine Basstuba klang, und winkte Bremer zu, der sich schon auf dem Absatz umgedreht hatte.

Zwanzig Minuten später stand er auf der Litermont Ranch, schwitzte immer noch und konnte nicht verstehen, wie er so verrückt gewesen sein konnte, diesen Fall zu übernehmen. Susanne Holt war auch schon da, stand am anderen Ende des Innenhofes, gut fünfzehn Meter entfernt, und winkte ihm zu. Aber wie sollte er zu ihr kommen? Überall standen Pferde herum oder wurden gerade über den Hof geführt. Bremer zog ein weißes Stofftaschentuch aus seiner Jacketttasche und wischte sich den Schweiß von der Stirn. Seine Mutter hatte es für ihn bestickt, mit seinen Initialen und verschlungenen Ornamenten, eins von vielen. Langsam wich das Licht des lauen Juniabends.

Ein Pferd kam auf ihn zu. Groß. Riesig groß. Geifernd, mit mahlenden Zähnen. Es riss sein Maul auf, Bremer war sich sicher, es würde ihn mit einem Bissen auf der Stelle verschlingen. Bevor er flüchten konnte, kam Susanne Holt herüber und machte den Weg frei. Das gefräßige Pferd gähnte noch einmal herzhaft, dann war es an Bremer vorbei. Vorsichtig, nach allen Seiten sichernd, folgte er Holt durch den Innenhof und durch die Reithalle, bemüht, seine Angst zu bezwingen. Die Halle war leer, der Boden versteckte sich unter einer Sandschicht. Sie passierten das hintere Tor, traten nach draußen, kein Pferd kam Bremer entgegen, sondern ein Mensch. Ein junger Mensch in grüner Uniform.

Bremer schwitzte weiter, der Polizist blieb vor ihm stehen, grüßte und begann.

»Wir haben den ersten Angriff erfolgreich ausgeführt: Der Tatort ist abgesperrt, wir haben die Polizeitaucher von der Bereitschaftspolizei angefordert, Zeugen befragt, Personalien aufgenommen, einen Lageplan angefertigt und eine fotografische Dokumentation angelegt. Um acht Uhr einunddreißig ging bei der Feuerwehr ein Notruf ein, der besagte, ein Pferd sei in einen Schlammweiher gesprungen und drohe zu versinken. Die Anruferin hieß …«

»Sonja Wraake, ich weiß«, unterbrach Bremer.

Unbeirrt fuhr der Polizist fort. »Rechtsanwältin in Saarlouis. Sie machte präzise geografische Angaben und bat die Feuerwehr, sich zu beeilen, denn das Pferd sei bereits fast ganz versunken. Als die Feuerwehr eintraf, war das Pferd jedoch stabilisiert, einige Leute aus dem Reitstall hatten geholfen. Um einundzwanzig Uhr fünf wurde das Pferd mit Namen Annabelle aus dem Morast gezogen, in den Gurten hatte sich ein menschlicher Leichenteil verfangen. Es handelt sich um den Fuß und den Unterschenkel eines Erwachsenen. Und zwar rechts. Der rechte Fuß und der rechte Unterschenkel. Unbekleidet.«

Bremer wartete einen Moment, aber der Polizist sagte nichts weiter. Eine Brise kam auf, der Schweiß auf Bremers Stirn begann zu trocknen, das Zittern hörte auf, kein Pferd hatte nach ihm getreten oder ihn gebissen. Im Gegenteil. Eigentlich machten die Tiere den Eindruck, als sei er ihnen vollkommen gleichgültig. Er fühlte sich besser und verzichtete darauf, dem jungen Mann eine Lektion zu erteilen. »Danke, Kollege. Bitte verscheuchen Sie die ganzen Gaffer. Und machen Sie die Zufahrt frei, damit schwere Fahrzeuge bis zum Weiher durchkommen. Ach ja, bestellen Sie die Taucher wieder ab. Und schicken Sie den Typ dahinten zu mir.« Bremer deutete auf einen schlanken Mann, der eine offensichtlich teure Kamera umhängen hatte.

Ohne ein weiteres Wort machte sich der Polizist an die Arbeit.

Susanne Holt hatte die Zeit genutzt. »Das THW ist mit Pumpen, Filtern, Aggregaten und Flutlicht in einer halben Stunde hier. Die Anrainer des Weihers werden informiert, dass sie ihre Wiesen in der nächsten Zeit nicht nutzen können. Sichtschutz ist ebenfalls geordert. Der Weiher ist übrigens ein Biotop und als Ausgleichsfläche für die Pferdekoppeln angelegt worden. Witzig, nicht wahr? Ein paar Meter weiter ein Industriegebiet und hier eine Ausgleichsfläche und noch mindestens fünfzig weitere Schlammweiher.«

Zufrieden nickte Bremer. Susanne Holt war die geborene Kriminalistin. Ein Überflieger, der auf dem Boden geblieben war. Einser-Kandidatin in allen Kategorien. Und noch dazu eine bildschöne Frau. Das war oft hilfreich, denn sie wusste es, aber es war ihr nicht zu Kopf gestiegen.

Bremer beobachtete, wie der Polizist den Mann mit der Kamera ansprach. Der deutete ungläubig auf sich, dann auf Bremer, nickte und schlüpfte unter der Absperrung durch. Bremer streckte ihm die Hand entgegen, aber der Mann verschmähte sie und begrüßte zuerst Susanne Holt, die ihn skeptisch musterte.

»Na, Martin, was gibt's? Warum lässt du mich in dein Heiligtum?«

»Ich wollte nur ein paar Gerüchten vorbeugen, Reiner.«

Reiner Zettler, Gerichtsreporter der Saarbrücker Zeitung, schmunzelte. »Gerücht Nummer eins: Die Kriminalinspektion Saarlouis ist beim Innenminister in Ungnade gefallen, deswegen übernimmst du den Fall.«

Bremer nickte.

»Gerücht Nummer zwei: Bei der Leiche handelt es sich um den vermissten Pascal.«

Bremer nickte.

»Gerücht Nummer drei: Du gehst in den vorgezogenen Ruhestand.«

Bremer nickte. »Alles Weitere erfährst du von unserem Pressesprecher.« Er griff sich in den Nacken. Das ständige Nicken war nichts für ihn.

Reiner Zettler verbeugte sich tief und verließ den Tatort.

»Bei dir möchte ich wirklich nicht in Ungnade fallen, Martin«, sagte Susanne Holt.

»Du würdest mich auch nicht so verraten, wie Reiner es getan hat.«

»Sicherlich nicht. Aber ihr wart ein Leben lang befreundet.«

»Das macht es nur schlimmer. Wo ist Rudi?«

»Er muss jeden Moment hier sein. Ich habe ihn zu Hause erwischt. Seine Frau war nicht begeistert, aber sie hat ihn gehen lassen.«

»Dann wollen wir mal.« Bremer stiefelte los, auf den Koppeln kein Pferd weit und breit. Hohes Schilf verdeckte die Sicht auf den Weiher, der Zaun, der das Gelände umgab, schien solide. Bremer rüttelte daran, er gab nicht nach. Er warf sich dagegen, aber der Maschendraht war so fest gespannt, dass er davon abprallte wie ein Tennisball vom Schläger. Nach hundert Schritten kam die Stelle, an der das Pferd durch den Zaun gebrochen war. Ein Pfosten war zehn Zentimeter über dem Boden abgeknickt, der Maschendraht gerissen. Bretter, Planken und der Gurt lagen herum, mit dem Annabelle über Wasser gehalten worden war, bis die Feuerwehr eingetroffen war.

»Ich sag's ja, Pferde sind die reinsten Kampfmaschinen. Schau dir diese Zerstörung an. Wenn du da drunterkommst, bist du erledigt, Susanne. Reiten ist lebensgefährlich.«

»Wenn man es nicht kann.«

Bremer drehte sich um. Vor ihm stand eine Handvoll Mann.

»Wer sind Sie und warum trampeln Sie hier in meinem Tatort herum?«, fragte Bremer mit drohendem Unterton.

»Entschuldigen Sie. John Filmour. Man hat mir gesagt, dass Sie die Ermittlungen leiten. Ich bin einer der Besitzer der Litermont Ranch.«

Bremer ergriff seine Hand und staunte über den kräftigen Händedruck.

»Reiten ist alles andere als lebensgefährlich. Möchten Sie es nicht mal versuchen?«

Bremer erbleichte und zeigte auf den Zaun. »Sonja Wraake hätte genauso gut tot sein können, wenn *sie* in den Schlamm gestürzt wäre und nicht der Gaul. Sie hätte keine Chance gehabt.«

Filmour verzog das Gesicht. »Sie haben Angst vor Pferden. Wie wollen Sie da korrekt ermitteln?«

Bremer holte tief Luft. »Es geht hier nicht um Pferde, sondern um Menschen«, knurrte er. »Ich werde nicht mit Pferden reden und mich vor allem auf keines draufsetzen. Nie im Leben.«

Filmour lächelte. »Aber Sie müssen sich zumindest Annabelle anschauen. Sie ist normalerweise ein absolut nervenstarkes Pferd. Das hier«, er deutete auf den Zaun, »das war kein Reitfehler. Annabelle ist nicht einfach so in Panik geraten. Wir haben es erst jetzt entdeckt. Wollen Sie es sehen?«

Bremer scharrte mit den Hufen. »Was denn? Was ist so bedeutsam, dass ich mich einem Pferd nähern müsste?«

»Auf Sonja Wraake ist ein Attentat verübt worden. Wir haben an Annabelle zwei Schussverletzungen gefunden. Kleinkaliber. Sie hatte so viele Schnittwunden von dem Maschendraht, dass wir die Einschüsse zuerst übersehen haben. Wollen Sie sich das nun ansehen oder nicht?«

»Natürlich will ich. Das Pferd ist angebunden? Und nicht mehr in Panik?«

»Annabelle geht es wieder gut. Sie hat ein schmerzstillendes Mittel bekommen, Sonja ist bei ihr, es besteht nicht die geringste Gefahr, wenn Sie tun, was ich Ihnen sage.«

Bremer schloss kurz die Augen, verscheuchte seine Angst und traf eine Entscheidung. Er folgte Filmour in den Stall. Ein kalter Schauer überlief ihn, als er an den Boxen vorbeikam. In den ersten beiden standen Pferde, deren Köpfe Bremer um zwanzig Zentimeter überragten. Von über zwei Metern Höhe streckten sich ihm die neugierigen Mäuler entgegen.

»Belgische Percherons. Zwei Prachtstücke. Kaltblüter. Sanft

wie Lämmer. Wir bilden sie zusammen mit ihren Besitzern aus, damit sie an Reenactments als Schlachtrösser teilnehmen können. Die Pferde natürlich. Sie spielen die Eroberung Englands im Jahre 1066 nach. Und das hier ist Annabelle.«

John Filmour zeigte in die Gasse. Gegen die Percherons wirkte Annabelle wie ein Rehkitz. Sie schnaubte leise und schnüffelte durch die Nüstern, als sie Bremer sah. Sonja Wraake stand an ihre Schulter gelehnt, streichelte ihren Hals, sprach beruhigend auf sie ein. Bremer nahm sich zusammen, er hörte noch, dass Filmour irgendetwas von sich gab. Egal, ich muss meine Angst überwinden, das habe ich entschieden, also werde ich das jetzt tun, sagte er sich, machte zwei kräftige Schritte nach vorne, streckte seine Hand aus und kraulte Annabelle zwischen den Ohren, bevor irgendjemand eingreifen konnte. Annabelle brummelte leise und legte ihren Kopf auf Bremers Schulter. Wo habe ich mein Testament hinterlegt?, dachte Bremer. Habe ich Saskia ausreichend bedacht? Habe ich unterschrieben?

Aber Annabelle biss nicht zu, bockte nicht, trat nicht aus, nichts. Sie stand da, den Kopf auf seiner Schulter, und ließ sich zwischen den Ohren kraulen. Ein leises Zittern lief durch Bremer, als Annabelle ihn zart mit der weichen Schnauze an die Wange stupste. Wieder begann er zu schwitzen, spürte, wie die Panik in ihm hochstieg. Annabelle nahm den Kopf von seiner Schulter und trat ein Stück zurück, so weit, wie es die Stricke zuließen, mit denen sie rechts und links an ihrem Stallhalfter gefesselt war. Jetzt sah er die vor Unglauben geweiteten Augen der Rechtsanwältin.

»Was?«, fragte er.

Sonja Wraake schüttelte den Kopf. »Das müssen die Schmerzmittel sein. Sie lässt normalerweise keine fremden Männer an sich heran, manchmal noch nicht einmal John. Haben Sie nicht gehört, was er gesagt hat? ›Langsam‹, hat er gesagt. ›Warten Sie hier.‹ Aber Sie sind losgestürmt wie ein Stier, der einen Matador sieht.«

Bremer spürte ein Glücksgefühl, das er nicht beschreiben konnte. Er trat erneut auf Annabelle zu, wieder brummelte sie leise, er legte seinen Kopf an ihren Hals. Das Fell fühlte sich seidig weich an, und ihr Geruch kitzelte angenehm mild in seiner Nase. Er löste sich, Filmour war herangetreten.

»Das Phänomen kennen wir von Kindern. Pferde benehmen

sich bei Kindern anders. Sie sind williger, vorsichtiger und lassen Kindern eine ganze Menge durchgehen. Ich glaube, sie hat Ihre Angst, aber auch Ihr gutes Herz gespürt. Ihre Angst und die von Annabelle haben sich gegenseitig ausgelöscht. Das ist schön.«

Sonja Wraake wiegte den Kopf. »Wir werden sehen. Wie gesagt, das Schmerzmittel wirkt auch stark angsthemmend. Ich glaube nicht an Pferdewunder. Jetzt sollten Sie sich das hier mal ansehen.«

Bremer begutachtete die Einschusslöcher. Die Kugeln waren nicht tief eingedrungen. Sie lagen in einer Schale, die Wraake ihm reichte. Auf jeden Fall Kleinkaliber, Filmour wusste, wovon er sprach.

»Da geht jedes Pferd durch. Selbst die Percherons«, sagte Filmour.

»Natürlich«, sagte Bremer.

»Ein Querschläger. Zufall«, sagte Wraake.

»Möglich«, erwiderte Bremer und registrierte die Angst in Wraakes Augen und ihre Gesten, die nichts davon spiegelten.

»Was für ein Zufall«, stellte Filmour fest. »Genau an der Stelle, an der im Schlammweiher eine Leiche liegt. Unglaublich.«

Die anderen beiden nickten, und Annabelle legte wieder ihren Kopf auf Bremers Schulter. Vorsichtig machte er sich frei, trat zurück, betrachtete Annabelle und fühlte wieder eine Welle Panik aufsteigen. Dafür war jetzt keine Zeit, beschloss er.

»Die Geschosse hatten noch genug Energie, um die dicke Haut des Pferdes zu durchschlagen, aber nicht genug, um tief einzudringen. Ohne Hülsen wissen wir nicht, wie weit der Schütze entfernt war«, sagte Bremer und kratzte sich am Kopf.

»Oder die Schützin.« Filmour.

»Oder die Schützin. Natürlich. Haben Sie einen Verdacht?«

Filmour schüttelte den Kopf.

»Und Sie, Frau Wraake? Wer schießt auf Sie?«

»Falls ich die Adressatin war. Das ist nicht klar. Vielleicht war es ein Anschlag auf das Pferd.«

»Der Pferderipper. Mit neuen Methoden. Das könnte sein«, ergänzte Filmour.

»Und wenn es doch Ihnen galt? Ich dachte immer, Pferderipper greifen keine Menschen an?«, fragte Bremer.

»Das dachte ich auch.« Sonja Wraake rieb sich den Kopf. »Mir ist zumindest kein Fall bekannt.«

Filmour senkte den Blick. »Der Ripper ist nicht zu stoppen. Sie können sich nicht vorstellen, wie das ist. Sie kommen auf die Koppel, und da liegt Ihr Pferd im Blut. Es hat niemandem etwas getan. Menschen sind Monster.«

Bremer überdachte die Bemerkung. Zuerst hatte er erwidern wollen, »Menschen können Monster sein, das ist richtig«, aber das war eine Binsenweisheit. Stattdessen versuchte er Filmours Gefühle anzusprechen. »Das ist furchtbar. Als würde man einen Angehörigen verlieren.«

Filmour blickte erstaunt auf. »Ja. Genau so ist es.«

»Ich schicke einen Mann von der Spurensicherung, lassen Sie bitte alles so, wie es ist«, sagte Bremer, stellte die Schale auf einen Stuhl. »Bitte gut aufpassen!« Er deutete mit dem Zeigefinger auf die Geschosse.

Nachdenklich verließ er die Stallgasse, kehrte mit großen Schritten zum Schlammweiher zurück, wo Susanne Holt Zeugen vernahm. Ein Pferderipper, der am helllichten Tag auf eine Reiterin schoss? Nein. Das glaubte er nicht.

Er ordnete an, den Tatort weiträumig abzusperren, mindestens zwölfhundert Meter Umkreis, wenn es irgend ging. Dann rief er Bellorz an und ließ sich den Einsatz einer Hundertschaft Suchtrupp genehmigen, der jedes Hölzchen umdrehen sollte.

»Ein Attentat?« Susanne Holt, die am Weiher gewartet hatte, hob die Augenbrauen.

»Wenn es nur ein Projektil wäre, könnte ich noch an einen Querschläger glauben oder an einen Irrtum. Aber nicht bei zweien. Das Pferd ist blitzschnell zur Seite gesprungen, das zweite Geschoss sitzt fast an derselben Stelle. Eine Meisterleistung. Ein Jäger«, sagte Bremer.

Holt wiegte den Kopf. »Möglich. Ein Sportschütze hätte den zweiten Schuss wahrscheinlich danebengesetzt. Er hätte zweimal kurz hintereinander abgedrückt, das Pferd wäre aus der Schusslinie gewesen. Ein Scharfschütze führt nach, er rechnet mit dem Sprung«, sagte sie, und sie musste es wissen. Bremer hatte mit Genuss verfolgt, wie sie viele Kollegen beim Schießen das Fürchten gelehrt hatte. Er hatte sie darauf angesprochen, und sie hatte ihn eingeweiht: dass sie von ihrem Trainer eine Sonderausbildung als Scharfschützin erhalten hatte; dass sie das Angebot dankend angenommen hatte, nicht um irgendwann einen finalen Rettungsschuss zu setzen, sondern weil sie alles lernen wollte, was zu lernen war.

»Es kann aber genauso gut Zufall gewesen sein. Das bringt uns nicht weiter.« Holt hob bedauernd die Hände. »Wir wissen nichts.«

Bremer wedelte mit dem Zeigefinger wie ein Oberlehrer. »Wir wissen schon etwas. Um Wraake oder das Pferd zu töten, hat er die falsche Waffe benutzt oder die falsche Distanz gewählt. In beiden Fällen wäre es ein Amateur gewesen. Ich denke, es war eine Warnung. Ein Denkzettel. Rache. Irgendetwas davon. Er hat sie nur erschreckt«, sagte Bremer. »Weder das Pferd noch Wraake hatten sterben sollen.«

»Das ist auch nur *eine* Möglichkeit. Wenn Tötungsabsicht dabei war, haben wir einen Amateur, der es wieder versuchen wird. Das ist ein Problem«, stellte Holt fest.

»Ja. Eine Möglichkeit und ein Problem.« Bremer lächelte.

»Und noch ein Problem. Die Planung. Wraake hatte gar nicht vor, auszureiten. Es war ein spontaner Einfall.«

»Also hat irgendjemand vom Stall seine Hand im Spiel, oder der Täter hat sie beobachtet, sie losreiten sehen und hat ebenfalls spontan gehandelt«, führte Bremer Holts Gedanken weiter. »Seltsam. Das passt alles nicht. Wir stochern im Schlamm. Lass uns erst mal Fakten sammeln, bevor wir philosophieren.«

Susanne Holt nickte und fragte nach, wer von den bisher bekannten Reitern einen Waffenschein und oder eine Waffenbesitzkarte hatte. Die Antwort kam schnell.

»Albert Heinkel. Er ist Inhaber einer Sicherheitsfirma. Sitz ist der Campus Nobel, ganz hier in der Nähe. Waffenschein, Besitzkarte, aber nur Faustfeuerwaffen, keine Langwaffe dabei.«

Bremer runzelte die Stirn. »Vielleicht haben wir da einen versteckten Waffennarr. Wir werden das Umfeld klären und ihn uns dann vornehmen. Kümmerst du dich drum? Ich mach mich vom Acker, übernehme die Morgenschicht.«

Susanne Holt strahlte vor Stolz. »Klar, Martin. Kein Problem. Bin zur Zeit Strohwitwe, da macht das nichts. Ich lege dir die Berichte auf deinen Schreibtisch und bin dann spätestens um zehn im Büro.«

»Ich will dich nicht vor zwölf sehen, klar?«

Sie nickte widerwillig, Bremer lächelte. »Du kennst doch den Standardsatz. ›Du bist meine Beste, deswegen musst du fit bleiben.‹ Motivationstraining, Stufe eins. Wochenendseminar.«

»Das lernen wir inzwischen schon während der Ausbildung. Aber richtig. Nicht so scheinheilig, wie du das betreibst.«

Holt vertiefte sich wieder in ihre Arbeit. Bremer musste weg. Weg von den Pferden, weg vom Tatort, weg von den Menschen. In der sicheren Einsamkeit seines Autos fragte er sich, warum jemand einen Menschen tranchierte und dann in einem Schlammweiher versenkte. Mehr als hundert Gründe fielen ihm ein, und keinen konnte er wirklich nachvollziehen. Mehr als hundert Menschen, die einen anderen Menschen getötet hatten, waren von ihm verfolgt und festgenommen worden. Darunter einige, die unvorstellbar grausam getötet hatten. Die meisten aber hatten nur einen Moment lang vergessen, dass sie Menschen waren. Beziehungstaten. Eifersuchtsdramen. Gefühle, stärker als alles andere. Wie verletzt muss ein Mensch sein, um alles zu verlieren, was ihn menschlich macht? Denn Menschsein hieß für Bremer: nicht töten. Nicht hassen. Gefühle töten Gefühle, dachte Bremer und schwor sich, nicht in dieselbe Falle zu tappen.

VIER

»Im Namen des Volkes ergeht folgendes Urteil.« Richterin Swelow-Hübner hielt einen Moment inne.

Sonja Wraake wagte nicht zu atmen, Helga Simonis quetschte die Tischkante zu Tode, Staatsanwalt Bellorz zeigte keinerlei Regung, der Angeklagte starrte auf Swelow-Hübner, die beisitzenden Richter hielten den Blick auf ihre Schuhspitzen gesenkt.

»Frank Huber wird wegen Vergewaltigung in Tateinheit mit Körperverletzung zu zweieinhalb Jahren …«

Bellorz und Sonja schafften es gerade noch, Simonis' Sturz abzumildern. Wie vom Blitz getroffen war sie zusammengebrochen. Sonja brachte sie in die stabile Seitenlage, die Sanitäter brauchten nur zwei Minuten. Die Verhandlung wurde vertagt, Helga Simonis ins Klinikum am Winterberg eingeliefert.

Bellorz verabschiedete sich mit den Worten, er werde schon mal die Berufung vorbereiten und alle Register ziehen, die ihm zur Verfügung stünden. Sonja blieb im Krankenhaus und wartete auf die Diagnose des Arztes. Sie tigerte eine Stunde lang auf dem Flur auf und ab, wälzte immer wieder den einen Gedanken: Habe ich etwas falsch gemacht? Hat Bellorz etwas falsch gemacht? Die zweieinhalb Jahre kamen einem Freispruch gleich. Nach einem Jahr konnte Huber bei guter Führung und positiver Sozialprognose wieder draußen sein.

Endlich kam der Arzt. »Frau Simonis hat einen schweren Schock erlitten. Sie ist stabil, aber sie ist noch nicht bei Bewusstsein. Wir können nur warten.«

Sonja verließ das Krankenhaus, fuhr nach Saarlouis, stellte ihr Auto an der Ludwigskirche ab und ging langsam zum Großen Markt, der immer noch als Parkplatz missbraucht wurde. Sie steuerte ihr neues Stammcafé an, das »Snugs«, das neben der Sparkasse vor ein paar Wochen eröffnet hatte. Der Kaffee stammte aus einer saarländischen Rösterei, das Frühstück erfüllte jeden Wunsch. Die Sonne wärmte den Markt, Sonja setzte sich, und eine Minute später stand ein perfekter Latte macchiato vor ihr.

Immer wieder tauchte Helga Simonis vor ihrem inneren Auge auf, wie sie zusammenbrach, wie sie dalag wie tot, wie die Sanitäter kamen, sie kurz untersuchten, wie der Notarzt in den Gerichtssaal gestürmt kam, wie die Richterin sich in ihr Zimmer zurückzog, ohne einen Blick auf Simonis zu werfen, wie die beisitzenden Richter miteinander tuschelten, die Angst in den Gesichtern. Sie sah sich selbst, wie sie ins Richterzimmer stürmte, Swelow-Hübner rechts und links ohrfeigte, ihr an den Kopf warf, sie sei eine alte kranke Metze, eine Justiz-Hure, die ihre Ehre verkauft habe und jetzt wie ein fauliges Geschwür die Justiz verunstalte und deswegen herausgeschnitten werden müsse. Sie nahm den Briefbeschwerer, einen zwei Kilo schweren Kristall, und erschlug die Richterin mit einem gezielten Schlag.

Sonja seufzte und nahm einen tiefen Schluck von ihrem Kaffee. Sie brauchte dringend Urlaub. Aber sie hatte einfach keine Zeit. Ihr Schreibtisch quoll über von dringenden Fällen, ihr Vorsitz beim WEISSEN RING duldete keine Abwesenheit, das Landestreffen stand an, Maßnahmen gegen Swelow-Hübner mussten ergriffen werden. Die Sammlung der opferfeindlichen Urteile war so lang wie die Frühstückskarte im »Snugs«. Und die war verdammt lang.

Ein Gedanke schlich sich in ihr Bewusstsein. Das Glas fiel ihr aus der Hand und zerschellte auf dem Boden. Auch sie war jetzt Opfer. Jemand hatte auf sie geschossen. Annabelle hätte tot sein können und sie selbst ebenfalls. Feinde hatte sie viele.

Als Vertreterin der Nebenklage von Opfern hatte sie oft dafür gesorgt, dass Täter und Täterinnen bekamen, was sie verdienten. Und das waren immer ein paar Jahre mehr, als die Täter wahrhaben wollten. In mindestens fünfzig Fällen war das Gericht ihrem wesentlich höheren Strafantrag gefolgt. Acht statt vier Jahre in einem Fall von schwerer Körperverletzung in Tateinheit mit Entführung. Vierzehn Jahre statt neun für einen Bankräuber, der den Filialleiter schwer misshandelt hatte. Und fünf statt zweieinhalb in der zweiten Instanz für einen Mann, der seine Ehefrau zweimal hintereinander vergewaltigt hatte. Er war einfach auf ihr liegen geblieben, hatte sie mit seinem Gewicht fixiert und dann nach einer Weile ein zweites Mal vergewaltigt. Ironie des Schicksals: Die Frau wäre fast erstickt. Die zweite Vergewaltigung hatte ihr sozusagen das Leben gerettet. Und der Idiot von Ehemann hatte damit auch noch vor Gericht geprahlt. Sein Rechtsanwalt hatte graue Haare bekommen, der Täter den satten Aufschlag. In der ersten Instanz hatte Swelow-Hübner einen minderschweren Fall attestiert: Ehefrau, lange sexuelle Abstinenz des Mannes, die Ehefrau habe mit Sex Macht ausüben wollen, also sei es eine Kurzschlusshandlung gewesen, um ein ausgeglichenes eheliches Machtverhältnis wiederherzustellen. Sie würde nie das Gesicht des Rechtsanwaltes vergessen, der in der Richterin plötzlich die beste Verbündete hatte. Swelow-Hübner war auch mal anders gewesen. Nicht gerade Sonjas Liebling, aber auch nicht diese eiskalte Verurteilerin, der die Opfer gleichgültig schienen.

Sonja wurde übel. Viele wünschten ihr den Tod, vor allem Täter, die ihr lange Gefängnisstrafen zu verdanken hatten. Ihre Sammlung Brandbriefe füllte zwei Aktenordner. Die Wahrscheinlichkeit, dass jemand seine Drohungen wahr machte, war zwar gering. Die meisten Täter kühlten im Gefängnis irgendwann ab und betrachteten die Justiz als gegebenes Übel, inklusive Staatsanwälten, Richtern und Anwälten der Nebenklage. Aber ein einziger Verrückter genügte, um dieses Kartenhaus der Sicherheit zum Einsturz zu bringen. Niemand war wirklich zu schützen. Auch nicht die Rechtsanwältin Sonja Wraake, der weiße Engel vom WEISSEN RING. Sie verzog die Lippen. Was jetzt, weißer Engel? Die Entscheidung fiel schnell. Weitermachen. Aufpassen. Und nicht nachgeben. Öffentlichkeit herstellen. Dem Täter klarmachen, dass er keinen Erfolg haben würde, dass er keinen Erfolg haben konnte. Er konnte sie töten, aber nicht den WEISSEN RING und nicht die anderen Anwälte, die alles taten, um den Opfern Recht und Anerkennung zu verschaffen. Das war ein schönes Plädoyer. Dennoch saß ihr die Angst in den Knochen. Sie schloss die Augen und wünschte sich, bald aus diesem Albtraum aufzuwachen.

FÜNF

Bremer war wie gewöhnlich um Viertel vor sechs aufgestanden, hatte ein paar Dehnübungen gemacht, sich geduscht, Saskia herbeigesehnt, einen Kaffee getrunken und seinen Sohn vermisst, der für mehrere Wochen aufgebrochen war, Spanien kennenzulernen. Natürlich nicht allein. Bremer musste einen Moment überlegen. Hieß Dirks jetzige Freundin Marlene, Sylvia oder Maria? Weder noch. Jetzt fiel es ihm ein. Spanien. Sie hieß Guadalupe und stammte aus Córdoba.

Gegen sieben Uhr saß er in seinem Büro und kümmerte sich um den nie versiegenden Papierstrom, der täglich über seinen Schreibtisch floss. Seine Zahlen waren wie immer verheerend. Das Budget schon längst überzogen, aber das scherte ihn nicht. Niemand hatte eine Handhabe gegen ihn, der Erfolg gab ihm recht. Bremer hatte bisher alle Mordfälle aufgeklärt, seine Einsatzpläne funktionierten wie ein Schweizer Uhrwerk, der Krankenstand seiner Mitarbeiter ließ jeden Unternehmer vor Neid erblassen. Seine Traumatisierung durch die Entführung vor drei Jahren hatte er auskuriert, Saskia Pierer versüßte ihm die Wochenenden, Dirk studierte voller Eifer und hatte der Zockerei tatsächlich abgeschworen. Geld verdiente Bremers Sohn mit völlig legalem Poker-Unterricht, seine Kurse waren ausgebucht.

Also hätte Bremer rundum zufrieden sein können. War er aber nicht. Wie die Karikatur eines Kommissars kam er sich vor: einsamer Wolf, entweder Alkoholiker oder dezent verrückt, vollgestopft mit Komplexen und unbearbeiteten Konflikten, ständig auf der Flucht. Konnte er sich mit seinem eigenen Gefühl identifizieren? Einsamer Wolf? Nein. Nicht mehr. Seit Saskia. Er wünschte sich mehr mit dieser Frau. Alkoholiker? Absolut nicht. Seine Kollegen verdächtigten ihn schon seit Langem, ein Abstinenzler zu sein. Dezent verrückt? Das passte zumindest teilweise. Komplexe und unbearbeitete Konflikte? Wer hatte die nicht? Ständig auf der Flucht? Im Gegenteil. Bellorz riet ihm immer wieder, eine Auszeit zu nehmen, aber er wollte eben nicht abhauen. Warum schleppte er also ständig ein mulmiges Gefühl mit sich herum, das seinen Magen folterte und seine Verdauung durcheinanderbrachte? Bevor er weiterraten konnte, polterte Rudi Zerb herein.

»Bei allen Göttern. Was für ein Tag.« Zerb wedelte mit einem Bündel Papiere und ließ sich auf die Couch plumpsen, die Bremer von seinen Leuten geschenkt bekommen hatte, als er nach der Reha den Dienst wiederaufgenommen hatte. »Du wirst es nicht glauben.«

»Was werde ich nicht glauben?«

Statt einer Antwort wedelte Zerb erneut mit den Papieren. Es klang wie das Rascheln von Blättern im Wald. Wandern!, schoss es Bremer durch den Kopf. Das könnte helfen.

Zerb hörte nicht auf zu wedeln, also beherzigte Bremer die Spielregeln von Zerbs Frage- und Antwortspiel. Jeden anderen hätte Bremer zusammengestaucht, aber Zerb war nicht jeder andere.

»Geheimnisse?«, fragte Bremer.

»Geheimnisse? Rätsel! Von der üblen Sorte.«

»Unsere Schlammleiche?«

»Die auch.«

»Und was noch?«

»Das Riegelsberger Ehepaar. Endlich. Wir hatten Geständnisse, wir hatten massenhaft Indizien, der Zeitablauf stimmte auch, aber die Spurenlage wollte nicht passen.«

Bremer furchte die Stirn. »Du hast das Rätsel gelöst?«

Zerb wiegte seinen massigen Schädel und strahlte. »Ja. Mein Gott, hat Bellorz gedrängelt. Er wollte so schnell wie möglich Anklage erheben und die Sache zügig durchziehen. Jetzt ist es schon so weit, dass Bellorz den Urlaubskalender der Swelow-Hübner studiert. Mal unter uns: Die hat doch einen Knall, die Alte.«

»Sie hat das Recht auf ihrer Seite.« Bremer hatte keine Lust, juristische Spitzfindigkeiten zu diskutieren. »Wie auch immer. Was sagt unser Schlammfuß?«

Zerbs Augen leuchteten auf. »Ah ja. Spannend.« Er massierte sich die Stirn, räusperte sich und schwieg.

»Rudi!«

»Ja. Also. Ein Unterschenkel. Und ein Fuß. Rechts.«

»So weit war ich auch schon. Hattest du noch keinen Kaffee?«

»So ist es.«

Bremer zapfte aus seiner Espressomaschine, auch ein Geschenk, einen steifen schwarzen Kaffee. Zerb schlürfte dankbar, hob den Zeigefinger seiner rechten Hand in die Luft.

»Ötzi …«

»Ötzi?«

»So nennen wir ihn. Der Mann aus dem Schlamm. Nicht aus dem Eis. Aus dem Schlamm. Reimt sich fast.« Zerbs Lachen explodierte wie eine Handgranate.

Bremer unterbrach die Lachsalve. »Was ist mit Ötzi?«

Zerb fuhr mit todernster Miene fort: »Das Bein liegt auf jeden Fall schon einige Zeit im Schlamm.«

»Ihr habt nichts weiter gefunden?«

»Außer Autoreifen, einem Kühlschrank, einer Spülmaschine, einigen Möbelstücken und Unmengen von Müll – nichts, was Ötzi gehören könnte. Aber wir haben ja auch erst ein Viertel gesiebt. Da sieht es aus! Als hätte eine Bombe eingeschlagen. Und die Gaffer werden stündlich mehr. Ich glaube, wir müssen noch weiträumiger Absperren und Sichtblenden aufstellen. Die hocken in Bäumen, mit Feldstechern, mit denen man einem Marsmenschen in die Hosentasche gucken könnte.«

Bremer grinste. »Ötzi ist ja auch was ganz Besonderes. Sozusagen die erste saarländische Moorleiche. Falls der Rest auch noch auftaucht.«

»Moorleiche. Das ist gut. Obwohl. Mann aus dem Schlamm – das klingt irgendwie flotter. Nein, ich bleibe bei Mann aus dem Schlamm. Das trifft es am besten. Und dann die Mordkommission Schlammmann. Sechs M. Klasse.«

Bremer zuckte nicht mit der Wimper. Er hatte schon schlimmere MOKO-Titel erlebt. »Wann seid ihr mit dem Weiher durch?«

»Übermorgen gegen Mittag, wenn nichts dazwischenkommt. Ach ja. Die Einschüsse bei dem Pferd. Die Projektile wiegen beide je knapp zwei Gramm. Keine Frage. Kleinkaliber.«

Zerb sprang auf, rauschte hinaus und überließ Bremer seinem Schicksal. Die Suchtrupps hatten bisher nichts gefunden. Also hieß es, Wraakes Bekanntenkreis und den Reitstall zu durchleuchten.

Das Telefon vor ihm gab Alarm. Das Display zeigte Webers Nummer. Langsam gewöhnte sich Bremer an das futuristische Gerät, das ähnlich kompliziert zu bedienen war wie ein Videorekorder aus dem letzten Jahrtausend.

Bremer hob ab. »Guten Morgen, Fred.«

»Morgen. Haffner hat mich belabert, ich solle wieder zurück in deine Abteilung. Er hat mir die Mausefalle mit reichlich Käse bestückt. Du weißt, wie ich dazu stehe.«

Bremer holte tief Luft. »Entschuldige.«

»Geht es noch kürzer?«

»Entschuldige bitte, dass ich dich einen Drückeberger genannt habe. Das war falsch. Gib dir einen Ruck und komm her. Dein Schreibtisch hat schon eine drei Zentimeter dicke Staubschicht. Ich brauche dich.«

Weber knurrte zufrieden. »Alles klar. Ich mache hier noch die Akten fertig, übergebe meine Fälle, dann komme ich. Ich denke, ab morgen werde ich dir wieder auf die Nerven gehen.«

»Willkommen zurück.«

Bremer sank in seinem Lederchefsessel zurück. Auch ein Geschenk. Er schloss die Augen. Wer bist du?, dachte Bremer. »Gib dich zu erkennen, Ötzi!«, rief er in das leere Büro, dann griff er nach Susanne Holts Bericht. Sie hatte ihn um drei Uhr vierundvierzig am Morgen ausgedruckt. Langsam wendete er Blatt für Blatt.

Weder die Suche im Schlamm noch die Suche im Gelände hatte etwas ergeben. Keine weiteren Leichenteile, keine Hülsen, nichts. Zwei Männer waren als vermisst gemeldet, denen der Unterschenkel gehören konnte. In beiden Fällen gab es DNA-fähiges Material. Das Labor arbeitete daran, die Ergebnisse würden am nächsten Tag feststehen. Blieb der Schütze. Oder die Schützin. Bremer sinnierte über das Wort. Schützin. In seinen Ohren klang es seltsam. Trotzdem konnte er nicht ausschließen, dass es eine Frau gewesen war, die auf Annabelle oder Sonja Wraake geschossen hatte.

»Gibt's irgendetwas zu tun?«

Bremer schreckte hoch. Vor ihm stand Fred Weber, die blonden Locken kräuselten sich über den Kragen seiner Jeansjacke. Bremer musste lächeln. Es gab viele Kriminalhauptkommissare, die gute Arbeit leisteten. Aber mit Weber verband ihn mehr als nur die berufliche Perfektion. Weber konnte seine Gedanken lesen und umgekehrt. Wo andere lange diskutieren mussten, konnten sie schon handeln. Und dann hatten sie sich zerstritten. Bellorz hatte recht. Wie ein altes Ehepaar. Stur wie die Panzer hatten beide auf ihrer Position beharrt. Bremer verlangte alles für den Job. Weber wollte plötzlich leben. Er hatte eine Frau gefunden, die ihn glücklich machte. Mit der er eine Familie gründen wollte. Die akzeptieren konnte, dass er ungewöhnliche Arbeitszeiten hatte und viele Überstunden schieben musste. Sie hatten sich einen Kompromiss ausgedacht. »Heilige Zeiten« nannten sie es. Kein Handy, kein Telefon, nichts. Nur Fred und Marlis. Bremer hatte sie noch nicht kennengelernt, aber das wollte er unbedingt nachholen.

»Das ging aber schnell.«

»Ich habe den Kram einem Praktikanten aufs Auge gedrückt. Und?«

»Zu tun gibt es jede Menge, Fred.« Bremer stand auf und umarmte Weber, der sich zuerst steif machte, dann aber die Umarmung erwiderte. Sie lösten sich voneinander, Bremer kehrte hinter seinen Schreibtisch zurück, und Weber hockte sich auf die Kante.

»Ötzi«, sagte er. »Da gibt's aber noch keine komplette Leiche. Wir wissen nicht, wer es ist.«

»Ich sehe schon«, sagte Bremer und grinste. »Du hast dich bereits schlaugemacht. Wir können nicht viel mehr tun als die Augen aufhalten und weitersuchen. Der Anschlag auf Sonja Wraake hält uns erst mal auf Trab. Hier.« Bremer schob Weber eine Akte über den Tisch.

»Ah ja. Das halbe Saarland hat ein Motiv, Wraake an den Hals zu gehen. Was mich allerdings wundert, Martin«, Weber betrachtete die Akte, »warum zum Teufel ermittelst du in nächster Nähe zu Pferden?«

»Wraake und Bellorz.«

»Haben die was miteinander?« Weber zog die Augenbrauen hoch.

»Nein. Aber Bellorz will, dass da nichts anbrennt.«

»Aha.« Weber blätterte. »Sonja Wraake. WEISSER RING. Engagierte Anwältin.«

»Und ein Mordversuch.«

»Sicher? Und wenn es ein Sniper war, der ein bisschen geübt hat?«

»Bis wir das geklärt haben, ist es ein Mordversuch.«

Fred nickte und hob die Akte. »Alles klar. Ich nehme mir die Liste mit Wraakes Kandidaten vor und klappere alle ab, die nicht im Knast sitzen. Wenn dabei nichts rauskommt, besuche ich auch noch die Knackis. Vielleicht hat ja einer was ferngesteuert. Triffst du dich mit Sonja Wraake?«

Bremers Magen meldete sich. Wieder dieses dumpfe Gefühl, das er nicht greifen konnte. Kein Schmerz. Ein Drücken und ein leichtes Pochen, so als säße ein kleines Tier in seinem Bauch und wollte raus. Vielleicht ein Alien.

»Ja. Zum Mittagessen. Ich halte dich auf dem Laufenden. Bevor ich es vergesse: Habt ihr Lust, am Wochenende zu mir zu kommen? Ich koche was Feines, und eine gute Flasche Wein werde ich auch noch finden.«

Webers Pokerface bekam einen Riss. »Ja, gerne. Marlis ist auch furchtbar neugierig.«

»Sie traut sich in die Höhle des Löwen? Des Monsters?«

»Solange der Bändiger dabei ist, auf jeden Fall.«

»Saskia ist auch da.«

Webers Miene hellte auf. »Das ist eine gute Nachricht. Samstagabend, sieben Uhr?«

»Alles klar.«

Das hatte sich Bremer seit Langem gewünscht. Fred war in die Familie zurückgekehrt. Wieder ein Pochen im Magen. Was war mit Reiner Zettler? Das Pochen wurde stärker. Reiner musste sich erst noch bewähren. Reiner auf Bewährung.

***

Wraake und Bremer trafen sich im »Ristorante Trevi«, einem Italiener, der seit Menschengedenken in Saarlouis ansässig war und gehobene Küche zu vernünftigen Preisen bot. Sie setzten sich in das Separee direkt rechts vom Eingang. Der Kellner begrüßte Wraake mit Namen, sie stellte Bremer vor und erntete erstaunte Blicke.

Sie bestellten Pasta und Wasser, ein paar Oliven mit Brot.

Wraake prostete Bremer zu. »Auf dass wir die bösen Buben fangen!«

Bremer kniff die Augen zusammen. »Ich habe das Gefühl, dass Sie die Situation falsch einschätzen, Frau Wraake. Sie sind um Haaresbreite einem Mordanschlag entgangen.«

Sie stellte ihr Glas wieder auf den Tisch und drehte es ein paarmal mit Daumen und Zeigefinger am Stiel. »Das ist nicht bewiesen.«

»Sie haben außergewöhnlich viele Feinde.«

»Sie nicht? Ist schon mal auf Sie ein Attentat verübt worden?«

Bremer folgte mit den Augen ein paar Blasen, die aus seinem Sprudel aufstiegen. »Nicht aus Rache.« Er dachte an den Hochofen.

Sonja Wraake senkte den Blick. »Entschuldigen Sie, ich vergaß.«

»Ist schon in Ordnung. Sie haben ja recht. Bewiesen ist noch nichts. Aber es ist nicht auszuschließen. Was, wenn es noch einen Versuch gibt?«

»Ich passe schon auf.«

»Die Liste der möglichen Täterinnen und Täter ist lang. Sie können sich nicht selbst schützen.«

Wraake hörte auf, das Glas zu drehen. »Lieber Herr Bremer. Ihre Sorge um mich in allen Ehren. Aber ich bin erwachsen und kann meine Entscheidungen selbstverantwortlich treffen.«

»Wie Sie wünschen. Ich kann Sie zu nichts zwingen.«

Wraake zog eine Augenbraue nach oben.

»Ich kann Sie nur befragen. Also. Gibt es jemanden, der Ihnen gedroht hat, Sie zu töten?«

»Sie haben ja die Liste.«

»Sind Sie in der letzten Zeit verfolgt worden?«

»Nicht dass ich wüsste.«

Bremer erkannte, dass er so nicht weiterkommen würde. Sonja Wraake entwickelte mit Sicherheit ein posttraumatisches Stresssyndrom. Sie verdrängte das Geschehen, bagatellisierte es, leugnete die Konsequenzen. Das war verständlich. Aber es konnte ins Auge gehen. Wer die Gefahr nicht mehr sah, lief ihr geradewegs in die Arme.

»Sie sind eine erstaunliche Frau. Selbst die besten unserer Leute brauchen Monate und Jahre, bei intensiver Betreuung, um schwere Schockerlebnisse zu bewältigen. Sie schütteln das einfach so ab.«

Sonja Wraake entspannte sich. »Ganz so ist es ja auch nicht. Ich mache nur nicht die Pferde scheu, das ist alles. Panik bringt gar nichts, die verhindert nur klares Denken.«

Bremer sah ihr Lächeln und glaubte ihr kein Wort. Sie versuchte, die Kontrolle zu behalten, die sie schon längst verloren haben musste. Gut. Er würde Bellorz über seine Einschätzung informieren und sich ansonsten um den Fall kümmern.

»Gibt es nicht doch jemanden im Stall, der es auf Sie abgesehen haben könnte?«

»Nicht dass ich wüsste. Ich habe nichts mit den Turnieren zu tun. Niemand neidet mir etwas, ich habe mit niemandem Streit.«

»Ein enttäuschter Liebhaber?«

Sonja Wraake lachte, und Bremer wurde die Doppeldeutigkeit seiner Frage bewusst.

»Danke für das Kompliment. Ich denke, es gibt niemanden, der sich beschweren könnte, und auch niemanden, dem ich Grund gegeben hätte, mich zu hassen.«

Die Pasta war vorzüglich, Bremer und Wraake plauderten noch ein wenig über rechtsphilosophische Themen. Bremer verabschiedete sich nach Saarbrücken, Sonja Wraake sagte, sie müsse noch einiges abarbeiten.

Bremer schaute ihr noch einen Moment hinterher. Sie hatten etwas gemeinsam. Ihr Dickschädel war ebenso hart wie seiner.

SECHS

Sonja starrte auf die Akten. Die Buchstaben wollten keinen Sinn ergeben. Sie tanzten und drehten sich, liefen davon, Wörter fielen auseinander, setzten sich wieder zusammen, aber die Buchstaben hatten falsche Plätze eingenommen. Sie rieb sich die Augen, bunte Lichter zerstoben vor ihrem Gesicht, aber es wurde nicht besser. Da half nur etwas Starkes. Sie stand auf, schwankte ein wenig, räumte das Bürgerliche Gesetzbuch beiseite und griff nach der Whiskeyflasche, die seit fast einem halben Jahr dort wartete. Der Deckel knackte, sie setzte die Flasche an und nahm einen kleinen Schluck. Der Whiskey brannte sich die Kehle hinunter und verscheuchte die Magenschmerzen. Ein herrliches Gefühl. Ein leichter Schauder durchlief sie, der Alkohol kam im Kopf an, die Angst ließ nach, der Verstand klarte auf, die Buchstaben blieben, wo sie waren, und formten sinnvolle Sätze.

Die Flasche verschwand wieder hinter dem BGB, dort sollte sie die nächsten Wochen auch bleiben.

Sonja vergrub sich in die Akten, diktierte Schriftsätze über Beweisanträge, Zeugenvorladungen, Kostenentscheidungen. Um achtzehn Uhr verabschiedete sich Franka, ihre Sekretärin, kurz darauf die Referendarin, um einundzwanzig Uhr klappte Sonja die Aktendeckel zu, streckte sich und beschloss, Feierabend zu machen für heute. Jetzt ein heißes Bad, Nachrichten schauen und dann acht Stunden schlafen. Das war die richtige Medizin gegen Überarbeitung.

Sie trat hinaus auf die Silberherzstraße und ging Richtung Ludwigskirche. Es war früh am Abend und warm, die Saarlouiser Altstadt brummte. Doch jenseits des Prälat-Subtil-Rings riss der Menschenstrom ab. Bäume säumten die Straße. Ein idealer Platz für einen Hinterhalt, dachte Sonja. Sie hörte Schritte hinter sich, ihr Herz schlug schneller, Absätze klackten über den Bürgersteig, die Schrittfolge, der Gang – das konnte kein Mann sein. Sie beruhigte sich, verlangsamte ihren Schritt, begann zu schlendern. Die Schritte überholten sie, eine junge Frau, untergehakt bei einem

Mann, der Schuhe trug, die nicht den geringsten Laut verursachten. Sonja lief es eiskalt über den Rücken. Sie hastete weiter, blickte sich ständig um, aber da war niemand. Noch hundert Meter, sie konnte schon ihr Haus sehen. Was, wenn der Mörder sich in der Einfahrt versteckt hatte? Schweiß sammelte sich in ihren Achselhöhlen. Wie konnte sie nur so naiv sein? Der Mörder hatte gewusst, wo und wann sie ausritt. Obwohl sie es kurzfristig entschieden hatte. Er musste sie beobachtet haben. Oder war es Zufall gewesen? Nein. Der Mörder wusste, wo sie wohnte. Er würde wieder zuschlagen und diesmal nicht danebenschießen. Sie blieb abrupt stehen und erhielt einen Stoß in den Rücken. Bevor sie fiel, griffen zwei Hände zu, starke Hände.

»Verzeihen Sie vielmals«, sagte eine warme Männerstimme. »Sie haben so plötzlich gebremst …«

Sie konnte nichts erwidern. Der Mann musste um die fünfzig Jahre alt sein, vielleicht auch älter. Sein ganzes Gesicht lächelte, die Falten in den Augenwinkeln ebenso wie die vollen Lippen und die nussbraunen Augen. Das machte ihn jünger, als er wahrscheinlich war.

»Alles klar?«, fragten die Lippen. Sonja nickte nur, und der Mann ließ sie los. Schade. Gerne hätte sie noch einen Moment diese Stärke gespürt. Und diese Wärme.

»Ich war ganz in Gedanken. Sonst hätte ich Sie sicherlich nicht über den Haufen gerannt. Sie haben sich nicht wehgetan?«, fragte der Mann.

Sonja schüttelte nur den Kopf. Eine Pause entstand. Sonja fasste sich wieder.

»Ich muss mich entschuldigen, dass ich so plötzlich den Bürgersteig blockiert habe. Vielen Dank, dass Sie mich festgehalten haben.«

Wie peinlich. So hatte sie sich seit Ewigkeiten nicht mehr benommen: wie das kleine pummelige Mädchen, das sie einmal gewesen war. Sie streckte dem Mann die Hand hin. »Sonja Wraake.«

Er drückte ihre Hand kräftig, aber ohne beweisen zu müssen, wie stark er war.

»Sibelius Wächter. Angenehm.«

Sie lächelten um die Wette, Sonja wurde heiß, die ganze Situation war lächerlich, der Mann vor ihr war mindestens fünfzehn

Jahre älter, und sie wollte sowieso nichts mit verheirateten Männern anfangen, sein Ehering war breit wie ein Rettungsring. Nein. Sie sehnte sich nur nach einem Arm, der sie beschützte. Egal ob Mann oder Frau. Sie wollte keine Affäre, keine Romanze, nichts in der Art. Konnte ein Mann das begreifen?

»Würden Sie mich bitte bis zu meinem Haus begleiten?«

Wächter nickte sofort, bot seinen Arm wie ein Gentleman alter Schule und geleitete sie zu ihrer Haustür. Er verabschiedete sich mit einem Kopfnicken, und Sonja schöpfte Hoffnung, dass es vielleicht doch Männer geben könnte, die außer zur Fortpflanzung auch noch zu anderem zu gebrauchen waren. Sie legte die Kette vor, schaltete die Alarmanlage ein und nahm das heiße Bad, auf das sie sich so gefreut hatte. Nach wenigen Minuten in der Wanne nickte sie ein und wachte auf, als das Wasser kalt wurde und sie zu frieren begann. Sie duschte sich heiß ab, stolperte im Halbschlaf ins Bett, zog die Bettdecke über den Kopf und schlief sofort ein.

SIEBEN

Nichts hatte sich verändert. Die Scheinwerfer leuchteten jeden Winkel aus, das Gelände war weiträumig abgesperrt, Suchtrupps durchkämmten jeden Zentimeter Gelände.

Es hatte in der Zeitung gestanden. Ausführlich. Auf ein Pferd war geschossen worden. Ein Mensch war fast ums Leben gekommen. Eine Anwältin. Sonja Wraake und Annabelle. Das Pferd war gerettet worden. Der Schütze hatte anscheinend nicht gut genug gezielt. Wahrscheinlich war es sein erster Versuch gewesen. So stand es in den Artikeln. Er wusste es besser. Es war kein Schütze gewesen. Es war eine Schützin. Er hatte die Litermont Ranch ausgespäht an diesem Tag. Hatte sie im Gebüsch liegen sehen, von Weitem durch den Feldstecher. Das Gewehr hatte er erst erkannt, als sie geschossen hatte. Das Pferd war durchgegangen und in den Weiher gesprungen. Da war ihm klar geworden, was vor sich ging. Gebannt hatte er beobachtet, wie die Leute von der Litermont Ranch das Pferd gerettet hatten. Ganz langsam war in seine Gedanken gesickert, dass er nicht allein war. Da draußen gab es noch jemanden wie ihn. Jemanden, der Pferde befreien wollte. Natürlich war sie schon längst weg gewesen, als er geschaltet hatte. Wie wohl ihr Ritual aussah? Sie könnten ja zusammenarbeiten. Und heiraten. Kinder großziehen mit ihren Fähigkeiten. Er war davon überzeugt, dass die Fähigkeit, den Ruf der Pferde zu hören, in seinen Genen steckte. Die Zukunft lag vor ihm wie ein roter Teppich, er musste nur darübergehen. Was musste er tun? Er musste sie finden. Das würde nicht leicht werden. Schade, dass die Befreiung nicht geklappt hatte. Eine schöne Choreografie: Die befreite Seele des Pferdes hätte die Anwältin zurück ins Leben geholt.

Er erinnerte sich genau. In der Nacht, als er einen stolzen Hengst mit einer weißen Raute auf der Nase befreite, geschah ein Wunder. Ein Patient, der monatelang im Koma gelegen hatte, wachte plötzlich auf. Die Ärzte hatten sich keinen Reim darauf machen können. Medizinische Sensation, hatten die Medien behauptet. Aber er wusste es besser. Pferde waren Geschenke an die Menschen. Sie besaßen Kräfte, die über den menschlichen Verstand hinausgingen. Nach jeder Befreiung hatte es ein Wunder gegeben. Man musste die Zeichen nur richtig deuten. Ein Baby hatte den Sturz aus dem vierten Stock überlebt, genau in der Nacht, als er eine trächtige Stute und ihr Fohlen befreit hatte.

Zu zweit könnten sie so viel Gutes tun. Aber jetzt musste er erst einmal aufpassen, dass er nicht entdeckt wurde.

Über eine Stunde hatte er in seinem Versteck gewartet, aber die Lichter waren nicht verloschen. Sie würden die ganze Nacht durcharbeiten. Er musste seine Pläne ändern. In der nächsten Zeit würde er kein Pferd von der Litermont Ranch befreien können. Gequälte Seelen, die ihre sterblichen Hüllen verlassen wollten. Arme Tiere, die ihr Leben eingesperrt verbringen mussten. Die unbeholfene Menschen auf ihrem Rücken ertragen mussten, die wütend wurden, wenn die Pferde nicht machten, was sie wollten. Mit spitzen Sporen wurden sie gequält, mit Metallstangen im empfindlichen Maul. Er hoffte, dass ihn nicht noch ein Pferd von der Litermont Ranch rufen würde. Es würde ihn zu viel Kraft kosten, dem Ruf nicht folgen zu können.

Langsam zog er sich zurück und beschloss, nach Felsberg zu fahren. Dort standen einige Holsteiner auf der Koppel, langbeinig, mit Muskeln bepackt, Springpferde. Hochklassig ausgebildet, Holsteiner hatten schon Olympiagold gewonnen. Vier Braune und ein Fuchs. Gutmütige Tiere, die keine Schwierigkeiten machen würden. Der Fuchs hatte ihn gerufen.

Den Weg kannte er im Schlaf. Eine Wolkendecke verhüllte den Mond, er trat an den Elektrozaun heran, schlüpfte hindurch. Der Fuchs hob neugierig den Kopf und witterte in seine Richtung. Gemächlich machte er sich auf den Weg, der Duft der Banane, die er in der Hand hielt, war zu verlockend. Der Taser ploppte, die Haken schlugen sich in die Haut des Pferdes, das keine Zeit mehr hatte, einen Laut von sich zu geben, geschweige denn zu fliehen. Der volle Stromstoß warf es um, bewegungslos blieb es liegen, er hatte genau neunzig Sekunden. Mehr als genug Zeit. Der Taser landete im Gras, im Laufen zog er das Schlachtermesser, eine kleine, leicht gebogene Klinge, scharf wie ein Rasiermesser. Er kniete sich hinter den Kopf, durchschnitt die Halsschlagader, das Blut spritzte meterweit. Dann setzte er zwischen dem ersten und zweiten Halswirbel an und trennte mit vier Schnitten den Kopf vom Rumpf. Ein Pferdemetzger hatte ihm die Technik gezeigt. Das frische Blut verbreitete sein Parfum, tief sog er den Duft ein, ein weiterer Schnitt, und das linke Ohr lag in seiner Hand. Er verstaute es in einer Plastiktüte und erstarrte. Ein Geräusch. Eine Tür. Er spähte zum Hof. Eine Taschenlampe. Sein Herz schlug schneller. Das Ritual. Er konnte das Ritual nicht vollenden. Geduckt lief er zurück zu seinem Wagen, den Taser hatte er im Laufen aufgehoben, das Ohr steckte in seiner Tasche. Das Blut tropfte noch vom Messer, er musste es reinigen, gründlich. Zweihundert Meter war er gelaufen, da hörte er den Entsetzensschrei einer jungen Frau.

»Sie hat ihn gefunden«, flüsterte er und streckte seine Arme zum Himmel. »Alles umsonst. Das wunderbare Tier ist umsonst gestorben.« Wenn er Angst hatte, klirrte seine Stimme wie ein Schlüsselbund, der geschüttelt wird, auch wenn er ganz leise redete. Darunter hatte er oft gelitten, denn er hatte oft Angst gehabt. Blechern, metallisch stolperten die Worte aus seiner Kehle. »Rostiger Eimer!«, hatten sie ihm nachgerufen. Schmieröl hatten sie ihm in den Kakao gemischt. Und ihn erschreckt, nur um die Verwandlung seiner Stimme zu erleben.

Niemand folgte ihm, keine Suchscheinwerfer blitzten auf, kein Martinshorn gellte durch die Nacht. Es musste Zufall gewesen sein. Sie hat schlecht geschlafen, vielleicht geträumt, eine Vision, und dann ist sie einfach im Schlafanzug auf die Koppel gelaufen. Das arme Ding würde diese Nacht zeit ihres Lebens nicht vergessen. Ein furchtbarer Schock. Für nichts und wieder nichts. Die Seele war verloren. Und der Teufel lachte sich ins Fäustchen.

ACHT

Bremer war sofort wach. Sein Handy spielte die d-Moll-Toccata von Johann Sebastian Bach. Die Dämmerung lugte durch die Fenster, noch lag der Rotenbühl, eine von Saarbrückens besseren Wohngegenden, im Schlaf.

Zielsicher griff er sein Handy.

»Guten Morgen, Martin. Ich hoffe, du hast gut geschlafen?«

»Danke der Nachfrage, Rudi. Immerhin fünf Stunden. Das ist der reinste Luxus. Was gibt's?«

»Einen Arm. Höchstwahrscheinlich Ötzis Arm. Und noch ein Bein. Anscheinend hat hier der Teufel die Hand im Spiel.«

Bremer wunderte sich über Rudi Zerbs Redseligkeit. »Der Teufel soll dich holen, wenn du mir nicht ganz schnell sagst, was ihr gefunden habt.«

»Du verstehst einfach keinen Spaß. Das war doch nur ein kleines Rätsel. An dem anderen Bein war ein Huf. Ein Pferdeknochen.«

»Sonst noch was?«

»Reicht das nicht erst mal?«

Bremer gähnte ins Handy. »Ist Susanne da?«

»Die hab ich gerade nach Hause geschickt.«

»Gut. Wir sehen uns um zehn zur Lagebesprechung. Übrigens: Wie sieht es mit einer Obduktion aus?«

»Das ist so eine Sache. Wir haben ja erst zwei Teile. Gewebeproben sind gesichert. Ich meine, wir sollten warten, bis wir mehr haben, und dann das volle Programm durchziehen.«

Bremer legte auf, schlug die Decke zurück, sprang aus dem Bett, duschte, absolvierte seine Morgengymnastik und fuhr ins Polizeipräsidium. Die Gerüste waren verschwunden, hinter der neuen Fassade aus imitiertem Sandstein verbarg sich der Beton der fünfziger Jahre. Der Pförtner grüßte, Bremer öffnete die Tür zum Büro und konnte es nicht fassen. Fred Weber saß am Schreibtisch und malträtierte die Tastatur seines Computers.

»Es ist noch nicht einmal sechs Uhr! Freitagmorgen!«

Weber blickte nicht von seinen Unterlagen auf. »Schon? Verdammt, dann muss ich mich beeilen.«

»Was machst du?«

»Deine Liste.« Weber tippte weiter. »Jede Menge Verdächtige. Kaum einer hat ein Alibi für die Tatzeit, aber alle kriegen einen dicken Hals, wenn sie den Namen Wraake hören. Ich habe nicht gewusst, dass sie so etwas wie die Jeanne d'Arc der Kriminalitätsopfer ist. Mein lieber Scholli, die hat's einigen ganz schön besorgt.«

»Aber wir haben gegen niemanden irgendetwas in der Hand. Korrekt?«

»Korrekt.«

»Fred?«

»Ja?«

»Du kannst jederzeit eine Pause machen. Okay?«

Weber hob den Kopf. »Danke, Martin. Mach ich, wenn's nötig ist. Aber die Sache hier ist echt spannend. Da stehen auch eine Menge Frauen drauf, denen Wraake schwer in die Partie gefahren ist.« Er blätterte in einem Papierstapel, der sich bedrohlich nach links neigte. »Hier. Miriam Zanders, einunddreißig, Fachverkäuferin für Gardinen. Hat ihren Lebensgefährten niedergeschlagen. Sie hatten Streit, und Zanders gingen wohl die Argumente aus. Sie ist dann einfach weg und hat ihn liegen lassen. Wraake konnte nachweisen, dass die Frau schon oft zugeschlagen hat. Ihre Kinder wurden ihr weggenommen. Die Ermittlungen haben noch einige andere Opfer ihrer Gewalttätigkeit zutage gefördert. Die hatten nie Anzeige erstattet, weil sie Angst hatten. Zwei überlegten es sich anders und sagten endlich vor Gericht aus. Also gab es zweieinhalb Jahre, die Zanders komplett abgesessen hat. Aber die hat ein Alibi. War zur Tatzeit in einer Kneipe. Der Wirt hat es bestätigt.«

»Ungewöhnlich.« Bremer rieb sich das Kinn.

»Ja. Aber das weibliche Geschlecht emanzipiert sich in dieser Hinsicht. Gewalt von Frauen wird immer öfter registriert.«

»Was glaubst du? Ist unser Mann oder unsere Frau dabei?«

»Unmöglich zu sagen. Ein Motiv hatten letztlich alle, ein gutes Alibi die wenigsten, wie gesagt. Es gibt einige, die ich ausschließen würde. Therapie erfolgreich beendet, günstige Sozialprognose, stabile Lebensverhältnisse. Zwölf sind Mitglieder in Schützenvereinen. Sie haben aber weder Waffenbesitzkarte noch Waffenschein.«

»Logisch.«

»Aber sie haben Zugang zu Waffen.« Weber vertiefte sich wieder in seinen Bericht.

»Nur wenn die Vereine schludern«, bemerkte Bremer.

»Das wäre nichts Neues. Thela Boese könnte es gewesen sein. Oder Renate Mrugalla. Oder Tabea Ziemer. Oder Johann Hedrich. Ein Vergewaltiger. Ein echt mieses Schwein. Nils Garcia. Hat seine Freundin fast totgeschlagen. Oder Holger Müller. Sechs Jungen missbraucht.« Weber brummte vor sich hin und hatte Bremer schon wieder vergessen.

Der nickte, wechselte in sein Büro, ließ die Tür offen und setzte sich in seinen Lederchefsessel.

Holts Bericht lag oben auf dem Papierstapel. Er ging ihn durch, alles war fein säuberlich aufgezeichnet, übersichtlich geordnet. Alle Zeugen waren zu den Ereignissen befragt worden, auch nichts Neues.

Um acht Uhr rief er John Filmour an, der ihn sofort zum Gespräch auf die Litermont Ranch einlud. Bremer meldete sich bei Weber ab, der immer noch an seiner Liste arbeitete.

Dreihundert Meter vor der Einfahrt zur Litermont Ranch hielt Bremer an und stieg aus. Rechts und links der Straße lagen Betonteile aufgereiht. Mit jedem Meter, den er sich dem Reitstall und damit den Pferden näherte, war sein Blutdruck gestiegen. Sein Erlebnis mit Annabelle hatte seine Angst nur für kurze Zeit beruhigen können. Er wusste, dass eine Phobie nichts Rationales war, dass irgendwo in seinem Unterbewusstsein ein Programm wartete, das ablief, wenn er ein Pferd sah. Das Programm war einfach gestrickt: panische Flucht. Sein Kopf konnte die Flucht verhindern, aber der Körper reagierte darauf mit Protest: rasender Puls, Schweißausbrüche und Zittern. Vielleicht konnte Annabelle ihm ja helfen. Der Gedanke an das Pferd beruhigte ihn etwas. Das war neu. Vielleicht musste er reiten lernen, um seine Phobie zu überwinden. Oder um seine Ängste zu bestätigen, um sicher zu sein, dass er seine Angst nicht überwinden konnte.

Am Tor sprangen ihm bellende Hunde entgegen. Er schob das Gitter zur Seite, kraulte die Hunde. Aus der Vereinsklause kam

John Filmour auf ihn zu, reichte ihm die Hand und bat ihn herein.

»Wie kann ich Ihnen helfen?«

»Ist Annabelle hier?«

»Also ein privater Besuch?«

»Ganz und gar nicht. Sie haben es ja schon festgestellt. Meine Pferdeangst könnte mich in meiner Ermittlungsarbeit behindern.«

Filmour lächelte. »Kommen Sie.«

Bremer kannte den Weg vorbei an den Kaltblütern, sein Herz schlug schneller. Filmour blieb vor Annabelles Box stehen. Ihre Schnittverletzungen waren mit silberfarbener Salbe abgedeckt, die Schusswunden hatte der Tierarzt mit Pflastern verschlossen.

»Steht sie noch unter Medikamenten?«

»Nein. Sie ist stocknüchtern, sozusagen. Kommen Sie näher, wenn es geht.«

Bremer machte einen Schritt. Warten. Puls beruhigen. Noch ein Schritt. Warten. Puls beruhigen. Vier Schritte, dann stand er am Gitter der Box. Annabelle legte die Ohren an und drückte sich in die hinterste Ecke.

»Sie ist nicht begeistert, das steht fest.« Filmour ließ die Schultern hängen. »Schade. Ich habe mich wohl geirrt.«

Bremer flüsterte ihren Namen. Ein Ohr zuckte nach vorne, dann stellte sie sich quer zur Rückwand. Er wartete fast fünf Minuten. Dann machte Annabelle einen Schritt auf ihn zu, schnüffelte, legte beide Ohren nach vorne und kam noch einen Schritt näher. Bremer sprang fast das Herz zur Brust hinaus, aber er blieb stehen, denn sein Verstand wusste, dass daumendicke Stahlstäbe für Sicherheit sorgten.

»Geben Sie ihr das hier.« Filmour hielt ihm ein Stück Banane hin. »Sie liebt Bananen. Wie viele Pferde. Legen Sie das Stück auf die flache Hand.«

Bremer schwitzte wieder. *Sie wird dir die Hand abbeißen!*, schrie es in ihm. *Sie wird dich in die Box zerren und auffressen!*

Er schob seine Hand durch die Stäbe. Annabelle trottete herbei und zupfte das Stück Banane vorsichtig von seiner Hand. Ihr weiches Maul mit den Tasthaaren kitzelte Bremer. Angenehm fühlte sich das an. So weich. Das hatte er nicht gewusst. Woher auch? Nicht im Traum wäre ihm eingefallen, ein Pferdemaul zu berühren. Da hätte er ja genauso gut einem schlecht gelaunten Drei-Meter-Krokodil einen Kuss geben können. Annabelle wartete einen Moment, dann zog sie sich wieder in ihre Ecke zurück.

»Ausgezeichnet, Herr Bremer. Sie hat den ersten Kontakt nicht vergessen. Auch wenn sie sehr vorsichtig ist. Jetzt sollten wir sie in Ruhe lassen. Wie fühlen Sie sich?«

»Wenn ich mein Herzkammerflimmern vernachlässige, ausgezeichnet.«

Filmour lachte. »Solange Sie schlechte Scherze machen können, ist alles in Ordnung. Möchten Sie einen Kaffee?«

Bremer mochte, sie machten es sich auf dem Platz zwischen Klause und Reithalle bequem. Ein großer Grill wartete dort auf Feuer und Fleisch, ein Sonnenschirm schützte gegen Hitze, und in Kübeln blühten allerlei Blumen um die Wette. Der Kaffee schmeckte scheußlich, Bremer verzog das Gesicht.

»Wir brauchen eine neue Kaffeemaschine, Sie haben recht«, sagte Filmour und bot Bremer einen Tee an. Der winkte ab, er hatte schon genug Zeit verloren.

»Sie machen den Eindruck, Herr Filmour, als würde Sie das alles völlig kaltlassen.«

»Ah. Verstehe.« Statt einer Antwort stand Filmour auf und ging zu einer Absperrung, hinter der drei offensichtlich junge Pferde neugierig alles beobachteten. Er öffnete das Gitter und trat zwischen die Tiere. Bremer versank in seinem Gartenstuhl und betete, dass Filmour das Gitter wieder schließen möge. Aber nein. Die drei Pferde drängten sich sofort um den Mann, stupsten ihn mit den Nasen und rempelten sich gegenseitig weg, um möglichst nah an ihren Herrn heranzukommen.

»Pferde sind Fluchttiere. Pferde brauchen Führung. Pferde sind soziale Wesen. Pferde sind sensibel«, rief er über die Schulter.

Er schmuste noch ein paar Minuten mit seinen Lieblingen, dann gesellte er sich wieder zu Bremer, der sich nicht bewegt hatte, bis das Gitter wieder geschlossen worden war.

»Die hätten doch aus diesem …« Bremer zeigte auf die Absperrung.

»Paddock«, ergänzte Filmour. »Wenn eine Pferdebox einen Außenbereich hat, einen Auslauf, dann nennt man das Paddock.«

»Die hätten doch aus dem Paddock weglaufen können.«

»Nicht solange ich dabei bin. Die drei sind ja noch Babys.«

»Ziemlich große Babys. Wie auch immer. Herr Filmour, Sie haben meine Frage nicht beantwortet.«

»Also noch mal. Lektion eins. Pferde sind Fluchttiere. Das heißt, dass sie sich schützen, indem sie weglaufen. So schnell wie möglich. Laute Geräusche, schnelle Bewegungen, Berührungen, Druck oder Schmerz, vor allem am Rücken, lassen bei Pferden sofort ein Fluchtprogramm ablaufen. Bevor Sie fragen: Pferde können das auch verlernen. Sie haben ja den Weg hierher sorgsam studiert. Es gibt viele Angstquellen. Ein Lkw, der seine Luftdruckbremsen betätigt, wenn wir gerade mit einer Gruppe vorbeireiten, um nur ein Beispiel zu nennen. An der Reaktion eines Pferdes sehen Sie sehr schön den Stand der Geländeausbildung.«

»Das heißt?«

»Nervöse Tiere machen zumindest einen Satz zur Seite. Ängstliche gehen durch, fliehen, machen das, womit Pferde seit sechzig Millionen Jahren überlebt haben. Und wenn ein Herdenmitglied anfängt, machen in der Regel die anderen mit. Wenn sie nicht richtig ausgebildet sind. Unsere Pferde haben durch die Bank eine Gelassenheitsprüfung absolviert. Und trotzdem sind sie aus Fleisch und Blut. Ich kann es mir einfach nicht leisten, aufgeregt zu sein. Auch wenn zwanzig durchgehen. Wenn ich ebenfalls Anstalten mache, zu fliehen, ist es aus. Pferde spüren das. Wenn ich zappelig in der Stallgasse rumlaufe, sind fünf Minuten später alle nervös. Pferde schauen genau auf das, was ich mache. Wenn wir uns aufregen, macht es die Herde mit. Solveig und ich sind die Leitstuten.«

Bremer hielt seine Tasse immer noch in der Hand. Ein Cowboysattel mit Knauf und Verzierungen aus Metall war darauf abgebildet.

»Ist das nicht der Leithengst, der eine Herde führt?«

»Das ist ein weit verbreiteter Irrtum. Es gibt zwar einen Leithengst, der hat aber die Funktion, die Herde zu verteidigen. Vor allem verteidigt er seine Stuten gegen andere Hengste. Die Leitstute führt zu Futter- und Wasserplätzen, sie flieht als Erste, die Herde folgt, der Leithengst läuft hinterher, deckt die Flucht und treibt langsame Tiere an. Dabei kann es durchaus passieren, dass der Leithengst ein Raubtier mit den Hufen angeht.«

»Verstehe. Werden Sie Einbußen haben?«

»Kaum. Den Reitbetrieb können wir ja aufrechterhalten, unsere Koppeln sind nicht von den Pumparbeiten betroffen. Nein, ich glaube, es wird nicht viel ausmachen.«

»Verdienen Sie gut?«

Filmour schmunzelte. »Wir haben unser Auskommen, wenn wir eine Siebentagewoche und maximal drei Wochen Urlaub im Jahr akzeptieren.«

»Harter Job«, sagte Bremer und nahm einen kleinen Schluck von dem Kaffee, der sich bereits deutlich abgekühlt hatte und dadurch nicht besser schmeckte.

»Ich möchte nichts anderes tun. Manchmal wird es zu viel, keine Frage. Aber wir sind unsere eigenen Herren, die Litermont Ranch gehört uns, wir haben hier eine Menge nette Leute.«

»Die Leute. Genau. Wer gehört zu Ihrer Kundschaft?«

»Wir unterscheiden vier verschiedene Kundenkategorien. Erstens: die Einsteller. Das sind alle, die ein oder mehrere Pferde bei uns in Pension haben. Die Anzahl schwankt mit den Jahreszeiten. Im Winter sind es fast doppelt so viele wie im Sommer. Zweitens: die Reitschüler. Das sind momentan etwa vierzig, die regelmäßig einmal die Woche kommen, davon fünfzehn Kinder. Bei den Reitschülern unterscheiden wir die, die freizeitmäßig reiten, und die, die Turniere gehen wollen. Drittens: alle, die eine Reitbeteiligung haben.«

»Reitbeteiligung? Turniere gehen?«

»Reitbeteiligung heißt, Sie zahlen einem Pferdebesitzer einen bestimmten Betrag, dafür können Sie eine bestimmte Zeit pro Woche oder Monat sein Pferd reiten. Eine gute Sache für alle, die nicht so viel Geld haben oder nicht die Zeit, sich um ein Pferd zu kümmern. Turniere gehen heißt so viel wie an Turnieren teilnehmen.«

Bremer nickte und stellte die Tasse mit dem kalten Kaffee auf den wetterfesten Kunststofftisch. »Und die vierte Kategorie?« Er betonte das Wort Kategorie, sodass es wie Stückgut klang, aber Filmour ging nicht darauf ein.

»Pferdebesitzer, die ihre Tiere zum Beritt herbringen, entweder stündlich oder für eine gewisse, klar geregelte Zeit. Beritt heißt, wir bilden die Pferde aus oder gewöhnen ihnen Unarten ab. Annabelle war nicht reitbar, als sie hierherkam.«

»Sind Sie ein Pferdeflüsterer?«

Filmour verzog den Mund. »Jeder, der Pferde versteht, ist ein Pferdeflüsterer. Es gibt viele davon, und einige verstehen auch noch was von Marketing. Die schreiben dann Bücher und wirken angeblich Wunder. Das sind die Wunder, die wir hier jeden Tag bewirken, und dann stellen die Leute plötzlich fest, das sind gar keine Wunder. Wir machen einfach gute Arbeit, verstehen unser Handwerk. So wie Sie, hoffe ich.«

Bremer überhörte die Anspielung und starrte ein Fragezeichen in die Luft.

»Pferde sind fühlende, soziale Wesen, wie gesagt. Wie Menschen. Pferde haben eine Seele. Die kann man zerstören oder fördern. Die meisten Pferde, die aggressiv oder panisch sind, sind misshandelt worden. Annabelle muss Furchtbares durchgemacht haben. Und ein Pferdeflüsterer ist nichts anderes als ein guter Pferdepsychologe mit vielen Jahren Erfahrung und einer gehörigen Portion Selbstkritik. Er versteht Pferde und im besten Fall auch Menschen.«

»Das heißt, ein Pferd wird als gutes Pferd geboren und erst zum Monster gemacht?«

»Exakt. Aber Sie dürfen eines nicht vergessen: Die Art, wie Pferde miteinander umgehen, ist ziemlich gewalttätig für unsere Verhältnisse. Eine Leitstute ist durchaus in der Lage, eine Konkurrentin so zu verprügeln, dass sie ihr Leben lang lahmt. Trotzdem sollte ich das als Mensch nicht genauso machen. Es ist nicht nötig.«

»Also doch nicht alles eitel Sonnenschein?«

»Das habe ich nicht gesagt. Es ist ein ständiger Entwicklungsprozess. Manchmal muss ich einem Pferd auch physisch klarmachen, wer der Boss ist. Aber ich werde es nie quälen oder meine schlechte Laune an ihm auslassen. Wir auf der Litermont Ranch haben einen Leitspruch: Ein Pferd macht nie Fehler, nur der Reiter.«

Bremer richtete sich auf. »Ein hoher Anspruch, dem alle gerecht werden?«

»Natürlich. Wir alle hier sind selbstverständlich Heilige.« Filmour nahm einen Schluck Kaffee und lugte wie ein kleiner Junge über den Tassenrand hinweg zu Bremer.

»Verstehe. Aber zurück zu meiner Frage.«

»Ich kann Ihnen eine Liste geben, mit Adressen und allem.«

»Ja, das wäre hilfreich.« Susanne kann die Liste abgleichen, dachte Bremer. Mal sehen, ob Filmour uns jemanden vorenthält. Seltsam. Er hatte ihm aufmerksam zugehört und dabei ganz vergessen, dass er von furchtbaren Tieren umgeben war. Außer Annabelle. Die war richtig sympathisch. Aber Ausnahmen bestätigten bekanntlich die Regel.

»Wer von den netten Leuten hat einen Grund, Sonja Wraake umzubringen? Oder ihr Pferd? Oder beide?«

Filmour schüttelte nur den Kopf. »Keine Ahnung. Ich kann mir niemanden vorstellen. Sie hat keinen Streit gehabt, erfüllt ihre Pflichten tadellos, ist hilfsbereit. Ich möchte behaupten, dass niemand von der Litermont Ranch einen Grund hatte, Sonja Wraake so etwas Furchtbares anzutun.«

Bremer inspizierte seine Uhr. Die Zeit war verflogen. Es war schon halb zehn, in einer halben Stunde musste er in Saarbrücken sein.

»Ich muss los. Einsatzbesprechung. Kann ich heute Nachmittag wiederkommen?«

Filmour nickte »Ab fünfzehn Uhr habe ich Reitstunden, bis achtzehn Uhr. Solveig hat heute unterrichtsfrei.«

»Ist sie dann hier?«

»Ja.«

»Gut. Ich werde gegen achtzehn Uhr da sein und mit ihr reden. Einverstanden?«

»Habe ich eine Wahl?«

Bremer hob die Augenbrauen, stand auf und reichte Filmour seine Karte. »Aber ja. Sie müssen überhaupt nicht mit mir reden.«

Filmour lächelte. »Schon in Ordnung. Dann würden Sie mich vorladen, und ich müsste nach Saarbrücken und so weiter und so fort. Ich helfe Ihnen gerne. Ich sage Solveig Bescheid.«

»Schicken Sie mir die Liste bitte an meine E-Mail-Adresse.«

»Das werde ich sofort erledigen.«

»Kann ich Annabelle noch mal sehen?«

Filmour nickte.

»Allein?«, fragte Bremer.

»Sie kennen den Weg.«

Wie beim ersten Rendezvous fühlte es sich an. Er hatte Angst davor, dass es klappen würde, und er hatte Angst davor, dass es nicht klappen würde.

Annabelle beäugte ihn, dann kam sie mit wiegendem Kopf einen Schritt auf ihn zu und wartete. Bremer hatte die Banane vergessen.

Er fand Filmour in der Schenke, bekam eine Banane, rannte los, fiel in ein gemächliches Spaziertempo, als ihm Filmours Vortrag über Fluchttiere einfiel. Annabelle hatte sich nicht von der Stelle gerührt. Sie schnüffelte nach der Banane, Bremer legte ein Stück auf die flache Hand und schob sie zwischen den Stäben hindurch. Wieder das Kitzeln, als Annabelle das Stück mit den Lippen aufnahm. Schnell war die Banane verschwunden, Annabelle verzog sich wieder nach hinten.

»Das war genug für heute«, stellte Bremer fest, verließ den Stall und machte sich auf in den nächsten Stall. Bei dem Gedanken musste er lächeln. »Wir sind auch so ein Haufen seltsamer Tiere«, sagte er zu seinem Navi und drückte aufs Gaspedal, damit er nicht zu spät kam.

***

Die Ermittlergruppe drängte sich in Bremers Büro. Holt, Weber, Zerb, Bellorz und Bremer selbst. Alle Konferenzräume waren belegt.

Zerb steckte ein Bild an die Pinnwand. »Seht euch das an. Wie gesagt. Ötzi ist tranchiert worden.« Er deutete auf den Oberschenkel des Schlammmannes, der nach der Reinigung noch recht frisch aussah. Wunderbare Schnitte. Ein Fachmann. Zerlegt wie vom Profi. Beim Arm dasselbe. Ich glaube nicht, dass der Rest von Ötzi noch lebendig ist.«

»Und das Pferdebein?«, fragte Susanne Holt und rieb sich die Augen.

»Gute Frage. Da war leider nicht mehr genug Fleisch dran. Ich habe die Zusammensetzung des Schlammes prüfen lassen. Er ist kalkhaltig. Unser Glück, sonst wäre von den Knochen nichts mehr übrig. Die meisten Moorleichen sind ziemlich schlaffe Säcke, weil ihnen in kürzester Zeit das gesamte Kalzium entzogen wird. Unser Schlamm konserviert Gewebe *und* Knochen. Der Pferdeknochen war mit an Sicherheit grenzender Wahrscheinlichkeit sauber, als er im Schlammweiher versenkt wurde.«

»Da hat jemand illegal seinen Gaul entsorgt, weil er die Kosten für den Abdecker sparen wollte«, brummte Bellorz.

»Wie lange liegt Ötzi im Schlamm?«, fragte Bremer.

»Das ist schwer zu sagen. So ein Schlammgrab ist bestens dazu geeignet, uns das Leben schwer zu machen. Mindestens zwei Monate. Er kann aber auch schon vor einem halben oder einem Jahr eingelagert worden sein.«

Susanne Holt machte sich an der Kaffeemaschine zu schaffen. »Ein hervorragendes Versteck für eine Leiche.« Sie presste mit dem Tamper Kaffeepulver in den Siebträger, ließ den Träger in den Bajonettverschluss einrasten und drückte den roten Knopf für »extrastark«. Die Maschine zischte leise, aus zwei Röhrchen ergoss sich der tiefschwarze ölige Espresso in die kleine Tasse. Sie schaufelte Zucker hinein. Zwei Löffel, dachte Bremer. Sonst nimmt sie nur einen.

Alle warteten, bis sie den Espresso in einem Zug weggeschlürft hatte. »Der Schlammweiher ist eine biologische Ausgleichsfläche für die ganzen Baggerseen, die durch den Kiesabbau entstanden sind. Man überlässt ihn sich selbst, niemand würde auf die Idee kommen, irgendetwas darin zu suchen.«

»Dumm gelaufen«, sagte Bellorz. »Gibt es irgendetwas Greifbares? Einen Hinweis auf Ötzis Identität? Einen dringend Verdächtigen im Fall Wraake?« Er schaute sich um. »Dann will ich euch nicht länger aufhalten. Viel Spaß noch.«

Rudi kratzte sich an der Nase. »Dieser Pferdeflüsterer hat übrigens recht gehabt. Die Projektile aus dem Pferd sind 0.22, Kleinkaliber. Das Gewicht passt genau. Leider haben wir noch keine Hülsen. Ich kann also nicht sagen, ob Lang- oder Kurzwaffe.«

»Glaubst du, jemand macht so etwas mit einer Faustfeuerwaffe? Ist doch viel zu riskant«, sagte Weber, der auf der Couch saß und an einem Keks knabberte.

»Wahrscheinlich nicht«, gab Zerb zu. »Aber auszuschließen ist es auch nicht.«

Bremer schaukelte in seinem Sessel hin und her. »Wir haben

einfach noch nicht genug. Wir machen weiter wie bisher. Fred, du bleibst an der Liste von Wraake dran und legst Prioritäten fest. Wir werden jeden Einzelnen vorladen und ausquetschen.«

Weber nickte. »Rudi gibt uns kurz, knapp und sofort Bescheid, wenn es neue Funde gibt.«

»Mach ich doch immer.«

Bremer kräuselte die Lippen. »Susanne, du machst frei, bis Fred deine Verhörliste fertig hat. Keine Widerrede. Du siehst aus, als hättest du drei Tage nicht geschlafen. Ich halte dich auf dem Laufenden. Ötzi läuft uns nicht weg. Ich nehme mir die Litermont Ranch vor. Das war's. Für eine ausgewachsene MOKO haben wir noch nicht genug.«

Im selben Augenblick klingelte Bremers futuristische Telefonanlage. Er meldete sich. Holt, Weber und Zerb starrten ihn an. Er hielt den Hörer zu. »Seid ihr schwerhörig?« Die drei zuckten zusammen und verschwanden, Zerb zog die Tür hinter sich zu. Bremer schüttelte den Kopf.

»Hallo, Liebste. Ich musste mein Team rausschmeißen. Die hätten am liebsten mitgehört.«

»Berufskrankheit, kenne ich.«

»Wie geht es dir?«

»Du fehlst mir«, hauchte Saskia in den Hörer.

»Das will ich hoffen.«

»Werd nur nicht überheblich. Ich habe am Sonntag ein Seminar abgesagt.«

Bremer blieb die Luft weg. Er hielt sich den Hörer vor die Augen und musterte ihn.

»Martin?«, krächzte es aus dem Lautsprecher. »Martin, bist du noch dran?«

»Du hast *was*?«

»Was ist denn los? Du klingst so weit weg.«

Bremer hielt sich den Hörer wieder ans Ohr. »Du hast was?«

»Ich habe ein Seminar abgesagt. Zu kurzfristig, habe ich gesagt, und meinem Chef sind die Augen aus dem Kopf gefallen.«

»Ist er ausgerastet?«

»Er hat gefragt, was ich mir zur Hochzeit wünsche.«

»Und?« Bremer perlte der Schweiß von der Stirn.

»Eine Baby-Erstausstattung.«

Der Chefsessel sackte unter Bremer weg. Er versuchte, etwas zu sagen. Aber seine Stimmbänder versagten.

»Alles in Ordnung, Martin? Bist du erkältet?«

»Aber wir haben doch immer aufgepasst ...«

Einen Moment herrschte Stille in der Leitung. Dann lachte Saskia aus vollem Hals. Bremer fühlte sich wie ein kleiner dummer Junge.

»Du hast, nein, das kann ja nicht wahr sein ...« Saskia hustete vor Lachen.

»Nicht?«

»Nein. Ich bin nicht schwanger. Und heiraten will ich auch nicht. Keine Angst, lonely Cowboy. Du solltest wissen, dass ich nicht vorhabe, Kinder in die Welt zu setzen. Mein Gott, du bist ja richtig panisch geworden. Hast du schon den Duft der Windeln gerochen? Erleichtert?«

Bremer tupfte sich mit einem Taschentuch die Stirn trocken. »Das kannst du laut sagen.«

»Du alter Angsthase. Wäre das denn so schlimm? Liebst du mich denn nicht? Willst du nicht mit mir bis ans Ende aller Tage zusammen sein?«

»Das sind fiese Verhörtricks, Frau Pierer. Ich will einen Anwalt.«

»Der nützt Ihnen gar nichts. Sie sind überführt. Gestehen Sie, dann kriegen Sie nur zwei Kinder statt vier angehängt.«

»Ich habe ein Alibi.«

»Davon wüsste ich aber was.«

»Ich gestehe: Ich liebe dich, Saskia. Aber mehr kriegen Sie nicht aus mir raus, Frau Generalinquisitorin.«

»Das reicht vollkommen für den Scheiterhaufen. Ich werde dir einheizen. Am Samstag. Und am Sonntag. Ist Dirk da?«

»Was hältst du von mir? Ich habe ihn mit seiner neuen Freundin nach Spanien ins Exil geschickt.«

»Brav. Bis bald. Ich liebe dich auch. Und ich habe Lust auf dich.«

Bremer hörte das Klicken in der Leitung, als Saskia einhängte, und blieb noch einen Moment mit dem Hörer in der Hand sitzen. Er wusste nicht, ob er Angst haben oder sich freuen sollte. Saskia erfüllte viele seiner Sehnsüchte. Aber sie weckte auch dumpfe Ängste. Wenn sie zusammen waren, wollte er sie am liebsten gar nicht mehr gehen lassen. Wenn sie anfing, laut darüber nachzudenken, welches Zimmer sie wollte, überkam ihn dieselbe Panik wie bei den Pferden. Auch ein Fluchtreflex, dachte er. Vielleicht sollte er noch mal Juliane Sefrinck, seine Psychotherapeutin, konsultieren? Er verwarf den Gedanken, seufzte und machte sich über den Papierberg her, aber der Berg schrumpfte nicht, das erste Blatt blieb unbearbeitet vor ihm liegen. Wie ein Splitter unter der Haut quälte ihn eine ständige Erinnerung, die wach geworden war, als er das erste Mal die Litermont Ranch betreten hatte.

Sein Adoptivvater hatte ihm einen Wunsch erfüllen wollen und ihn in einen Reitstall geschickt, wo er voltigieren lernen sollte und dann reiten. Martin Bremer, der gerade seinen sechsten Geburtstag gefeiert hatte, wollte nämlich immer ein Cowboy sein und nach Amerika gehen, um gegen die bösen Indianer zu kämpfen und die Revolverhelden zu fangen. Er erinnerte sich an den Geruch im Stall und dann an nichts mehr, bis er zu Hause aufwachte, mit Schmerzen in jedem Knochen und einer Platzwunde am Kopf.

»So kann das nicht weitergehen«, stellte Bremer fest und traf eine Entscheidung.

NEUN

»Frau Müller lässt sich entschuldigen, sie hat ein Beratungsgespräch.« Sonja Wraake schaute in die Runde, dicht gedrängt wie Camelots Ritter saßen die freiwilligen Helfer im Landesbüro des WEISSEN RINGS um den kleinen runden Tisch herum.

»Schön, dass ihr gekommen seid«, fuhr Sonja fort. »Wir haben einiges zu erledigen, unglaublich, dass es schon wieder Freitag ist.«

»Wie geht es dir?«, fragte Frank Keller, der seit elf Jahren mit dabei war und beim Landeskriminalamt arbeitete. Seine Haare waren bereits ergraut, obwohl er erst nächstes Jahr seinen Vierzigsten feiern würde.

»Ich bin okay. Ich glaube nicht an ein Attentat. Und wenn ich Hilfe brauche, melde ich mich.« Sonja dachte nicht daran, ihre Ängste hier auszubreiten.

Keller rümpfte die Nase, aber niemand sonst sagte etwas, also fuhr Sonja fort, als sei nichts gewesen. »Wir haben drei neue Fälle. Besser gesagt zwei neue und eine Wiederholung. Die Sparkassenfiliale Luisenthal ist wieder überfallen worden.«

Keller übernahm. »Das dritte Mal in Folge. Sven Kachel, der Filialleiter, ist mit der Waffe am Kopf gezwungen worden, die Zahlenkombination des Tresors zu verraten. Das konnte er nicht. Der Täter hat seinen Kopf an der Tresortür blutig geschlagen. Ein Wunder, dass Kachel noch lebt. Der Täter ist vollkommen ausgerastet und hat im Tresorraum herumgeballert. Im Moment liegt Kachel in Berus auf Station und ist mit Beruhigungsmitteln vollgepumpt. Er ist nicht ansprechbar. Die Ärzte sagen, dass er wohl nicht mehr so schnell auf die Beine kommen wird. Kein Wunder. Dreimal überfallen. Und seinem Gesuch nach Versetzung in den Innendienst nach dem ersten Überfall wurde nicht stattgegeben. Er hat genau gewusst, was auf ihn zukommt, und trotzdem ist er jeden Tag zur Arbeit gegangen. Selbst nach dem zweiten Überfall und dem zweiten abgelehnten Gesuch hat er sich weiter in die Bank geschleppt. Unglaublich. Ich kümmere mich um ihn.«

Keller schwieg einen Moment, dann hellte sich seine Miene auf.

»Ach ja. Der Täter ist bereits gefasst. Er war so liebenswürdig, sich seine Maske vor der Bank aufzuziehen, wo inzwischen auch Kameras installiert sind. Der Mann war Stammkunde in der Bank und kannte den Filialleiter gut.«

»Danke, Frank. Er ist bei dir bestens aufgehoben.« Sonja lächelte warm, die anderen nickten zustimmend. »Ich habe noch eine Vergewaltigung. Eine Kassiererin. Sechsunddreißig Jahre alt, alleinerziehend, drei Kinder, der Täter ist der Ex-Mann.«

Vera Trittmann hob den Arm. »Ich habe die nächsten vier Wochen frei.«

Sonja reichte ihr die Akte. »Mach dich auf was gefasst. Ziemlich schwierige Person. Sie ist streng katholisch und betrachtet die Vorfälle als Strafe Gottes. Wofür, das weiß sie allerdings selbst nicht.«

»Warum hat sie uns angerufen?«

Sonja räusperte sich. »Ihr Pfarrer hat uns empfohlen. Ein verständiger Mann, der bereit ist, zu helfen. Sie braucht im Moment vor allem Geld. Der Ex hat die Wohnung zerlegt, das Auto demoliert, die Ersparnisse mitgenommen, alles versoffen und verhurt. Sie hat erst zwei Tage später Anzeige erstattet, sieht aber immer noch aus, als wäre sie unter eine Lokomotive geraten.«

Vera Trittmann schüttelte ihre schwarzen Locken. »Sie hat ihr Geld unterm Bett gebunkert?«

»Nicht unterm Bett, sondern in einer Keksdose in der Küche. Sie traut Banken nicht. Sie traut auch uns nicht. Du wirst es sehen. Ein harter Brocken. Bist du sicher, dass du dem gewachsen bist?«

»Kein Problem. Die Supervision ist hervorragend. Meine Albträume sind so gut wie weg. Die Panikattacken ebenfalls. Ich schaffe es, die nötige Distanz aufzubauen, ohne gleichgültig zu werden. Ein gutes Gefühl.« Vera Trittmann fuhr sich mit beiden Händen durch die Haare. »Als ich hier angefangen habe, hätte ich nicht gedacht, dass mich das so beutelt.«

»Prima, Vera.« Sonja nahm eine andere Akte.

»Sommer«, sagte Schöneberg. »Wir haben Sommer, aber der Frühling war auch sehr schön.«

Alle lachten schallend. Sonja wischte sich eine Träne aus den Augen und schniefte.

»Okay, du Besserwisser.«

Schöneberg hob entschuldigend seine Arme, Sonja schwang tadelnd ihren Zeigefinger.

»Genug jetzt. Ich werde hier noch wahnsinnig. Fall Nummer drei. Eine junge Mutter war mit ihrem Säugling unterwegs, in der Nähe der Brauerstraße, am Drogenhilfezentrum. Ein vollkommen ausgeflippter Junkie hält ihr eine Spritze vor die Nase und droht, ihr Baby zu infizieren, wenn sie nicht ihr Geld hergibt. Sie ist vor Schreck gelähmt, hält ihr Baby fest, der Junkie rastet aus, weil er kein Geld bekommt, sticht auf sie ein und rennt weg. Das Baby ist unverletzt, die Mutter nicht infiziert, die Spritze war zu alt. Ein Anwohner beobachtet den Vorfall, verständigt die Polizei, der Junkie wird von einer Streife aufgegriffen und landet blau geprügelt im Krankenhaus. Eine Treppe hat ihm das angetan, heißt es.«

Keller massierte sich den kahlen Schädel. »Die verantwortlichen Beamten sind bereits suspendiert, das Disziplinarverfahren eingeleitet. Eine böse Sache.«

Sonja nickte. »Kann passieren. Wer übernimmt den Fall?«

Curt Schöneberg meldete sich. »Geht es um die Mutter oder um den Junkie?«

Keller schnaufte, Trittmann grinste, und Sonja reichte Schöneberg die Akte. »Spielt das eine Rolle?«

»Natürlich nicht. Wer hilft dem Junkie?«

»Er hat nicht nach Hilfe gefragt.«

»Außerdem ist er kein Kriminalitätsopfer.« Keller rümpfte wieder die Nase. »Oder willst du behaupten, die Beamten seien kriminell?«

Schöneberg straffte sich. »Willst du dich mit mir auf eine rechtsphilosophische Diskussion einlassen?«

»Ich weiß, dass du der beste Richter warst, den es je gegeben hat, und dass die Welt schlecht und ungerecht ist. Ich will nur sagen, dass die Jungs wahrscheinlich, ich betone, wahrscheinlich, Mist gebaut haben, großen, wenn das alles stimmt. Aber deswegen sind sie noch lange nicht kriminell. Die sind auch nur aus Fleisch und Blut.«

Schöneberg lüpfte die Augenbrauen. »Bullenfleisch muss halt ganz besonders beschaffen sein. Ich kann verstehen, dass du deine Kollegen in Schutz nimmst, aber das Verfahren wird zeigen, ob sie strafbar und damit kriminell gehandelt haben oder nicht. Weißt du, der Junkie, der kriegt wahrscheinlich überhaupt keine Strafe, weil er nicht straffähig war, auf Entzug. Damit wäre die Mutter auch kein Opfer eines Kriminellen.«

»Aber trotzdem Kriminalitätsopfer.«

Sonja hob die Hände. »Stopp, ihr Hähne. Sonst werdet ihr gleich meine Opfer. Und dann hilft euch keiner mehr.«

Wieder löste Gelächter die Spannung, und Sonja fuhr fort. »Apropos Kollegen, Curt.«

Der Richter winkte ab. »Ja, ja. Swelow-Hübner. Keine Ahnung, was los ist. Aber ihr ist nicht beizukommen. Sie kennt ihre Spielräume sehr genau und reizt sie bis an die Grenzen aus.«

»Ich denke, bei Helga Simonis ist sie zu weit gegangen.«

»Die Protokolle geben nichts her«, sagte Curt und nahm einen Schluck Kaffee. »Wenn einer der Richter zugeben würde, von ihr unter Druck gesetzt worden zu sein, dann wäre sie fällig. Aber du weißt ja, wie das läuft. Nur kleine Anspielungen, ein genuscheltes ›Sie wissen ja, was ich denke‹ oder ›Sie wollen ja sicher Ihre Karriere nicht gefährden‹, und schon kuscht der Mann. Vielleicht kriegen wir ja einen dazu ...«

Keller lachte. »Damit wäre die Karriere des Richters ebenfalls beendet. Das macht keiner. Niemals. Das weiß Swelow-Hübner genau. Und wenn wir ihr Richterzimmer verwanzen würden, könnte sie seelenruhig weitermachen, während wir achtkantig aus unseren Jobs katapultiert würden.«

»Es wird immer schlimmer mit ihr«, sagte Trittmann. »Und immer dasselbe. Sie schlägt auf Vergewaltigungsopfer ein wie ein Berserker. Die Anwälte planen sie bei ihrer Verteidigungsstrategie schon mit ein.«

»Ich bin mit mehreren Befangenheitsanträgen gescheitert. Die Front ist geschlossen.« Sonja hob ihre Hände.

»Es gibt natürlich eine Möglichkeit.« Schöneberg holte tief Luft. »Wir sollten mal ihren Keller inspizieren. Jeder hat eine Leiche versteckt.«

»Und wie sieht deine aus?«, fragte Sonja.

Der Richter machte ein harmloses Gesicht. »Ausnahmen bestätigen die Regel.«

»Wahrscheinlich hast du früher mal gekifft«, sagte Keller, formte seine Rechte zu einem Riesenjoint und zog daran.

»Du etwa nicht?«

»Nur aus beruflichen Gründen. Selbstversuche, um sich in die Drogenabhängigen hineinversetzen zu können.« Keller und Schöneberg kicherten wie kleine Kinder.

»Können wir jetzt wieder zur Sache kommen?« Der Ton in Sonjas Stimme mahnte unmissverständlich zur Ordnung.

Die beiden Störenfriede rissen sich zusammen, und Schöneberg machte einen Vorschlag. »Das wird zwar gehörig Ärger geben, aber wir sollten graben, etwas finden und dann den Antrag stellen. Ungeeignet für das Richteramt.«

Daran hatte Sonja auch schon gedacht, hier und da mit Kollegen gesprochen und mit zwei Richtern, die ihr aber signalisiert hatten, dass ein solches Vorgehen nicht ihre Zustimmung finden würde, weil Frau Swelow-Hübner Zeugen der Verteidigung und Opfer zwar nicht mit Samthandschuhen anfassen würde, sie sich aber noch nie das Geringste habe zuschulden kommen lassen und voll und ganz auf der Seite der freiheitlich-demokratischen Grundordnung stehe. Sonja war klar, dass sie mit der Eröffnung eines solchen Verfahrens den Deckel von der Büchse der Pandora schlagen würde.

»Du musst ja nichts damit zu tun haben, Sonja.« Schöneberg knabberte am Fingernagel seines linken kleinen Fingers. »Ich könnte das auf mich nehmen. Ich bin ja sowieso bei den meisten Richtern unten durch.«

»Und du bist sicher, dass das kein Rachefeldzug wird?«

»Nein, bin ich nicht. Ich bin immer noch stinksauer, dass sie mich kaltgestellt haben.«

Sonja kräuselte die Lippen. »Du kannst es ja immer noch machen. Deine Übersetzung. Niemand hindert dich daran.«

»Aber das bringt doch nichts. Es gibt jede Menge Bücher, die ein paar Gesetze halbwegs erklären. Das reicht nicht. *Alle* Gesetzeswerke müssen in verständlichem Deutsch herausgebracht werden. Ein Gesetz darf nur Gesetz werden, wenn sichergestellt ist, dass es jeder versteht. Das muss in der Verfassung verankert werden. Es darf keine Gesetze geben, die achtzig Millionen Menschen gar nicht begreifen können. Es ist wie mit der Bibel. Herrschaftswissen. Um die Kleinen klein zu halten. Dasselbe mit den Steuergesetzen. Absurd.«

Schöneberg lief rot an, zog mehrmals Luft wie ein Taucher, der einen Tiefenrekord brechen will.

Keller nutzte die Pause. »Das wissen wir alles, Curt. Und sind ja auch deiner Meinung. Fast. Aber wir haben ein Problem, das real ist, das mit dem Leben zu tun hat. Wenn *du* das Verfahren anstrengst«, er zeigte mit dem Daumen auf Curts Brust, »ist die Sache sofort verloren. Ist doch klar. Entmachteter Richter schießt zurück. Keine Chance.«

Schöneberg sackte in sich zusammen. »Ja. Du hast natürlich recht. Aber ich habe immer noch ein paar gute Verbindungen. Ich werde über Swelow-Hübner herausfinden, was es herauszufinden gibt. Und wenn eine Leiche dabei ist, werden wir sie gnadenlos exhumieren und Swelow-Hübner im selben Loch begraben. In Ordnung? Ich lege ein Dossier an, abrufbar in unserem Intranet. Das Passwort heißt«, er kaute wieder an einem Finger und verdrehte die Augen; das machte er immer, wenn er scharf nachdachte, »Phantom. Das Passwort heißt Phantom.«

Sonja legte den Kopf schief. »Das ist ja schon fast poetisch.«

»Du bist das Phantom, Sonja. Swelow-Hübner wird dich erst bemerken, wenn es zu spät ist, wenn sie stolpert.«

»Wie du meinst«, sagte Sonja und sah die anderen bedächtig nicken. Sie war dankbar, dass Schöneberg schnell eingelenkt hatte und nicht eine endlose Diskussion über die deutsche Justiz vom Zaun gebrochen hatte. Sollte er sie als Phantom sehen. Mit einer Handbewegung beendete sie die Sitzung.

An der Tür fing Keller sie ab.

»Sonja, ich will ja nicht den Teufel an die Wand malen, aber bist du sicher, dass alles in Ordnung ist? Ich kenne dich jetzt seit zehn Jahren. Vielleicht ist es dir nicht aufgefallen, aber du hast deinen Dauerschreiber dreimal zerlegt und wieder zusammengebaut.«

»Ernsthaft? Ich wusste gar nicht, dass ich so geschickt bin.«

»Ich mache mir Sorgen. Du weißt doch selbst, wie es funktioniert. Ich denke, du stehst unter posttraumatischem Schock.«

Am liebsten hätte Sonja Keller angeschrien, er solle sich um seinen eigenen Kram kümmern, aber sie nahm sich zusammen, denn genau das hätte seine Theorie bestätigt. Unkontrollierter emotionaler Ausbruch. Aber so einfach war sie nicht aufs Glatteis zu führen. Sie legte Keller eine Hand auf die Schulter und lächelte. »Ich weiß das zu schätzen, Frank. Du bist ein guter Freund. Wenn ich Hilfe brauche, bist du der Erste, den ich fragen werde. Danke.«

Sie spürte Kellers Misstrauen, nahm die Hand von der Schulter, grüßte noch einmal in die Runde und verließ das viel zu enge Büro. Die Luft war stickig geworden, sie konnte kaum noch atmen. Verdammt, wann konnten sie endlich in neue Räume umziehen? Sie rief sich zur Ordnung. Wir brauchen jeden Cent für die Opfer. Jeden verdammten Cent. Konzentriere dich auf den Gerichtstermin. Du musst wach sein.

Sie fuhr auf die Autobahn und beschimpfte einen Fahrer vor ihr, der mit sechzig Stundenkilometern vor ihr herzockelte. »Herrgott noch mal, fahr doch, Menschenskind!«, schrie sie. Ihre Stimme rasselte. Über ihr zeigte das Verkehrsleitsystem die zulässige Höchstgeschwindigkeit in grellen weißen Zahlen an: »60«.

***

Die ganze Hetze war umsonst gewesen. Der Sachverständige war erkrankt, hatte kurzfristig abgesagt, und so blieb dem Richter keine Wahl. Die Beweisaufnahme musste unterbrochen werden, bis der Sachverständige wieder gesund war.

»Die Sitzung wird vertagt auf Mittwoch, den 27. Juni.« Richter Rebald schloss seine Akten und winkte Sonja zu sich. »Kann ich Sie in meinem Zimmer sprechen?«

Sie folgte ihm, er fragte höflich, ob sie einen Kaffee trinken wolle, und bat sie, sich zu setzen. Sein Zimmer hatte sich nicht verändert. Der mächtige Schreibtisch, der von Akten überquoll; der Sessel mit grünem Lederbezug; die Bücherschränke, die wie ein Gebirge über Richter Rebald aufragten; der Geruch nach Antiquariat; die schweren Brokatvorhänge, die den Blick auf den Prälat-Subtil-Ring, den Sitz des Saarlouiser Amtsgerichtes, unmöglich machten.

»Lange nicht hier gewesen?«

»Über vier Jahre.«

»Wie geht es dir?«

Sonjas Blut fing an zu kochen. Wollte Rebald jetzt auch einen auf Opferhelfer machen? »Gut. Danke der Nachfrage. Worum geht es?«, sagte sie ruhig.

»Das hier ist ein Gespräch, das nie stattgefunden hat, okay?«

Sie entspannte sich. Also ging es um etwas Berufliches. Gut.

»Ich habe vom Fall Helga Simonis gehört. Ehrlich gesagt, hat es mir die Schuhe ausgezogen. Ich kenne Swelow-Hübner seit vielen Jahren, wir waren oft unterschiedlicher Meinung, aber ich hielt sie immer für eine korrekte Juristin. Hast du sie provoziert?«

»Nein. Sie ist auf Simonis losgegangen wie ein Stier auf das rote Tuch. Und zweieinhalb Jahre?«

»Lächerlich, natürlich. Sie wird in der Berufung scheitern. Das ist sicher. Ich möchte dich nur warnen. Unternimm nichts gegen sie. Wir regeln das unter uns. Du spielst mit dem Gedanken, ein Verfahren wegen Nichteignung einzuleiten. Korrekt?«

Rebalds Ton war vollkommen sachlich geblieben, und es lag ja auf der Hand. Andere Mittel gab es nicht, stapelweise Befangenheitsanträge gegen Swelow-Hübner waren locker abgeschmettert worden. Sonja betrachtete Rebald. Sie mochte ihn immer noch. Ihre kurze heiße Affäre hatte sie genossen und bis heute keine Sekunde lang bereut. Er war ein exzellenter Liebhaber und vollendeter Gentleman, aber leider verheiratet.

»Ja. Mit dem Gedanken spiele ich. Was soll ich sonst machen?«

»Abwarten. Swelow-Hübner steht auf der Abschussliste. Aber nicht mit der Brechstange. Sie ist und bleibt eine ehrenwerte Richterin, die vom Zeitgeist überholt wird.«

»Das glaubst du ja wohl selbst nicht.«

»Glaube spielt hier keine Rolle. Gibt es auch nur das geringste juristische Fehlverhalten?«

Sonja reagierte nicht.

»Siehst du? Lass die Finger davon. Das ist nicht dein Job. Du riskierst ...« Er brach ab.

»Ein Disziplinarverfahren vor der Anwaltskammer. Oder noch schlimmer: Ich verliere meinen guten Ruf bei den anderen Richtern.« Sie dachte einen Moment nach. »Nein. Ich würde nicht meinen *Ruf* verlieren, sondern die *Gnade* der Richterschaft. Das hätte zur Folge, dass ich in den nächsten zehn Jahren alle Anträge auch gleich in den Papierkorb werfen könnte. Ist es das?«

Rebald nickte. »Außer bei mir und zwei, drei anderen. Die meisten würden dich hassen, selbst wenn sie froh wären, Swelow-Hübner loszuwerden. Sie haben Angst. Angst, selbst Fehler zu machen und dann zertreten zu werden. Oder noch schlimmer, sich lächerlich zu machen, von smarten Anwälten an der Nase gepackt zu werden. Inkompetent dazustehen. Verstehst du das?«

»Was glaubst du, warum ich keine Richterin geworden bin?« Sonja schlug die Beine übereinander. »Wie lange muss ich sie noch ertragen?«

»Vorschlag: Ich sorge dafür, dass deine Verfahren nicht bei Swelow-Hübner verhandelt werden. Okay?«

»Und was ist mit den anderen Opfern? Sollen die verheizt werden, nur damit ich stillhalte?«

»Ich tue dir damit einen Gefallen. Du hast nichts gegen Swelow-Hübner in der Hand. Gar nichts. Weil es nichts gibt. Glaub mir. Wir sind stark daran interessiert, dass unsere Kollegin in Ehren und Würden ihr Amt niederlegt, wenn die Zeit dafür reif ist.«

»Aber nicht auf Kosten der Opfer! Beurlaubt sie doch einfach. Es gibt genug junge und fähige Richterinnen, die ein modernes Weltbild haben.«

Rebald seufzte. »Deswegen mag ich dich so. Du lässt dich nicht von deinen Grundsätzen abbringen. Vielleicht war es ein Fehler, dich einzuweihen.«

»Wenn auf Kosten der Opfer eine unfähige Richterin geschützt werden soll, allerdings. Verdammt, das könnt ihr nicht machen!« Sonja sprang aus ihrem Sessel auf. »Nein, Richard. Nein, nein, nein und nochmals nein. Ich werde etwas finden, und dann ist sie dran. Mit Pauken und Trompeten. Dann habt ihr halt einen Kratzer an eurem edlen Richterstandslack. Und ich werde jeden verdammten Antrag, der mir abgelehnt wird, mit zehn neuen beantworten. Ich werde Beweisanträge stellen, bis sie euch zu den Ohren herauskommen, und die Strafprozessordnung bemühen, bis ihr sie auswendig kennt, was übrigens gar kein Fehler wäre.«

Rebald grinste verschmitzt. Sonja hasste ihn in diesem Moment. Denn er war mit Sicherheit die falsche Adresse. Mit Rebald als Richter brauchte sie sich keine Sorgen zu machen. Er war fair und handelte nach dem Grundsatz »Im Zweifel für das Opfer«. Aber in diesem Moment stand er auf der falschen Seite. Und sah dazu auch noch unverschämt gut aus. Sie hatte sich oft gefragt, warum ihr damals die Gäule durchgegangen waren. Ein verheirateter Richter. Sie holte noch mal tief Luft.

»Dann werden alle Verfahren dreimal so lang dauern. Ich mache ernst, Richard, das weißt du. Wenn jemand von unserer Zunft Mist baut, ist er auch dran. Gleiches Recht für alle, verdammt.«

Rebald saß hinter seinem Schreibtisch-Bollwerk und rieb sich das Kinn. »Jetzt lass mal die Kirche im Dorf. Ich will dir einen Gefallen erweisen, und du greifst mich an, als wäre ich dein Feind. Beruhige dich.«

»Nein. Ich beruhige mich nicht. Simonis liegt immer noch im Koma.«

»Bedauerlich, aber nicht Swelow-Hübners Schuld. Sie ist vielleicht der Auslöser, aber wo kämen wir da hin? Vor Gericht geht es hart zu. Wenn ich jemanden zwanzig Jahre ins Gefängnis schicke, bin ich dann schuld an seinem Schicksal? Bin ich schuld, wenn er vor Schreck einen Herzinfarkt bekommt?«

Sonja winkte ab. »Schon gut. Du willst nicht verstehen. Spar dir deine Sonderbehandlung. Die Swelow-Hübner steht auf *meiner* Abschussliste, fett unterstrichen und mit drei roten Kreuzen versehen.«

Sie drehte sich auf dem Absatz um und rauschte mit erhobenem Kopf aus Rebalds Richterzimmer hinaus auf den Flur, wo sie einen Wachmann anrempelte und ihn zusammenstauchte.

ZEHN

Der Freitagnachmittag hatte sich dahingeschleppt wie ein Siecher kurz vor dem Tod. Filmour hatte Wort gehalten und die Liste geschickt, aber das war auch schon alles an Neuigkeiten. Immer wieder hatte Bremer eine Ausrede gesucht, aber zuletzt war er stark geblieben.

Fred Weber und Susanne Holt hatten darauf bestanden, mitzukommen, hatten geschworen, sich jeden Kommentars zu enthalten. Und jetzt konnten sie nicht anders. Sie mussten lachen. Bremer bereute sein gutes Herz. Er hatte sie eingeweiht, und sie hatten ihm Respekt gezollt für diese mutige Entscheidung. Weber hatte gesagt, er selbst würde sich das nie im Leben trauen, das wäre nichts für ihn. Und Holt hatte in Aussicht gestellt, auch das Reiten zu lernen, wenn Bremer es lernen würde, und dann könnten sie gemeinsam ausreiten und dabei die schwierigsten Fälle lösen. Oder sie würden die erste saarländische Kriminalpolizeipferdestaffel gründen. Bremer hätte es wissen müssen.

Filmour verscheuchte die beiden aus der Halle, dann ging es weiter.

»Das war vollkommen in Ordnung. Sie sind nicht heruntergefallen, und Mammut scheint sich in Sie verliebt zu haben. Er ist brav wie ein Lämmchen.«

Zuerst hatte Bremer heftig protestiert, als Filmour ihm eröffnet hatte, dass er nicht auf Annabelle würde reiten können.

»Schauen Sie doch mal«, hatte Filmour gesagt, »der Sattel würde die Verletzungen sofort wieder aufreißen.«

Bremer hatte sich einen Egoisten geschimpft, sich mit Mammut angefreundet, ihn mit tatkräftiger Hilfe von Solveig Kropp gesattelt und erstaunt festgestellt, dass er kaum noch Angst hatte.

Alles war gut gegangen, bis Filmour zweimal mit der Zunge geschnalzt hatte. Bremer flog nach vorne auf Mammuts Hals und krallte seine Hände in seine Mähne. Augenblicklich blieb das Pferd stehen, Bremer rutschte aus dem Sattel und hing an der rechten

Seite wie ein Sack. Mit einer Hand am Sattelknauf zog er sich wieder hoch und blieb zitternd vor Anstrengung sitzen.

»Ruhen Sie einen Moment aus, dann versuchen wir es noch mal. Wenn ich schnalze, wechselt er in einen leichten Trab. Machen Sie einfach mit. Mammut übernimmt fast die ganze Arbeit für Sie. Sie können jederzeit unterbrechen.«

Das kam gar nicht in Frage. Er hatte sich entschlossen, reiten zu lernen. Die Zuneigung von Annabelle, diesem ansonsten so scheuen Pferd, war ein deutliches Zeichen für Bremer gewesen, es zu versuchen. Bis jetzt hatte es sich auf jeden Fall gelohnt. Solveig Kropp hatte Bremer in den Sattel geholfen. Mammut war losgegangen, im Schritt, wie es richtig hieß, und er hatte es nicht glauben können, wie angenehm es war. Die Wärme, die Kraft, das leichte Schaukeln. Es war ihm nicht schwergefallen, sich zu entspannen, mit den Bewegungen des Pferdes mitzugehen. Und dann kam das Schnalzen. Filmour hatte ihm vorher erklärt, worum es ging und dass er sich festhalten sollte. Dass sie nun Leichttraben üben würden. Von Abhufen hatte Filmour erzählt und dem Rhythmus, der entsteht, wenn man sich den Bewegungen des Pferdes überlässt. Dass reiten wie fliegen sein konnte, leicht, unbeschwert. Der erste Versuch zumindest war eindeutig eine Bruchlandung gewesen. Bremer holte tief Luft und schloss die Augen. Mammut ging im Schritt los.

»Gleich geht's in den Trab. Alles klar?«

Bremer nickte. Filmour schnalzte, Mammut trabte an, langsam und gemächlich. Lass die Muskeln locker, dachte Bremer. Ja. Gut. Je mehr ich loslasse, desto einfacher ist es. Aufstehen, setzen, aufstehen, setzen, den Schwung mitnehmen, wenn Mammut die Hufe hebt. Musik. Es ist wie Musik. Wie tanzen.

Er nahm die Hände vom Sattelknauf, korrigierte seine Haltung, genau so, wie er es im Kampfsporttraining machte, Wirbelsäule gerade, Oberkörper gerade, Fersen und Schultern in einer Linie, Fersen fallen lassen in den Steigbügeln. Aufrichten. Beim Setzen leichten Druck an Mammuts Bauch, beim Aufstehen die Beine weg, die Bewegung kommt aus dem Becken. Bremer hörte auf zu denken und genoss die Wärme und die Kraft des Tieres.

»Gut. Sehr gut. Das reicht für den Moment. Mammut geht gleich wieder in den Schritt zurück.«

Diesmal brauchte sich Bremer nicht festzuhalten. Er öffnete die Augen.

Filmour lächelte. »Sie haben noch nie auf einem Pferd gesessen?«

»Doch. Einmal in meinem Leben. Ganz kurz.«

»Sie sind gestürzt, als Kind?«

»Schwer. Ich war ohnmächtig.«

»Kein Wunder, dass Sie Angst hatten. Ist das richtig? Hatten?«

Bremer tätschelte Mammut den Hals. »Annabelle macht mir keine Angst mehr und Mammut hier auch nicht. Bei den anderen weiß ich es noch nicht. Kommt auf einen Versuch an.«

»Wollen Sie Mammut absatteln und putzen?«

»Gerne. Das gehört dazu, nicht wahr?«

Bremer nahm Mammut am Zügel und führte ihn in die Stallgasse. Filmour ließ ihn nicht aus den Augen und half Bremer, die Trense abzunehmen und das Stallhalfter anzulegen. Immer wieder stupste Mammut Bremer an der Schulter.

»Was bedeutet das?«

»Er will eine Belohnung.«

Bremer gab ihm eine halbe Banane. Damit war er zufrieden.

»Mammut ist schon etwas Besonderes. Die meisten anderen Pferde betteln ständig. Deswegen ist es hier im Stall nicht üblich, die Pferde mit Leckerlis vollzustopfen. Aber da halten sich die wenigsten dran«, erzählte Filmour.

Sorgfältig striegelte Bremer das Pferd, strich immer wieder mit der Hand über das Fell, kraulte es hinter den Ohren und ließ es an seiner Hand schnuppern und knabbern. Filmour kam nach zehn Minuten wieder und zeigte ihm, wie man ein Pferd korrekt in die Box führt.

»Sie gehen zuerst in die Box, drehen das Pferd so, dass Sie zum Ausgang hin stehen. Sie nehmen das Halfter ab, gehen rückwärts aus der Box, damit Sie das Pferd sehen können.«

Mammut ließ auch diese Lektion klaglos über sich ergehen.

»Und?«, fragte Filmour.

»Gut. Ich fühle mich sehr gut. Ich werde auf jeden Fall weitermachen.«

Sie gingen zurück in die Schenke, Bremer bezahlte die Reitstunde und fragte sich, wo Weber und Holt abgeblieben waren.

Er schlenderte durch die Reithalle, ließ noch einmal das gute Gefühl aufkommen, verankerte es mit diesem Ort, trat hinaus in den Nachmittag und hatte nicht die geringste Lust auf eine Mordermittlung. Die Pumpen brummten vor sich hin, der Schlamm ergoss sich über eine Wiese und glitschte in einen anderen Baggersee. Die Pumpen verstummten, Bremer beschleunigte seine Schritte.

»Wir haben was, Martin, komm schon!«, rief Susanne Holt.

Auf einer schwarzen Plastikplane lag der Torso eines Mannes.

»Ganz schöner Brocken«, stellte Weber fest. »Der hatte mindestens hundertzwanzig Kilo Lebendgewicht. Ah. Seine Geschlechtsorgane fehlen. Und er ist ausgeweidet worden.«

Bremer kratzte sich seinen Dreitagebart. »Der ist zerlegt worden, um ihn transportieren zu können, was meint ihr? Und seine Männlichkeit ziert jetzt irgendeinen Schrein.«

»Das würde bedeuten, dass es *eine* Person war«, sagte Holt. »Vielleicht ist seine Männlichkeit«, sie zog das Wort in die Länge, »auch schon längst verdaut.«

Bremer rollte mit den Augen. »Zur Sache. Bevor wir nicht wissen, wer der Tote ist, nützen uns die Spekulationen nicht das Geringste. Und die Zubereitungsweise wird uns der Täter schon noch verraten. Schaut mal hin. Was seht ihr?«

Sie nickten bedächtig. Es war nur noch eine Frage der Zeit, bis sie wussten, wer Ötzi war.

***

Bremer kehrte zurück in die Klause. Es war bereits weit nach achtzehn Uhr, aber Solveig Kropp hatte gewartet.

»Gehen wir ein paar Schritte?«, fragte er.

»Warum nicht?«, erwiderte sie und versuchte, entspannt zu lächeln.

Sie verließen das Gelände der Litermont Ranch. Der Asphalt der Straße glänzte.

»Sie werden wissen wollen, wie die Verhältnisse bei uns wirklich sind.«

»Wie sind denn die Verhältnisse wirklich?«

»Ich liebe John. Ich liebe meinen Beruf, auch wenn er manchmal aufreibend ist und ich auch schon krank geworden bin davon. Bis auf diese Schlammleiche und die Schüsse auf Sonja ist alles in Ordnung.«

»Und der Pferderipper?«

Solveig legte ihren Zeigefinger über die Lippen. Er hinderte sie nicht am Sprechen. »Dem ist nicht beizukommen. Ein Geist. Er taucht auf, tötet, hinterlässt Spuren, aber die Polizei ist machtlos.«

»Zurück zu Sonja Wraake. Seit wann ist sie hier im Stall?«

Solveig nahm den Finger weg. »Etwa vier Jahre.«

»Gibt es Konkurrenten, Neider? Vielleicht nicht hier. Von einem anderen Stall?«

»Sonja ist Freizeitreiterin. Sie ist für niemanden eine Gefahr.«

»Und wenn das Attentat die Litermont Ranch in Verruf bringen soll?«

Solveig Kropp lachte kurz. »Wir haben keine Konkurrenten. Natürlich gibt es noch andere Westernställe, aber es geht ja nicht um Millionen oder einen Oscar oder was weiß ich. Nein. Das halte ich für vollkommen abwegig.«

Bremer hatte das Gefühl, nichts erfahren zu können von dieser Frau, die vielleicht fünfzig Kilo wog, aber ein Zwanzig-Zentner-Kaltblut handhabte wie einen Federball. Aber so war es immer. Er tastete sich heran, sammelte Eindrücke, Informationen und Gefühle. Irgendwann erreichte er dann die Schicht, in der die ersten Geheimnisse auftauchten. Solveig Kropp war eine schöne Frau. Sonja Wraake ebenfalls. Die Männer sahen gut aus, strotzten vor Kraft und Lebenslust. Wenn da nichts zu finden war, würde er ... Halt. Keine voreiligen Wetten. Zu oft hatte er das Unmögliche erlebt. Sie schlenderten zurück zur Litermont Ranch, und Bremer gelang es, diesen Moment zu genießen.

ELF

Bremer kickte ein Papierbällchen in Webers Richtung. Der stoppte das Bällchen, trat dagegen und beförderte es zwischen zwei Mülleimer, die als Tor herhalten mussten. Susanne Holt stöhnte, weil ihr das Bällchen durch die Beine flutschte.

»Sechs zu null«, stellte Weber fest.

»Mannomann, Susanne, was ist denn los?«, schimpfte Bremer. »Der kam doch im Schneckentempo daher. Den hätte sogar meine Oma gehalten.«

»Ach, verdammt. Das ist doch Kinderkram. Also echt. Das Mistding hat eine Kurve gemacht. Einfach so. Außerdem ist heute Samstag, und ich müsste eigentlich noch im Bett liegen.«

Weber lüpfte die Brauen. »Das ist wahre Meisterschaft.«

»Im Gegensatz zu dem Torso. Von wegen, jetzt wissen wir, wer es ist«, versetzte Bellorz von der Tür aus. Er schnappte sich das Bällchen, umdribbelte Weber, zog an Bremer vorbei, holte aus. Das Bällchen flog in hohem Bogen aufs Tor zu, aber Susanne Holt fischte es mit einem Reflex aus der Ecke.

Die Obduktion hatte außer dem Offensichtlichen kein weiteres Ergebnis gehabt. Die Standarduntersuchungen waren gemacht worden, man wusste ja nicht genau, wonach man suchte. Weder Alkohol noch bekannte Gifte konnten nachgewiesen werden. Die zwei Vermissten schieden auch aus. Keine Übereinstimmung der DNA.

Bellorz ließ die Arme hängen. »Also ehrlich. Jetzt auf einmal entdecken Sie Ihre Torwartfähigkeiten. Aber gut. Ich hoffe, Sie sind morgen genauso fit, wenn es um den Kripo-Cup geht.«

Susanne Holt seufzte nur. Bremer hatte sie für das Papierbällchenturnier zwangsverpflichtet. Sie nannten sich die »Tödlichen Fersen«: Bremer, Bellorz, Weber, Zerb. Fehlte nur noch ein Depp fürs Tor. Sie hatte sich mit Händen und Füßen gewehrt, aber Bremer war hart geblieben.

»Wir müssen unbedingt gewinnen und die Schande vom letzten Jahr gegen das Landeskriminalamt wettmachen«, sagte Bellorz und ließ sich auf die Ledercouch fallen. »Und?«

Bremer hob die Schultern. »Nichts. Die Narbe stammt von einer Bypass-OP. Und die Tätowierung, die die Narbe spaltet, ist eindeutig älter. Nur dass keine Krankenkasse einen solchen Patienten in den Datenbanken führt. Wahrscheinlich hat er sich im Ausland operieren lassen.«

»Vielleicht ist er ja Ausländer«, bemerkte Susanne Holt mit spitzer Schnute.

»Okay, eins zu null für dich. Klar, das kann natürlich sein. Wir haben uns zu früh gefreut. Die Medien haben die Fotos vorliegen, um neunzehn Uhr dreißig wird die Tätowierung im ›Aktuellen Bericht‹ gezeigt, die Presse folgt morgen. Die Saarbrücker Zeitung hat auf der Titelseite Platz reserviert. Wenn dabei nichts rauskommt, lassen wir es bundesweit laufen.«

Bremer klatschte in die Hände. »Wir sind keinen Schritt weiter. Es bleibt nichts, als den bekannten Spuren nachzugehen. Wird unter Umständen nur ein Fall von Leichenschändung. Der Mann kann ja einfach gestorben sein, jemand kriegt die Panik, zerlegt und versenkt ihn.«

»Frommer Wunsch«, brummte Bellorz. »Aber wie du willst. Am Schlammweiher lassen wir alles weiterlaufen. Da wird jeder Quadratzentimeter durchs feine Sieb geschüttet. Ich vertrage im Moment keinerlei Schlampereien oder Ungenauigkeiten bei den Ermittlungen. Ihr konzentriert euch auf den Anschlag auf Sonja Wraake. Wenn wir die Leiche identifiziert haben, fahren wir wieder großes Aufgebot. Dann viel Spaß. Und dass mir keiner heut Abend versackt. Auch wenn heute Samstag ist. Morgen geht es zur Sache! Ihr müsst fit sein, klar?«

Alle brummten zustimmend, Bellorz schaute noch einmal böse in die Runde und verschwand.

Weber prüfte Holt noch ein wenig im Tor, Bremer starrte die Fotos des Torsos an. Niemand wurde schlau aus der Tätowierung. Linien. Einfach nur seltsame Linien. Keine Hieroglyphen, keine Runen, nichts in der Art. Sechs senkrechte Linien, je drei links und rechts der Narbe, beginnend am Rippenbogen, genau vierundzwanzig Millimeter lang. Zwei waagrechte Linien, unterbrochen von der Narbe, kreuzten die anderen Linien bei zehn Millimetern ab der sechsten Rippe. Wären die waagrechten Linien nicht, könnte es sich um Hexagramme aus dem I Ging handeln.

Aber so? Bremer legte die Fotografien wieder in die Akte zurück. Das ergab alles keinen Sinn. Es war Zeitverschwendung, sich den Kopf zu zermartern über ein nicht lösbares Rätsel. Er hatte zu wenig Fakten.

Bremers Schreibtisch war wie immer zugeschüttet mit Akten, aber er verspürte nicht die geringste Lust, in den Papierberg einzutauchen. Die Zeit war wie immer verflogen, es war bereits nach siebzehn Uhr, die Sonne stand immer noch hoch, Weber und Holt spielten wie die kleinen Kinder. Unauffällig machte er sich aus dem Staub, fuhr ohne Zwischenstopp nach Nalbach zur Litermont Ranch und hoffte, dass er eine Reitstunde bekommen würde. Er konnte jederzeit behaupten, den Fundort des Torsos begutachten zu wollen, die Arbeiten zu überwachen und fleißig Ermittlungen anzustellen.

Vor der Einfahrt teilten sich neun Autos den knappen Platz. Bremers Zuversicht auf eine Reitstunde sank. Die Hunde begrüßten ihn, auf dem Hof parkten ein Pferdeanhänger und drei Geländewagen.

John Filmour, Solveig Kropp und einige andere standen am Eingang zur Halle und versuchten einen aufgebrachten Mann zu beruhigen. Bremer schwenkte nach links ab und schlich sich durch den Boxentrakt. Niemand hatte ihn bemerkt. An der Box der Kaltblüter blieb er stehen und lauschte.

Filmours Stimme verriet unterdrückte Wut. »Du kannst nicht erwarten, dass wir Wunder vollbringen. Abraxas ist noch nicht so weit.«

Der Angesprochene ballte die Fäuste. »Du hast gesagt, er hat alles, was ein Pferd braucht. Ich habe fünfunddreißigtausend Euro für ihn bezahlt. Jetzt will ich gefälligst etwas davon haben.«

»Das habe ich gesagt, und das ist auch so, Thies. Aber wenn du ihn zu früh für das Turnier trainierst, riskiert du, ihn zu versauen.«

Solveig Kropp mischte sich ein. »Abraxas braucht mindestens noch ein Jahr. Und dann müssen wir ihn langsam an die Turniersituation gewöhnen. Er ist noch etwas flippig, das weißt du selbst, und das wusstest du, bevor du ihn gekauft hast.«

»Quatsch. Abraxas hat Nerven wie Drahtseile. Die Lkws, die Betonmaschinen, im Gelände, er ist der Einzige, der nie Angst hat.«

»Aber Turnier ist eine ganz andere Situation«, sagte Solveig. »Ich mache dir einen Vorschlag. Am Wochenende sind der Sternritt und das Spaßturnier in Saarwellingen. Wir reiten zusammen hin und schauen, wie er damit klarkommt. Wenn es keine Probleme gibt, bereiten wir ihn für die nächste Saison vor.«

»Aber er kann alles. Ich werde locker Saarlandmeister.« Thies stemmte die Hände in die Hüften. »Ihr habt nur Angst, dass ich euch die Titel wegschnappe. Das ist alles. Abraxas ist ein Ass, und ich kann besser reiten als ihr beide zusammen.«

Die Umstehenden begutachteten ihre Schuhspitzen oder zählten die Wolken am Himmel. John Filmour schüttelte den Kopf. »Klar bist du gut. Du bist sehr gut. Aber glaubst du wirklich, wir haben es nötig, mit faulen Tricks zu arbeiten? Ich habe in meinem Leben schon hundertfünfzig Turniere geritten, habe oft gewonnen und oft verloren. Mir geht's nicht ums Gewinnen. Mir geht's um mein Pferd und um mich und darum, das Optimum rauszuholen, ohne mein Pferd kaputtzumachen. Wenn du Abraxas jetzt in den Turnierstress schickst, machst du ihn fertig. Das ist deine Entscheidung. Ich mache da nicht mit.«

»Und ich auch nicht. Egal, was uns das kostet«, bestätigte Solveig.

»Bitte schön. Damit es alle hören.« Thies hob die Stimme. »Nächsten Monat hole ich alle meine Pferde hier raus. Dann könnt ihr sehen, wie ihr die Pacht bezahlt. Und Abraxas wird euch das Fürchten lehren, da könnt ihr Gift drauf nehmen.«

Ein groß gewachsener schlanker Mann nahm Thies am Arm. »Mensch, was ist denn los?«, fragte er freundlich, aber Thies schüttelte ihn ab und stampfte davon.

Bremer trat hinzu, die Ansammlung zerstreute sich, nur Filmour und Kropp blieben und begrüßten ihn.

»Das klang aber nicht so freundlich.«

Die beiden wechselten einen kurzen Blick. »Sie haben gelauscht?«, fragte Solveig Kropp.

»Es war nicht zu überhören. Dieser Thies hat ja gebrüllt wie ein Stier. Wird er Ernst machen?«

Filmour schnaubte. »Er wird. Aber er täuscht sich, wenn er glaubt, dass wir wirtschaftlich von ihm abhängig sind. Unsere Warteliste ist lang.«

»Ehrlich gesagt bin ich gar nicht so böse, dass er geht. Schwierigkeiten hat er schon immer gemacht«, fügte Solveig Kropp hinzu.

»Ist er wirklich so gut?«, fragte Bremer.

»Er ist ganz gut und hat in der Reining das Zeug zum Saarlandmeister. Ach so.« Solveig Kropp lächelte entschuldigend. »Reining ist eine anspruchsvolle Turnierdisziplin: Galoppwechsel, Sliding Stops, Spins und noch ein paar andere Sachen. Bisher war sein bester Platz ein vierter, er könnte sich steigern. Abraxas ist noch nicht so weit. Reining verlangt von Pferd und Reiter alles. Kondition, Beweglichkeit, Nervenstärke. Abraxas ist jetzt drei, also im Prinzip noch ein Baby«, sagte Filmour. »Ich weiß nicht, was mit Thies los ist. Er weiß genau, dass das zu früh ist.«

»Fünfunddreißigtausend Euro sind eine ganze Menge Geld für ein Pferd.«

Kropp wiegte den Kopf. »Wie man es nimmt. Abraxas kommt aus einer hervorragenden Zuchtlinie, er hat die besten Anlagen, um ein erfolgreiches Turnierpferd zu werden. Der Preis ist absolut in Ordnung.«

Der große Mann kam herübergeschlendert und stellte sich Bremer vor. »Heinkel. Angenehm.« Er drückte kurz Bremers Hand. »Solveig hat recht. Abraxas ist sein Geld auf jeden Fall wert. Ich hätte ihn sofort gekauft, wenn ich nicht schon drei Pferde hätte. Thies ist und bleibt ein Miesmacher.«

Bremer betrachtete Heinkel. Holt hatte ihn in ihrem Bericht als ruhigen Riesen bezeichnet. Treffend. Heinkel strahlte Gelassenheit aus. Ihn schien nichts aus dem Gleichgewicht bringen zu können. Heinkel war der Inhaber der Sicherheitsfirma HIGHSEC und galt als vorbildlicher Chef. Verdächtig, dachte Bremer. »Thies ist unbeherrscht? Ein Choleriker?«

»Das kann man wohl sagen. Er ist schon oft bei Turnieren abgemahnt worden, weil er seine Pferde zu hart angepackt hat.«

»Ihr mögt euch nicht.« John Filmour lächelte mild.

»Das kann man so sagen«, bestätigte Heinkel.

»Warum?«, hakte Bremer nach.

Heinkel schnalzte mit der Zunge, dann zuckte er mit den Schultern. »Ich muss los«, sagte er ins Leere, und schon war er verschwunden.

Kropp räusperte sich, Filmour scharrte mit den Füßen über die grauen Verbundsteine.

»Herr Heinkel hat sich wohl zu weit aus dem Fenster gelehnt, nicht wahr?« Bremer sah Heinkel hinterher.

»Das ist eine uralte Geschichte. Mein Gott, manchmal ...« Filmour steckte die Hände in die Hosentaschen und schwieg.

»Schon gut«, sagte Bremer. »Das geht mich eigentlich gar nichts an. Ich wollte fragen, ob Sie Zeit haben für eine Reitstunde.«

Kropps Gesicht hellte sich auf. »Sie wollen weitermachen? Super. Mit Mammut haben Sie sich ja schon angefreundet. Wollen Sie ihn aus der Box holen und fertig machen? Trauen Sie sich das zu?«

Bremer traute sich, und Mammut machte seinem Ruf alle Ehre. Wie ein Lamm ließ er die ungeschickten Handgriffe von Bremer über sich ergehen. Als Bremer allerdings versuchte, die Trense aufzuziehen, verweigerte Mammut seine Mitarbeit. Solveig Kropp zeigte, wie es richtig funktionierte, und Bremer gab Mammut aus lauter schlechtem Gewissen eine halbe Banane.

In der Halle tummelten sich vier Reiterinnen und ein Reiter. Laut und deutlich rief Bremer: »Tür frei, bitte!«, und kurz darauf antwortete eine Stimme: »Tür ist frei.« Bremer entriegelte das halbhohe Tor, Mammut trottete hinter ihm her, sie platzierten sich in der Mitte und warteten auf Solveig Kropp. Nie hätte sich Bremer träumen lassen, mit einem Pferd an der Hand in einer Reithalle zu stehen, um sich herum Pferde und noch mal Pferde. Er schaute genau hin, ließ sich Zeit. Jetzt erkannte er die Eleganz, mit der die Tiere und ihre Reiter die Bahnen zogen. Mühelos sah es aus, so als würden die Menschen gar nichts machen. Hier und da mal eine Bewegung an den Zügeln, ein wenig das eine Bein nach vorn oder nach hinten, sonst nichts. Das ging nur mit jahrelangem Training. Er kannte das aus dem Kampfsport. Viele Jahre hatte er seine Reflexe trainiert, bis er in der Lage war, einen Faustschlag im Ansatz zu erkennen und abzuwehren.

Etwas irritierte Bremer. Ein Geräusch. Er konzentrierte sich. Die Pumpen. Sie hatten ihren Ton verändert, Klirren hatte sich unter das dumpfe Pochen gemischt, wurde lauter, bis ein Knall Bremer fast taub machte. Mammut machte einen Satz zur Seite und blieb dann stehen, die Zügel waren lang genug, Bremer wurde nicht mitgezogen. Er erinnerte sich an Filmours Lehrstunde, stellte sich neben Mammut und hielt still.

Zwei Pferde waren wie von der Tarantel gestochen losgeprescht und jagten jetzt durch die Halle. Bremer staunte mit offenem Mund. Die zwei rasten hintereinanderher, die Reiter waren offenbar nicht in der Lage, sie zu stoppen. Die anderen beiden gingen ganz gemächlich in der Mitte und beobachteten die galoppierenden Tiere. Kein Schrei, nichts. Nur das dumpfe Dröhnen der Hufe. Nach sieben oder acht Runden wechselte das erste Pferd in den Trab, das zweite folgte sofort, ein paar Meter weiter gingen sie schon im Schritt. Die Reiter lobten ihre Tiere und nahmen das Training wieder auf, als sei nichts gewesen.

»Das kann passieren.« Solveig Kropp fixierte Bremer. »Alles in Ordnung?«

»Ja. Es geht mir gut. Danke. Ich weiß nicht, warum, aber ich habe keine Panik bekommen, sondern fand das Ganze einfach nur faszinierend. Mammut hat das alles vollkommen kaltgelassen. Warum sind die beiden durchgegangen?«

»Die sind noch sehr jung. Sind beide ziemliche Angsthasen, aber das gibt sich mit der Zeit. Sie haben ja gesehen, dass die anderen beiden ganz ruhig geblieben sind. Die Situation war nicht wirklich gefährlich.«

»Halten Sie bitte Mammut einen Moment? Ich möchte nachschauen, was da passiert ist.«

Kropp nahm die Zügel, Bremer verließ die Halle. Die Pumpen schwiegen. Menschen in blauen Monturen diskutierten aufgeregt.

»Was ist hier los?«, fragte Bremer.

Die Antwort kam prompt. »Sabotage«, sagte einer der Männer. »Alle drei Pumpen. Die Motoren sind sauer. Irgendjemand hat Sand in die Schmierung gekippt. Das kann ja wohl nicht wahr sein!«

Bremer winkte einen Streifenbeamten zu sich. »Warum ist der Tatort nicht rund um die Uhr bewacht worden, Müller? Wer hatte Dienst?«

Der Mann kam sofort ins Schwitzen. »Es, na ja, heute Nacht kam ein Notruf, ganz in der Nähe, und da sind wir halt hin, und da war dann aber nichts, und wir haben dann schnell noch was gegessen und sind sofort wieder hierher, und da war alles ruhig …«

»Kein Wort mehr, Müller. Das gibt einen ganz dicken, riesengroßen Anschiss.« Bremers Stimme blieb ruhig. »Wissen Sie, was die Dinger kosten? Wissen Sie, wie viel Zeit dadurch verloren geht? Ist Ihnen klar, dass ich dafür sorgen werde, dass Sie in den Innendienst versetzt werden? Und zwar am besten in die Kantine zum Kartoffelschälen.«

Müller zog es vor, nichts zu sagen. Er wusste, dass es nur eine leere Drohung war. Bremer öffnete und schloss seine Hände, am liebsten hätte er Müller mitsamt seinem Kollegen in den Weiher geworfen.

»Gehen Sie mir aus den Augen!«, presste er hervor und wandte sich wieder an die Techniker vom THW. Die Pumpen waren zerstört, neue würden innerhalb der nächsten zwölf Stunden anrücken.

»Wo soll denn die Rechnung hingeschickt werden?«, fragte einer. »Wie immer?«

Bremer verzichtete auf einen Kommentar und entzog sich dem Grinsen der Leute.

Die Lust zum Reiten war ihm vergangen. Zuerst die durchgehenden Pferde, dann die Sabotage. Er rief die Spurensicherung, verscheuchte die Leute von den Maschinen, machte sich aber keine Hoffnungen auf brauchbare Fingerspuren.

Solveig Kropp zeigte Verständnis und lud ihn ein, am nächsten Vormittag die ausgefallene Stunde nachzuholen. Da sei außer ihnen niemand in der Halle. Bremer musste ablehnen, bedankte sich und stellte fest, dass Solveig Kropps Ruhe sich auf ihn übertrug. In Gedanken versunken fuhr er nach Saarbrücken zurück.

ZWÖLF

Sonja Wraake räkelte sich. Nach dem Whiskey am Vortag war sie auf den Geschmack gekommen und hatte den Abend damit ausgefüllt, eine Flasche Wein zu leeren. Sie hatte nicht direkt einen Kater, sie fühlte sich nur ein wenig schwer. Auf jeden Fall hatte sie hervorragend geschlafen, ausgiebig geduscht und bestens gefrühstückt. Seit neun Uhr saß sie am Schreibtisch und hatte ohne Pause gearbeitet. Wie ein Ackergaul war sie durch die Akten gepflügt, hatte nicht rechts und nicht links geschaut und keinen Anruf angenommen. Zum Abschluss nahm sie sich die Telefonliste vor, die im Laufe des Tages die Länge von zwei DIN-A4-Seiten erreicht hatte. Fast achtzig Prozent konnte Franka am Montag erledigen: Terminwünsche, Anforderungen von Unterlagen, immer das Gleiche, das Telefon stand nie still, auch nicht samstags und sonntags.

Ein Name fiel ihr auf. Sibelius Wächter hatte versucht, sie zu sprechen. Ein interessanter Mann. Ohne Frage. Warum nicht? Der Ring war ein Argument gegen Wächter. Auf der anderen Seite war es praktisch, wenn er gebunden war. Das ersparte ihr unter Umständen eine Menge Probleme. Oder er war verwitwet. Natürlich. Deswegen war der Ring so breit. Zwei Ringe. Der von seiner Frau und sein eigener zusammengeschweißt. Sie wählte die Nummer, eine Saarbrücker Vorwahl. Nach zwei Freizeichen meldete er sich.

»Sibelius Wächter. Guten Tag.« Pause. Gerade wollte Sonja ihn grüßen, da redete er schon weiter. »Tja, leider ist das nur mein Anrufbeantworter. Hinterlassen Sie einfach eine Nachricht, ich rufe gleich zurück.«

Sonja hinterließ ihre Mobilnummer und legte auf. Seltsam. Sie war enttäuscht. Als sie seine Stimme gehört hatte, hatte es im Bauch gekribbelt.

»Sonja Wraake! Bist du verliebt?«, fragte sie in den Raum. Ihr Handy meldete sich mit den ersten Takten von »Rock around the clock«.

Sie stellte die Verbindung her, und wieder kribbelte es. »Sibelius Wächter hier, ich sollte zurückrufen?«

»Guten Tag, Herr Wächter. Sie hatten versucht, mich zu erreichen.«

»Frau Wraake?« Wächters Stimme klang erstaunt.

»Verzeihung, ich habe mich gar nicht vorgestellt.« Sonja rieb sich die Stirn.

»Kein Problem, ich habe Ihre Stimme nicht vergessen. Haben Sie Lust, mit mir ins Theater zu gehen? Besser gesagt ins Ballett. ›Romeo und Julia‹ von Marguerite Donlon.«

Bevor Sonja nachdenken konnte, sagte sie: »Ja, gerne, das ist aber eine angenehme Überraschung.«

»Gut. In einer Stunde im Foyer? Schaffen Sie das? Dann haben wir noch Zeit für einen Crémant.«

»Ja. Gut. Kein Problem. Danke. Bis gleich.« Sie legte auf und atmete wieder aus. Es war kein Traum. Ein Mann hatte sie ins Theater eingeladen, und sie hatte zugesagt. Einfach so. Ein Mann, den sie kaum kannte. Unmöglich. Sie musste ihm von vornherein klarmachen, dass sie nicht an einer Liebesaffäre interessiert war. Aber was sollte sie anziehen? Sie stürzte aus ihrem Büro und hetzte nach Hause.

Sonja schob die Türen des Kleiderschrankes auseinander und war der Verzweiflung nahe. Nichts. Sie hatte definitiv nichts anzuziehen. Das rote, lange Kleid? Zu warm. Zu rot. Zu missverständlich. Genau wie das kleine Schwarze. Viel zu wenig Stoff zwischen ihr und Wächter. Das ging nicht. Provozieren. Ich muss ihn provozieren. Jeans und Bluse. Flache Slipper. Keine Abendgarderobe. Sie riss ein paar Kleider von ihren Bügeln und verstreute sie über den Boden. Ich muss absagen, dachte sie. Ich kann nicht wie irgendeine Schlampe im Theater auftauchen. Sie ließ sich auf die Knie fallen und sortierte die Kleidungsstücke nach Kategorien: seriös, sehr seriös, altbacken, Landei, sexy, Vamp, Schlampe. Die Kleiderhäufchen wuchsen, sie zog Schubladen auf, ließ Strümpfe regnen und schubste Schuhe hierhin und dorthin. So ging das nicht! Sie löste die Häufchen auf und sortierte nach Farben, überlegte, ließ Musik laufen von Aziza Mustafa Zadeh, der zierlichen Aserbaidschanerin mit der unglaublichen Stimme und den magischen Fingern auf den Tasten des Klaviers. Ihre Mischung aus der Folklore ihres Landes und Jazz inspirierte Sonja. Das schwarze Rollkragenkleid und Pumps, auch schwarz.

Sie zog sich nackt aus und begutachtete ihre Figur. Da konnte keiner was dran meckern. Nicht abgemagert, aber auch keine lästigen Fettpolster. Die Haut samtig weich und die Proportionen ausgewogen. Einen Moment überlegte sie sich, ob sie mit oder ohne BH gehen sollte, entschied sich aber schnell für mit. Das wäre doch zu gewagt gewesen, geradezu eine Aufforderung. Männer waren so – eindimensional. Es gab durchaus intelligente und unterhaltsame. Aber wenn es um Frauen ging, tickten sie alle gleich. Vor allem wenn es um Frauen ging, die dem männlichen Schönheitsideal entsprachen, so wie sie. Sie hatte einmal das Gespräch zweier Männer belauscht, die auf dem Weg zu einer Ü-Vierzig-Party gewesen waren. Von »Abfallnageln« und »Resteficken« hatten sie geredet und sich gebrüstet, sich vor nichts zu ekeln. Ihr war der Gaul durchgegangen, sie hatte sich vor den beiden aufgebaut und ihnen die Leviten gelesen. Sie sollten mal in den Spiegel schauen. Ob sie wirklich glaubten, dass ihre fetten Wampen irgendeine Frau zu irgendetwas anderem als zum Kotzen anregen könnten? Und dass sie sich ihr Geld sparen sollten, weil auf der Party, wo sie hingingen, niemand darauf erpicht sei, Gammelfleisch zu vögeln, und sie seien so bekotzte Wichser, dass ihr alles dabei vergehe, wenn sie nur an sie denke. Die Typen hatten andächtig zugehört, waren dann in Lachen ausgebrochen und hatten ihr für die Nummer gedankt. Einer hatte ihr dann noch hinterhergerufen, dass er selten eine so scharfe, aber vollkommen naive Braut gesehen habe, wie sie eine sei. Und er wünsche ihr eine gute Nacht und Sex vom Besten, damit sie mal wieder lachen könne. Der andere hatte tatsächlich versucht, ihre Telefonnummer zu bekommen. »Komm, gib mir deine Nummer, ich werd dir zeigen, dass so eine Wampe«, er klatschte sich auf den Bauch, »nix Gefährliches ist.«

Sie sprang unter die Dusche, entfernte ein paar lästige Haare an den Waden, rasierte sich die Achselhöhlen blank und formte ihre Schambehaarung zu einem kleinen, perfekten gleichseitigen Dreieck. Sie strich ein paarmal darüber und bedauerte Wächter, dass er dieses Dreieck nie zu Gesicht bekommen würde.

Die Zeit raste. Schnell BH, Slip, das Rollkragenkleid, die Pumps und die winzige Handtasche aus Hirschleder. Einmal drehte sie sich noch vor dem Spiegel und war zufrieden. Nicht zu sexy, aber auch nicht das Landei aus Saarlouis.

Sie entdeckte Wächter schon von Weitem. Ihren Wagen hatte sie in der Dudweilerstraße abgestellt, ein Wunder, dass sie einen Platz gefunden hatte. Über den St. Johanner Markt war sie geeilt, hatte bei Rot die Fußgängerampel überquert und sich einen empörten Rüffel einer Mutter eingefangen, das gehöre sich doch nicht, bei Rot über die Ampel, wenn Kinder dabei zusehen. Sonja hatte im Laufen gerufen, sie diene gerne als schlechtes Beispiel, auch das sei pädagogisch sinnvoll.

Wächter spähte über den Schillerplatz, er musste gute Augen haben, denn er winkte ihr bereits zu, als sie die Fußgängerampel hinter sich gelassen hatte. Sie riss sich zusammen, verlangsamte ihr Tempo und fiel in einen wiegenden Gang, der ihr verstohlene Männerblicke einbrachte. Wächter kam ihr entgegen, er drückte ihre Hand und lächelte, was das Zeug hielt.

»Schön, dass Sie meiner Einladung gefolgt sind, Frau Wraake. Es mag zwar ungewöhnlich sein, dass ich das jetzt sage, aber seien Sie versichert, dass ich keinerlei Hintergedanken hege. Ich freue mich einfach auf einen angenehmen Abend mit einer ebenso gebildeten wie intelligenten und schönen Frau.«

»Oh, äh. Ja. Das geht mir genauso.«

Wächter grinste frech. »Haben wir noch einen Gast?«

»Was? Wieso?« Sie lachte. »Ich meine natürlich, ich habe auch keine Hintergedanken.«

Wieder bot Wächter ihr seinen Arm. »Dann bin ich beruhigt.«

Sonja spürte ein Kitzeln im Genick, direkt unterhalb des Haaransatzes. Interessante Strategie, dachte sie und war gespannt auf die weiteren Schritte, die Wächter unternehmen würde, um sie ins Bett zu bekommen.

Er bestand darauf, den Crémant zu bezahlen, und beide waren sich einig, dass dieser Sekt einer der besten war, den sie kannten.

Als sie mit wund geklatschten Händen das Theater wieder verließen, entschuldigte sich Wächter vielmals, dass er sie schon verlassen müsse, begleitete Sonja zu ihrem Auto und verabschiedete sich mit einem Handkuss.

»Bis bald«, sagte er, und sie konnte nur stumm nicken. Wie ein

Schatten verschwand er in der Bahnhofstraße, und Sonja fühlte sich plötzlich furchtbar einsam und verletzlich.

***

Seit drei Stunden lag er auf der Lauer. Vielleicht würde sie nicht heute Nacht kommen. Aber irgendwann würde sie kommen. Sie hatte es einmal versucht, und sie würde es wieder versuchen. Annabelle, ein schöner Name für ein Pferd. Aber sie hatte *ihn* noch nicht gerufen. Er hatte lange darüber nachgedacht, warum sie auf das Pferd geschossen hatte, als eine Reiterin darauf saß. Langsam hob er das Nachtsichtgerät vor die Augen und schwenkte den Kopf von links nach rechts. Ein paar kleine Tiere huschten durch das Blickfeld, an den Pumpen standen Wachen, die Koppeln waren leer. Nein. Heute Nacht würde sie nicht mehr kommen.

»Du kommst nicht in der Nacht«, flüsterte er. »Du bist ein Tagwesen, das in der Dämmerung arbeitet. Du brauchst Tageslicht, um deine Geschosse ins Ziel zu bringen. Du musst noch üben. Irgendwo musst du üben. Sag mir, wer du bist. Wir werden gemeinsam umherstreifen und die Seelen befreien. Wo bist du? Wer bist du?«

DREIZEHN

Das Telefon riss Bremer unsanft aus dem Schlaf. Die Ziffern des Weckers verschwammen vor seinen Augen.

Er brummte nur ins Handy.

»Es ist gleich drei Uhr, Martin, entschuldige, aber du musst kommen. Wir haben ein Problem.« Bremer erkannte auch im Halbschlaf Susanne Holts Stimme.

»Wasnfürnproblem?« Bremers Zähne klebten aufeinander, seine Kehle fühlte sich an wie rissige, spröde Erde. Er hatte wieder den Albtraum gehabt. Verdammt.

»Ötzi. Er ist weg.«

Bremer sprang auf, verhedderte sich in der Bettdecke, verlor das Gleichgewicht und stürzte aus dem Bett. Er rollte sich ab und verhinderte so, dass er sich ernsthafte Verletzungen zuzog.

»Martin, alles klar?«

Bremer rappelte sich hoch und befühlte seinen Ellbogen. »Ja, ja. Nun sag schon!«

»Anscheinend eine Verwechslung. Statt Ötzis Torso haben wir den Torso eines Arbeitsunfalls. Da hat es einen den Kopf gekostet, weil er die Sicherheitsvorkehrung für eine Blechpresse überbrückt hat. Mit einem Besenstiel. Der Kopf ist fein säuberlich über eine Beifahrertür verteilt.«

»Und die Arme und Beine?«

»Was für Beine? Was für Arme?«

Bremer wankte in die Küche. Erst der Albtraum im Schlaf und jetzt der Albtraum im Wachen. Der Magen drückte. Ein Kaffee musste her. Mit einer Hand bediente er die Espressomaschine. »Ötzis Torso war ein Torso, also hatte er keine Beine, sonst wäre es ja kein Torso gewesen. Wie kann man die verwechseln?«

»Ach so.« Papier raschelte, Bremer nutzte die Pause, um sich Zucker in den Espresso zu schaufeln.

»So. Hier haben wir es. Ein Bein hatten wir ja gefunden. Und jetzt halt dich fest. Unser Mann an der Presse hat vor vier Jahren ein Bein verloren. Raucher. Amputiert. Aber seine Arme hat er noch gehabt. Die haben einfach den falschen Zettel drangehängt. Kommt in Krankenhäusern auch immer wieder mal vor. Falsches Röntgenbild, und schon ist die gesunde Niere raus oder die falsche Zehe amputiert. Da ist das fehlende Bein zweitrangig.«

»Und wo ist Ötzi jetzt?«

Die Leitung blieb tot. Bis auf ein leises Rauschen, das die Elektronik verursachte, so als wollte sie sich in Erinnerung rufen, hörte Bremer nichts. »Susanne?«

»Sitzt du?«

»Ja, Herrgott noch mal.«

»Eingeäschert.«

Bremer stöhnte, riss sich das Handy vom Ohr, betrachtete es wie eine giftige Schlange und holte aus. Aber das Handy konnte nichts dafür, also beherrschte er sich und setzte das Gespräch fort. Das Drücken im Magen wurde stärker. »Verbrannt? Ganz sicher?«

»Todsicher. Köpfe werden rollen.«

»Welcher denn? Gibt es irgendeinen Hinweis, wer es war? Vergiss es. Die Homburger Rechtsmedizin wird zum Gespött von Deutschland werden, nichts weiter.«

»Man vermutet, dass es ein Zivi war. Oder ein PJler.«

»Ein was?«

»Ein Arzt im praktischen Jahr. Fast fertig mit dem Studium und dann noch ein Jahr als Sklave schuften.«

»Das tun wir unser ganzes Leben lang.« Bremer legte einen Espresso nach. Das pelzige Gefühl im Kopf wich langsam einem Kribbeln, der Magen gab immer noch keine Ruhe. Wenigstens hatten sie die Fotos. Hoffentlich tauchte irgendwann der Kopf auf.

»Okay. Schmeiß Weber aus dem Bett. Wir treffen uns in einer Stunde zur Krisensitzung. Die Presse wird sich auf uns stürzen. Zuerst die Pumpen und jetzt Ötzi. Wir sollten ein paar Antworten haben.«

***

Bellorz tigerte hin und her und lief bereits Gefahr, Streifen in den Teppich zu laufen. »Das kann nicht wahr sein. Das kann einfach nicht wahr sein. Zuerst verlieren wir das Turnier. Und dann das. Es ist mir ein vollkommenes Rätsel, wie da einfach einer reinmarschieren und den gesamten saarländischen Justizapparat lächerlich machen kann.«

»Wenigstens sind wir nicht schuld …«, wandte Weber vorsichtig ein.

Bellorz blieb stehen und musterte ihn wie ein Raubtier, das sich überlegt, ob es noch Hunger hat. Dann polterte er los. »Das spielt überhaupt keine Rolle! Die Öffentlichkeit unterscheidet nicht zwischen Kopf und Arsch, verzeiht mir die ungehörige Ausdrucksweise. Also, ich kann es nicht fassen. Es geht immer mal etwas verloren. Verdammt. Der eine oder andere Spurenträger, ein paar Fotos, das kann passieren. Aber eine ganze Leiche!« Bellorz spielte die gesamte Bandbreite seiner Stimme aus.

»Na ja, es war ja nicht einmal eine ganze …«, sagte Weber und hielt seine Hände etwa so weit auseinander, wie Ötzis Torso groß gewesen war.

Fred legt es heute wirklich drauf an, dachte Bremer und beobachtete Bellorz, der stehen geblieben war wie vom Blitz getroffen.

»Ich werde es mir nie verzeihen, dass ich dir im Zustand geistiger Umnachtung das Du angeboten habe. Auf jeden Fall kannst du dir deine blöden Witze sparen. Ich kann dich auch einfach wieder siezen. Dann fällt mir das Fertigmachen leichter. Wir schuften wie die Ochsen, damit die Verfahrensdauer sinkt, und dann so ein Mist. Das kostet uns Zeit, die wir nicht haben. Ich weiß schon, was der Rechtsanwalt sagen wird. Inkompetent. Schlampig. Hausaufgaben nicht gemacht.«

Bremer straffte sich. »Siehst du, das geht uns nicht anders. Es fehlt wie immer an allen Ecken und Enden. Und jetzt atme wieder ein, damit du nicht auch noch ausfällst.«

Bellorz atmete ein und redete weiter. »Die Pumpen. Daran sind wir auf jeden Fall selbst schuld. Wir hätten unsere eigenen Leute hinstellen sollen. Das nächste Mal fordere ich das MEK an. Wir sind einfach zu zimperlich. Hat irgend jemand den Notruf gecheckt?«

Weber hatte und war sichtbar glücklich, dass sein unbedachter Spruch keine weiteren Konsequenzen hatte. »Eine Telefonzelle am Odilienplatz in Dillingen.«

»Und keiner dieser Deppen kommt auf die Idee, das durchzugeben? Wie, bitte schön, kann ich in Nalbach in Not sein, wenn ich in Dillingen in der Telefonzelle stehe?«

»Ganz so war es nicht.« Weber kaute auf seinem Kugelschreiber.

Bellorz hob die Augenbrauen. »Und?«

»Die Anruferin sagte, sie sei an ihrem Haus vorbeigefahren, dort habe Licht gebrannt, obwohl sie ja nicht im Haus gewesen sei, und sie habe geglaubt, es seien Einbrecher am Werk. Sie habe nämlich in der letzten Zeit immer wieder Anrufe bekommen, aber nie habe jemand etwas gesagt, und sie dachte, das seien bestimmt Einbrecher gewesen, die sie ausspioniert hätten.«

Bellorz lief wieder Spuren in den Teppich, fast zwei Minuten sagte niemand etwas.

»Und dann fährt die bis Dillingen! Mein lieber Mann. Naiver geht's wohl nicht.«

»Ein anonymer Anruf, die Stimme nicht verstellt, sagen unsere Akustiker.« Susanne Holt blätterte in einer Akte, hielt inne und runzelte die Stirn. »Wer will verhindern, dass wir den Schlammweiher auslöffeln? Das kann ja nur der Täter sein. Oder die Täter.«

Bremer nickte. »Aber es ist doch klar, dass die Sabotage der Pumpen nur einen Aufschub bedeutet. Was immer da noch drin sein mag, wir werden es finden. Oder ist der Täter wirklich so dumm, zu glauben, wir würden die Arbeiten abbrechen?« Er schüttelte den Kopf. »Ötzis Torso und die Pumpen, das gehört zusammen. Fred, sei so gut und finde raus, wer das in Homburg verbockt hat. Vielleicht haben wir damit eine dicke Spur zum Täter.«

»Volles Programm?«

»Fahr hin und finde es heraus. Du hast alles, was du brauchst, auch im Nachhinein.«

Alle blickten auf Bellorz. Der nickte nur.

Bremer warf einen Blick auf die Uhr. Seit vier Stunden drehten sie sich im Kreis. Inzwischen war die Sonne schon längst aufgegangen, die Stadt erwacht.

Bremer nahm den Faden wieder auf. »Wenn der Täter nicht ganz blöde ist, dann hat er die Ersatzpumpen einkalkuliert. Es ging ihm also nur um einen Zeitgewinn. Wofür?«

Bellorz war stehen geblieben und stemmte die Hände in die Hüften. »Ich fordere mehr Leute an. Die sollen den Tatort in einem Radius von eineinhalb Kilometern linksmachen. Und ich erwirke die Anordnung für einen Stimmvergleich mit allen Frauen, die irgendetwas mit der Sache zu tun haben.«

»Das sind über den Daumen einhundertsechsundzwanzig«, sagte Susanne Holt und machte sich an die Arbeit.

Bellorz zog Bremer auf den Flur. »Martin, ich bin heute beim Amtsgericht in Saarlouis, ich vertrete den Kollegen Heidenfeld, er ist immer noch außer Gefecht. Und er ist nicht der Einzige. Mein Gott, es scheint ein Virus umzugehen unter den Staatsanwälten. Es geht um gefährliche Körperverletzung in mehreren Fällen. Nichteheliche Beziehung, zwei Kinder, die Mutter wurde mehrmals vom Mann misshandelt, die Eltern des Opfers muss man im Auge behalten. Die könnten versuchen, die Justiz in die eigene Hand zu nehmen. Und dann Richterin Swelow-Hübner. Bei Einbruchsgeschichten ist sie wunderbar. Bei Verkehrssachen. Prima. Sobald es um Gewalt in der Ehe oder um sexualisierte Gewalt geht, ist es vorbei. Da benimmt sie sich seit einiger Zeit wie …« Bellorz zuckte nur mit den Achseln.

»Ja und?«, sagte Bremer. »Wenn sie so schlimm ist, warum schießt ihr sie nicht ab? Was willst du von *mir*? Soll ich gegen einen Fallschirmspringer ermitteln, in der Luft? Oder hat ein U-Boot-Matrose etwas ausgefressen? Soll ich Swelow-Hübner was anhängen, damit ihr sie los seid? Es gibt bestimmt noch ein paar Sachen, mit denen du mich piesacken kannst.«

Bellorz' Blick wurde weich. »Ach Martin. Ich weiß, wie schwer das für dich ist. Die Pferde und so. Aber glaub mir. Das ist keine Schikane, du bist der Beste. Entweder du hast einen Beweis, oder du hast keinen. Du hältst dich streng an die Fakten, ohne deinen Instinkt zu vergessen. Damit kann ich arbeiten. Das macht mir das Leben erheblich leichter. Weißt du, nachher muss ich dem Richter irgendwie klarmachen, warum ein ganzer Stapel Fotos verschwunden ist. Fotos vom Opfer, die seine Verletzungen zeigen. Aufgenommen von Polizeibeamten. Das ist mehr als unangenehm.«

»Und ich soll der Beste sein? Mir ist ein ganzer Torso abhandengekommen.«

»Das ist nicht deine Schuld.«

»Ich bin der Leiter der Mordkommission. Ich trage die Verantwortung.«

Bellorz verzog das Gesicht. Bremer schüttelte den Kopf. »Das meine ich ernst. Du hast es auch nicht leicht im Apparat. Macht dir der Job überhaupt noch Spaß?«

»Ja. Ganz klar, ja. Ich möchte nichts anderes machen.«

»Geht mir genauso. Manchmal habe ich Lust, den Kram hinzuwerfen, aber dann merke ich, es gibt nichts anderes für mich.« Bellorz holte tief Luft. »Danke für die Durchhalteparole. Ich muss los.«

Bremer blickte ihm hinterher, wie er mit seinem schmächtigen Körper den ganzen Flur füllte und sich die Leute an ihm vorbeidrückten. Vielleicht war Bellorz zu gut für das System. Oder das System brachte Menschen wie ihn erst hervor. Auf jeden Fall hatte Bellorz erkannt, dass es tatsächlich eine Durchhalteparole war. »Es gäbe schon etwas anderes«, sagte Bremer in den Flur hinein, der schon wieder verlassen dalag.

Er ging zurück in sein Büro, dachte an Samstagabend. Saskia hatte abgesagt, Weber ebenfalls, nach dem Aktenstudium bis tief in die Nacht hatte er allein dagesessen und nicht einmal Lust gehabt, sich zu betrinken. Dann lieber ein Schaumbad nehmen, hatte er entschieden und sich mit einem Glas Barolo in seine Spezialbadewanne gelegt, die mit einem Thermostat ausgestattet war und daher das Wasser konstant auf der voreingestellten Temperatur hielt. Wenn jemand das Gerät manipulieren würde, könnte er mich wie einen Krebs kochen, hatte er gedacht und in sich hineingelächelt. Eine kleine Automatik, und schon würde das Wasser ein wenig wärmer werden, und noch ein wenig, bis er schließlich gar wäre. Trotz dieser Vorstellung war Bremer in den Schaum geglitten und hatte wohlig geseufzt. Das Handy hatte er ausgeschaltet, obwohl es ihm schwergefallen war. Aber Holt und Weber waren ja erreichbar.

Bremer hatte gestutzt. Wann hatte er das letzte Mal sein Handy bewusst ausgeschaltet? Er konnte sich nicht erinnern. Es musste Jahre her sein. Weber und Holt. Klar, er vertraute ihnen. Sein Magen brummte kurz, aber kein Schmerz kam. Saskia. Bremer war zutiefst enttäuscht gewesen. Nicht nur wegen des Essens. Er hatte schlicht und ergreifend Lust auf Sex gehabt. Und zwar Lust auf Sex mit Saskia. Mit niemandem sonst. Der Barolo war einsame Spitze gewesen, seine Hand war zwischen seine Beine gerutscht, aber er hatte sie wieder zurückgezogen. Warten. Warten, bis er mit Saskia zusammen sein konnte, und dann all seine angestaute Lust in Leidenschaft und Zärtlichkeit verwandeln.

***

Er hasste es, am Tag unterwegs zu sein, aber es blieb ihm keine andere Möglichkeit. Sie konnte nicht mehr auf der Litermont Ranch zuschlagen, das war klar. Die Polizeiabsperrung war verstärkt worden. Da war kein Durchkommen. Sie musste sich also einen anderen Platz aussuchen. Die Waldgebiete schieden aus. Kein freies Schussfeld. Es gab nur einen Platz, an dem sie es erneut versuchen konnte: die Wiesen am Dolschter Wald und am Steinberg. Dort boten Gebüsche eine erstklassige Deckung. Im Sommer waren sie so dicht, dass man selbst auf zwei Meter Entfernung nicht erkennen konnte, wer oder was sich dahinter verbarg. Der Reitweg führte direkt daran vorbei.

Eine zweite Stelle fand er auf der anderen Seite des Tals. Unterhalb des Hüttersberges lag ein kleines Waldstück. Am Waldsaum erhob sich ein alter Hochstand gute vier Meter über die Wiesen. Ein idealer Hinterhalt: rundum geschlossen, nur je eine Schießscharte in jede Himmelsrichtung. Jeden Busch hatte er abgesucht und eine vielversprechende Stelle gefunden. Zigarettenkippen. Spuren eines liegenden Menschen, der es sich zum Warten bequem gemacht hatte. Hülsen. Sie hatte geübt. Hier würde sie warten, bis die Anwältin vorbeiritt, und dann abdrücken. Die Jägerin. Auf wen sie es wohl abgesehen hatte? Pferd oder Reiterin? Spannend! Das war ausgesprochen spannend, und er freute sich auf den Moment, wenn er sich zu erkennen geben würde.

»Tag und Nacht werden zusammenfinden«, murmelte er. »Was zusammengehört, kommt zusammen. Das ist ein kosmisches Gesetz.« Vorsichtig zog er sich zurück, verwischte sorgfältig seine Spuren, legte seine Verkleidung ab und spazierte wie ein ganz normaler Mensch durch den Wald.

Zu Hause ging er in seinen Keller, öffnete die Gefriertruhe und nahm ein Pferdeohr heraus. In der Mikrowelle taute er es auf, befreite es von Fleisch und Sehnen und ließ es dann bei etwas über sechzig Grad zwei Stunden ziehen. Der nächste Schritt erinnerte ihn immer wieder an seinen Großvater. Salzfleisch. Pökeln. Ganz ähnlich klang das Wort für den Vorgang, mit dem er das Ohr auf den eigentlichen Gerbprozess vorbereitete: pickeln. In einer Lake aus Kochsalz und ganz bestimmten Säuren musste das Ohr einige Zeit verbringen. Er schloss den Glasbehälter und fuhr von außen mit dem Finger auf dem Glas die feinen Linien der hellen Zeichnung auf den braunen Haaren nach. Ein besonders schönes Ohr, eine kecke Spitze mit einzelnen Härchen. Aus Schleswig-Holstein stammte es.

Das Glas fand seinen Platz in einem Regal neben anderen Gläsern, die alle ein Datum trugen. Das Glas, auf dessen Etikett in akkurater Schrift das Datum »17. Januar« vermerkt stand, nahm er heraus, öffnete es und goss die Lake weg. Mit einer Wurstzange aus Holz zog er das rabenschwarze Ohr heraus und ließ es in ein anderes Glas gleiten. Darin warteten die fein aufeinander abgestimmten Gerbstoffe. Die Rezepturen hatte er von einem alten Kürschner, der nebenbei Tiere präpariert und über einen endlosen Erfahrungsschatz verfügt hatte. Vor sechs Jahren war der Kürschner gestorben. Noch am Abend vorher hatte er einen Hermelinmantel fertiggestellt. Beneidenswert. Einschlafen und einfach nicht mehr aufwachen. So wollte er auch sterben. Aber bis dahin waren es noch einige Jahre, die er sinnvoll nutzen wollte.

Ein kleines Feuerrad bildete sich um sein rechtes Auge. Seit einiger Zeit suchte ihn diese Halluzination heim und ging einher mit Kopfschmerzen. Vorsichtig setzte er sich und wartete.

Nach einer halben Stunde war es vorbei. Er konnte wieder klar sehen und denken und machte da weiter, wo er aufgehört hatte. Sorgsam verschloss er das Glas, vermerkte wiederum das Datum, öffnete einen Schrank und stellte es hinein. Während des Gerbprozesses durfte kein Licht an die empfindlichen Ohren kommen, und die Temperatur musste stimmen.

Jetzt durfte er sich ein Glas Wein gönnen. Ein Châteauneuf du Pape Rouge, Jahrgang 1998 von der Domaine Font de Michelle musste es sein, schließlich gab es so etwas wie ein Jubiläum zu feiern. Dreiundzwanzig Seelen hatte er befreit. Ein gutes Gefühl.

Wehmut ergriff ihn, als er seine rechte Hand über die bereits präparierten Ohren gleiten ließ. Nummer vier. Das Ohr eines prachtvollen Friesenhengstes, seines eigenen, der ihn gerufen hatte. Eine Neumondnacht hatte er sich ausgesucht, kalt war es gewesen, Anfang Januar, Beelzebubs Atem gefror in der Luft zu feinen Kristallen, und sein Blut dampfte, als es auf die Wiese spritzte. Fast eine halbe Stunde hatte er weinen müssen. Am nächsten Tag aber hatte sich gezeigt, dass er richtig gehandelt hatte. Je größer der Schmerz, desto größer das Wunder, das die Befreiung bewirkt. Das war ihm in dieser Nacht klar geworden. Aus einem vollkommen zerstörten Autowrack hatten Rettungskräfte eine Familie fast unverletzt geborgen.

Er hob das Glas zur Decke. »Wer seinem Leben Sinn gibt, ist ein glücklicher Mensch«, rief er. Eine halbe Stunde brauchte er, um die Flasche zu leeren, aber er konnte trotzdem nicht einschlafen. Der Alkohol konnte seine tobenden Gedanken nicht beruhigen. Tom Cruise musste her. »Der letzte Samurai«.

Die DVD lief. Da stand er. Nathan Algren. Auf der Bühne des Waffenherstellers, sturzbetrunken, und haderte mit seinem Schicksal. Niemand verstand diesen Algren, den Schlächter der Indianer und Japaner. So wie ihn niemand verstehen würde. Alle würden ihn für verrückt erklären. Und man würde ihn ins Gefängnis stecken. Oder schlimmer: in die Irrenanstalt. Vielleicht gab es ja den einen Menschen, der ihn verstehen konnte. Vielleicht war es ja diese Frau. Er starrte auf den Bildschirm, wo Katsumotos Samurai gerade die Armee des Kaisers abschlachteten. Ich muss sie bald finden, dachte er. Durch die Jalousien fiel die Dämmerung, Algren half seinem Freund beim Selbstmord.

»Etwas fehlt«, sagte er zu Tom Cruise. »Ein Name. Ich habe keinen Namen. Gib mir einen Namen.«

Der Abspann flimmerte vorbei. Er stemmte sich aus dem Sessel, surfte durch das Internet und fand seinen Namen: Minoru. Japanisch. Ein schöner Klang. Eine treffende Bedeutung. Same oder Kern. Er war Minoru, der Same einer besseren Welt. Gewichte fielen von ihm ab, eine heitere Stimmung nahm Besitz von ihm. Minoru duschte, rasierte sich und machte sich auf den Weg, seine Einsamkeit zu durchbrechen.

VIERZEHN

»Wie, da war keiner?« Bremers Magen meldete sich.

»Kein unautorisiertes Personal«, sagte Weber und presste die Zähne aufeinander, damit er nicht gähnen musste.

»Da ist also irgendwer reinspaziert, hat die Laufschilder ausgetauscht und einen falschen Namen hinterlassen? Gibt es eine Personenbeschreibung?«

»Fehlanzeige. Da hat keiner irgendetwas gesehen. Ich sag doch: Im fraglichen Zeitraum war niemand dort, der nicht dahin gehört hätte.« Weber rieb sich die Augen.

»Die Sache fängt an zu stinken. Gewaltig.« Bremer zapfte zwei Espresso, Weber bedankte sich mit einem Kopfnicken. Mit einem Zug leerten sie die Tassen.

»Ich mache mit der Liste weiter. Susanne ist dabei, die Vorladungen für die Stimmuntersuchung rauszuhauen. Bis jetzt hat sich noch niemand dagegen gewehrt«, nuschelte Weber in die Tasse.

»Wer sich wehrt, macht sich verdächtig, ist doch so, oder?«, fragte Bremer.

Weber nickte. »Ich habe jetzt die Frauen durch, die mit Wraake ein Hühnchen zu rupfen hätten. Sieben haben kein Alibi für die Tatzeit. Soll ich sie zur Vernehmung vorladen?«

»Ja. Für Donnerstagvormittag. Das reicht. Wir haben ja keinen konkreten Verdacht. Hierher. Dann schauen wir mal. Und die Männer?«

»Bisher drei ohne Alibi. Siebenundzwanzig fehlen noch.«

Bremer fiel der seltsame Ton auf, mit dem Weber heute redete. »Ist was? Du klingst so komisch? Ist es die Wochenendarbeit? Du könntest genauso gut mit Marlis was unternehmen. Das wäre in Ordnung.«

Weber ließ den Stapel Akten auf die Couch fallen und schmiss sich selbst hinterher.

»Seit gestern bin ich wieder Single.«

Bremer schluckte hart. »Du oder sie?«

»Ich.«

Bremer wartete. Zapfte wieder zwei Espresso. Diesmal schlürften sie.

Weber seufzte. »Sie hat mich betrogen. Mit einem Postbeamten. Wir waren keine vier Monate zusammen. Verstehst du das?«

»Nein. Ehrlich. Das verstehe ich nicht. Das klang doch so, als wäret ihr das Paar des Jahres? Hast du sie zur Rede gestellt?«

»Logisch. Sie hat nur gesagt, ich sei ein Spießer. ›Du bist ein Beamten-Bulle, der besser Pfarrer geworden wäre.‹ So hat sie es gesagt. Sind denn alle verrückt geworden? Würdest du Saskia betrügen?«

Bremer wurde heiß. Hatte er Saskia betrogen? Das war eine Frage der Perspektive. Ja, er hatte auf Gomera eine Nacht mit Rosa verbracht. Aber ohne Sex. Gestreichelt hatten sie sich die ganze Nacht und geküsst. Waren Bremer und Saskia damals überhaupt ein Paar gewesen? Woran machte sich das fest?

»Nein!«, antwortete Bremer. »Würde ich nicht.«

Weber zuckte die Achseln. »Das habe ich mir fast gedacht. Und sie? Würde sie dich betrügen?«

»Das weiß ich nicht. Bis jetzt hatte ich keinen Grund, darüber nachzudenken. Tut es sehr weh?«

»Am schlimmsten hat es wohl meinen Mannesstolz erwischt. Sie setzt mir Hörner auf und erzählt es mir auch noch brühwarm. Ich bin mir vorgekommen wie ein Möbelstück, das man beliebig austauschen kann.«

Bremer setzte sich neben Weber. »Das ist ein echt beschissenes Gefühl. Vermisst du sie?«

»Nicht wirklich. Ich war verliebt, nicht mehr, das geht vorbei. Im Bett war es richtig gut, ansonsten hatten wir nicht so furchtbar viele Gemeinsamkeiten. Wird schon wieder.« Weber schaute Bremer in die Augen. »Bin ich ein Spießer?«

Bremer dachte an Webers Euphorie, endlich die Richtige gefunden zu haben. Der es nichts ausmachte, dass er so oft unterwegs war. Jetzt wusste Bremer, warum, und verstand, dass Weber sich schützte, seine Gefühle abschottete. Früher oder später würde das große Heulen kommen, und dann würde er seinem Freund beistehen.

»Du ein Spießer? Tja. Wie soll ich das sagen?«

Weber versteifte sich.

»Du hast keine Gartenzwerge. Deine Klopapierrolle im Fond

ist vollkommen nackt, du hast deine Dackelzucht aufgegeben. Deine Wohnung erinnert mich eher an moderne Kunst als an Eiche massiv. Allerdings stehst du fest auf der Seite der freiheitlich-demokratischen Grundordnung. Das hast du geschworen.« Bremer überlegte. »Nein, das reicht nicht. Ein Spießer-Punkt. Klares Ergebnis: kein Spießer.«

»Da habe ich ja noch mal Glück gehabt«, sagte Weber und entspannte sich. »Auf jeden Fall kann ich jetzt wieder anständig Überstunden machen.«

»Das wird auch nötig sein. Solange wir Ötzi nicht identifiziert haben, müssen wir im Trüben fischen. Beziehungsweise im Schlamm stochern.«

»Was wir ja auch tun.« Weber sprang auf, griff sich die Akten der Männer und vergrub sich an seinem Schreibtisch in die Arbeit. »Kein Problem«, murmelte er immer wieder. »Kein Problem.«

Bremer nahm sich die Akten der sieben Frauen vor. Trotz seiner Routine staunte er immer wieder: Thela Boese. Einundfünfzig Jahre alt. Geschieden, zwei Töchter, arbeitslos. Saß zuletzt zwei Jahre und sieben Monate wegen gefährlicher Körperverletzung. Wraake hatte die sieben Extra-Monate erreicht und damit verhindert, dass eine Bewährung in Betracht kam. Zeugen, die Wraake ausfindig gemacht hatte, hatten das Gericht davon überzeugt, dass Boese so war, wie sie hieß. Mit einem Elektroschocker hatte sie ihren Enkel traktiert, weil er sie im Mittagsschlaf gestört hatte. Der Junge hatte einen schweren Schock, zwei gebrochene Rippen und eine gebrochene Nase davongetragen. Das war zu viel, denn ihr war schon öfter die Hand ausgerutscht, und meistens hatte sie einen unangenehmen Gegenstand darin gehalten. Seit zwei Wochen spazierte Boese wieder in Saarlouis herum. Bisher ohne jede Auffälligkeit. Anfangs hatte sie im Gefängnis gedroht, Wraake zu filetieren, wenn sie wieder draußen war. Kein Alibi. Schusswaffenbesitz nicht bekannt. Ohne Hausdurchsuchung war da sowieso nichts zu machen. Keine Verbindungen zu einem Schützenverein. Eine Akte nach der anderen nahm er sich vor, schlürfte dazwischen immer wieder mal einen Espresso und stieg nach drei Stunden auf Wasser um.

Claudia Behn. Vierunddreißig Jahre alt, Sekretärin, ledig. Keine Kinder. Eifersuchtstat mit siebenundzwanzig: Als ihr Geliebter sich von ihr trennen will, rastet sie aus und zieht dem Mann eine Pfanne über den Schädel. Sie ruft den Notarzt, gibt Notwehr vor. Er habe sie vergewaltigen wollen, als sie sich von ihm trennen wollte. Der Mann stirbt am Tatort.

Wraake weist als Vertreterin der Nebenklage das Gegenteil nach. Sie findet E-Mails, in denen der Mann die Trennung ankündigt. Behn bricht vor Gericht zusammen und gesteht. Das Gericht erkennt auf Totschlag, sieben Jahre. Sie sitzt jeden Tag ab, weil sie nicht aufhört, Drohungen gegen Wraake auszustoßen. Erst im letzten halben Jahr wird sie ruhiger. Seit vier Wochen auf freiem Fuß. Kein Alibi. Schusswaffen – negativ.

Weiter ging es in dem Gruselkabinett.

Thara Meskowicz. Sechsundzwanzig Jahre alt. Fahrlässige Körperverletzung mit Todesfolge. Zwei Jahre auf Bewährung. Meskowicz war bei einem Wendemanöver rückwärts auf den Bürgersteig gefahren und hatte einen vierjährigen Jungen überfahren und tödlich verletzt. Sie war nüchtern gewesen. Der Staatsanwalt legte auf Wraakes Drängen hin Revision ein, da sie die Bewährung für nicht angemessen hielt und den juristischen Problemen aus dem Weg gehen wollte, die entstanden wären, wenn sie als Nebenklägerin Revision eingelegt hätte. Meskowicz hatte 2002 wegen wiederholten Rasens den Führerschein für ein halbes Jahr abgeben müssen. Die Revision hatte Erfolg, in der nächsten Instanz wurde Meskowicz zu zwei Jahren und zwei Monaten verurteilt. Doch das Oberlandesgericht hob das Urteil wieder auf. Es blieb bei zwei Jahren auf Bewährung.

Meskowicz befand sich in psychiatrischer Behandlung. Sie hatte ihre Tat nicht verwunden. Sie hatte nie Drohungen gegenüber Wraake ausgesprochen, war aber psychisch so instabil, dass sie weder Auto fahren noch ihrem früheren Hobby, dem Schießen, nachgehen durfte. Ihr Vater war Jäger und Vorsitzender im Schützenverein Concordia, Völklingen.

Die Akten der verdächtigen Männer lasen sich ebenfalls wie die Ausgeburt krankhafter Schriftsteller-Fantasien. Bremer legte die Akten beiseite. Also hatte Sonja Wraake auch ihre Schattenseiten, überlegte er. Sie hatte durchaus inquisitorische Züge. Und viele Feinde. Ohne Zweifel. Zu viele. Mindestens einen zu viel. Und sie lehnte Personenschutz kategorisch ab.

FÜNFZEHN

Helga Simonis wirkte so zerbrechlich wie eine Vase aus hauchfeinem Porzellan. Das Krankenhausbett schien sie zu verschlucken, die Geräte, die ihre Lebensfunktionen überwachten, klickten und surrten. Vor einer Stunde war sie aufgewacht und hatte nach Sonja gefragt. Zwanzig Minuten später saß Sonja auf einem grau bezogenen Metallstuhl neben ihr und hielt ihre Hand.

»Ich bin so dumm«, flüsterte Simonis und versuchte ein Lächeln, das zur Grimasse geriet. »Jetzt liege ich auch noch dem Staat auf der Tasche und blockiere Ärzte und Geräte, die jemand anderes viel besser brauchen könnte. Am besten wäre ich nicht wieder aufgewacht. Nicht wahr?« Sie lächelte gequält, eine Mischung aus Schmerz und Verzweiflung.

So verzweifelt sind Sie? Dass Sie Ihr Leben wegwerfen möchten?, wollte Sonja sagen, aber die Sätze blieben ihr im Hals stecken. Simonis war eine von vielen, die dem Druck, Opfer zu sein, nicht gewachsen waren. Eine Ahnung, wie sich das anfühlen musste, hatte Sonja jetzt selbst. Und Simonis war vergewaltigt, fast erschlagen und dann vor Gericht als Hure dargestellt worden. Genug, um einen Menschen seelisch zu vernichten.

»Es ist furchtbar«, sagte sie nur und drückte Simonis' Hand etwas stärker. Fünf Minuten vergingen ohne ein Wort. Mit einem Nicken entließ Simonis Sonja schließlich und gab ihr mit auf den Weg, sie solle sich keine Sorgen machen, es werde alles gut werden.

Sonja glaubte nicht daran. Sie hatte Simonis falsch eingeschätzt.

Sie kam pünktlich zu ihrem Termin, die Sache war schnell erledigt, eine harmlose Familiensache. Die Parteien einigten sich außergerichtlich, ein schöner Erfolg, leider viel zu selten.

Kaum war sie allein im Büro, fischte sie die Flasche hinter den Büchern hervor. Sie traute ihren Augen nicht. Nur noch zwei Finger breit schimmerten darin. Sie drehte den Verschluss ab, lief auf die Toilette und schüttete den Rest ins Waschbecken. Die Flasche flog in den Mülleimer, aber da konnte sie nicht bleiben. Sie steckte sie in ihre Aktentasche und machte sich auf den Heimweg, zerschmetterte unterwegs die Flasche in einem Glascontainer, duschte sich eine halbe Stunde lang heiß. So konnte es nicht weitergehen. Da half nur eins: Annabelle und ausreiten. Sich der Gefahr, dass der Attentäter wieder zuschlagen würde, stellen. Aber das ging ja nicht. Annabelle musste noch im Stall bleiben. Die Verletzungen mussten erst abheilen.

Sie hob den Hörer ab und wählte die Nummer von Sibelius Wächter. Er meldete sich sofort und war hocherfreut über die angenehme Überraschung. Ob er Lust hätte auf einen ausgedehnten Waldspaziergang an der Hessmühle? Obwohl es Montag war und anständige Menschen arbeiten sollten. Hinauf nach Oberlimberg, dort einkehren und dann wieder zurück? Wächter war begeistert.

Mit fast zweihundert Stundenkilometern raste Sonja nach Rehlingen, überholte zwei Wagen, die die Überholspur blockierten, rechts und zog eine Staubfahne hinter sich her, als sie vor der Hessmühle zum Stehen kam. Sie fühlte sich erleichtert, lehnte an ihrem Wagen, genoss die Sonne und wartete. Zehn Minuten später kam Sibelius Wächter. Länger als notwendig lagen ihre Hände ineinander. Sonja hakte sich unter, und sie spazierten gemütlich los. Nach einigen hundert Metern kamen Koppeln in Sicht, auf denen sich ein paar Pferde tummelten. Sie traten heran.

»Sehen Sie den Kleinen dahinten?« Sonja zeigte auf ein Tier, nicht größer als ein Kalb. »Das ist ein Shetlandpony. Und daneben ein Friese. Klassisch schwarz mit wallender Mähne und Puscheln über den Hufen.«

»Ein wundervolles Tier. Ist es ein Hengst?«

Sonja lachte. »Nein. Ein Wallach. Ein Hengst hätte schon längst die Zäune abgerissen, um an die süßen Araberstuten dahinten ranzukommen.« Sie deutete auf die andere Koppel.

»Die sehen wunderschön aus.«

»Reiten Sie?«

Wächter hob die Hände. »Oh nein. Anschauen genügt mir vollkommen.«

»Es ist wunderbar. Versuchen Sie es doch mal. Ich gebe Ihnen Unterricht.«

»Wollen Sie wirklich einen alten Mann auf ein Pferd setzen?«

»Warum nicht? Das heißt nicht, dass ich Sie für einen alten Mann halte. Im Gegenteil. Ich schätze Sie auf höchstens fünfzig.«

Wächter lächelte. »Danke für die kleine Lüge. Das tut gut. Sie werden ja rot.«

»Ich konnte noch nie besonders gut lügen und gebe zu, ich habe Sie auf Mitte fünfzig geschätzt.«

»Damit liegen Sie gut. Ich bin sechsundfünfzig.«

Sie schlugen den etwas weiteren Weg nach Oberlimberg ein, der in einer flachen langen Rechtskurve auf den Gau hinaufführte. Der lichte Wald kühlte und duftete nach Fichtenharz, weiter oben breiteten Buchen ihre Kronen aus. Vor dem grünen Zaun, der Oskar Lafontaines Villa umschloss, blieben sie stehen. Im Volksmund hieß das Gebäude inzwischen »Palast der sozialen Gerechtigkeit«.

»Es ist nicht mein Geschmack, so eckig und klotzig. Und die aufgesetzte Galerie, oder wie immer man das nennen will, wirkt ein wenig wie ein Teil, das sich versehentlich dahin verirrt hat. Was soll's. Es muss ja nicht mir, sondern seinem Besitzer Freude bereiten«, sagte Wächter und rümpfte die Nase.

»Mir gefällt es ganz gut. Ist mal was anderes. Eben nicht die klassische Villa, wie sie in den Rezeptbüchern irgendwelcher Architektur-Gurus vorgeschrieben wird. Viele große Fenster, ein schönes Fleckchen Erde hier oben und vor allem: Lafontaine ist im Lande geblieben. Nicht wie andere Promis, die sich nach Mallorca oder in die Schweiz verdrücken.«

»Kennen Sie ihn persönlich?«

»Nein. Ich habe natürlich seine Laufbahn verfolgt und verfolge sie weiter. Er ist politisch nicht mein Geschmack, aber er ist verdammt clever.«

»Er gibt nie auf?« Wächter hatte die Augen geschlossen und hielt sein Gesicht in die Sonne.

»Irgendwie schon. Die Gründung der Linkspartei, das war clever. Seine einzige Möglichkeit, wieder zurück in die Politik zu kommen.«

»Das ist nicht meine Welt. Macht um der Macht willen. Ich verstehe das nicht.«

»Ich glaube, das kann man auch nicht verstehen, wenn man

nicht drinsteckt. Und wenn man drinsteckt, verliert man die Möglichkeit, sich selbst zu sehen. Wollen wir weitergehen, Sibelius? Ich darf Sie so nennen?«

Er öffnete die Augen und lächelte. »Gerne. Wenn ich Sie Sonja nennen darf?«

Sie nickte kurz, und sie gingen weiter. In der Ortsmitte bogen sie rechts ab und fanden im Biergarten am Ortsausgang noch einen freien Tisch. Sonja bestellte ein Glas Rotwein, Wächter ein Wasser.

»Was machen Sie eigentlich beruflich, Herr Wächter?«

»Ich genieße die Frührente.«

»Krankheit?«

Wächter lächelte gequält. »Erkenntnis *und* Krankheit.« Er nahm einen Schluck Wasser, blickte in den Himmel. »Nach dreißig Jahren Fliesenverkaufen hat es mir gereicht. Ich habe mein Geschäft mit einigem Gewinn an den Mann gebracht und kann bis zu meinem Lebensende gut davon leben.«

»Wie ist das so? Ohne Arbeit? Ohne Aufgabe?«

Wächters Glas klackte auf den Tisch. »Ohne Aufgabe? Das sehe ich anders. Ich kümmere mich um Menschen, die in Not sind. Ehrenamtlich.«

»Verzeihen Sie, Herr Wächter, dass ich so plump gefragt habe. Ich ...«

»Schon gut. Es ist ja nicht selbstverständlich, sozusagen im besten Mannesalter daheim zu sitzen. Und Sie? Womit verdienen Sie Ihr Geld? Mit Strafrecht?«

»Ja. Woher wussten Sie das?«

»Ist mir gerade so durch den Kopf gegangen.«

Sonja stutzte, da piekte ein Gedanke, aber bevor sie ihn fassen konnte, hatte er sich schon wieder verflüchtigt. Sie trank einen Schluck Rotwein und schielte über den Rand des Glases hinweg zu Wächter.

Er hatte etwas von Sean Connery. Die Nase, die Lippen, der Bart. Etwas Edles, das nur mit den Jahren entstehen konnte. Die Augen blitzten wach und grün. Lachfalten, die Stirn fünffach gefurcht. Kein Bauch. Ein attraktiver Mann. Obwohl sie gegen einen kleinen Bauch nichts einzuwenden hatte. Solange das Gesicht nicht verfettet war – kein Problem. Seins strahlte Wärme aus. Sie musste sich im Zaum halten. Er konnte ihr durchaus gefährlich werden.

»Gehen Sie gerne ins Kino?« Wächters Frage kam überraschend.

»Kino? Wenn ich Zeit habe. Also sehr selten. Und Sie?«

»Ich liebe Kino. Die großen Gefühle. Ich kann mitleiden, ohne selbst zu erleiden. Das ist sehr angenehm. So kann ich meine Abenteuerlust ausleben, ohne mich selbst in Gefahr zu bringen. Das ist doch fantastisch.«

»Zweifellos. Brauchen Sie Abenteuer, um glücklich zu sein?«

Wächter lachte. »Ein Gespräch mit Ihnen hat etwas von einem Verhör. Das ist wohl eine Berufskrankheit?«

»Wieso? Ich habe doch nur gefragt, ob ...«

»... ich ohne Abenteuer nicht glücklich sein kann. Das habe ich verstanden. Die Frage impliziert aber, dass ich quasi von nichts anderem glücklich werden kann. Dass ich sozusagen ein Kinojunkie bin.«

»Sie haben recht.« Sonja wedelte mit den Händen. »Ich meine nicht, dass Sie ein Kinojunkie sind.«

Wächter nickte verständnisvoll.

»Ich wiederhole meine Frage: Herr Wächter, was bedeutet Abenteuer für Sie in Ihrem Leben?«

»Ohne könnte ich nicht glücklich sein«, antwortete er ernst.

Sonja knuffte ihn in die Seite. »Sie sind ein Schlawiner, wissen Sie das?«

Wächter schmunzelte. »Das ist gut möglich. Was halten Sie davon, wenn wir weitergehen?«

»Haben Sie einen Termin?«

»Nein. Ich habe nur Lust, mich zu bewegen.«

»Darf ich Sie einladen?«

»Sie dürfen, und ich danke Ihnen dafür.«

Sonja bezahlte, der Weg führte an einer Wiese vorbei bergab, die Sonne brannte vom Himmel. Sonja fiel auf, dass er nicht schwitzte. An den Achseln konnte sie keine Flecken oder Ränder entdecken, die Stirn blieb trocken.

Der dichte Wald schluckte die beiden, die Nachmittagshitze erstickte die Geräusche des Waldes fast vollständig. Kein Tier bewegte sich mehr als nötig. Steil ging es den Berg hinunter, dann öffnete sich eine kleine Lichtung, auf der Buchenstämme lagen.

»Schade«, sagte Wächter. »Schade um die stolzen Bäume. Die

müssen alt gewesen sein. Sehen Sie nur, wie dick sie sind. Über hundert Jahre.«

»Auch Bäume müssen sterben.« Sonja fuhr über die Rinde. »Wie Menschen. Jeder Baum hat eine andere Rinde. Manche sterben früher, manche später. Manche halten die Umweltverschmutzung besser aus, manche werden aus Gier gefällt, manche hören einfach auf zu leben. Das ist der Lauf der Dinge.«

»Und Sie verteidigen die bösen Jungs?«, fragte Wächter ungläubig.

»Nein. Ich klage an. Als Nebenklägerin.«

Wächter zog einmal die Augenbrauen hoch und setzte sich auf den Buchenstamm.

»Wenn Sie Opfer eines Verbrechens werden, haben Sie das Recht, als Nebenkläger aufzutreten. Sie erhalten Akteneinsicht, können dem Angeklagten Fragen stellen, Beweisanträge stellen und dürfen das gesamte Verfahren über im Gerichtssaal bleiben.«

Sie machte eine Pause, Wächter nickte.

»Das sind die wichtigsten Punkte. Damit sind Sie dem Staatsanwalt fast gleichgestellt. Fast, denn Sie können niemanden verhaften lassen. Aber Sie können Gutachter ablehnen. Obwohl das natürlich auch seine Grenzen hat. Die Nebenklage übernimmt die Arbeit der Staatsanwaltschaft mit. Wir sind oft gründlicher, erheben mehr Daten und können uns mehr auf einen speziellen Fall konzentrieren. Ein hervorragendes Instrument.«

»Das klingt nach Gerechtigkeit.«

»Verwechseln Sie niemals Recht und Gerechtigkeit. Opfer kriegen vielleicht vor Gericht Recht, aber Gerechtigkeit kann es nicht geben. Wie auch? Jemand wurde ermordet, verstümmelt, vergewaltigt. Die Gerechtigkeit stirbt im Moment der Tat. Opfer kriegen immer lebenslänglich. So ist das. Da hilft nichts.«

»Sie sind eine beeindruckende Frau, Sonja. Ehrlich.«

Hitze stieg ihr in den Kopf. »Ach was, hören Sie auf, mir dumme Komplimente zu machen. Gehen wir weiter.« Ihre Stimme verwandelte sich in eine schartige Säge.

Mit schnellen Schritten entzog sie sich Wächters ernstem Blick.

Verdammt, dachte sie. Er meint das wirklich ernst. Das kann ja wohl nicht wahr sein.

Eine Viertelstunde lang lief sie einen Meter vor ihm her, als würde er sie verfolgen. An einer Wegkreuzung blieb sie stehen und drehte sich zu ihm.

»Es tut mir leid, aber ich vertrage keine Komplimente.«

»Ich werde versuchen, mich zurückzuhalten, aber ich kann es Ihnen nicht versprechen.«

»Aber ich kann es Ihnen versprechen. Wir werden uns nämlich nicht wiedersehen.« Das war die einzige Lösung. Wer sich in Gefahr begab, kam darin um, das war Sonjas Überzeugung. Nichts wie weg.

Wächter schwieg und ließ die Schultern hängen. Sonja holte tief Luft, aber er winkte ab, lief los, immer schneller, sie schaute ihm hinterher, schlug sich mit der flachen Hand immer wieder gegen die Stirn und ließ sich dann auf ihr Hinterteil plumpsen wie ein Teenager. Sie rupfte einen Grashalm aus, betrachtete ihn von allen Seiten. »Du bist weitaus einfühlsamer als ich. Und bedeutend intelligenter. Trotzdem. Wenn ihm etwas an mir liegt, wird er sich melden und nicht wegrennen wie ein kleiner Bub, der ein Spielzeug nicht bekommt.«

Der Grashalm flog auf den Weg, Sonja spazierte weiter, genoss die Sonne, die Wärme und die Einsamkeit. Männer waren zu kompliziert. Das war alles. Immer musste man aufpassen, nur ja kein falsches Wort zu sagen. Entweder flohen sie, oder sie glaubten, alles besser wissen zu müssen. Oder, am allerschlimmsten, sie fingen an, den Psychologen zu spielen. Mein Gott. Warum hast du solche komischen Wesen produziert?

Ihr Auto hatte geduldig gewartet. Rote Braschen spritzten, als sie das Gaspedal durchtrat und mit achtzig Stundenkilometern die schmale Straße entlangdonnerte.

SECHZEHN

Pünktlich um halb sechs trafen sich Holt, Bremer und Weber zur Nachmittagsbesprechung der MOKO Schlammtoter Nalbach. Acht Tage waren vergangen, auf der Litermont Ranch wurde nach wie vor fleißig gesiebt und gesichert, Zerb war mit seinem Team vor Ort. Sie drehten jeden Halm um, zwei Spürhunde schnüffelten im Wechsel, alle zwanzig Minuten mussten die Tiere pausieren. Alles dauerte furchtbar lange.

Die Hundertschaft hatte den Tatort in einem Zickzackmuster abgesucht, das sich in immer größeren Zacken vom Schlammweiher entfernt hatte. Das Gelände war in Sektoren aufgeteilt worden, über zwei Quadratkilometer waren von jedwedem verdächtigen Gegenstand befreit worden. Kisten mit Kram stapelten sich im Landeskriminalamt und warteten auf Untersuchung. Das größte Problem aber waren nach wie vor die fehlenden Leichenteile und die Identität. Aus der Bevölkerung waren sechs Hinweise eingegangen, die sich alle als falsch herausgestellt hatten. Das war quasi nichts und sprach dafür, dass sich Ötzi anscheinend nie unbekleidet gezeigt hatte. Die Presse hielt erstaunlich ruhig, Bremer nahm an, Reiners schlechtes Gewissen wirkte immer noch nach. Der verschwundene Torso war anscheinend noch nicht durchgesickert. Der Fall wurde sachlich beschrieben, die Polizei kam gut dabei weg, man tue alles Menschenmögliche, um Licht in das Geheimnis des Mannes aus dem Schlamm zu bringen, das Attentat auf Sonja Wraake war schon aus den Schlagzeilen verschwunden.

Polizeidirektor Haffner hatte offiziell eine Mordkommission eingerichtet, Bremer hatte die Leitung, Weber und Holt waren mit dabei und natürlich die Spezialisten von Rudi Zerb, die den Tatort am liebsten in Harz gegossen hätten, um nur ja kein Detail zu übersehen. Bremer wusste genauso gut wie alle anderen, dass ein schlechter Tatort die gesamten Ermittlungen zu Fall bringen konnte.

Susanne Holt hatte die Frauen zur Stimmenprobe vorgeladen,

einen Zeitplan erstellt, die Kollegen von der Abteilung für Technik und Kommunikation hatten die Geräte bereitgestellt, man würde vier Aufnahmen gleichzeitig machen können, das dauerte jeweils ungefähr acht Minuten, mal hundertsechsundzwanzig geteilt durch vier ergab vier Stunden und zwölf Minuten im Idealfall, also rechnete Holt mit fünf bis sechs Stunden. Die Auswertung dauerte etwas länger, die Ergebnisse würden in zwei bis drei Tagen vorliegen. Dann würden sie wissen, dass sie nicht wussten, wer die anonyme Anruferin gewesen war, die die Streife weggelockt hatte.

Bremer lobte Susanne Holt und Fred Weber und schickte beide nach Hause. »Ich will euch nicht vor morgen neun Uhr hier sehen. Ruht euch aus. Wenn mich nicht alles täuscht, kriegt der Fall bald so viel Eigendynamik, dass wir uns nach jeder freien Minute sehnen werden.«

Sichtlich erleichtert zogen die beiden ab.

Bremer ließ sich auf seine Couch fallen und studierte die vier Akten, die Weber mitgebracht hatte. Die übrig gebliebenen männlichen Kandidaten. Vier zu sieben. Interessant. Elf Personen, von denen jede es gewesen sein konnte oder keine. Naheliegend. Es gab bis jetzt kein Indiz, das für eine oder einen von den elf sprach, geschweige denn einen Beweis. Ein Motiv hatten alle. Ihr Hass auf Wraake. Das war alles. Also würde er versuchen, bei den Vernehmungen herauszufinden, wer etwas zu verbergen hatte, und dann in diese Bresche stoßen, ausleuchten, was hinter den Fassaden der Menschen vor sich hinmoderte.

Sein Magen meldete sich. Ein dumpfer Schmerz, nicht heftig genug, um ihn ernst zu nehmen. Vorsorglich hatte er sich in der Apotheke ein Medikament besorgt, den Beipackzettel ungelesen entsorgt. Er schluckte zwei Tabletten, schüttete ein Glas Leitungswasser hinterher und musste sofort aufstoßen. Nach fünf Minuten waren die Schmerzen verschwunden. Das Gerät auf seinem Schreibtisch gab Töne von sich. Bellorz' Nummer.

»Hallo, Martin. Hast du Lust auf einen Abstecher nach Berlin?«

»Soll ich die Kanzlerin verhaften?«

»Noch nicht, die Ermittlungen laufen noch. Nein. Es gibt Neuigkeiten bei Ötzi. Übrigens: Wenn irgendwer ausplaudert, dass wir die MOKO intern so nennen, dann werde ich ihn höchstpersönlich in eine Mumie verwandeln.«

Bremer legte den Hörer neben den Apparat und drückte die Lautsprechertaste. »Jaja. Schon klar. Was gibt es denn Neues?« Ihm war nicht nach Scherzen zumute.

»Ein Thilo Meuken aus Berlin hat sich gemeldet. Er sagt, er habe die Tätowierung schon mal gesehen. Und er wüsste, wem sie gestochen wurde.«

»Und warum soll ich nach Berlin? Gibt es da keine Beamten, die eine Aussage aufnehmen können?«

»Doch, doch, schon. Aber Meuken sitzt in Tegel ein. Hat offiziell noch neun Monate. Er will verhandeln.«

»Weißt du was? Sag ihm schöne Grüße, wenn er nicht ganz schnell sagt, was er weiß, dann hänge ich ihm ein Verfahren wegen Begünstigung an den Arsch. Vielleicht sogar Mittäterschaft. Wenn unser Mann im Schlamm ein verurteilter Straftäter wäre, hätten wir seine Tätowierung schon längst identifiziert.« Bremers Stimme war angeschwollen, und sein Magen meldete sich wieder. Also drosselte er die Lautstärke. »Nicht verhandelbar, okay?«

»Sehe ich auch so. Ich mache das klar. Bis gleich.«

Bremer war aufgestanden und wechselte nach nebenan. Keiner da. Gut. Also waren die beiden tatsächlich nach Hause gegangen. Er kehrte zurück an seinen Schreibtisch, sank in den Sessel, schloss die Augen und träumte ein wenig von Urlaub mit Saskia. Die d-Moll-Toccata holte ihn wieder zurück in die Gegenwart. Zerbs Nummer.

»Was gibt es, Rudi?«

»Einen Arm und jede Menge Pferdeknochen. Sieht aus wie ein komplettes Skelett. Gehört wahrscheinlich zu den anderen Teilen. Ich habe einen Veterinär verständigt, der ist gleich hier und klärt das. Ansonsten immer noch keine Hülsen, aber eine Stelle, an der eine Person auf der Lauer gelegen haben könnte. Die Hundertschaft hat das übersehen, weil die Stelle außerhalb des Rasters lag. Pflanzenstiele sind abgerissen und auf dem Boden verteilt worden. Und«, Zerb zog das Wort in die Länge, Bremer hörte Papierrascheln, »eine Walther PPK, mit Seriennummer. Muss dreißig Jahre alt sein, ist verrostet. Auf keinen Fall die Tatwaffe.«

»Du redest ja wie ein Wasserfall. Was ist los?«

»Wie, was ist los?«, fragte Zerb.

»Ach nichts. Danke, Rudi. Wenn ihr in den angrenzenden Weihern auch nichts findet, müsst ihr die Suche ausweiten.«

»Wenn der Täter Sinn für Humor hatte, dann können wir alle verdammten fünfzig Schlammweiher auslöffeln. Vielleicht sind es auch sechzig. Keine Ahnung.«

»So sieht es aus.«

»Dann bis später.«

Bremer legte auf, hoffte, dass Meuken wirklich etwas wusste und nicht einer von denen war, die nur das Maul aufrissen, um sich wichtig zu machen. Er musste nicht lange warten. Bellorz am Apparat. Ein Hoffnungsschimmer.

»Meuken sagt, die Tätowierung sei das Zeichen einer Hardlinergruppe von Vergewaltigern. Wie eine Kerbe am Colt, so tätowieren die sich das auf den Bauch. Ganz schön krank, was?«

»Wenn es stimmt.«

»Ich prüfe es nach. Meuken sagte, er selber habe die Tätowierung noch nicht gesehen.«

»Also doch ein Blindgänger«, stellte Bremer fest. »Ich denke, er hat sie gesehen? Meuken weiß also *nicht*, wem die Tätowierung gehört?«

»Richtig. Aber immerhin haben wir ein Fädchen«, sagte Bellorz mit der Betonung auf *ein*.

»Mach's gut, Sascha.«

»Ebenfalls.«

Wieder nichts. Einen Moment lang hatte Bremer gehofft, Ötzi würde sich zu erkennen geben. Damit war auch die letzte Ausrede weggefallen, die ausstehenden Berichte nicht fertigzuschreiben. So war das Leben. Gespickt mit kleinen und großen Niederlagen und kleinen und großen Siegen. Bremer nahm sich die Berichte vor und versprach sich selbst eine Belohnung: Eine Reitstunde würde er nehmen.

***

Der ehemalige Richter Curt Schöneberg lenkte den Wagen auf einen freien Platz vor der Kirche des kleinen Dorfes Biesingen im Bliesgau. Von hier waren es nur noch ein paar hundert Meter bis zum Treffpunkt am Hang. Schöneberg freute sich auf das Treffen. Eine alte Schuld einzulösen war immer ein Grund, um gut gelaunt zu sein. Er passierte ein paar Büsche, blieb stehen und wartete. Niemand in Sicht. Sollte er sich getäuscht haben? Unwahrscheinlich. Sein Kontaktmann war einer von der Sorte, die nichts versprachen, was sie nicht halten konnten. Nur höhere Gewalt hätte ihn am Kommen hindern können. Die Kirchturmuhr schlug sieben Uhr. Eine Hand legte sich auf seine Schulter.

»Na endlich«, sagte Schöneberg. »Du bist zehn Sekunden zu spät. Die Kirche hat schon geläutet.«

»Die Kirche war noch nie pünktlich, das solltest du wissen. Und du solltest wissen, dass ich nicht viel Zeit habe. Also. Worum geht es?«

Schöneberg drehte sich nicht um. Er kannte das Gesicht zur Genüge. Da genoss er lieber den Blick auf die sanften grünen Hügel des Bliesgaus. »Ich brauche Informationen über eine Richterin.«

»Ich hätte ein paar interessante Neuigkeiten über den Bischof. Oder die sexuellen Neigungen einiger Schuldirektoren. Richter haben wir zurzeit nicht im Angebot.«

»Wunderbar. Da werden sich deine Leute bestimmt freuen. Im Moment ist es ruhig, nicht wahr? Ideal für ein paar inoffizielle Feldstudien, um die Langeweile zu vertreiben und die neuesten technischen Spielereien auszuprobieren.«

»Nein.«

Schöneberg fuhr herum, Zorn im Gesicht. »Nein? Es gibt kein Nein. Hast du vergessen, was du mir schuldest?«

»Ich habe nichts vergessen. Aber jede Schuld hat einen Gegenwert. Vergiss die Richterin.« Er zuckte nicht mit der Wimper.

Schöneberg entspannte sich wieder, er wusste, dass er so nicht weiterkommen würde. »Schon gut. Kannst du mir wenigstens alles besorgen, was ihr schon wisst? Und mir ein paar Geräte ausleihen?«

»Du kriegst alles, was wir von ihr haben. Kein Problem. Aber keine Geräte.«

»Die Swelow-Hübner.«

»In Ordnung. Dann sind wir quitt. Ein für alle Mal.«

Schöneberg brummte nur und stand im nächsten Moment wieder allein im Bliesgau. Er lächelte.

SIEBZEHN

»Bist du dir sicher?« Sonja saß an ihrem Schreibtisch und ließ ihren silbernen Dauerschreiber auf der Schreibunterlage tanzen, die auch als Schutz für die Kirschholzplatte diente. Der Monitor zeigte ihr »heute Dienstag« und viele unerledigte Aufgaben an. Sie sah Frank Keller vor sich, den Telefonhörer in der Hand, die Beine auf einem Stuhl geparkt, in der anderen Hand eine Tasse Tee. Rotbuschtee.

»Sven Kachel ist heute Morgen um vier Uhr dreißig eingeliefert worden. Es war verdammt knapp, aber sie haben ihn noch mal geholt.«

Sonja stieß Luft aus. »War das abzusehen?«

»Ich habe vorgestern einen Termin mit ihm gehabt, da schien alles in bester Ordnung. Aber ich glaube, der Auslöser ist klar. Er hat einen Brief vom Vorstand der Bank bekommen. Sie haben sein Versetzungsgesuch abgelehnt. Und ihm ansonsten alles Gute gewünscht.«

»Das darf ja wohl nicht wahr sein! Nach dem dritten Überfall innerhalb von achtzehn Monaten! Das kann doch nur ein Irrtum sein!«

»Seine Chefs stehen auf dem Standpunkt, das sei Berufsrisiko, und wenn jeder so zimperlich wäre, könnte man die Banken gleich ganz dichtmachen. Und ein Filialleiter müsse ganz besonders stabil sein.«

»Steht das in dem Brief?«

Keller lachte kurz auf. »Wo denkst du hin? Nein, das haben sie ihm unter vier Augen gesteckt. Ich denke, jetzt wird er den Job aufgeben.«

»Das wird sein kleinstes Problem sein.«

»Mit Sicherheit. Der Bankräuber ist geständig. Auf sein Konto gehen insgesamt sieben Überfälle. Geldschwierigkeiten in seiner Firma. Die Banküberfälle lieferten ihm die nötigen Privateinlagen. Er hat sogar bei einer Bank, die er beraubt hat, zwei Tage später einen Kredit mit dem geklauten Geld bedient. Die haben das nicht gemerkt. Das nenn ich Recyceln! Der arme Kerl.«

»Kümmerst du dich um *Kachel*?«, sagte sie mit Nachdruck. Sonja war das Wohlergehen des Täters herzlich gleichgültig. Für sie war dieser Mann ein selbstsüchtiges Monster, das über Leichen ging. Wenn es nach ihr ginge, würde er nie wieder auf freien Fuß kommen. Was Kachel durchlebt haben musste, war schlimmer als der Tod. Immer wieder betete sie sich vor, Auge um Auge, Zahn um Zahn, das ist die falsche Art. Aber jeder Fall schlug einen Stein aus den Mauern, die sie um den brodelnden Hass auf Täter gebaut hatte.

»Ja. Ich habe mir eine Woche freigenommen. War kein Problem. Mein Chef steht auf unserer Seite.«

Sonja hängte ein und verdrängte ihre Übelkeit. Kachel. Sie kannte ihn seit einigen Jahren. Ein Mann voller Leben, Humor und Energie war er gewesen. Übrig geblieben war ein Wrack. Sie konnte es nicht anders bezeichnen. Vielleicht wäre es für ihn besser gewesen, man hätte ihn nicht gefunden. Die Psychologen würden herausfinden, ob es ein Hilfeschrei gewesen war oder nicht. Jeder reagierte anders, aber nur wenige wurden mit ihren seelischen Verstümmelungen fertig.

Sonja starrte auf ihre Hände. Sie erschienen ihr fremd. Waren das Teile von ihr? Sie bewegte den Daumen der rechten Hand. Ja, er gehorchte ihr. Aber nicht wie ein Verbündeter, sondern wie ein unterwürfiger Diener, der keine andere Wahl hatte. Sie ließ ihre Finger tanzen, bis die Kuppen schmerzten. Es klopfte an der Tür. Franka steckte ihren Kopf herein. Sonja nickte nur. Der nächste Termin. Sorgerecht. Die Eltern stritten sich wie die Besenbinder um ihre beiden Kinder. Am besten hätte man die Eltern ins Heim gesteckt und die Kinder bei den Großeltern untergebracht. Eltern waren immer Täter. Sie ließen sich scheiden, weil sie in ihren Beziehungen versagten. Sie ließen Kinder stundenlang vor der Glotze sitzen, weil sie keine Lust hatten, sich mit ihnen zu beschäftigen. Sie trugen ihre seelischen Deformationen auf dem Rücken ihrer Kinder aus. Und viele legten eine Brutalität und Rücksichtslosigkeit an den Tag, dass es Sonja immer wieder die Sprache verschlug.

Die Eltern kamen herein, zwei Stunden später war klar, dass ein Prozess nicht abgewendet werden konnte, Sonja würde die Mutter vertreten, der Vater stürmte fluchend aus der Kanzlei und schwor, die besten Anwälte aufzufahren und alles aus dem Weg zu räumen, was ihm im Wege stand. Die Mutter weinte, Sonja ließ sich nicht anmerken, dass sie beide für verzogene, selbstsüchtige Kranke hielt. Dennoch würde sie der Mutter beistehen, die kopfschüttelnd und immer noch leise schluchzend den Raum verließ.

Draußen zeigten die Schatten, dass der Nachmittag zu Ende ging. Sonja arbeitete bis zwanzig Uhr und beschloss dann, mit Sibelius Wächter die Nacht zu verbringen. Es ging nicht anders. Sie musste es ausprobieren. Koste es, was es wolle. Er meldete sich sofort, willigte ebenso erstaunt wie erfreut ein, mit ihr essen zu gehen. Sie verabredeten sich im »Gästehaus« von Klaus Erfort, einem von zwei Drei-Sterne-Köchen im Saarland. Wenn man bedachte, dass es in ganz Deutschland nur neun Drei-Sterne-Köche gab, war das ein eindeutiger Hinweis auf eine Lieblingsbeschäftigung der Saarländer.

***

Bremer rutschte zufrieden aus dem Sattel. Mammut war brav wie ein Lamm unter ihm gelaufen, Schritt und Trab. Solveig Kropp trat lächelnd hinzu. »Wie wäre es mit einer Runde Galopp?«

Bremer traute seinen Ohren nicht. »Galopp? Meinen Sie das ernst?«

Kropp sagte nichts, sondern deutete nur auf Mammut, der vollkommen unbeteiligt dastand und den Eindruck erweckte, sich nur Gedanken darüber zu machen, wann es endlich wieder was zu fressen gab. Bremer schwang sich in den Sattel.

»Ich nehme Sie an die Longe, dann können Sie sich ganz auf den Rhythmus konzentrieren. Mammut hat einen sehr weichen, flachen Galopp, Sie werden es schnell merken.«

Bremer merkte es sofort. Unter ihm schwang der Pferderücken wie eine Schaukel. Er musste nur sein Becken von hinten nach vorne rollen lassen. Er ließ die Beine locker, denn er wusste, dass er sonst sein Becken blockierte. Wie beim Tai-Chi oder beim Jiu-Jitsu. Er musste die Kraft auf sich wirken lassen, mit ihr mitgehen, sich nicht gegen sie auflehnen. Sein Oberkörper blieb von allein ruhig. Runde um Runde galoppierte Bremer durch den

Sand, vergaß die Aktenberge, vergaß Mörder, Verdächtige und Staatsanwalt. Das war Freiheit. Nichts anderes war jetzt von Bedeutung. Die Kraft des Pferdes übertrug sich auf ihn, seine Gelassenheit ebenso.

Kropp nahm Mammut in den Trab zurück, dann in den Schritt. Bremer fand sich in der Wirklichkeit wieder. Vielleicht musste er ja irgendwann Solveig Kropp verhaften, weil sie die Mörderin war? Oder ihren Lebens- und Geschäftspartner? Er hatte beide routinemäßig überprüft und einige hässliche Flecken im Lebenslauf von John Filmour gefunden. Filmour war bereits rechtskräftig wegen einer Gewalttat verurteilt worden. In seinem Geburtsland USA.

Bremer stieg ab, bedankte sich, bezahlte und schaute bei den Männern des THW vorbei, die unter Anleitung der Tatortbereitschaft fleißig einen Schlammweiher auspumpten. Es fehlten noch sechzig oder siebzig Zentimeter bis zum Grund. Es gab nichts Neues, aber immer noch vierunddreißig Schlammweiher. Er fuhr zurück nach Saarbrücken, nutzte den Rest des Tages zum Lernen. Am »Odeon«, Bremers Lieblingscafé am St. Johanner Markt, war noch ein Platz frei, er bestellte einen Milchkaffee und vertiefte sich in ein Buch über Geoprofiling. Die Autoren beschrieben darin Methoden, die es möglich machten, den wahrscheinlichen Aufenthaltsort eines Täters zu bestimmen. Die Erfolgsquoten waren beachtlich. Die Zeit verdampfte, Bremer schien festgewachsen auf seinem Stuhl, die Sonne war bereits hinter den Häusern verschwunden.

Die d-Moll-Toccata. Saskias Nummer. Bremers Herz hämmerte. Sollte er sich melden? Die nächste Abfuhr einfangen? Sie hatten sich verabredet, aber nicht für heute. Saskia wollte nur anrufen, wenn etwas dazwischenkam. Er drückte die grüne Taste.

Saskias Stimme fuhr ihm in den Magen. »Hallo, Süßer.«

»Hi«, röchelte er.

»Willst du mich nicht abholen?«

Bremer schwieg verdutzt.

»Ich stehe in Ensheim am Flughafen. Es ist fast elf Uhr. Kein Taxi weit und breit. Ich habe Sehnsucht nach dir.«

»Bleib, wo du bist, ich bin in zwanzig Minuten da!«, rief Bremer, stürzte zu seinem Auto und fuhr gegen die Vorschriften mit Blaulicht und überhöhter Geschwindigkeit.

***

Sonjas Dekolleté ließ tiefe Einblicke zu. Sie hatte auf einen BH verzichtet, das Gespräch immer wieder auf Sex gebracht und zufrieden bemerkt, dass Sibelius mit jeder Minute, die verging, unruhiger wurde. Wann hatte sie das letzte Mal einen Mann verführt? Vor zehn Jahren? Ja, genau. An ihrem siebenundzwanzigsten Geburtstag. Sie hatte allein gefeiert, war nach Köln gefahren, hatte sich für ein Wochenende ein Zimmer genommen und die Altstadt unsicher gemacht. In einer Disco war er ihr aufgefallen. Er war etwa Ende dreißig gewesen, Bauchansatz, groß, Adlernase und scheu wie ein Reh. Er hatte sich an der Theke herumgedrückt und alkoholfreie Drinks gekippt. Ihre Avancen hatte er für einen Scherz gehalten. Als sie ihn dann auf die Tanzfläche geschleppt und ihre Hüfte an seinem steifen Schwanz gerieben hatte, war er aufgetaut. Alles war nett gewesen, bis sie im Bett waren. Er war wie ein Bohrhammer in sie eingedrungen, hatte vier- oder fünfmal gestoßen, gequietscht wie ein abgestochenes Schwein, hatte sich dann auf die Seite gewälzt und war sofort eingeschlafen. Was für ein Versager! Sie hatte ihn eine Viertelstunde schlafen lassen, bis sie sicher war, dass er tatsächlich weggetreten war, dann weckte sie ihn mit einem nassen Handtuch und warf ihn achtkantig aus dem Zimmer. Diese Nacht hatte ihr wieder einmal klargemacht, dass die meisten Männer nicht als Liebhaber taugten. Und die, die was taugten, waren verheiratet. Warum sollte das bei Sibelius anders sein? Es sollte ja gar nicht anders sein. Sie wollte die Bestätigung dafür, dass ihre Gefühle an diesen Mann verschwendet waren.

Sie passte eine günstige Gelegenheit ab, um ihre Hand auf seine zu legen und ihm tief in die Augen zu sehen. Er erwiderte den Blick, aber sie konnte nichts darin lesen. Seine Hand hielt er vollkommen ruhig, sie spürte die pulsierende Wärme und lächelte.

»Willst du heute Nacht bei mir bleiben?«, fragte sie mit neutraler Stimme.

Er hielt ihrem Blick stand, seine Augen flackerten nicht. Kellner huschten hin und her, leise Musik umhüllte die Gäste. Niemand störte die beiden, obwohl es an der Zeit gewesen wäre, einen Kaffee zu nehmen. Aber die Profis im »Gästehaus« wussten, wann sie eingreifen durften und wann nicht.

Sonja spürte Hitze aufsteigen. Sibelius schwieg beharrlich. Nur seine Finger antworteten. Sie begannen vorsichtig, ihre Hand zu erkunden. Ein Schauer lief ihr über den Rücken. Wie ein Blinder tastete er die Rillen, Falten und feinen Härchen ab. Seine Fingerkuppen waren weich wie Katzenpfoten. Angst stieg in ihr auf. Hatte sie einen Fehler gemacht? War Sibelius doch kein selbstverliebter Pfau? Ach was. Das mit den Fingern war Masche, keine Frage. Jetzt betastete er ihr Handgelenk, den Blick immer noch in ihre Augen versenkt.

Sie konnte die Zeit nicht bestimmen, irgendwann orderte Sibelius die Rechnung, bezahlte. Sie verließen das »Gästehaus«, fuhren zu ihr, er ließ sie die Tür öffnen, hob sie auf seine Arme und trug sie über die Schwelle. Sonja schwankte zwischen Empörung und Hingabe. Sanft wie eine Feder legte er sie auf ihrem Bett ab, er musste Bärenkräfte haben. Zuerst streifte er ihr die Schuhe von den Füßen und massierte sie. Schmerz durchfuhr Sonja, Tränen stahlen sich durch die geschlossenen Lider. Warum möchte ich jetzt sterben?, dachte sie und gab den letzten Widerstand auf.

***

Saskia hatte ihre Haare im Nacken zu einem Knoten gebunden. Bremer schämte sich ein wenig. Am liebsten hätte er sie auf der Stelle ausgezogen. Damit musste er aber noch zwanzig Minuten warten.

Die Fahrt nach Saarbrücken gelang ohne ein einziges Wort. Bremer hatte nicht vor, sich in irgendwelchen Vorhaltungen zu verlieren. Saskia war jetzt hier, das allein zählte. Vorsichtig lenkte er den Wagen durch den Verkehr, so als transportiere er etwas ungemein Zerbrechliches. So war es ja auch.

Der Sommer glänzte mit Sonne, Wärme und Trockenheit. Die automatische Bewässerung in Bremers Vorgarten hatte sich eingeschaltet, ein feiner Wassernebel hüllte die Pflanzen ein. Saskia ging vor, sperrte mit ihrem Schlüssel die Haustür auf, ließ ihren

Koffer fallen, sprang an Bremer hoch, schloss ihre Schenkel um seine Hüfte und biss ihm in den Hals. Bremer drehte sich ein paarmal um die eigene Achse, bis er fast das Gleichgewicht verlor. Saskia schrie vor Vergnügen und klammerte sich an ihm fest. Abrupt stoppte er die Drehung, ging langsam in die Knie. Auf dem Rücken kam er zum Liegen und küsste Saskia, als wäre es das letzte Mal.

***

Sonja schwebte mit geschlossenen Augen, aus denen eine Träne nach der anderen sickerte. Sibelius Wächter strich gerade mit seinem Mittelfinger kreisförmig um ihre Knöchel herum. An dem der Ferse nächsten Punkt erhöhte er ein wenig den Druck. Zuerst war Sonja der Schmerz durch die Beine geschossen, ein Schmerz, furchtbar und erlösend zugleich. Mit jeder Runde zerschmolz der Schmerz mehr zu einem warmen Strom, der ihren ganzen Körper erfasste. Als gäbe es keine Zeit, erforschte Sibelius ihren Körper, zog sie aus, widmete sich jedem Zentimeter, ließ aber ihre Scham und ihre Brüste aus. Erst als Sonja entspannt unter ihm lag und ihr Atem ruhig ging, senkte er seinen Kopf zwischen ihre Beine.

***

Fieberhaft zerrte Saskia Bremer die Kleider vom Leib und sich ihren Schlüpfer über die Schenkel, hielt seine Arme hinter seinem Kopf fest und nahm ihn in sich auf. Er atmete flach, die Lider fest aufeinandergepresst. Sie bewegte sich ruckartig, Bremer verzog das Gesicht, spannte die Gesäßmuskeln an, versuchte die Beine freizubekommen, die Saskia mit ihren Schenkeln festhielt.

***

Als der Orgasmus über Sonja hinwegfegte, gab sie nur ein kleines Räuspern von sich. Zwei Minuten lag sie still, dann zog sie Sibelius über sich, öffnete ihre Schenkel weit, um ihn einzuladen. Sanft glitt er in sie hinein, sie zog seinen Kopf zu sich herunter und flüsterte ihm ins Ohr, er solle sich keinen Zwang antun, solle tun, was ihm am liebsten sei. Er ließ sie vor sich knien und nahm sie von hinten. Noch nie im Leben hatte sich Sonja eine solche Lust erlaubt. Gedanken schossen ihr durch den Kopf, die ihre Mutter mit strengster Strafe belegt hätte. Das ist einfach nur geil, dachte sie und wünschte sich, dass es nie aufhören möge.

***

Panik überrollte Bremer. Er konnte die Augen nicht öffnen, seine Hände waren gefesselt, seine Füße festgekettet, und seine Henkerin stöhnte über ihm in widerlicher Begierde. Verzweifelt versuchte er die Bilder abzuschütteln, aber die Erinnerung an seine Gefangenschaft, seine Folter und die Demütigungen brachen ungefiltert hervor. Seine Erektion verpuffte, die Bewegungen hörten auf, seine Hände wurden freigegeben, er öffnete die Augen und sah Saskias besorgten Blick. Sie strich ihm vorsichtig über die Stirn und hauchte einen Kuss auf sein schweißgebadetes Gesicht. Wie eine Schlange glitt sie neben ihn, legte eine Hand auf seinen Bauch, der sich immer noch wie in Panik hob und senkte.

»Wir haben alle Zeit der Welt«, flüsterte sie. »Ich liebe dich. Über alles.«

Bremer starrte an die Decke und fragte sich, wann das endlich aufhören würde.

ACHTZEHN

Minoru räkelte sich in seinem Bett. Die vergangene Nacht war anstrengend gewesen, er hatte kaum geschlafen. Sein Wecker zeigte Mittwoch, dreizehn Uhr fünfzig. Er frühstückte zwei hart gekochte Eier und ein Brot mit Honig. Dazu frisch gebrühter Kaffee und ein Glas Orangensaft. Seinem Ziel war er noch nicht näher gekommen. Sie war verschwunden wie Morgennebel, er fühlte sich leer und sinnlos. Es gab keinen Zweifel. Ohne sie würde er nicht glücklich werden können. Die Einsamkeit war der schlimmste Gegner. Niemandem konnte er sich offenbaren, seine Mitmenschen würden nur Hass und Unverständnis für ihn übrighaben. Das sagte er sich immer wieder. Er musste eine Strategie entwickeln. Vielleicht konnten ja zwei Menschen mit denselben Fähigkeiten andere überzeugen. Vielleicht konnte er dann anderen seine Fähigkeit beibringen. Eine Schule zur Rettung eingesperrter Seelen. Aber nicht hier in Deutschland. Das Land war so technokratisch, so auf Leistung und Wachstum und Wettbewerb ausgerichtet, dass alle anderen Werte in den Hintergrund traten. Als Priester hatte er es versucht, Theologie studiert und eine Zeit lang eine evangelische Gemeinde geführt. Aber die Menschen wollten keinen Glauben. Sie wollten nur die Verantwortung an jemand anders abgeben. Vergib uns unsere Sünden, sei barmherzig, lindere unsere Not. Die wirklichen Christen, die wahrhaftig gottesfürchtigen, die brauchten keine Religion, die trugen Gott in sich, wo immer sie waren. Aber er, Minoru, hatte Gott entsagt.

Nach Südamerika würde er gehen, da gab es keine Diskussionen über sogenannte übernatürliche Phänomene. Man lebte damit und vergeudete nicht sein Leben, Erklärungen zu finden, die gar nicht existieren konnten.

Er wandte sich wieder seiner Aufgabe zu, die er zu erfüllen hatte. Er musste Sonja Wraake überwachen. Aber allein war das schwierig. Sie hatte keinen festen Rhythmus. Zumindest seit dem Attentat nicht mehr.

Wann und wo würde ich den Anschlag wiederholen? Zweimal

war sie gescheitert, weil Ort und Zeitpunkt falsch gewählt waren. Welche Konstanten gab es in Sonja Wraakes Leben? Ihre Arbeit. Regelmäßige Termine beim WEISSEN RING. Gerichtstermine. Die konnte man ohne Schwierigkeiten in Erfahrung bringen. Gerichtstermine wiederum konnten länger oder kürzer dauern, unsicher. Die Termine beim WEISSEN RING waren festgelegt, davon hatte sich Minoru schon überzeugt. Moment. Die Anfangstermine bei Gericht waren festgelegt. Viele Möglichkeiten. Oft verhandelte Wraake vor dem Amtsgericht in Saarlouis, sie war aber auch zum Landgericht zugelassen, wo die schweren Fälle abgeurteilt wurden.

Minoru seufzte. Er dachte in die vollkommen falsche Richtung. Wenn sie es auf Wraake abgesehen hatte, konnte er das nicht dulden. Sonja Wraake war tabu. Ihm war klar, dass er sie nicht rund um die Uhr beschützen konnte. Einen anonymen Hinweis an die Polizei? Nein. Zu gefährlich. Es war nie ratsam, schlafende Hunde zu wecken. Es blieb dabei. Minoru würde wie ein Schatten in Annabelles Nähe sein, wenn Wraake mit ihr ausritt. Und er würde Wraake bei ihren konstanten Terminen überwachen. Das Terrain hatte er bereits erkundet und festgestellt, wo der beste Platz war für eine Schützin. Sein Instinkt und das Schicksal würden ihn zur rechten Zeit an den rechten Ort führen, davon war er fest überzeugt. Ein Blick auf die Uhr zeigte, dass er aufbrechen musste.

***

Was würden wir ohne das World Wide Web machen?, fragte sich Susanne Holt und ließ ihre langen Finger über die Tastatur flitzen. Sie hatte bereits Hunderte Links aufgerufen auf der Suche nach Ötzis Tätowierung. Auf dem Bildschirm baute sich eine neue Seite auf. Der Cache-Speicher einer Website, die dazu aufforderte, potenzielle Vergewaltiger anzuzeigen. Sie traute ihren Augen nicht. Ötzis Tätowierung als Zeichnung. Schnell klickte sie sich durch die Seite. Es ging um mehr als nur anzeigen. Es ging um Sexualverbrecher und deren Opfer. Sie bot Rat und Hilfe. Aber nicht nur. Wie ein Steckbrief war die Seite mit der Tätowierung aufgemacht, im Januar sollte sie offenbar von der Website heruntergenommen worden sein, aber der Webadministrator hatte wohl den Cache-Speicher vergessen. Ein häufiger Anfängerfehler. Man glaubt, die Seite ist offline, aber die Inhalte geistern immer noch im Web herum.

Ganz oben in fetten eckigen Buchstaben thronte der Schriftzug »Gesucht«. Darunter die Tätowierung und die Angabe, dass es sich um einen Mann handeln musste, der etwa eins achtzig groß und untersetzt sei. Außerdem sei sein Penis in erigiertem Zustand kurz, aber ungewöhnlich dick. Es folgten Angaben über die Anzahl der Frauen, die er vergewaltigt haben sollte, und den vermutlichen Aktionsraum: Saar-Lor-Lux. Ganz am Ende standen Telefonnummern und kaum zu erkennen ein Kürzel: »DOA«. Holt surfte noch ein wenig über die Seite, und schnell wurde ihr klar, was das Kürzel zu bedeuten hatte. *Dead or alive.* Tot oder lebendig. Und es waren Belohnungen ausgesetzt.

»Mensch, Fred, komm mal her.«

Weber stellte sich hinter sie und pfiff kurz und intensiv. »Da hast du aber einen Volltreffer gelandet. Die sollten wir uns mal genau ansehen. Eine echte Bürgerwehr. Wo ist Martin?«

Susanne Holt drehte sich zu Weber hin und grinste. »Saskia. Ich glaube, wir sollten ihn nicht stören.«

»Keine Frage. Hast du eine Adresse?«

»Moment.« Das Impressum klärte über die Betreiber der Seite auf.

»Hamburg. Nicht in unserem Zuständigkeitsbereich. Ich werde die Kollegen dort bitten, die Personen zu überprüfen.« Fred Weber setzte sich wieder hinter seinen Schreibtisch, nahm den Hörer, telefonierte mit Hamburg und vergaß dabei vollkommen die Zeit.

***

Bremer blickte Saskia von der Besucherterrasse aus hinterher. Sie hatte ihn minutenlang umarmt und ihm immer wieder ihren Liebeschwur ins Ohr geflüstert. Wieder drehte sie sich um und winkte ihm zu. Selbst auf der Gangway blieb sie stehen, um ihm einen Kuss zuzuwerfen. Er erwiderte die Geste, dann war sie im Flugzeug verschwunden. Sein Magen meldete sich. Und sein Handy. Susanne Holt.

»Hi, Martin. Alles klar?«

Bremer nickte, dann fiel ihm ein, dass Susanne ihn nicht sehen konnte, und brummte einmal.

»Fred und ich haben eine interessante Sache aufgetan. In Hamburg gibt es Betreiber einer Internetseite, die Kopfgelder aussetzen auf mutmaßliche Vergewaltiger. Die Hamburger Kollegen haben den Laden hochgenommen. Die Adresskartei und die Verantwortlichen werden gerade durch die Mangel gedreht. Aber eins ist klar: Es muss Männer geben, die sich ihre erfolgreichen Vergewaltigungen auf den Bauch tätowieren lassen.«

»Also hatte Meuken doch recht. Es gibt tatsächlich Schwachsinnige, die sich mit ihren Schweinereien auch noch brüsten. Abartig.«

»Das kannst du laut sagen. Damit haben wir wieder einen Haufen potenzielle Verdächtige mehr und immer noch keinen Namen für Ötzi. Die Hamburger halten uns auf dem Laufenden.«

»Klar. Gute Arbeit. Ihr seid ein gutes Team.«

»Wieso ihr? Gehörst du nicht dazu?«

»Du wirst mir langsam zu schlau, Susanne.«

»Ich bin schon lange schlau, vergiss das nicht. Ja, wir sind ein gutes Team. Und wenn du Fred noch mal ans Bein trittst, dann trete ich dir sonst wohin. Er ist eine Zierde für unsere Zunft. Und ein verdammt guter Kollege! Und ein angenehmer Mann. So. Jetzt weißt du es.«

Wut stieg in Bremer hoch. Was bildete sich dieses Greenhorn ein? Ihn zu belehren, als wäre er ein kleiner Bub?

»Bist du dir sicher, dass du heute keine Drogen genommen hast?«, fragte Bremer ohne erkennbare Erregung. Einen Moment blieb die Leitung tot, dann hörte er Susanne trocken schlucken.

»Nicht wirklich.« Sie wartete, aber Bremer schwieg. »Entschuldige, das war nicht so gemeint. Ich wollte nur sagen, ich finde die Arbeit mit euch beiden einfach genial, und darauf will ich nicht verzichten, und ich würde dir nie irgendwo hintreten, das weißt du doch, und du bist der Boss, ist doch klar.«

»Okay. Dann wäre das ja geklärt. Macht weiter so, ihr sollt ja eigenständig denken und handeln, dagegen habe ich gar nichts.«

Etwas Besseres fiel ihm dazu nicht ein. Seine Wut wühlte immer noch in seinen Eingeweiden, aber er wusste, dass Susanne Holt die Falsche war, um sich abzureagieren. Die Menschen regten ihn auf. Im Allgemeinen. Ihr Egoismus und ihre Kurzsichtigkeit. Aber das war auch nur vorgeschoben. Bremer wollte am liebsten mit Saskia mitfliegen und sie ein paar Monate nicht aus den Augen lassen. Bei ihr sein. Von morgens bis abends. Er musste Susanne noch irgendetwas sagen. »Wir treffen uns in einer Stunde zum Abgleich. Ist das in Ordnung?«

»Klar, Martin. Das reicht dicke. Ich trage alles zusammen, was wir haben, und dann schauen wir weiter.«

»Wir brauchen eine Strategie und eine vernünftige Arbeitshypothese, sonst verlieren wir uns im Schlamm.«

Bremer unterbrach die Verbindung, ärgerte sich über den vollkommen belanglosen Schlusssatz, und lenkte seine Schritte weg vom Terminal des Ensheimer Flughafens, das soeben die Liebe seines Lebens verschluckt hatte. Mit raumgreifenden Schritten lief er hinaus auf die angrenzenden Felder. Die Luft flimmerte schon, obwohl es erst zehn Uhr war. Kleine Staubwirbel eilten über die hellbraunen Äcker, wirbelten hier und da ein Papier oder eine Plastiktüte auf.

Das Gefühl sprang ihn an. Er wollte Saskia heiraten und zwei Kinder mit ihr. Mindestens. Er wollte einen neuen Anfang, wollte für sie und die Kinder da sein. Ein guter Vater sein. Mit viel Zeit, mit Basteln, Windelnwechseln, Fußballspielen und Trösten. Er wollte Geburten erleben, Saskias Hand halten, wenn sie in den Wehen lag und vor Schmerzen kaum noch etwas wahrnehmen konnte. Ein ekliger Schwall Realität löschte sein Gefühlsfeuerwerk. Es ging einfach nicht. Er konnte seinen Beruf nicht aufgeben. Saskia auch nicht. Verrückt. Vollkommen verrückt. Sein Kopf klärte sich wieder, und er erinnerte sich an die schlaflosen Nächte, in denen Dirk geschrien hatte, immer weiter, immer lauter, immer schriller, bis er die Wohnung verlassen hatte, weil er es nicht ausgehalten hatte. Als er zurückkehren wollte, voll mit guten Vorsätzen, lagen seine Sachen auf dem Bürgersteig verteilt, vermischt mit Dirks verschissenen Windeln. Dann eben nicht, hatte er damals gedacht und war zurück ins Saarland geflüchtet.

Dann eben nicht, dachte Bremer und machte sich auf den Weg zu seinem Auto. Ich kann auch so glücklich werden.

***

Schöneberg freute sich wie ein kleines Kind. Die Akte von Swelow-Hübner las sich wie ein Kitschroman. Sie stammte aus einfachen Verhältnissen, hatte im Krieg ihre Eltern verloren, arbeitete als Stubenmädchen, um sich Geld zum Überleben zu verdienen, trat mit achtzehn in die SPD ein, machte ein Einser-Abitur, studierte Jura, machte mit sechsundzwanzig ihren Doktor, wurde mit achtundzwanzig als »Quotenfrau« Landtagsabgeordnete, verließ den Posten nach zwei Jahren wieder, legte ihre Prüfungen ab, stieg in eine Anwaltspraxis ein, wurde Staatsanwältin und mit zweiunddreißig Jahren zur Richterin berufen. Ihre erste Ehe schied der Tod, Lungenkrebs, die zweite Ehe ein Richter. Seitdem war sie allein geblieben, zumindest hatte sie nicht mehr geheiratet. Ihre Personalakte verzeichnete nicht den geringsten Kratzer. Sie engagierte sich sozial, war in Richterkreisen als kompetente Kollegin und eloquente Rednerin beliebt. Politisch hatte sie sich offenbar zurückgezogen. Ihr Privatleben schirmte sie fast vollständig von der Öffentlichkeit ab. Ihre Freizeit verbrachte sie mit Reiten, Skifahren und Reisen. Schöneberg kannte diese Sorte Mensch. Stromlinienförmig, unauffällig und mit einer Macht ausgestattet, der sie oft nicht gewachsen waren. So wie viele Lehrer. Schönebergs Freude verflog. Nicht der geringste Hebel. Wenn Swelow-Hübner so weitermachte, würde sie zwangsläufig als geachtete Richterin in den Ruhestand gehen. Die Krankenakte gab ebenfalls nichts her. Einmal hatte sie vier Wochen einen Krankenschein gehabt. Ein böser Virus, den sie aber vollständig ausgeheilt hatte. Ansonsten kerngesund. Ging regelmäßig zur Vorsorge. Vielleicht sollten wir sie einfach aussitzen, in zwei Jahren würde sie in Rente gehen müssen, dann war Ruhe. Aber zwei Jahre bedeutete: fünfzig oder mehr Schicksale, Menschen, die das Recht hatten, vor Swelow-Hübner geschützt zu werden.

Schöneberg lehnte sich in seinem Ledersessel zurück und verschränkte die Arme hinter dem Kopf. Keine Leiche im Keller in Sicht. Keine *legale* Möglichkeit, Swelow-Hübner auszuschalten. Aber er konnte ja etwas Illegales versuchen. Ihr Haus einer genauen Betrachtung unterziehen. Was konnte ihm schon passieren? Dem ehemaligen Richter? Also beschloss er, bei Richterin Katharina Swelow-Hübner einzubrechen. Er aktualisierte die passwortgeschützte Akte »Phantom« auf dem internen Server des WEISSEN RINGS und genehmigte sich dann einen Whisky, einen uralten Loch Lomond, den er vor über zwanzig Jahren in Edinburgh gekauft hatte. Endlich fühlte er sich wieder lebendig.

***

Die MOKO, die jetzt offiziell MOKO UKN hieß, wobei UKN für »Unbekannter Toter aus Nalbach« stand, tagte in Bremers Büro. Zerb rümpfte die Nase, weil für ihn die MOKO ganz klar MOKO Ötzi heißen musste. Aber in der täglichen Arbeit gab es keinen Platz für Kreativität. Da ging es um Fakten und Beweise und nicht um sprachliche Feinheiten und philosophische Betrachtungen.

»Ich fasse noch mal zusammen«, sagte Bremer und wischte damit Zerbs Einwand, man solle die MOKO doch umbenennen, vom Tisch. »Wir halten es für möglich, dass die nicht identifizierte Leiche zu einem Ring von Vergewaltigern gehört hat, die die Angewohnheit hatten, ihre erfolgreichen Verbrechen mit einer Tätowierung am Leib zu verewigen. So wie eine Kerbe im Colt eines Kopfgeldjägers oder Killers. Von der Internetseite habt ihr ja schon gehört. Unsere Kollegen in Hamburg haben allerdings noch keine verwertbaren Hinweise. Bis jetzt ist noch keine weitere Tätowierung dieser Art bekannt. Es kann also auch eine Sackgasse sein. Ein Einzeltäter, der schnell zum Mythos geworden ist. Die Fantasie der Menschen ist ja unbegrenzt und immer schnell zu haben für Unmögliches, Seltsames und Absonderliches. In Homburg sind wir nicht fündig geworden. Niemand hat irgendjemanden gesehen, der sich an den Leichen zu schaffen gemacht hätte. Die Kontrolleinrichtungen sind recht simpel, sodass es kein Problem darstellt, ungesehen hineinzugelangen und ebenso wieder hinaus. Ötzi wird nicht vermisst, nicht gesucht, er ist nicht oder erst nach Anbringen seiner Tätowierung straffällig geworden. Nach wie vor gibt sich der Tote aus dem Schlammweiher also schweigsam.«

Bremer blickte in die Runde. Konzentrierte Gesichter, die in Spurenakten lasen und trotzdem aufmerksam zuhörten.

»Im Zusammenhang mit dem Attentat auf Sonja Wraake haben wir keine Hülsen gefunden. Wir haben aber den Platz gefunden, von wo aus das Attentat begangen worden sein muss. Genau zweihundertsechsundvierzig Meter vom Schlammweiher entfernt. Außer einer Spur im Gras, die sich nach ein paar Metern verliert, war das alles. Abgesehen natürlich von ein paar Säcken voll Müll, Tierknochen und so weiter und so fort. Wir tappen definitiv im Dunkeln. Die Stimmenvergleiche: nichts. Zeugen: null. Morgen nehmen wir uns die Kandidaten von Freds Liste vor. Sie sind alle vorgeladen. Wir bilden zwei Verhörgruppen, Susanne und Fred sind in der einen Gruppe; ich werde mit Kollege Keller vom Landeskriminalamt die zweite Gruppe bilden. Er ist Verhörspezialist. Wir werden die Frauen nehmen, ihr die Männer. Die Presse hält still, Bellorz hält uns den Rücken frei, und der Innenminister schwingt wie immer markige Reden. Wir machen das, was wir immer machen: weiter, bis wir etwas finden. Fragen?«

Bremer hatte keine erwartet. Mit einem Kopfnicken beendete er die Sitzung, wartete, bis alle gegangen waren, schloss die Tür und machte ein Nickerchen. Im Schlaf kam ihm die Idee, die ihn aufweckte und ihm die nötige Energie gab, den Rest des Tages mit Büroarbeit zu verbringen.

Als es endlich dunkel wurde, machte er sich für einen Landausflug fertig und fuhr in den Bliesgau. Er kannte dort einige Wiesen, auf denen Pferde standen. Obwohl die Medien über den Ripper ausführlich berichtet hatten, standen immer noch Pferde nachts auf den Koppeln. Schnell fand er eine geeignete Stelle. Ein paar Nebelschwaden krochen über das Gras, Bremer trat an den Zaun heran, die Pferde hoben ihre Köpfe. Wildfremde Pferde. Bremers Puls beschleunigte sich, aber die Panikattacke blieb aus. Er schlüpfte unter dem Zaum hindurch, zog eine Banane aus der Tasche und ging auf das erste Pferd zu. Der Duft lockte das Tier sofort an. Den Kopf gesenkt kam es auf Bremer zu und blieb vor ihm stehen. Das Blut rauschte in seinem Kopf, ohne die Banane anzubieten, trat er ganz nahe an das Pferd heran. Er streichelte es am Hals, es ließ sich das gefallen und stupste Bremer mit dem weichen Maul an der Hand.

»Schon gut«, flüsterte er, »du kriegst sie ja gleich.« Er hob den Arm, spürte einen Schmerz im Rücken und schlug der Länge nach hin. Das Pferd machte einen Satz zur Seite und sprang davon. Bevor Bremer eine Bewegung machen konnte, waren mehrere Personen über ihm und drückten ihn auf die Wiese. Sein Rücken brannte jetzt wie Feuer. Seine Arme wurden nach hinten gerissen, Bremer hörte ein metallisches Geräusch, das er nur zu gut kannte. Handschellen. Bremers Füße wurden ebenfalls gefesselt. Mit einem Ruck zerrten ihn die Hände hoch. Bremer blickte in hassverzerrte Gesichter. Eine junge Frau trat auf ihn zu und ohrfeigte ihn rechts und links, ein älterer Mann zog sie am Arm von Bremer weg, nahm dessen Brieftasche, öffnete sie und stöhnte. »Lasst ihn sofort frei. Er ist Polizist.«

Der Mann zeigte Bremers Dienstausweis herum. Sofort wurden ihm die Handschellen abgenommen, Hände klopften seine Kleider ab, die junge Frau schlug die Hände vors Gesicht und schluchzte.

Bremer atmete ein paarmal tief ein und aus. »Ich bitte Sie alle vielmals um Entschuldigung.«

Die verdutzten Gesichter amüsierten Bremer. Wahrscheinlich hatten sie damit gerechnet, dass er alle festnehmen würde und die junge Frau sofort zu lebenslanger Haft verurteilt würde.

»Ich wollte eigentlich nur ausprobieren, wie leicht oder schwer es ist, an die Pferde heranzukommen. Ich hoffe, Sie werden mir das nachsehen.«

Alle entspannten sich, nur Bremer war irritiert. Er schaute sich um. Wo waren die Pferde? Er fragte. Sofort schwärmten die Leute aus, die Koppeln waren so groß, dass man in der Dunkelheit nicht alles überblicken konnte. Nach zehn Minuten kam Entwarnung. Alle Tiere waren da. Unverletzt.

Der ältere Mann erklärte Bremer, dass sie die Nachtwache erst vor zwei Tagen eingerichtet hätten, nachdem die Polizei es abgelehnt hatte, zu helfen. Ja, die Beamten hätten sie sogar dazu ermuntert und ihnen Verhaltenshinweise gegeben. Die Handschellen seien auch von der Wache. Zuletzt fragte er, ob die Polizei in Zukunft mehr tun würde. Ob es eine Sonderkommission Ripper geben würde, so wie in Niedersachsen.

Bremer musste ihn enttäuschen. Er hatte Bellorz gefragt. Der hatte klargemacht, dass es im Saarland so etwas nicht geben würde.

Bremer verabschiedete sich, bedankte sich für das umsichtige Verhalten, obwohl sich sein Rücken anfühlte, als hätte ihn eine Abrissbirne getroffen.

Auf der Fahrt nach Hause fragte er sich, warum er ein solches Risiko eingegangen war. Da er keine Antwort fand, beschloss er, in Zukunft vorsichtiger zu sein.

***

Minoru hatte seinen Augen nicht getraut. Der Kommissar von der Litermont Ranch spazierte mitten in der Nacht über eine Koppel, um Pferde zu füttern. Was war in ihn gefahren? Hatte der auf einmal das dritte Auge? Der Ruf war erst vor zwei Stunden gekommen, und Minoru hatte sofort gewusst, um welches Pferd es sich handelte. Er hatte alles stehen und liegen lassen, hatte seine Ausrüstung geholt und war sofort hierhergefahren. Die Koppeln hatte er vor einiger Zeit schon ausgespäht. Gerade als er aus seinem Versteck auf die Koppel wollte, kam dieser Kommissar an. Und dann sprangen die bestens getarnten Menschen aus ihren Löchern und setzten den Kommissar fest. Wie Indianer hatten sie sich verborgen, in Erdlöchern, die mit Grassoden zugedeckt waren. Genial. Es gibt keinen Zufall, dachte Minoru. Der Kommissar hat mich gerettet. Das heißt, dass ich noch wichtige Aufgaben vor mir habe.

Minoru wartete noch eine Stunde in seinem Versteck und bewunderte die Hartnäckigkeit und Ausdauer der Menschen, die ihre Lieblinge schützen wollten. Alles umsonst. Früher oder später würde er jedes Pferd befreien, das ihn rief.

NEUNZEHN

Sonja starrte auf den Schreibtisch. Sie dachte an die Nacht mit Sibelius und spürte einen Stich in der Herzgegend. Sibelius hatte ihr einen Stapel Komplimente gemacht und war dann gegangen. Einfach so. Mitten in der Nacht. Kein »Wann sehen wir uns wieder«, kein »Ruf mich an«. Was wollte er von ihr? Würde er sich zu Hause eine Kerbe in irgendein Brett machen? Schöne junge Anwältin abgeschleppt? Geil gevögelt? Das Telefon riss sie aus ihren Gedanken. Keller.

»Kachel ist vollkommen ausgerastet. Sie haben ihn auf die Geschlossene eingewiesen. Was für eine Scheiße. Weißt du, am liebsten würde ich den Kram hinschmeißen. Oder die verfluchten Vorstandsfuzzis nachts aus dem Bett werfen und ihnen eine Knarre an den Kopf halten. Mal sehen, was die dann sagen würden. Die haben sich nicht ein einziges Mal blicken lassen. Ein Kärtchen haben sie geschickt. ›Seien Sie unseres Mitgefühls versichert.‹ Herrgott noch mal, was für eine Scheiße!«

»Ja. Wir können nur versuchen, den Schaden zu begrenzen, wir ...«

»Danke, Sonja. Das weiß ich alles. Aber manchmal muss ich Dampf ablassen. Was ist mit Helga Simonis?«

Sonja fing an zu schwitzen. Verdammt. Wie hatte sie das nur vergessen können! »Ganz gut, so weit. Den Umständen entsprechend. Ich sehe sie in einer halben Stunde.«

»Dann will ich dich nicht länger aufhalten. Mach's gut. Wir sehen uns spätestens am Freitag.«

»Also morgen.«

»Ja klar, morgen. Morgen ist Freitag«, sagte Keller verwirrt und legte auf.

Sonja warf den Hörer auf die Gabel, griff ihr Sakko und fegte aus dem Büro. Bis zur St.-Elisabeth-Klinik brauchte sie zu Fuß keine zehn Minuten. Wie hatte sie das nur vergessen können! Vielleicht hatte Frank ja doch recht, und sie verlor die Kontrolle. So ein Unsinn. Das konnte jedem passieren. Sie hatte halt viel zu tun und tausend Dinge im Kopf, jeder vergaß mal einen Termin. Sie hastete in den vierten Stock, klopfte kurz und trat in Simonis' Zimmer ein. Die Krankenschwester, die gerade das Bett für den nächsten Patienten vorbereitete, drehte sich um und lächelte freundlich.

»Ja?«, fragte sie.

»Wo ist Helga Simonis?«

»Auf eigenen Wunsch entlassen. Die Ärzte haben ihr dringend abgeraten, aber sie wollte unbedingt nach Hause. Da kann man nichts machen.« Die Krankenschwester wandte sich wieder dem Bett zu.

»Wann?«

»Heute Morgen, so gegen sieben Uhr. Wirklich sehr früh.«

Sonja sprintete los, rannte fast eine Ärztin über den Haufen, im Rennen zog sie ihr Handy, wählte Simonis' Nummer, aber niemand meldete sich. Die bringt sich um, dachte Sonja, und ich bin schuld. Dann mach ich die Swelow-Hübner fertig. Ein für alle Mal. Dann kille ich die alte Schlampe.

Wie ein Derwisch fegte sie über den Großen Markt in Saarlouis, empfand die Fernbedienung für ihr Auto als segensreiche Erfindung, sprang hinters Steuer und raste mit quietschenden Reifen los. Passanten zeigten ihr den Vogel, aber das war ihr vollkommen gleichgültig. Sie wusste es besser. Es ging um Leben und Tod. Helga Simonis hatte angekündigt, sich das Leben zu nehmen, das war kein Hilfeschrei, das war ernst gemeint gewesen. Ihr Handy meldete sich, sie fingerte es aus der Handtasche, geriet dabei auf die Gegenfahrbahn, rammte fast ein anderes Auto.

Ohne hinzusehen, drückte sie die grüne Taste und hielt das Gerät ans Ohr.

»Hallo, Frau Wraake«, tönte eine fröhliche Stimme aus dem Handy. »Sie haben versucht, mich zu erreichen. Was gibt's denn?«

Sonja legte eine filmreife Vollbremsung hin, stellte sich auf der Straße quer, würgte das Auto ab, setzte es wieder in Gang, fuhr halb auf den Bürgersteig und stellte den Motor ab. Aus dem Handy hörte sie die besorgte Stimme von Helga Simonis.

»Was ist denn los? Ist etwas passiert? Hallo? Sind Sie in Ordnung?«

Zehn Sekunden musste sich Sonja sammeln. Dann beruhigte sie Helga Simonis.

»Alles klar.« Sie räusperte sich. »Äh, ich habe nur nicht mit Ihrem Anruf gerechnet. Geht es Ihnen gut?« Ihr Puls raste.

»Ja. Bestens. Ich bin aus dem Krankenhaus abgehauen. Ich habe beschlossen, nicht mehr krank zu sein. Mein Leben wieder in die Hand zu nehmen, mich nicht mehr von anderen abhängig zu machen. Sie haben mir einen großen Gefallen getan, indem Sie unser Treffen gestern versäumt haben.«

Auf Sonjas Stirn bildeten sich Schweißtropfen.

»Sie haben so viel für mich getan. Als Sie nicht kamen, ist mir aufgefallen, dass ich meistens darauf schaue, was andere machen und wie sie es machen. Und dass ich immer jemanden brauche, an den ich mich anlehnen kann. Das will ich nicht mehr. Deswegen bin ich gegangen. Nochmals vielen Dank. Ich werde die Hilfe des WEISSEN RINGS sicher noch benötigen. Ich weiß ja, wo Sie zu finden sind.«

»Prima. Gratuliere. Na dann, bis dann.« Sonjas Stimme schien sich verstecken zu wollen.

Sie unterbrach die Verbindung, ließ sich in den Sitz fallen und schloss die Augen. Woher hätte sie das denn wissen sollen? Die Menschen waren alle vollkommen verrückt geworden. Warum sollte sie dann nicht auch verrückte Sachen machen!

Kurzerhand sagte sie die Nachmittagstermine ab und fuhr mit überhöhter Geschwindigkeit zur Litermont Ranch.

***

Bremer begrüßte Frank Keller und bat ihn in den Verhörraum. Bild- und Tontechnik standen bereit, die erste Verdächtige wartete schon auf dem Flur.

»Gute Arbeit«, sagte Keller und wedelte mit einer Akte.

»Die Lorbeeren gebühren Fred Weber und Susanne Holt. Die haben sich die Finger wund geschrieben.«

Der LKA-Mann nickte und setzte sich. »Sie haben das Heft in der Hand. Wie gehen wir vor?«

»Zu Beginn haben wir gleich einen harten Brocken. Thela Boese.«

Keller hob die Augenbrauen. »Nomen est omen. Na dann mal los.«

Bremer drückte den Knopf der Gegensprechanlage. »Frau Thela Boese bitte.«

Ein Beamter führte die Frau herein. Der Stuhl ächzte, als sie sich darauf fallen ließ. Sie konnte Bremer gerade in die Augen schauen, auf Keller blickte sie spöttisch herab.

Boese wurde belehrt. Sie sagte, sie habe nichts zu verbergen, aber sie wolle eine Zigarette, sonst komme sie ganz schnell unter Stress, und dann könne sie nichts mehr erzählen. Und sie wolle wissen, worum es gehe.

Bremer begann. »Sie haben doch bestimmt schon mal einen Krimi gesehen?«

Die Frau zuckte nur die Achseln.

»Wir stellen die Fragen, Sie antworten. So einfach ist das. Wo waren Sie am 19. dieses Monats zwischen zwanzig und einundzwanzig Uhr?«

Boese schluckte zweimal. »Saufen. Ich war saufen. Dafür gibt's ein paar Zeugen.«

»Wer?«

»Mein Alter, meine Schwester, mein Bruder.«

»Wo waren Sie saufen?«

»Zu Hause.« Boese zog die Nase hoch. »War ziemlich heftig. Mein Alter ist pampig geworden. Da hab ich ihn rausgeschmissen. Nach 'ner Stunde isser wieder rein und hat gekuscht, die Memme.«

Bremer blätterte in Freds Aufzeichnungen. »Wir haben eine Zeugin, die Sie um zwanzig Uhr fünf das Haus hat verlassen sehen. Wo sind Sie hingegangen?«

»Die spinnt. Ich war nich weg. Wer so was sagt, der kriegt ...« Boese biss sich auf die Zunge. »Na ja. Der kriegt halt Ärger wegen übler Nachrede.«

Keller mischte sich ein. »Warum ist das denn üble Nachrede, wenn jemand bezeugt, dass Sie das Haus verlassen haben? Sie dürfen doch jederzeit das Haus verlassen.«

»Ich hab nich auf die Wraake geschossen. So 'n Unsinn. Mach ich nich. Ich war lange genug im Bau. Kein Bock mehr.«

»Dann hätten Sie nichts dagegen, wenn wir Ihre Wohnung durchsuchen? Reine Routine.«

»Von mir aus gerne.«

»Jetzt sofort?«

»Na, wenn's so brennt. Ich muss dann nur meinem Alten Bescheid sagen, dass ich mit der Kavallerie komme, sonst kriegt der den Kasper.«

»Wir rufen ihn an, wenn wir vor der Haustür stehen. Keine Sekunde früher, einverstanden?«

»Damit er nix verstecken kann?«

Bremer und Keller nickten gleichzeitig.

»Meine Fresse, seid ihr Clowns. Von mir aus auch dat noch.«

Bremer gab den Beamten Bescheid, ließ Boese eine Einverständniserklärung unterschreiben und schickte sie in Begleitung nach Hause. Sie zog ohne ein Wort ab.

Keller verzog den Mund. »Die können wir ausschließen.«

»Sehe ich auch so. Aber man weiß ja nie. Machen wir weiter.« Er streckte Keller die Hand hin. »Martin.«

Erfreut drückte Keller die Hand. »Frank.«

Sie riefen Claudia Behn ins Verhörzimmer. Ihre Pumps klackten auf dem Kunststoffboden. Mit einem eleganten Schwung ließ sie sich auf dem Rohrstuhl nieder und strich züchtig ihren Rock über die Knie. Aber der Stoff war eindeutig zu knapp bemessen. Er rutschte sofort wieder hoch. Sie warf ihre blonde Mähne nach hinten, auf einen BH hatte sie verzichtet. Die Frau hatte sich vorbereitet. Sie versprühte Pheromone, was das Zeug hielt, aber die Kommissare waren dagegen immun. Behn erreichte sogar das Gegenteil, die Männer fühlten sich regelrecht diskriminiert und auf ihr Geschlechtsteil reduziert. Das fachte ihren Ehrgeiz an, der zweifellos attraktiven Frau so richtig auf den Zahn zu fühlen. Bremer konnte nicht verhindern, diesen Möchtegern-Vamp mit Saskia zu vergleichen. Das Ergebnis ließ nichts an Klarheit vermissen.

Sie ließ die Belehrung über sich ergehen, als würde man ihr schmutzige Witze erzählen.

»Frau Behn, wo waren sie am 19. dieses Monats?«, begann Bremer.

»Zu Hause. Ich habe mit einer Erkältung im Bett gelegen.«

»Dann haben Sie doch sicher ein Attest?«

»Nein.« Ihre Stimme schmeichelte rau und samtig.

»Warum nicht?«

»Ich habe keine Arbeit, wozu soll ich mir dann ein Attest ausstellen lassen?« Sie lächelte fein, ihre Stimme kratzte leicht.

»Medikamente?« Keller fragte.

»Ich habe eine Rosskur gemacht. Heißes Bier, heiß baden und viel schlafen.«

»Gibt es Zeugen? Einen Freund? Ehemann?«

»Sie haben doch meine Akten gelesen. Machen Sie sich nicht lächerlich. Ich habe keinen Freund, und ich werde auch keinen mehr haben wollen. Und heiraten? Nur über meine Leiche.« Ihre Stimme piekte plötzlich wie Igelstacheln.

Keller überließ Bremer das Feld.

»Sie sind noch immer wütend auf Sonja Wraake, nicht wahr?«

»Hören Sie, ich bin nicht ganz einfältig. Ich habe Zeitung gelesen und mich nur gefragt, *wann* Sie kommen würden, nicht *ob*. Ja, ich bin noch wütend, und das werde ich für den Rest meines Lebens sein. Egal ob sie lebt oder nicht. Die Uhr kann man nicht zurückdrehen. Mein Leben ist ziemlich versaut.«

»Und daran ist Sonja Wraake schuld«, stellte Bremer fest.

»Sie sind leicht zu durchschauen. Schuld? Nein. Verantwortlich ist sie. Sie hält sich für eine Jeanne d'Arc. Aber sie hat nur Komplexe. Das ist alles.«

»Schön gesprochen. Mich würde interessieren, warum Sie uns anlügen.«

Keller übernahm. »Sie haben zumindest einen Liebhaber. Das bezeugen drei Personen, die Sie mit einem Mann in inniger Umarmung und bei intimen Zärtlichkeiten beobachtet haben. Und zwar in der Sauna. Im ›Calypso‹. Da gibt es eine kleine schöne Höhle im Außenbereich. Man hat sich über Sie und Ihren ...«, Keller zögerte kurz, als suchte er nach dem richtigen Wort, »... Lover beschwert und Anzeige erstattet wegen Erregen öffentlichen Ärgernisses. Sie hätten im Becken Geschlechtsverkehr gehabt. In Lohn und Brot sind Sie ebenfalls. Nicht angemeldet. Noch nicht zumindest.«

Behn versteifte sich, auf ihrer Stirn zeigten sich kleine, glitzernde Schweißperlen.

»Da wird Ihnen heiß. Beim Lügen ertappt. Wo Sie sich doch so vorbereitet haben, um uns hinters Licht zu führen. Und das funktioniert nicht einmal zwei Minuten.« Keller machte es sich auf seinem Stuhl bequem.

»Ich sage nichts mehr ohne einen Anwalt. Sie haben mich ja ausspioniert, das dürfen Sie doch gar nicht, einfach so, ohne Grund.«

»Wir haben guten Grund«, sagte Bremer und studierte einen Aktenordner. »Sehen Sie, wir arbeiten gründlich. Einer Nachbarin gegenüber haben Sie behauptet, jeder würde kriegen, was er verdient. Und Sonja Wraake sei da keine Ausnahme.«

»Die blöde Tussi.« Behns Stimme verwandelte sich in Salzsäure. »Die Schlampe ist doch nur eifersüchtig und frigide. Ja, wir haben in der Sauna gevögelt. Davon träumt ihr nur. Und eins sag ich euch: Den spannt mir keiner mehr aus. Der gehört mir. Da kann die Tussi intrigieren, wie sie will. Die Wraake kann von mir aus verrecken, aber ich habe nichts damit zu tun. Gar nichts.«

»Weiß Ihr Freund von Ihrer Vergangenheit?«

»Der weiß alles. Ich habe keine Geheimnisse.«

»Sie hassen Wraake nach wie vor?«

»Und wie. Aber ich habe nichts damit zu tun.«

»Diesen Satz hören wir täglich mehrmals.« Keller beugte sich vor. »Ihr Großvater war Jäger. Er hat eine ganze Menge Waffen gehabt. Darunter auch ein Kleinkalibergewehr. Wo ist das?«

Behn lief der Schweiß die Schläfen hinunter.

»Lasst mich doch in Ruhe, ihr Pisser!«, schrie sie und stürzte sich auf Keller, der mit einem Angriff gerechnet hatte. Er drehte ihr den Arm auf den Rücken, und schon kam grünes Grobgemüse hereingestürzt und drückte Behn wieder auf den Stuhl.

Keller atmete nicht einmal heftig, Behn aber stand Panik in den Augen.

»Claudia Behn, ich nehme Sie unter dem dringenden Verdacht, einen Mordversuch zum Nachteil der Sonja Wraake begangen zu haben, fest.« Bremer hatte Mühe, die Belehrung an die Frau zu bekommen. Behn kreischte, wollte mit ihren Armen herumfuchteln, aber die Polizisten hielten sie fest.

»Idioten! Arschlöcher! Ihr wollt mich fertigmachen!«

Bremer ließ die tobende Frau abführen, benachrichtigte den medizinischen Dienst und den Untersuchungsrichter, der sofort grünes Licht gab für eine Hausdurchsuchung und die Einlieferung von Behn in die Forensik nach Merzig.

»Wenn das so weitergeht«, sagte er zu Keller, »können wir das ganze SEK losschicken. Schauen wir mal, wer als Nächstes kommt.«

»Oder besser nicht kommt. Leonie Thielmann ist noch nicht da. So wie es aussieht, döst sie entweder in irgendeiner Ausnüchterungszelle vor sich hin oder sie ist auf Turkey, weil sie kein Geld mehr hat.«

Sie warteten noch ein paar Minuten, aber Thielmann kam nicht. Sie schickten eine Streife an die Adresse, bei der Thielmann gemeldet war, aber sie hatten keine große Hoffnung. Sie waren sich einig darüber, dass Thielmann so hoffnungslos auf Drogen war, dass sie wohl kaum die Energie hatte, ein Attentat zu planen und durchzuziehen. Aber da bekanntlich nichts unmöglich war, musste zumindest nachgesehen werde.

Der Vormittag zog sich hin, die Verhöre liefen nach dem immer gleichen Muster ab und ergaben nichts Greifbares.

»Wie wäre es mit einem anständigen Espresso?«, schlug Keller vor. »Ich habe gehört, du hast die beste Espressomaschine im ganzen Präsidium.«

»Gute Idee.«

Sie trabten über die Gänge, ein Labyrinth, in dem sich ein Neuling garantiert verlaufen hätte, trafen den einen oder anderen Bekannten, grüßten, wünschten eine gute Mahlzeit.

Schon im Vorzimmer zu Bremers Büro duftete es nach Kaffee. Holt und Weber hatten es sich an seinem Schreibtisch bequem gemacht. Keller machte ein Gesicht, als hätten die beiden die islamische Revolution ausgerufen, Bremer aber grüßte die beiden, füllte zwei Espressos ab und reichte einen davon Keller.

»Du musst ihn heiß trinken, mit viel Zucker.«

Keller nickte nur und konnte seine Verblüffung nicht verbergen, was Bremer nicht entging.

»Mein Büro ist nicht mein Büro. Nur wenn ich absperre oder jemand mit mir hier drin ist. Ansonsten gehören die Räume hier uns allen«, sagte Bremer und schlürfte seine Tasse in einem Zug leer. »Wir sind ein Team.«

»So ist es.« Susanne Holt war aufgestanden und reichte Keller die Hand. »Angenehm. Susanne Holt. Freut mich.«

Keller schüttelte Holts Hand und tat das Gleiche mit Webers. »Und das gibt keine Probleme?«

Weber schüttelte den Kopf. »Nicht wirklich. Nur wenn Martin mehr als zwei Frauen hier hat, greifen wir ein.« Er machte eine kurze Pause. »Unterstützend. Wir sind ja ein Team.«

***

Minoru war gehörig ins Schwitzen gekommen. Sonja Wraake hatte sich aufgeführt wie ein angeschossener Tiger. Er war ihr ein Stück weit mit dem Auto gefolgt, bis ihm klar war, dass sie nach Nalbach wollte. Reiten. Keine Frage. Seine rechte Hand kribbelte, ein untrügliches Zeichen für ein bevorstehendes Ereignis. Er bezog seine Position und stellte zufrieden fest, dass sie den Weg zum Hoxberg wählte. Er kannte ja ihre Routen, hatte die möglichen Hinterhalte aufgespürt und brauchte jetzt nur noch abzuwarten. Sie musste einen dieser Plätze einnehmen. Und sie musste in der Nähe des Stalles wohnen oder zumindest Zugang zu einem der Gebäude haben, von denen aus der Stall beobachtet werden konnte. Warum war der Kommissar nicht auf die Idee gekommen? Vielleicht hatte sie auch einen Komplizen, der ganz unauffällig den Stall beobachtete und ihr mitteilte, wenn Wraake zu Pferde loszog. Vielleicht war es auch ganz anders. Es spielte keine Rolle.

Er suchte mit seinem Feldstecher den Waldsaum ab. Da. Eine Bewegung. Sie würde vom Hochstand aus schießen. So konnte niemand sie entdecken, und sie hatte freies Schussfeld. Gut gewählt. Wraake würde dicht an ihr vorüberreiten. Ein Kinderspiel. Wenn nichts dazwischenkam, müssten Annabelle und die Anwältin in etwas mehr als zehn Minuten hier sein. Genug Zeit.

Geduckt lief er los, die üppigen Büsche boten ihm ausreichend Deckung. Unter dem halbhohen Hochstand ging Minoru in Deckung. Er konnte das Atmen der Frau hören. Hörte, wie sie die Munition in den Lauf schob. Hörte Hufgeklacker näher kommen. Hörte Annabelles nervöses Schnauben und die Frau im Hochstand, die vor sich hin flüsterte. »Jetzt hab ich dich endlich, du altes Miststück. Jetzt blase ich dir deinen hässlichen Schädel weg.«

Minorus Enttäuschung füllte sein ganzes Sein aus.

***

Freudig hatte Annabelle ihre Ohren aufgestellt. Die Verletzungen waren schon fast verheilt, sie wollte nichts als rennen. Sie schob sich fast unter den Sattel, stupste Sonja immer wieder mit der Nase und tänzelte in der Stallgasse, als wolle sie ein Pferdeballett tanzen. Sonja brauchte nichts zu tun. Annabelle kannte den Weg, wusste, dass sie auf der Straße Schritt gehen musste, kannte den Überweg, schob sich ungeduldig den kleinen asphaltierten Anstieg hoch. Hinter dem Erdhügel, den Arbeiter irgendwann hier zurückgelassen hatten, gab Sonja mit einem leichten Druck ihres Kreuzes grünes Licht. Annabelle sprengte los, der Wind zauste an ihrer Mähne, Sonja hatte die Füße aus den Steigbügeln genommen und die Zügel lose am Sattelknauf festgeknotet. Sie breitete die Arme aus, schloss die Augen. Annabelles Bewegungen kannte sie wie ihre eigenen. Nach zwei Kilometern fiel Annabelle in Schritt.

Sonja lenkte sie mit leichtem Schenkeldruck nach rechts auf den Weg zur Galoppwiese, vorbei am Waldrand, da, wo der alte Unterstand vor sich hin moderte. Die Sonne schien ihr ins Gesicht, sie blinzelte und wandte den Blick hin zum Hoxberg. Annabelle spielte mit den Ohren, blieb einen Moment stehen. Sie witterte, drehte den Kopf, aber Sonja drückte mit dem Kreuz, um ihr zu bedeuten, weiterzugehen. Annabelle gehorchte.

***

Er griff seinen Taser, sprang in weniger als zwei Sekunden die vier Stufen hoch und drückte, ohne zu zögern, ab. Das leise Ploppen hörte sich an, als sei ein Tannenzapfen vom Baum gefallen. Die Frau sank auf die groben Bretter, die Augen weit aufgerissen. Vorsichtig löste Minoru die Finger vom Abzug, entlud das Gewehr, fesselte und knebelte die Frau. Mit einer heftigen Ohrfeige machte er ihr klar, dass sie sich still verhalten sollte. Der Schlag klatschte nicht, denn Minoru trug weiche Handschuhe.

***

Auf dem Rückweg passierten Annabelle und Sonja wieder den Hochstand. Die Sonne war bereits hinterm Horizont verschwunden. Sonja ließ Annabelle angaloppieren und in einem weichen, gleichmäßigen Galopp bis zur Straße laufen. Dort parierte sie zum Schritt durch und fühlte sich dem nächsten Tag besser gewachsen. Sie hatte eine Entscheidung gefällt. Sie würde Sibelius Wächter wiedersehen und mit ihm reden. Dass ihre Beziehung keine Zukunft haben könne. Dass sie nicht mit einem Mann zusammen sein könne, der fast zwanzig Jahre älter war als sie. Dass die Nacht schön gewesen sei, aber nichts mit Liebe zu tun habe. Dass sie mit ihrem Beruf verheiratet sei und das auch so bleiben werde. Dass sie ihn für einen ganz besonderen Mann halte und er, wenn er nur ein wenig jünger wäre, sicher gut zu ihr gepasst hätte. Ja, das war gut. So würde sie es ihm beibringen und ihn dann trösten.

***

Als sie sich das erste Mal in die Hose pinkelte, war es immer noch nicht dunkel. Minoru stockte der Atem. Wraake kam zurück. Der Urin tropfte durch die Bretter auf den Boden, aber die weiche Erde schluckte jedes Geräusch. Glück gehabt. Sie ritt weiter, jetzt galoppierte sie, er konnte es am Hufschlag erkennen. Als sich die Frau ein zweites Mal nass machte, leuchteten die Sterne, und er konnte seine Beute vom Hochstand hinunter zu seinem Jeep bugsieren. Er deckte sie mit einer Plane zu und fuhr nach Hause, fesselte sie im Keller mit Handschellen an eine einbetonierte Öse, die selbst vier Männer nicht aus der Wand hätten reißen können. Auf einen Zettel schrieb er, dass er ihr nichts tun würde, wenn sie sich ruhig verhalte. Er gab ihr Wasser zu trinken, Obst zu essen, zog ihr die Hose aus, ließ ihr eine Hand frei, um sich zu reinigen, gab ihr eine Unterhose und eine frische Jogginghose. Sie wehrte sich nicht, ließ alles mit sich machen. Minoru freute sich, dass alles so reibungslos verlief. Er hatte irgendwo gelesen, dass Menschen an einem Schock sterben konnten. Diese Frau jedenfalls schien robust genug.

Ein Kissen und ein Schlafsack mussten ihr als Nachtquartier genügen. Als er sah, dass es ihr den Umständen entsprechend gut ging, zog er sich zurück, ließ ein Licht brennen und gab ihr einige Zeitschriften.

Lange lag er wach und überlegte, was er mit dieser Frau anfangen sollte. Hatte sie den Tod verdient, oder sollte er versuchen, sie von ihrem Unrecht zu überzeugen? Schließlich befahl er sich, zu schlafen. Nur eins war sicher: Annabelle hatte ihn gerufen. Laut und deutlich.

ZWANZIG

Sonja hatte es wieder einmal pünktlich geschafft. Trotz einer Verschwörung aller Autofahrer zwischen Saarlouis und Saarbrücken, die freitagmorgens nichts Besseres zu tun hatten, als Staus zu produzieren, in dem sie Beschleunigungsstreifen mit Parkplätzen verwechselten oder so beschränkt waren, in Kurven geradeaus zu fahren. Ein Unfall an der Einfahrt Wadgassen hatte die Autobahn auf eine Spur verengt. Von Reißverschluss hatte anscheinend auch noch niemand etwas gehört. Sonja hatte auf ihr Lenkrad getrommelt, an den Fingernägeln geknabbert und schließlich ihr Handy herausgekramt und Bescheid gesagt, dass sie wahrscheinlich später kommen werde. Doch plötzlich war sie durchs Nadelöhr hindurchgeflutscht und konnte Gas geben. Gut, dass sie sich ein Auto mit fast einhundertsiebzig PS gekauft hatte. Damit konnte sie die Strecke Saarlouis–Saarbrücken in knapp zehn Minuten schaffen. Vorausgesetzt, kein Streifenwagen nahm ihre Fahrweise zum Anlass, ihren Führerschein einzukassieren. Sie genoss die Geschwindigkeit und verstand überhaupt nicht, warum sie früher so langsam gefahren war.

Der runde Tisch im Büro des WEISSEN RINGS war von den üblichen Verdächtigen umringt: Frank Keller, Curt Schöneberg, Vera Trittmann und die gute Seele des Büros, Eva-Maria Breitling.

Die Tagesordnung war schon vorbereitet und lag auf Sonjas Platz. Sie warf einen Blick darauf und stöhnte.

»Die Staatsanwaltschaft Saarbrücken hat das Verfahren gegen Miltan Kosacz eingestellt? Das kann ja wohl nicht wahr sein.« Sonja sprang von ihrem Stuhl auf und fegte dabei einen Aktenordner vom Tisch. Ihre Stimme klang, als hätte sie eine schwere Erkältung.

»Der Mistkerl prügelt den Brösig krankenhausreif und dann Einstellung? Hat sein Rechtsanwalt schon Beschwerde eingelegt?«

Breitling nickte. »Aber er hat nicht viel Hoffnung. Aussage gegen Aussage, Kosacz hat eine Verletzung im Gesicht, es sei zwar Notwehrexzess gewesen, aber es gebe keinen Grund für ein Verfahren, weil nicht mit einer Verurteilung zu rechnen sei.«

»Tja, so ist das in Deutschland. Für Zivilcourage wirst du entweder bestraft oder verprügelt.« Schöneberg räkelte sich. »Wir müssen dranbleiben. Schritt für Schritt. Eins nach dem anderen.«

Sonja richtete ihren Blick auf ihn. »Du hast gut reden! Der Staat finanziert dir dein schönes Leben, und das ganz schön üppig. Aber der Brösig riskiert, dass er seine Rente verliert. Seinen Job ist er schon los, weil er nicht mehr unter Tage arbeiten kann.«

Schöneberg duckte sich und schwieg.

Keller schaltete sich ein. »Ich dachte, er hat was über Tage? Als Elektriker findet er doch immer was.«

»So ein Mist! Das ist doch alles eine einzige Riesensauerei!« Sonja schlug eine geballte Faust auf den Tisch, dass die Gläser klirrten.

Breitling nickte. »Klar. Aber willst du nicht mal Pause machen?«, sagte sie besorgt.

»Du auch? Sollen wir alles in uns reinfressen? Sollen wir auch kaputtgehen? Erst will mir dieser Hobbypsychologe da«, ihr Zeigefinger stach in Kellers Richtung, »weismachen, ich hätte eine ausgewachsene PSS, und jetzt kommst du mit demselben Unsinn. Die Polizei spielt die ganze Sache als Attentat auf. Das ist doch kompletter Blödsinn. Schaut euch doch mal die Verkehrsschilder an. Die meisten sehen aus wie ein Schweizer Käse. Ständig ballert irgendein Vollidiot in der Gegend rum. Das war einer, der rumgeballert hat. Nichts weiter. Herrgott!« Sonja atmete schwer.

Das ungemütliche Schweigen ließ das Schrillen des Telefons doppelt so laut klingen. Breitling hob ab.

»Der WEISSE RING, Geschäftsstelle Saarbrücken, wie kann ich Ihnen helfen?« Sie lauschte kurz, gab dann den Hörer an Sonja weiter.

»Ja?«, meldete sie sich kurz angebunden. Sie schüttelte den Kopf, schloss die Augen und seufzte. Vorsichtig legte sie den Hörer wieder auf.

»Helga Simonis. Mit einem echten Attentat auf Richterin Swelow-Hübner.«

EINUNDZWANZIG

Auf dem Display von Bremers Dienstelefon tauchte eine Hamburger Nummer auf. Nach dem ersten Schrillen hatte er den Hörer schon am Ohr.

»Moin, Moin, Kollegen. Ihr seid uns was schuldig. Hier ist KHK Soenken aus Hamburg. Euer Phantom heißt Anton Deich. Den Rest schafft ihr wohl allein. Petri Heil und haltet mich auf dem Laufenden.«

»Warte, warte, Kollege. Was ist mit den Betreibern der Seite? Haben die Dreck am Stecken?«

»Da haben wir in ein Wespennest gestochen. Bis jetzt haben wir auf jeden Fall drei Fälle von schwerer Körperverletzung. Eine echte Bürgerwehr. Das greift um sich. Die haben eine ganze Liste von mutmaßlichen Vergewaltigern. Und wenn die Justiz ihrer Meinung nach versagt, dann nehmen sie die Sache selbst in die Hand. Die greifen Freisprüche oder Bewährungsstrafen auf, suchen die Täter und verprügeln sie, drohen ihnen, bestehlen sie. Anton Deich war aus ihrem Programm gestrichen worden, weil er verschwunden ist. Und keiner von denen hat eure Medienkampagne mitgekriegt. Deich hat eine ganze Latte Anzeigen, keine Verurteilung, deswegen haben wir auch im System nichts gefunden. Ich glaube nicht, dass die irgendwas mit dem Tod von Deich zu tun haben. Auf jeden Fall haben die ganz schön geguckt, als wir bei denen rein sind. Ging ganz schnell. Da ist auch ein Anwalt dabei. Für den bedeutet die Affäre das Ende seiner Karriere. Die Hamburger Anwaltskammer wird ihn achtkantig rausschmeißen. Ach ja. Wir haben keine Hinweise darauf gefunden, dass Deich in einer Gruppe organisiert war. Geht ruhig davon aus, dass er Einzeltäter war, wenn überhaupt. Es liegen keine stichhaltigen Beweise gegen ihn vor.«

»Na, dann sind wir doch eigentlich quitt, oder?«

»Ja, eigentlich schon. Was mich nur ärgert, ist, dass wir denen nicht selbst auf die Schliche gekommen sind.«

Bremer wunderte sich nicht. Es war nicht möglich, alles und

jeden zu überwachen. Das Internet war ein Universum mit nicht kontrollierbaren Angeboten. Millionen und Abermillionen von Websites, Tausende, die täglich neu entstanden und wieder verschwanden.

»Vielen Dank für die prompte Hilfe, Kollege Soenken.«

»Gerne, gerne, wie gesagt, haltet mich auf dem Laufenden. Schickt mir einfach mal eine Mail.«

»Alles klar. Mach's gut.«

Bremer hängte ein und rief nach nebenan. »Weißer Rauch, Leute!«

Fred kam rüber und hängte mit seinen Augenbrauen eine Frage in die Luft.

»Weißer Rauch!«, wiederholte Bremer.

Susanne stolperte herein. »Habemus Ötzium! Die Hamburger.«

Freds Frage fiel polternd zu Boden. Zwei Sekunden verstrichen, dann sagten beide gleichzeitig: »Und?«

»Anton Deich.« Bremer hackte auf seine Tastatur ein, ließ den Namen durch alle verfügbaren Datenbanken laufen. Der Bildschirm ruckelte ein wenig, die Sanduhr erschien, drei Sekunden vergingen, der Bildschirm baute sich neu auf, und die drei Polizisten pfiffen vor Überraschung gleichzeitig.

»Das gibt ein Schlachtfest!«, rief Bremer, und die anderen nickten nur.

***

Der Waldhof lag direkt an der B51 Richtung Frankreich. Schöneberg parkte vor der Reiterklause, die bewacht wurde von einem steinalten Hund, der kaum noch in der Lage war, aufzustehen, geschweige denn irgendwen in die Flucht zu schlagen. Schöneberg hatte beschlossen, alle persönlichen Kontakte zu nutzen, von denen er wusste, dass sie in irgendeiner Weise mit Swelow-Hübner zu tun hatten.

Außer seinem BMW standen noch drei mächtige Geländewagen auf dem Parkplatz des Waldhofs. Rechts neben dem Eingang zur Klause verwehrte ein Metalltor den Eintritt zur Stallgasse.

Mathilde Frön trat vor die Tür, beschattete ihre Augen mit der rechten Hand, blinzelte und kam auf Schöneberg zu.

»Hallo, Curt, schön, dich zu sehen. Was führt dich hierher?«

Schöneberg schüttelte die angebotene Hand.

»Erinnerungen. Ich habe Fotoalben gewälzt, und da bin ich auf ein paar nette Bilder von dir gestoßen. Ich muss sagen, du hast dich nicht verändert.«

»Leider. Ich bin so blass wie immer. Da kann ich machen, was ich will. Möchtest du mit mir ausreiten?«

»Jetzt sofort? Einfach so? Hast du keinen Unterricht? Nichts zu tun?«

Mathilde lachte. »Zu tun habe ich immer, das weißt du doch. Aber ich brauche ein wenig frische Luft. Und einen guten Gesprächspartner.«

»Ist Herbert, nun sagen wir mal, nicht bester Laune?«

»Lass uns die Pferde satteln. Du nimmst Whiskey, okay?«

»Glenfiddich?«

»Mit ›ey‹. Irisch. Ein Tinker. Unempfindlich gegen Reitfehler.«

»Danke.« Schöneberg kräuselte die Lippen.

»Du kannst auch gerne Devil nehmen. Wenn du heute und die nächsten Tage sonst nichts mehr vorhast.«

Schöneberg gab sich geschlagen. Mathilde Frön legte robuste Geländesättel auf, gab Schöneberg einen Helm und einen Rippenschutz, der aussah wie eine schusssichere Weste. Sie überquerten die Bundesstraße, die viele als Rennstrecke missbrauchten, und ritten auf Felsberg zu, quer über die gemähten Wiesen. Schöneberg fühlte sich sofort wie zu Hause, obwohl er schon viele Jahre lang nicht mehr im Sattel gesessen hatte. Er hatte es sich nicht vorstellen können, nicht zu reiten, aber irgendwann waren die Familie und das Amt wichtiger gewesen. Die Zeit war ihm durch die Finger gelaufen, nicht wie der sprichwörtliche Sand, sondern wie Wasser. Je älter er wurde, umso schneller. Als er erkannt hatte, dass Zeit nicht käuflich war, hatte er die sechzig bereits überschritten. Seit wann war er nicht mehr auf dem Waldhof gewesen? Er konnte sich nicht erinnern.

Mathilde hatte er ab und zu angerufen oder ihr eine Karte geschickt. Damals wäre er bereit gewesen, seine Frau für sie zu verlassen. Aber sie hatte den schneidigen Herbert gewählt, der jetzt frustriert und übellaunig vollkommen gefühllosen und untalentierten Trampeln das Reiten beibringen sollte. So hatte Mathilde es ihm erzählt. Sie stöhnte.

»Es wird von Tag zu Tag schlimmer mit ihm. Nicht nur, dass er immer wieder die Reitschülerinnen beschimpft. Er fängt auch schon an, das Feindbild Westernreiter aufzubauen. Die würden die Pferde zuschanden reiten, die Leute betrügen mit überteuerten Pferden und so weiter und so fort. Dabei hat er gar keine Ahnung davon. Er sieht die hängenden Zügel und regt sich auf, dass die ihre Pferde kaputtmachen, weil sie sie nicht in Versammlung gehen lassen.«

»Geht das denn ohne enge Zügelführung?«

»Das geht schon. Ich wollte es wissen und habe ein paar Stunden genommen. Sehr interessant. Grundsätzlich machen die nichts anderes als wir auch. Das Pferd soll die Bauchmuskeln anspannen, schön weit untertreten mit den hinteren Hufen, den Rücken aufwölben, damit sie das Gewicht der Reiterin tragen können, ohne ihr Kreuz zu sehr zu belasten. Ich habe mich mit der Chefin der Litermont Ranch ausgetauscht. Die hat übrigens auch zuerst Englisch gelernt. Mir ist der Unterschied klar geworden: Englischreiten ist eher Sport, Western ist eine Arbeitsreitweise, die darauf zielt, stundenlang im Sattel sitzen zu können und dabei Reiter und Pferd zu schonen. Wobei deren Wettkampfdisziplinen auch nicht von schlechten Eltern sind. Du kannst mit einem Westernpferd halt keine Dressur reiten. Dafür kannst du eine Dressur auch nicht stundenlang reiten, das hält keiner aus. Wie gesagt, es ist einfach anders, aber nicht besser oder schlechter. Letztlich kommt es darauf an, wie du dein Pferd behandelst. Da gibt es bei den Westernreitern auch einige schwarze Schafe.«

Sie stiegen einen steilen Abhang hoch, lehnten sich nach vorne, um den Pferden den Aufstieg zu erleichtern. Vor ihnen lag eine Wiese, gute sechshundert Meter lang, eben, gemäht, eine Galoppwiese nach Maß.

Mathilde Frön nickte Schöneberg zu, er gab Whiskey die Sporen, ließ die Zügel locker, stellte sich in die Steigbügel und lehnte sich nach vorne. Wie ein Torpedo raste der Tinker los, die geballte Kraft seiner sechshundert Kilogramm beschleunigte die beiden in kürzester Zeit auf fast fünfzig Kilometer pro Stunde. Schöneberg wusste, dass es Rennpferde auf bis zu neunzig Stundenkilometer bringen konnten. Mathilde war auf ihrer Araberstute schon ein ganzes Stück voraus.

Am Ende der Wiese wartete sie, ihr Pferd schnaufte und schnaubte, Whiskey atmete ein paarmal tief durch, dann beschäftigte er sich mit Grashalmen, die er genießerisch abzupfte und lautstark zerkaute.

»Na, Curt?«

»Ich bin jetzt fast siebzig, und ich muss sagen, es ist ein Hochgenuss.«

»Hast du wegen mir aufgehört?«

»Nein. Ja. Du warst damals einfach schlauer als ich. Nein, nicht schlauer. Vorausschauender. Dank deiner Weisheit habe ich meine Kinder in Frieden aufwachsen sehen.«

»Ich habe es oft bereut. Ich spiele seit einiger Zeit mit dem Gedanken, Herbert und den Waldhof zu verlassen.«

»*Du* willst gehen? Du hast den Waldhof zu dem gemacht, was er heute ist. Ein angesehenes Reitzentrum. Du hast die Spanische Hofreitschule hierhergeholt, du hast so vielen das Reiten beigebracht, du hast Talente gefördert, die heute ganz oben mitmischen. Das kann ich nicht glauben. Wenn, dann sollte Herbert gehen. Er ist der Unruhestifter.«

Mathilde lächelte milde. »Weißt du, wir haben seit drei Jahren nicht mehr miteinander geschlafen. Oder seit vier? Ich weiß es nicht mehr. Ich bin jetzt fünfzig. Er sehnt sich nach einer jungen Frau, mit glattem Gesicht und straffen Brüsten. Ist es nicht so?«

»Wenn das so ist, dann ist er ein Dummkopf und ein sexistisches Arschloch und ein Pädophiler dazu!«

»Das mag ja alles stimmen.« Sie beugte sich zu Schöneberg und legte eine Hand auf seine Schulter. »Ach Curt, ich habe einfach keine Kraft mehr. Herbert, die Pferde, die wir verloren haben, die Unsicherheit und keiner, der unsere Nachfolge antreten will.«

»Pferde verloren?«

»Ein Pferderipper. Hast du nichts davon gelesen? Vier Pferde bis jetzt im Saarland. Zwei bei uns. Eins in St. Barbara und eins in Eppelborn. Die Polizei sagt, dieser Ripper agiert bundesweit. Mehr als zwanzig Pferde hat er schon ermordet. Ich kann das einfach nicht verstehen.« Sie massierte sich die Schläfen. »Harmlose Tiere. Unsere Opfer waren Pilar, eine wunderschöne Araberstute, und Adonis, ein Bild von einem schwarzen Hengst. Übrigens das Pferd von einer Ex-Kollegin von dir. Swelow-Hübner. Ein wundervolles Tier. Ein Zuchthengst der Extraklasse. Gott sei Dank haben wir seinen Samen auf der Bank.«

Schöneberg horchte auf. »Eine Samenbank für Pferde?«, fragte er.

»Natürlich. Wo denkst du hin? Swelow-Hübner hat zwar ihr Pferd durch den Ripper verloren, aber sie hat für etliche zehntausend Euro Sperma eingefroren.«

Schöneberg kratzte sich am Kinn. »Wie hat die denn reagiert?«

»Die war vollkommen fertig. Adonis ist ihr Ein und Alles gewesen. Sie war vier Wochen krank.«

Er erinnerte sich an den Eintrag in der Personalakte. Aber da hatte etwas von hartnäckiger Grippe gestanden. Sieh an. Ihr Lieblingspferd wird geschlachtet, und sie versinkt für vier Wochen in Depressionen. Vielleicht hat sie ja die eine oder andere Glückspille geschluckt, um wieder fit zu werden. Auf jeden Fall war sie nicht offiziell bei einem Psychologen gewesen. Die Akte der Krankenkasse hatte keinerlei Einträge darüber gehabt. Das war vielleicht ein Hebel. Medikamentenmissbauch. Siehst du, sagte er sich. Jeder hat eine Leiche im Keller. Man muss nur hartnäckig sein. Hoffentlich fängt niemand bei mir an zu graben.

Zufrieden ritt Schöneberg zurück und bestärkte Mathilde darin, mit Herbert zu einem Paartherapeuten zu gehen.

Das war ein Tag! Ein Tag, der ihn endgültig zum Gesetzesbrecher machen würde. Warum nicht? Das Leben war dazu da, spannend zu sein.

***

Minoru setzte sich der Frau gegenüber. Ihr Blick hetzte hin und her, aber da war weniger Angst als Hass in ihren Augen. Das wunderte ihn nicht, schließlich hatte er ihr Attentat vereitelt und sie dann entführt. Er zog seine Maske ab. Sie ächzte. Wahrscheinlich glaubte sie, dass er sie jetzt auf jeden Fall töten würde, wo sie sein Gesicht gesehen hatte.

»Wie heißen Sie? Bitte beantworten Sie meine Frage korrekt, damit ich nicht grob werden muss.« Minoru lächelte.

»Miriam Zanders.« Die Stimme zitterte.

»Wo wohnen Sie?«

»In Saarbrücken.«

»Warum wollen Sie Sonja Wraake töten?«

Zanders leckte sich mit der Zunge über die Lippen.

»Haben Sie Durst?«

Minoru schob ihr eine Wasserflasche herüber.

»Haben Sie kein Bier?«

»Wein.«

Sie nickte.

Minoru entkorkte einen 2000er Barolo und hielt ihn Zanders hin. Sie riss ihm die Flasche aus der Hand und leerte sie zu einem Drittel. Schwer atmend setzte sie noch mal an und ließ nur noch einen kleinen Schluck übrig. Minoru ließ sich nicht anmerken, dass er Zanders für eine Proletin hielt. Ein 2000er Barolo, fast auf ex hinuntergeschüttet, das war der Gipfel der Barbarei.

»Ich brauche eine Zigarette.« Ihre Stimme zitterte nicht mehr.

Er zog eine Schachtel aus der Tasche, reichte ihr eine und gab ihr Feuer. Sie rauchte die Zigarette in wenigen tiefen Zügen.

»Sogar die richtige Marke. Sein wann verfolgen Sie mich?«

»Seit einer Woche etwa. Sie waren leicht zu durchschauen. Und Sie sind eine lausige Schützin. Wen wollten Sie wirklich treffen?«

Zanders' Stimme klirrte hart. »Diese Schlampe von Anwältin. Wen sonst? Was willst du von mir?«

Das musste der Alkohol sein. Sie hatte zum Du gewechselt.

»Ich dachte, Sie wollten das Pferd treffen.«

»Was zum Teufel soll ich mit dem Pferd? Das Pferd hat mir nichts getan. Aber diese Scheiß-Anwältin hat mir was getan.«

Sie leerte die Flasche.

»Der ist echt gut. Barolo, was?« Sie drehte die Flasche in der Hand und begutachtete das Etikett. »Du hast Kohle, da gehe ich jede Wette ein. Pass auf. Du lässt mich einfach frei, gibst mir ein paar Hunderter, ich vergesse die ganze Sache, und wir sind quitt.«

Minoru ekelte sich. »Sie scheinen die Lage zu verkennen. Sie sind mir ausgeliefert, ohne die geringste Chance, etwas gegen mich auszurichten. Ich entscheide über Leben und Tod.«

»Ach was! Du bist kein Killer. Du bist ein richtiger Gentleman. Komm, wir vögeln eine Runde, dann sieht die Welt gleich ganz anders aus.«

Sie schob mit ihrer freien Hand ihr Sweatshirt nach oben und entblößte eine große, straffe Brust mit erigierter Warze.

Minoru nahm einen Rohrstock und zog ihn Zanders über den Handrücken. Sie ließ das Shirt los und schrie auf vor Schmerz. Endlich flackerte Angst in ihren Augen.

»Sie rauchen, Sie trinken, Sie ekeln mich an. Glauben Sie wirklich, ich würde mich so naiv in Ihre Gewalt begeben? Sie müssen noch viel lernen. Ich habe gedacht, Sie seien von meinem Schlag. Aber ich habe mich schwer getäuscht.«

Zanders fing an zu zittern. »Bitte nicht. Bringen Sie mich bitte nicht um. Bitte.«

Sie brach in Tränen aus, ging auf die Knie, ließ ihren Kopf auf die Fliesen fallen und schluchzte.

Minoru dauerte dieses Häuflein Elend. »Machen Sie sich keine Sorgen. Ich sagte doch, ich werde Sie nicht töten. Ich kann Sie gefahrlos freilassen, schließlich weiß ich genug über Sie, um Sie für viele Jahre hinter Gitter zu bringen. Und mir wird man mit Sicherheit glauben. Das Gewehr habe ich auch. Sie müssen einfach nur noch ein paar Tage bei mir zu Gast bleiben. Ich werde Ihnen einen Fernseher bringen und Videos und Zigaretten und Wein, damit Sie es ein wenig gemütlich haben.« Er lächelte warm, und Zanders' Schluchzen vermischte sich mit Lachen.

»Ist das wahr?«, stammelte sie.

»Aber ja.«

Er öffnete noch eine Flasche, versprach, bald wiederzukommen. In der Tür drehte er sich noch einmal um. »In genau fünf Tagen werde ich Sie freilassen. Darauf können Sie sich schon mal freuen. Und entschuldigen Sie bitte die Unannehmlichkeiten.«

Bevor sie sich bedanken konnte, hatte er schon die Tür hinter sich geschlossen. Er hasste es, Wesen zu quälen, vor allem, wenn ihr Tod unausweichlich war. Miriam Zanders würde in fünf Tagen einen sanften Tod sterben, und er fragte sich, wie es sich anfühlen würde, einen Menschen zu befreien.

ZWEIUNDZWANZIG

Bellorz eröffnete ein halbes Dutzend Ermittlungsverfahren, trug immer wieder das Tagesdatum ein, den 29. Juni. Der diensthabende Richter unterschrieb Durchsuchungsbeschlüsse in Serie.

Immer wieder schüttelte Bellorz den Kopf. »Mein lieber Mann. Warum in die Ferne schweifen, wenn die Leiche liegt so nah? Wer hätte das gedacht. Wenn irgendwer von dem privaten Koppelbewachungsdienst kein anständiges Alibi hat, alle mitnehmen, wir haben noch ein paar Plätzchen frei. Kein Wunder, dass den niemand vermisst gemeldet hat. Wie naiv sind die eigentlich?«

»Das werden wir rausfinden, Sascha.« Bremer stand vor dem Schreibtisch des Staatsanwaltes, sein Blick drängte. Endlich konnte er den Packen Papiere einstecken. Unten warteten Holt, Weber und Zerb, der das zweite Team leiten sollte, das die Deich Handelsgesellschaft auf den Kopf stellen würde, wenn Bremer grünes Licht gab. Sechs Streifenwagen standen bereit, je vier Beamte darin, um ein wenig Eindruck zu schinden. Im Konvoi fuhren sie nach Nalbach. Bremer kannte den Weg auswendig, schließlich war es der Weg zur Litermont Ranch. Doch anstatt rechts abzubiegen, hin zu dem kleinen Industriegebiet, überquerten sie die Primsbrücke, fuhren ein Stück Hubertusstraße, um dann die Etzelbachstraße hinaufzufahren.

Das Anwesen war von der Straße aus nicht zu sehen, nur eine Einfahrt mit einem mächtigen schmiedeeisernen Tor zeigte, dass hier Geld wohnen musste. Bremer stieg aus, klingelte, und sofort meldete sich eine Stimme, die fragte, was denn die Polizei wolle. Bremer schaute sich um und fragte sich, wo die Kameras installiert waren. Er brach die Suche ab und bat, die Hausherrin, Frau Franziska Deich, sprechen zu dürfen. Die Stimme verlangte von Bremer, einen Moment zu warten. Wie ein ungebetener Gast, so unfreundlich war die Antwort. Das wunderte ihn nicht. Schließlich war er nicht nur ein ungebetener Gast. Wenn Franziska Deich nicht ein paar sehr gute Erklärungen parat hatte, würde sie in der nächsten Zeit erhebliche Probleme bekommen.

Ohne ein weiteres Wort aus der Sprechanlage schwang das Tor auf. Der Tross setzte sich in Bewegung, die Auffahrt zum Anwesen war gute sechshundert Meter lang und endete an einem kiesbestreuten Rondell, in dessen Mitte ein Springbrunnen Wasser wohl zehn Meter hoch in die Luft schoss und dort zerstäubte. Es fiel ungestört wieder ins Bassin zurück, kein Lüftchen ging.

Bremer sah im Eingang zwei Frauen stehen. Die rechte musste Franziska Deich sein. Fünfundfünfzig, so stand es im Melderegister, aber sie sah zehn Jahre älter aus. Tiefe Falten, aschgraues Haar, gebeugte Haltung, die Lippen zu einem Strich zusammengepresst. So könnte die Mörderin von Ötzi alias Anton Deich aussehen, dachte er und merkte gleichzeitig, dass er nicht unvoreingenommen an die Vernehmung heranging. Du willst eine Täterin haben, möglichst schnell. Sei vorsichtig, riet er sich, ging auf sie zu und machte sich erst gar nicht die Mühe, eine Hand auszustrecken. Franziska Deich hatte ihre Arme hinter dem Rücken verschränkt.

»Was wollen Sie von mir?«, fragte sie.

Bremer zögerte unwillkürlich einen Moment. Diese Stimme brachte etwas in ihm zum Schwingen. »Was wollen Sie von mir?« Ja, was wollte er von ihr? Das würde sich zeigen. Etwas hörte wieder auf zu schwingen.

»Sind Sie Franziska Deich?«

»Ja. Die bin ich. Wer sind Sie?«

»Mein Name ist Martin Bremer. Erster Kriminalhauptkommissar und Leiter einer Mordkommission. Der bin ich.« Unaufgefordert hielt er ihr seine Legitimation unter die Nase.

Franziska Deich warf einen Blick darauf und schnalzte mit der Zunge. »Früher waren das noch richtige Ausweise. Diese Plastikkärtchen da kann doch jeder fälschen.«

»Ich kann das nicht, Frau Deich. Deswegen ist der auch echt. Und der Ausweis meiner Kollegin Susanne Holt ebenso. Und Fred Weber hier, mein Kollege und Stellvertreter, ist ebenfalls nicht in der Lage, Ausweise zu fälschen. Alles echt. Sie fragen, was ich will: Ich möchte mit Ihnen darüber reden, wozu *Sie* in der Lage sind. Dürfen wir hereinkommen?«

»Nein.« Nichts sonst. Sie sagte einfach nein. Bewegte sich dabei nicht, veränderte nicht ihre Stimmlage. Sie war es gewohnt, dass Menschen taten, was sie ihnen befahl, und gab sich der Illusion hin, Martin Bremer sei ein solcher Mensch.

Bremer hielt ihr den Dursuchungsbeschluss unter die Nase. »Ebenfalls echt. Und die Herren in Grün auch. Waschecht. Die können Sie sogar in die Reinigung bringen, die sind nachher genauso grün wie vorher. Dürfen wir?«

»Nicht bevor ich meinen Anwalt informiert habe.«

Sie wollte Bremer die Tür vor der Nase zuschlagen, aber er war schneller. Mit einem trockenen Schlag auf die Tür drängte er beide Frauen in den Flur. Die anderen kamen sofort nach und sicherten. Franziska Deich und ihre verschreckte Begleiterin sahen sich umzingelt von grimmig dreinblickenden Beamten, die bereit waren, mit Gewalt durchzusetzen, was Bremer forderte. Es war ja nicht auszuschließen, dass Franziska Deich eine Mörderin war und nichts zu verlieren hatte. Eine versteckte Waffe, ein gezielter Faustschlag konnten eine Kollegin oder einen Kollegen schwer verletzen oder sogar töten.

»Machen Sie keine Schwierigkeiten, es ist sinnlos«, sagte Bremer streng. »Sie können gerne Ihren Anwalt anrufen, wir warten sogar, bis er da ist, wenn das nicht länger als zehn Minuten dauert. Das müssen wir zwar nicht, aber niemand soll hinterher sagen, wir wären übereifrig gewesen. Also bitte. Telefonieren Sie.«

Franziska Deich schwebte mit ihrer Eskorte über den Marmorboden, erstaunlich für eine Frau, die mindestens einhundertundzwanzig Kilogramm wiegen musste.

Durch den Flur, der breit genug war, vier Personen gleichzeitig hindurchzulassen, sah Bremer in einen Raum, der wohl das Wohnzimmer darstellte. Wenn er sich nicht täuschte, hing ein Tizian an der Wand. Daneben ein Macke. Auf einem Tischchen, das einen sehr teuren Eindruck machte, thronte eine Handyladestation, die ebenfalls sehr teuer aussah. Franziska Deich nahm das Telefon, bestellte ihren Anwalt, Dr. Hugo Kazim, der zusicherte, er werde in weniger als zehn Minuten zur Stelle sein. Das teilte sie Bremer mit offensichtlicher Genugtuung mit.

Nach acht Minuten knirschte der Kies, Kazim eilte hinein, direkt auf Bremer zu, hielt ihm eine Hand hin. Bremer nahm sie.

»Guten Tag, Herr Kriminalhauptkommissar Bremer. Dr. Hugo Kazim, Fachanwalt für Strafrecht. Wir kennen uns, nicht wahr?«

Bremer drückte Kazims Hand fest. »Ja, wir kennen uns, und ich hoffe, dass Sie die Interessen Ihrer Mandanten noch immer vernünftig vertreten.«

»Das tue ich allerdings. Darf ich den Durchsuchungsbeschluss sehen?«

»Ein Wort noch. Es ist Ihnen klar, dass alles, was Sie hören oder sehen, nicht an die Medien gehen darf? Sie würden damit die Ermittlungen erheblich behindern und Ihrer Mandantin unter Umständen schweren Schaden zufügen.«

»Dafür garantiere ich mit meinem Wort.«

Bremer reichte ihm den Beschluss. Kazim überflog ihn und wandte sich dann an seine Mandantin. »Wissen Sie, was Ihnen vorgeworfen wird, Frau Deich?«

Sie schüttelte den Kopf.

Kazim las vor. »Beschluss des Amtsgerichts Saarlouis. In dem Ermittlungsverfahren gegen Franziska Deich, geborene Gabataler, wegen des Verdachts auf Totschlag zum Nachteil des Anton Deich, wird nach Antrag der Staatsanwaltschaft, gemäß Paragraphen hundertzwei, hundertfünf und so weiter und so fort, die Durchsuchung …« Kazim las leise weiter, brach ab.

Franziska Deich schwankte ein wenig. Bevor sie auf dem teuren Marmor aufschlug, griffen sechs starke Arme nach ihr und schafften es gerade so, sie sanft zu Boden gleiten zu lassen. Holt war sofort bei ihr, prüfte Atmung und Herzschlag. Schon öffnete Franziska Deich ihre Augen wieder und zog sich hoch. Gestützt von zwei Beamten schleppte sie sich zu der Ledersitzgruppe im Wohnzimmer und ließ sich unter dem Tizian nieder.

Kazim nahm neben ihr Platz, hielt ihre Hand und wandte sich an Bremer. »Die Begründung ist relativ dünn, meinen Sie nicht? Schießen Sie da nicht mit Kanonen auf Spatzen?«

»Nicht wirklich, nein. Anton Deich ist seit mehr als vier Monaten tot. Niemand hat ihn als vermisst gemeldet. Vor allem seine Frau nicht. Ich wüsste gerne, warum. Wenn es eine plausible Erklärung gibt, sind wir in zehn Minuten wieder weg. Frau Deich? Was sagen Sie dazu? Vielleicht können wir uns das Theater hier sparen.«

Die zweite Frau entpuppte sich als Haushälterin. Sie brachte ein Glas Wasser für ihre Chefin, bewacht von zwei Beamten. Gierig trank Franziska Deich, setzte das Glas auf der Kante des Tisches ab, es stürzte auf den Perserteppich, die Haushälterin klaubte es auf.

»Ich habe ihn nicht vermisst, deswegen. Ich dachte, es sei eine seiner üblichen Eskapaden.«

Sie blickte zu ihrer Haushälterin. »Amalie, würdest du für die Damen und Herren bitte Kaffee und Kuchen richten? Nimm das gute Service.«

Amalie nickte und verschwand mit ihrer Leibwache in der Küche.

»Aber bitte, setzen Sie sich doch, ich bin unhöflich heute, verzeihen Sie mir.«

Bremer ließ sich neben Franziska Deich in einem Ledersessel nieder, der eher dafür geeignet war, die Beine hochzulegen und Rachmaninow zu hören, als einer Verdächtigen die Würmer aus der Nase zu ziehen.

»Sie haben mir noch nicht geantwortet«, sagte Kazim freundlich.

»Ich dachte, ich hätte. Der Ehemann verschwindet. Wird tot, mit an Sicherheit grenzender Wahrscheinlichkeit ermordet, aufgefunden. Die Ehefrau verliert kein Wort darüber. Meldet ihn nicht als vermisst. Wenn das kein lupenreiner Anfangsverdacht ist. Mit etwas Fantasie könnten wir sogar einen hinreichenden Tatverdacht daraus machen. Aber wir sind ja bescheiden. Wird sich Ihre Mandantin einlassen?« Bremer war sich sicher, dass Franziska Deich reden würde.

»Ich hätte allen Grund gehabt, ihn umzubringen.«

Kazim stöhnte. »Frau Deich, ich muss Ihnen dringend raten, solche Aussagen zu vermeiden. Damit machen Sie sich verdächtig und riskieren eine Festnahme, vielleicht sogar die Verhaftung.«

»Ich habe meinen Mann nicht umgebracht«, sagte sie, als sei das nun wirklich keine Diskussion wert. »Am 16. Januar ist er aus dem Haus. Seitdem habe ich ihn nicht mehr gesehen.«

»Lebend?«

»Ich habe ihn nicht umgebracht.« Franziska Deich schüttelte den Kopf.

»Sie haben ihn gehasst, nicht wahr? Sie wussten, dass er Frauen vergewaltigte. Aber niemand hatte etwas gegen ihn in der Hand.«

Kazim legte Franziska Deich eine Hand auf die Schulter. »Frau

Deich. Ich beschwöre Sie: Schweigen Sie! Sie bringen sich in Teufels Küche.«

Sie ignorierte ihn, er setzte sich wieder. Amalie brachte Kaffee, deckte ein Service auf, das wahrscheinlich genauso teuer gewesen war wie der Tizian. Feinstes Meißner Porzellan. Bremer konnte nicht umhin, den Boden seiner Tasse anzusehen. Zwei blaue gekreuzte Schwerter bewiesen die Echtheit.

»Das Service ist seit zweihundert Jahren in Familienbesitz, Herr Bremer. Sein Wert ist nicht zu beziffern. Erkennen Sie das Monogramm? KFB?«

Bremer schüttelte den Kopf.

»Kurfürst Karl-Friedrich von Baden. Er hat es einem meiner Vorfahren geschenkt. Ich glaube, er hatte zehn oder zwanzig davon. Ein Mensch mit Sinn für das Schöne in dieser Welt.«

Amalie schenkte Kaffee ein. Außer Bremer griff niemand zu. Er schaute sich um. »Habt ihr Angst?«

Susanne Holt schnaubte. »Ich habe keine Lust, für eine dumme Tasse einen Monatslohn hinzublättern.«

»Ein Monatslohn würde da auch nicht ausreichen. Zumindest nicht in Ihrer Besoldungsgruppe. Aber keine Sorge, meine Liebe. Es ist doch nur eine Tasse, und ich habe Geld genug. Trinken Sie. Genießen Sie den Kaffee. Er stammt übrigens aus einer Privatrösterei. Greifen Sie zu. Amalie backt hervorragende Makronen.« Franziska Deich lächelte, einen Moment schien es, als sei die Zusammenkunft ein harmloser Kaffeeplausch.

Zögernd griff Holt zu, kostete, nickte anerkennend.

»Ich habe es geahnt. Bis mich jemand aus Hamburg angerufen hat. Die haben gesagt, sie suchten einen Mann mit einer bestimmten Tätowierung. Sie werden es nicht glauben, aber ich wusste nichts von einer Tätowierung. Seit Jahren habe ich meinen Mann nicht mehr nackt gesehen. Wir haben getrennte Schlafzimmer und getrennte Bäder. Meine Neugier war geweckt, und eines Abends habe ich ihn unter der Dusche beobachtet. Als er mich bemerkt hat, hat er nur gegrinst und auf diese Linien gezeigt. Da wurde mir klar, dass die Leute aus Hamburg recht haben mussten«, sagte Franziska Deich langsam. »Zwei Tage später war er verschwunden. Ich habe gehofft, dass die Hamburger ihn beseitigt hatten.«

»Haben Sie ihn jemals dabei beobachtet?«, fragte Bremer und biss in eine Makrone. In der Tat, Amalie war ihr Geld wert. Bremer lächelte ihr zu und war davon überzeugt, dass Deich vor nichts und niemandem zurückgeschreckt hatte, um seinen Trieb zu befriedigen.

Kazim regte sich wieder. »Frau Deich, um Gottes willen. Sie müssen nichts sagen. Sie dürfen nichts sagen.«

»Ausgezeichnet, diese Makronen. Sie müssen mir das Rezept geben, Amalie«, sagte Bremer und lächelte die Haushälterin wieder an. »Sie rösten die Nüsse, bevor Sie sie raspeln, nicht wahr? Habe ich nicht recht? Und Sie kennen Herrn Deich doch auch sehr gut?«

Amalie drehte auf dem Absatz um und stürmte in die Küche.

»Ich habe ihn nie dabei beobachtet. Wie denn? Er war ja immer unterwegs. Ein Bild von seiner Geliebten habe ich gefunden. Wollen Sie es sehen?«

Bremer verschluckte sich an seiner Makrone und musste husten. »Natürlich. Kennen Sie Ihren Namen?«

»Nein. Soll ich das Bild holen?«

»Später. Mich interessiert, warum Sie Ihren Mann nicht als vermisst gemeldet haben. Was war mit der Firma?« Bremer steckte sich noch eine Makrone in den Mund.

»Er ließ sich selten in der Firma blicken. Manchmal monatelang nicht. Da hat niemand gefragt. Nein, sie waren alle froh, wenn er nicht da war.«

»Warum?«

Sie überhörte die Frage. »Ich wollte ihn nicht finden. Ich war doch auch froh, dass er weg war.«

»Aber er ist ermordet worden. Und Sie haben ein sehr starkes Motiv.«

»Ich habe mehrere. Trotzdem habe ich es nicht getan. Ich bin sicher, die Hamburger haben mir den Gefallen getan.«

Susanne Holt stellte vorsichtig ihre Tasse zurück auf den Tisch. »Er muss ein richtiges Ekel gewesen sein. Hat er Sie geschlagen?«

»Wo denken Sie hin, junge Dame. Er hat mich nicht angerührt. Dann hätte ich ihn sofort rausgeschmissen. Eine Gabataler schlägt niemand.«

»Wie kommt es dann, dass Sie insgesamt sechsmal mit Verletzungen in der St.-Elisabeth-Klinik behandelt wurden, die nach Meinung der Ärzte von häuslicher Gewalt herrührten?«

»Amalie. Amalie!« Franziska Deichs Stimme ging allen durch Mark und Bein. »Komm her!«

Die Bedienstete hastete herein.

»Hat mich Anton jemals geschlagen?«

»Nein, niemals, Frau Deich.« Sie senkte den Blick.

Bremer erhob sich aus seinem Sessel und baute sich vor Amalie auf. »Ich mache Sie darauf aufmerksam, dass Sie sich strafbar machen, wenn Sie lügen. Sie können dafür mit Gefängnis bestraft werden. Ich frage Sie nur einmal: Hat Anton Deich seine Frau geschlagen?«

Amalies Blick wieselte zwischen Bremer und ihrer Herrin hin und her. Sie begann zu weinen. »Ich bin so froh, dass er tot ist. Als ich in der Zeitung gelesen habe, dass einer im Schlammweiher gefunden worden ist, und dann die Tätowierung gesehen habe, da habe ich getanzt.« Ihre Stimme steigerte sich zu einem schrillen Schreien. »Irgendjemand hat endlich Gerechtigkeit geübt. Er hat sie oft geschlagen. Immer wieder.«

Sie wandte sich zu Franziska Deich, die regungslos auf ihrer Ledercouch saß, unter einem Gemälde, das mehr kostete, als Bremer in seinem ganzen Leben verdienen konnte. Viel mehr. »Verzeihen Sie mir, aber ich halte es nicht mehr aus. Er war ein Scheusal. Ein Schwein. Er hat mich auch vergewaltigt. Vor vielen Jahren. Er ist einfach in mein Zimmer gekommen, nackt, hat mir die Kleider vom Leib gerissen und ist über mich hergefallen.«

Franziska Deich hielt den Blick gesenkt und flüsterte: »Amalie hat es mir erzählt. Ich war nicht zu Hause. Ich habe ihm gedroht, zur Polizei zu gehen. Er hat gedroht, mich umzubringen. Ich weiß, er hätte Ernst gemacht. Gott sei Dank hat er das Gleiche von mir geglaubt. Waffenstillstand. Er ließ mich und Amalie in Ruhe, ich ließ ihn in Ruhe.«

Bremer hatte aufgehört, sich zu wundern. Wieder eine Frau, die nicht in der Lage gewesen war, ihre kranke Ehe zu beenden. Die sich demütigen ließ, obwohl sie alle Macht gehabt hätte, sich zu befreien. Stattdessen hatte sie ihren Mann in Einzelteile zerlegt und damit das Problem nicht gelöst, sondern nur verschoben. Jetzt wollte er wissen, ob Amalie ihr dabei geholfen hatte.

»Wer hatte denn die Idee, Anton für immer verschwinden zu lassen?«

Amalie brach in Tränen aus. Franziska Deich aber lächelte.

»Sie sind anscheinend schwer von Begriff. Wenn ich nicht wüsste, dass Sie Polizist sind, müsste ich annehmen, dass Sie minderintelligent sind. Weder ich noch Amalie haben irgendetwas mit dem Tod von Anton Deich zu tun. Das habe ich schon mehrmals gesagt.«

»Dass Sie nichts damit zu tun haben wollen, das haben Sie mehrmals gesagt. Von Amalie war bisher nicht die Rede«, gab Bremer zurück.

»Touché! Und jetzt?«

»Jetzt werden wir Ihr Haus durchsuchen. Und Ihre Firma.«

Weber nickte, zog sein Handy und rief Zerb an, der schon ungeduldig wartete.

»Führen Sie ein Tagebuch?«

Franziska Deich sprang von der Couch auf. »Sie glauben doch wohl nicht wirklich, dass ich Sie in meinen intimsten Gedanken wühlen lasse?«

»Sie werden es nicht verhindern können, Frau Deich.«

»Tun Sie etwas dagegen, Kazim. Wofür bezahle ich Sie eigentlich?«

Der Anwalt schüttelte den Kopf. »Wenn Sie geschwiegen hätten, dann hätte ich vielleicht noch etwas tun können. Aber jetzt bin ich machtlos. Sie haben der Polizei genügend Munition geliefert, um Ihr Haus dreimal zu durchsuchen. Ich kann nur dafür sorgen, dass alles nach den Buchstaben des Gesetzes vor sich geht.«

Franziska Deich stand mit offenem Mund da und wusste nichts zu sagen. Blitzschnell griff sie die Kaffeekanne und warf sie auf Bremer und Holt. Bremer duckte sich weg, Holt machte einen Schritt zur Seite, und schon vermischten sich die Scherben der Kanne mit den Glassplittern der Panoramascheibe, die das Wohnzimmer vom Saargau trennte und einen weiten Blick über die Hügel erlaubte.

Bremer nickte zwei Grünen zu, die Franziska Deich Handschellen anlegten. Dann sagte er seinen Spruch auf.

Hugo Kazim war ebenfalls aufgestanden. »Ich protestiere in aller Form gegen die Festnahme meiner Mandantin. Sie haben keinerlei stichhaltige Beweise für die Täterschaft.«

»Ich nehme das zur Kenntnis. Frau Deich wird morgen dem Haftrichter vorgeführt. So lange bleibt sie in Gewahrsam.«

Amalie schlug ihre Hände vors Gesicht, die Handschellen rasselten, und sie schluchzte hemmungslos.

»Warum nehmen Sie nicht auch Amalie fest? Sie ist genauso verdächtig wie Frau Deich«, fragte Kazim.

»Wer sagt denn, dass ich sie nicht festnehme? Warten wir die Durchsuchung ab. Vielleicht finden wir ja etwas, das die Lage klärt.«

Bremer wandte sich wieder Franziska Deich zu. »Wo sind Ihre Tagebücher? Wir finden sie so oder so.«

Da er keine Antwort erhielt, machte er sich gemeinsam mit den anderen daran, das Haus der Deichs auf den Kopf zu stellen. Er brauchte nicht lange zu suchen. Fein säuberlich nach Datum sortiert standen die ledergebundenen Bücher in einem Regal neben ihrem Bett im Schlafzimmer in der ersten Etage. Er blätterte ein wenig, las hier und da eine Passage.

Kazim wich ihm nicht von der Seite. Bremer verstand nicht, warum. Glaubte der Anwalt tatsächlich, er würde Beweismittel unterschieben wollen? Oder war es ein Befehl von Frau Deich gewesen, den nur Bremers Unterbewusstsein wahrgenommen hatte?

Er kehrte über die geschwungene Mahagonitreppe zurück ins Wohnzimmer und wusste jetzt, warum ihn diese Einrichtung so abstieß. Die unterschiedlichsten Stile waren durcheinandergemischt worden. Dieses Haus hatte nur eine Funktion: zeigen, dass die Deichs stinkreich waren. Das nutzte ihnen nichts mehr. Anton Deich war tot und Franziska Deich auf dem Weg in die Untersuchungshaft. Das Tagebuch war so gut wie ein Geständnis.

Er hielt Kazim eine Passage hin. Der las und erbleichte. »Auf jeden Fall ist die arme Amalie erst einmal raus aus der Sache«, sagte er leise.

»Aber es sieht schlecht aus für Frau Deich«, murmelte Bremer. »Und für John Filmour.«

***

Minoru schlug sich den Kopf gegen die Wand. Der Ruf sprengte ihm den Schädel, Annabelle schrie nach ihm wie noch kein anderes Pferd zuvor. Welche Tragödie mochte sich irgendwo da draußen abspielen? Wen würde er erlösen von Qual oder Angst? Er wusste es nicht. Er wusste, dass er es wissen würde, wenn er Annabelle befreit hatte. Aber die Koppeln waren gesperrt, die Alarmanlage ausgefeilt, und obendrein hatten die Besitzer Hunde frei auf dem Gelände laufen. Er zitterte am ganzen Leib, stieg hinab in den Keller, wo seine Gefangene gerade »Der Herr der Ringe, Teil 3« schaute. Sie knabberte Salzstangen, dazu gab es Bier.

»Hey, alles klar?«, grüßte sie ihren Kerkermeister. »Du siehst ganz schön müde aus. Du solltest mal richtig ausschlafen.«

Minoru blinzelte. Die Kopfschmerzen schwollen langsam an. »Ich habe Kopfschmerzen«, sagte er, ohne den Mund zu öffnen.

»Dann trink was, dann gehen die ganz schnell weg. Hier.«

Sie hielt ihm die angebrochene Flasche Bier hin, aber er ließ ihr Angebot unbeachtet.

»Gegen diese Kopfschmerzen hilft kein Alkohol, kein Medikament, nichts.«

Zanders drückte den Pausenknopf. »Flipp jetzt nicht aus, aber bumsen hilft bei Männern ganz oft gegen Kopfschmerzen. Ich hätte echt Lust. Du siehst gut aus für dein Alter. Außerdem ersparst du mir eine Menge Ärger. Hast du Pariser?«

Minoru schüttelte stumm den Kopf. Auf alles hatte er jetzt Lust, nur nicht auf Sex mit so einer Schlampe, die sich anscheinend jedem hingab wie eine läufige Hündin. Am liebsten hätte er sie verprügelt. Mit einem nassen Lappen. Und ihr dann irgendwas hinten reingesteckt. Aber er beherrschte sich. Sie konnte nichts dafür, dass sie bei ihm diese abartigen Gedanken hervorrief. Er würde sie bald töten, schmerzlos, das musste genügen. Bis dahin würde er sie wie einen Menschen behandeln.

»Du denkst wohl, ich ficke mit jedem dahergelaufenen Kerl? Da hast du dich aber geschnitten. Schau mich an. Meinst du, ich habe das nötig?«

»Das spielt keine Rolle. Ich will nicht, und damit ist genug.«

Sie winkte ab. »Okay, okay, war ja nur so eine Idee.« Vorsichtig ließ sie sich auf ihr Bett nieder und drückte wieder auf »Play«.

Minoru hatte eine kurze Kette an Zanders' Handschellen angebracht, die ihr etwas Bewegungsfreiheit erlaubte. Schlachtenlärm füllte den Keller. Riesige Elefanten zerquetschten die Reiter aus Rohan wie die Ameisen.

»Mach aus«, befahl Minoru, und Miriam Zanders gehorchte sofort.

»Warum wolltest du Sonja Wraake töten?«

»Hab ich doch gesagt. Der hab ich den Knast zu verdanken. Weißt du, ich hab mal 'nem Ex-Freund von mir eine übergezogen, hab die Panik gekriegt und bin abgehauen. Da hat die Wraake glatt einen Mordversuch draus gestrickt. Ist damit zwar nicht durchgekommen, aber es wurden trotzdem zwei Jahre und ein Monat daraus. Keine Bewährung. Schöne Scheiße. Und noch Glück im Unglück, dass ich 'ne gute Richterin hatte. Sonst wär ich für immer eingefahren. Und Knast is echt richtig beschissen. Ich bin echt ein Volltrottel. Weißt du, seitdem ich hier bin, hab ich viel überlegt. Ich hab echt gedacht, du machst mich kalt. Da isses mir wie Schuppen von den Augen. Es war totaler Quatsch, auf die Wraake zu ballern. Ich weiß gar nicht, was mit mir los war. Ob die tot ist oder nicht, spielt doch gar keine Rolle. Das ändert für mich gar nix. Oder doch: Ich würde wahrscheinlich wieder in den Bau gehen und dann für immer. Bekloppt. Alles ist besser als Knast. Ich hab das Gefühl, als ob ein Vorhang weggezogen worden wär. Weißt du, was ich meine? Ich hab einfach so klare Gedanken. Die Wraake, die hat ja nur ihren Job gemacht. Und deswegen bin ich eingefahren in den Kahn. Na ja. Hab ja auch Scheiße gebaut. Der hätte echt draufgehen können. Wäre zwar nicht wirklich schade gewesen, aber egal. Wenn die mich *jetzt* gekriegt hätten, dann wär ich im Knast verrottet. Ich bin dir was schuldig. Ehrlich.«

Minoru massierte sich den Nacken. »Meinst du das ernst? Von der Mörderin zur Heiligen in drei Tagen?«

»Absolut. So gesehen hast du mir das Leben gerettet. Wenn ich dir einen Gefallen tun kann, raus damit. Du hast ja die Knarre mit meinen Fingerchen drauf. Damit hast du mich in der Hand. Außerdem halte ich meine Versprechen. Meistens.« Sie lachte und nahm noch einen Schluck aus der Flasche.

Das könnte ein Zeichen sein. Minoru spürte, wie sich die Schmerzen zurückzogen.

»Es gibt tatsächlich etwas, das du für mich tun könntest. Kennst du dich mit Pferden aus?«

»Nicht die Bohne.«

»Das macht nichts. Du kennst ja die Litermont Ranch.«

Zanders nickte und verzog leicht das Gesicht. »Du glaubst nicht, was ich mir da den Arsch platt gelegen habe. Und dann war es nur Zufall. Ich war an dem Tag einfach nur ein bisschen spazieren in der Gegend. Da sehe ich die Wraake losziehen. Ich hab dann meine Knarre geholt, und tatsächlich läuft sie mir vor die Flinte. Nur dass ich nicht getroffen habe. War ich sauer! Aber auf die Entfernung, das ist scheißeschwer.«

»Hast du Nerven?«

»Was glaubst du denn?«

»Okay. Du gehst da hin und sagst, du willst reiten lernen. Du machst gleich ein paar Stunden aus. Nach ein, zwei Tagen gehörst du quasi zur Familie. Du freundest dich mit Annabelle an. Das ist das Pferd von Sonja Wraake. Dann besorgst du dir den Code der Alarmanlage und sperrst die Hunde weg. Wie, das ist dein Problem. Freunde dich mit dem Stallknecht an. Du wirst ihn an einem bestimmten Abend betrunken machen und mit ihm schlafen. Wenn es geklappt hat, kriegst du dein Gewehr zurück und fünftausend Euro. Was hältst du davon?«

Sie zögerte keine Sekunde. »Geht in Ordnung. Kein Problem. Ich kann so lieb sein wie ein kleines Kätzchen. Sieht der Knecht wenigstens halbwegs passabel aus?«

»Wenn du mit mir ficken wolltest, wirst du es auch mit ihm machen.«

Zanders grinste. »Du bist echt ein harter Brocken. So schlecht siehst du wirklich nicht aus. Ehrlich.« Sie hielt ihm die Hand hin. »Wir haben einen Deal.«

»Wir haben einen Deal«, wiederholte Minoru, fasste sie aber nicht an. »Wenn du versuchst, mich reinzulegen, bist du tot, klar?«

Zanders antwortete mit fester, klarer Stimme: »Nichts war mir je klarer.«

***

Außer dem Tagebuch hatten sie nichts Belastendes gefunden. Aber das war auch nicht nötig. Die Eintragungen reichten vollkommen. »Ich habe keine andere Wahl«, hieß es da. »Ich muss ihn loswerden. Ich halte es nicht mehr aus.« Die Zeilen stammten vom 15. Januar. Noch wusste Bremer nicht, ob Deich da noch gelebt hatte. Die Gerichtsmedizin hatte den Todeszeitpunkt nicht genau bestimmen können. Der Schlamm hatte die Leichenteile konserviert wie ein Tiefkühlschrank. Sie waren nicht weitergekommen, und Zerb zuckte nur die Achseln, wenn man ihn darauf ansprach.

Kazim hatte sich gefreut, als Bremer ihm gestehen musste, dass sie nicht wussten, wann Deich gestorben war. Kazim hatte über die Einäscherung des Torsos laut gelacht, Bremer hatte es ihm nicht verdenken können. »So, dann knöpfen wir uns mal die Engelchen von der Litermont Ranch vor«, hatte er gesagt und den Tross wieder in Bewegung gesetzt. Vorher hatte er die Tagebücher verteilt mit dem Befehl: »Schnell lesen und Bericht erstatten.«

Sie blockierten die Einfahrt, Bremer, Weber und Holt stiefelten nebeneinander her wie die Cowboys. Eine Wolke schob sich vor die Sonne, und einen Moment lang dachte Bremer, dass er nicht ganz bei Trost sei. Deich war ein Ungeheuer gewesen, hatte seine Opfer gezeichnet für ihr ganzes Leben. Bremer wiederum hetzte Deichs Opfer und machte sie damit erneut zu Opfern. Anton Deich war tot, und das war nicht die schlechteste Lösung. Er verwarf den Gedanken und konzentrierte sich auf seine Arbeit. Er hatte John Filmour und Solveig Kropp zu verhören, und zwar so, dass er der Wahrheit näher kam. Und wenn einer von den beiden oder beide gemeinsam Deich aus dem Weg geräumt hatten, waren sie fällig und würden für den Rest ihres Lebens, zumindest aber für viele Jahre, auf das Reiten verzichten müssen. Ihr Lebenswerk wäre vernichtet, die Familien zerstört. Vorausgesetzt, Franziska Deich hatte in ihren Tagebüchern nicht nur ihre Fantasie spielen lassen.

Filmour kam ihnen entgegen, lächelte erfreut, schüttelte Hände. Bremer ließ sich nicht lange bitten.

Filmour las den Durchsuchungsbeschluss, schüttelte den Kopf. Wie oft hatte Bremer diese Geste schon gesehen. Niemand wollte wahrhaben, dass der Staat seine Krallen ausfuhr und sie einem ins Fleisch stieß, tief und schmerzhaft.

»Machen Sie Ihre Arbeit. Ich habe nichts zu verbergen«, sagte Filmour aufgeräumt. Er zögerte, griff in seine Hosentasche und zog sein Handy aus der Tasche. »Ich nehme an, das ist Solveig, die mir sagen wird, dass die Polizei unser Haus durchsuchen will.«

Bremer streckte die Hand aus, und Filmour gab ihm das Handy. Es war tatsächlich Solveig Kropp, die ebenfalls vollkommen ruhig erklärte, sie habe bereits ihren Anwalt angerufen. Er werde in wenigen Minuten auf der Litermont Ranch eintreffen.

»Wie heißt Ihr Anwalt?«, fragte Bremer.

»Rolf Mattern.«

»Ah. Sehr gut. Ein hervorragender Anwalt. Ich nehme an, dass Sie auf ihn hören werden?«

»Allerdings. Ich werde ab jetzt nichts mehr ohne meinen Anwalt sagen.«

»Gut. Dann fangen wir schon mal an, und wenn Herr Mattern da ist, unterhalten wir uns. Wenn Sie so lange bitte in der Klause warten würden.«

Begleitet von einem Polizeibeamten in Uniform machte sich Filmour auf den Weg. Bremer teilte den Trupp ein. Geräteschuppen, Futterlager, Sattelkammer und die einzelnen Boxen der Pferde. Er selbst stattete Annabelle einen Besuch ab, die sofort erfreut auf ihn zukam und ihn mit der Nase stupste. Bremer öffnete die Box, trat ein und streichelte Annabelle am Hals. Sie ließ sich das gefallen, er blickte sich um, stocherte ein wenig in der Streu, aber da war nichts, was ihn interessierte.

Zwei Stunden lang durchsuchten zehn Polizisten das Gelände, der Munitionsspürhund vom LKA erschnüffelte genauso wenig wie seine zweibeinigen Kollegen.

Endlich machte Mattern seine Aufwartung, studierte den Durchsuchungsbeschluss und rümpfte die Nase.

»Ist das alles? Ein vager Verdacht?«

»Nein, das ist nicht alles. Kennen Sie John Filmours Vergangenheit?«

»Ich kenne ihn, seit er hier ist. Seit etwa zehn Jahren. Er stammt aus Texas. Seine Mutter ist Deutsche, sein Vater Amerikaner. John Filmour hat einen deutschen Pass.«

»Und einige Flecken auf der weißen Weste. Er hat in den Staaten mehrfach wegen Körperverletzung vor Gericht gestanden und ist dreimal verurteilt worden. Man bescheinigte ihm einen Hang zur Gewalttätigkeit. Darüber würde ich gerne mit Ihrem Mandanten reden. Und er hatte ein Motiv.«

»Wenn Sie mich einen Moment entschuldigen würden?«

Bremer zeigte auf die Klause. »Filmour wartet dort auf Sie.«

Mattern nickte und suchte seinen Mandanten auf.

Bremers Magen meldete sich. Natürlich. Am liebsten hätte er Filmour in Ruhe gelassen. Weber kam an und brachte Werkzeug mit. Eine Machete. Rasierklingenscharf. Möglicherweise das Tatwerkzeug. Aber wer war so dumm, das Tatwerkzeug über Monate hinweg aufzubewahren? Ob die Machete zu den Schnittverletzungen an den Beinen von Deich passten, das würde Zerb klären.

Mattern trat wieder hinzu. »Mein Mandant ist bereit, in meiner Gegenwart Einlassungen zu machen. Unter der Bedingung, dass Sie die Karten auf den Tisch legen.«

Bremer war einverstanden.

Sie setzten sich zu Filmour in die Klause, der einen Kaffee gekocht hatte und Bremer eine Tasse anbot. Aus den Augenwinkeln sah der die neue Kaffeemaschine. Er kostete. Die Investition hatte sich gelohnt.

Die großen Glasscheiben zur Reithalle hin spiegelten die Szenerie halbtransparent. Wie Gespenster schwebten Tische, Stühle und Menschen auf dem Glas.

Mattern eröffnete die Vernehmung. »Ich möchte betonen, dass mein Mandant jeglicher Tatbeteiligung an den ihm vorgeworfenen Verbrechen widerspricht. Er hat nichts mit dem Tod von Anton Deich zu tun. Gleichwohl kennt er den Mann natürlich.«

Filmour nahm einen Schluck Kaffee. »Ich habe ihn zweimal gesehen. Das erste Mal kam er auf den Hof, pöbelte herum, faselte von nichtsnutzigen Viechern, meinte damit die Pferde und dass Koppeln nichts als Platzverschwendung seien.«

»Kurz darauf kündigte er Ihnen den Pachtvertrag für gut zwei Drittel Ihrer Koppeln«, sagte Bremer. »Der Todesstoß für die Litermont Ranch. Ohne Koppeln keine Pferde.«

»Nicht ganz«, entgegnete Filmour. »Wir hätten andere Koppeln dazupachten können.«

»Zwei Kilometer von hier entfernt, getrennt durch eine Bundesstraße. Ein unglaublicher Aufwand.«

Filmour wich Bremers Blick aus.

»Sie hätten umziehen müssen. Und das wäre unmöglich gewesen.«

»Warum wäre das unmöglich gewesen, Herr Bremer?«, fragte Mattern ernst.

»John Filmour und Solveig Kropp haben ihren letzten Cent in die Litermont Ranch und ihr Haus in Eppelborn gesteckt. Sie sind nicht überschuldet, im Moment läuft es ganz gut, aber ein Neuanfang wäre nicht zu finanzieren.«

Mattern holte tief Luft. »Das reicht trotzdem nicht für eine Festnahme.«

»Das allein nicht. In der Tat. Aber es kommt noch etwas hinzu.« Bremer fixierte Filmour. »Jetzt haben Sie noch die Möglichkeit, mir die Wahrheit zu sagen.«

»Langsam, langsam, werter Herr Bremer. Mein Mandant hat immer die Möglichkeit, die Wahrheit zu sagen. Und sollte es überhaupt zu einer Festnahme kommen, wird ein Richter sehr schnell entscheiden, wie weiter verfahren wird. Nicht Sie.«

Bremer lächelte dünnlippig. »Nun, Herr Filmour?«

Der Blick des Reitlehrers wechselte zwischen Mattern und Bremer hin und her. Schließlich fixierte er Bremer.

»Ich habe mit dem Tod von Anton Deich nichts zu tun. Wenn Sie auf meine aktenkundige Vergangenheit ansprechen, dann ist es wohl nicht nötig, dass ich Ihnen auf die Sprünge helfe. Sie sind ein Profi und haben mich sicherlich schon am ersten Tag durchgecheckt.«

Bremer nickte nur, und Mattern fragte leicht verärgert, ob man ihn denn bitte schön einweihen würde. Filmour nickte Bremer zu.

»John Filmour ist rechtskräftig wegen Totschlags in einem minderschweren Fall verurteilt worden. Er hat zwei Jahre und drei Monate abgesessen. Außerdem ist seine zweite Ehefrau unter mysteriösen Umständen bei einem Reitunfall ums Leben gekommen. Die genauen Umstände wurden nie geklärt, einziger Zeuge war John Filmour.«

»Verstehe«, murmelte Mattern. »Da liegt es nahe, dass Sie ihn verdächtigen, sich eines unangenehmen Zeitgenossen entledigt zu haben. Aber im eigenen Schlammweiher entsorgt? Direkt vor der Haustür?«

»Natürlich. Die Wahrscheinlichkeit, dabei gesehen zu werden, geht gegen null. Filmour weiß genau, wann sich hier Leute aufhalten und wann nicht. Die Leiche wäre nie gefunden worden. Der Weiher war fertig verfüllt, als Biotop ausgewiesen, und niemand hätte daran gerührt. Geradezu ideale Bedingungen.«

»Verdächtigen Sie Solveig?« Filmour knabberte an seinem Zeigefinger.

»Ja und nein. Sie kann Ihnen geholfen haben, sie hat ja dasselbe Motiv.«

»Aber ansonsten eine weiße Weste, nicht wahr?«

»Zumindest haben wir nichts in den Akten.«

Mattern seufzte. »Sie sollten jetzt besser still sein, Herr Filmour. Unser geschätzter Kriminalhauptkommissar hat so eine Art, Leute von Fakten zu überzeugen, die es gar nicht gibt. Wir warten die Durchsuchung ab, dann sehen wir weiter. Bis dahin kann mein Mandant ja wohl gehen, wohin er will, oder?«

»Mein lieber Herr Mattern. Oder besser Herr Dr. Mattern. Ich habe gehört, Sie haben Ihre Doktorarbeit über das Abstraktionsprinzip im Vergleich mit dem Kausalitätsprinzip im Rechtsgeschäft geschrieben.«

»Sie sind gut informiert. Wissen Sie denn auch, wovon Sie reden?«

»Ich denke schon. Da in Deutschland das Abstraktionsprinzip gilt, kann es sein, dass ich ein Auto ohne gültigen Kaufvertrag kaufe und das Geschäft dennoch rechtens ist.«

»Oder umgekehrt. Sie schließen einen Kaufvertrag, sind damit aber noch lange nicht Eigentümer, selbst wenn Sie das Fahrzeug bezahlt haben. Wieso lenken Sie mich ab? Wollen Sie Zeit gewinnen?«

Bremer schlug sein rechtes Bein über das linke. »Ich plaudere gerne über Rechtsfragen.« Er wandte sich Filmour zu. »Eine interessante Frage ist auch: Wo beginnt eigentlich Bandenkriminalität? Was ist eine kriminelle Vereinigung?«

Mattern verzog verständnislos das Gesicht. »Was soll das jetzt? Das ist ziemlich genau definiert. ›Unter einer kriminellen Vereinigung versteht man einen Personenzusammenschluss von gewisser Dauer, dessen Zweck oder Tätigkeit darauf gerichtet ist, Straftaten zu begehen.‹ Herr Bremer, worauf wollen Sie hinaus?«

Mit Genugtuung beobachtete Bremer die Schweißperlen auf Filmours Stirn. »Sehr schön gesagt, Herr Mattern. Ich glaube, es ist an der Zeit, Tacheles zu reden. Wir haben in den Tagebüchern von Franziska Deich einige interessante Passagen gefunden. Sie hat sich mit John Filmour zusammengetan, um einen Menschen zu töten.«

Bevor Mattern protestieren konnte, hielt Holt ihm eines der Bücher hin, an der entsprechenden Stelle aufgeschlagen. Mattern las und schüttelte den Kopf. »Das ist nicht gut.«

»Was steht denn da?« Filmour schwitzte immer mehr, fuhr sich mit dem Handrücken über die Stirn.

Bremer nahm das Tagebuch und las vor. »›Heute war John hier. Er sieht das genauso wie ich. Der Kerl ist eine Gefahr für alle. Man sollte ihn in einem der Schlammweiher versenken auf Nimmerwiedersehen. Wir haben lange überlegt, wie wir es anstellen sollen. Dann hatte er die rettende Idee.‹ Hier bricht sie ab, aber es gibt noch einige andere Stellen, die auf diese Idee Bezug nehmen. Sehen Sie, Herr Mattern, das reicht nicht nur für eine Festnahme, das reicht wahrscheinlich auch für einen Haftbefehl.«

Mattern rieb sich das Kinn. »John, was sagen Sie dazu? Können Sie sich entlasten?«

Aber John Filmour schwieg.

Bremer seufzte und beobachtete eine Reiterin, die mit ihrem Pferd seitwärts galoppierte. Nichts wies darauf hin, dass Reiterin und Pferd sich voll konzentrieren mussten. Pferdeballett, so sah es aus.

Sein Magen meldete sich. Ein dumpfer Schmerz, der im Gleichklang mit seinem Herzschlag pulsierte. Er würde Filmour mitnehmen müssen, bei Kropp war er sich noch nicht sicher. In Franziska Deichs Tagebüchern schien sie keine Rolle zu spielen. Mattern würde alle Geschütze auffahren, um zu verhindern, dass sie ihrer Freiheit beraubt wurde. Vielleicht machte er ja auch einen schweren Fehler. Was wussten sie denn? Franziska Deich und John Filmour hatten ein schwerwiegendes Motiv. Die Tagebücher klangen nach Verabredung zum Mord. Aber es gab nicht einen einzigen Beweis. Noch nicht einmal den Ansatz. Keine Tatzeit, kein Mordwerkzeug, sie konnten ja noch nicht einmal sicher sein, dass es sich um ein Tötungsdelikt handelte. Bremer ging in Gedanken die Haftrichter durch. Etwa die Hälfte würde Filmour auf freien Fuß setzen, die andere Hälfte würde ihn im Gefängnis schmoren lassen. Bremer entschloss sich, Filmour eine Nacht in der Zelle unterzubringen. Vielleicht würde er dann reden. Vielleicht deckte er seine Frau, vielleicht jemand anderen. Sein Gefühl sagte ihm, dass Filmour kein eiskalt berechnender Mörder war. Affekt? Hatte Anton Deich ihn bis zur Weißglut provoziert, und ihm war der Gaul durchgegangen? Wie auch immer. Als Ermittler konnte er Filmour nicht laufen lassen. Und Franziska Deich auch nicht. Haftrichter mussten entscheiden.

Er leierte sein Belehrung runter, zwei Beamte führten John Filmour ab, der keine Sekunde lang seine aufrechte Haltung einbüßte. Im Gegenteil. Er schien seltsam gestärkt, strahlte zu seiner Ruhe die Gewissheit aus, dass sich alles aufklären würde. Keine Spur von Wut oder Ärger.

Weber begleitete den Festgenommenen, Bremer überwachte die weitere Durchsuchung. Die Polizisten luden einige Kisten an Werkzeugen ein. Zwei Äxte, eine elektrische Kreissäge, eine Stichsäge, die Machete. Mattern achtete peinlich darauf, dass jedes Stück in einer Liste vermerkt wurde. Die Pferde standen in den Boxen und kauten vor sich hin, die Pumpe am nächsten Weiher brummte, und John Filmour war auf dem Weg ins Gefängnis. Der Fall hing in der schwülen Sommerluft wie eine Fata Morgana und machte keine Anstalten, Konturen anzunehmen.

***

Miriam Zanders konnte es nicht fassen. Er hatte sie tatsächlich freigelassen. Vorher hatte er mit den Scheinen vor ihrer Nase herumgewedelt. Glück musste man haben. Dieser verrückte Kerl hatte sie nicht nur von ihrem idiotischen Vorhaben abgebracht, Sonja Wraake umzubringen, nein, jetzt konnte sie sogar noch richtig Geld verdienen. Das brauchte sie auch dringend. Ihr Alibi war kostspielig gewesen, hatte ihre Ersparnisse aufgebraucht und noch ein wenig mehr. Nur gut, dass sich Otto auf Ratenzahlungen eingelassen hatte. An Sex war er nicht interessiert gewesen, genauso wenig wie dieser Verrückte. Sie hatte so etwas wie eine Zehnerkarte gekauft. Er würde ihr zwar nicht zehnmal, aber immerhin dreimal ein Alibi geben. Dafür hatte er neuntausend Euro verlangt. Zuerst war sie vor Wut fast geplatzt, aber dann hatte sie eingewilligt. Sie wusste, dass sie nicht die beste Schützin war, und Otto galt als absolut zuverlässig.

Alles in allem also gar nicht so schlecht. Der Verrückte hatte ihr einen Vorschuss gegeben, damit sie den Unterricht bezahlen konnte. Jetzt musste sie nur darauf achten, dass Wraake sie nicht erkannte. Aber das sollte kein Problem sein. Der Verrückte wusste, wann sie normalerweise im Stall war und wann nicht. Außerdem kannte er ihr Auto. Sie konnte also jederzeit abdrehen, wenn Wraake drohte, ihr in die Quere zukommen. Außerdem hatte sie sich in den letzten Jahren verändert. Vierzig Pfund weniger Speck, die Haare rot gefärbt, ihre eigene Mutter hätte sie fast nicht wiedererkannt.

Am Tor begrüßten sie die Hunde. Sie kraulte ihnen das Fell, ließ sich das Gesicht abschlabbern.

»Da ist aber jemand ein echter Hundeliebling.«

Miriam erhob sich und streckte ihre Hand aus. »Meier. Paula Meier. Ich habe gehört, hier kann man reiten lernen?«

Die Frau nahm Miriams Hand und drückte sie kräftig.

»Solveig Kropp. Angenehm. Ja, da sind Sie richtig. Haben Sie schon mal auf einem Pferd gesessen?«

»Nein, aber ich habe viel mit Pferden zu tun gehabt. Mein Großvater hatte welche. Aber meine Eltern haben mir verboten, reiten zu lernen. Zu gefährlich. Also bin ich immer mit ihnen spazieren gegangen, habe sie geputzt und ihnen Zöpfchen geflochten.«

Solveig Kropp lächelte müde. »Schön. Machen wir einen Termin aus?«

»Gerne. Von mir aus können wir auch jetzt gleich anfangen.«

Solveig Kropp überlegte einen Moment, schaute dann auf ihre Armbanduhr. »Ja, gut. Wenn das bei Ihnen geht. Ich habe gerade Zeit. Kommen Sie. Ich zeige Ihnen den Hof.«

Miriam bemerkte die tiefen Ringe unter den Augen. Die ganze Körperhaltung wirkte erschöpft. Gerade so, als hätte Solveig viele Nächte nicht geschlafen. Auf jeden Fall hatte der Verrückte recht gehabt. Hier musste man nur einen Hund streicheln, und schon gehörte man zur Familie.

Solveig zeigte auf die Boxen, nannte Namen von Pferden, erzählte über ihre Eigenheiten, mit jeder Minute wurde sie wacher. Miriam hörte gar nicht zu, erst als das Wort Annabelle fiel, horchte sie auf. Sie trat an die Box heran, und Annabelle kam schnurstracks auf sie zu.

»Sie scheinen ihr sehr zu gefallen.«

»Darf ich sie streicheln?«

Annabelle brummelte leise.

»Warum nicht?«, sagte Solveig Kropp und öffnete die Box. Annabelle legte ihren Kopf auf Miriams Schulter. Solveig nickte zufrieden.

»Sie sollten sehen, wie sie sich gebärdet, wenn ein Mann auf sie zukommt.«

Miriam lachte. »Ja, ja. Alle Männer sind Schweine.«

»Die meisten, das ist richtig. Ein paar rühmliche Ausnahmen gibt es.

»Vielleicht. Auf jeden Fall ist Annabelle wunderschön.«

»Ja, das ist sie. Ein feines Pferd. Eine feine Dame.«

»Lerne ich auf ihr?«

Jetzt lachte Solveig. »Nein. Annabelle ist ein liebes Tier, aber sie ist und bleibt ein Dickkopf, der immer wieder testen muss, wer der Boss ist.«

»Verstehe.«

»Wenn Sie dabeibleiben, können Sie Annabelle sicher irgendwann mal reiten. Sie müssen das dann mit ihrer Besitzerin klären.«

»Wem gehört sie denn?«

»Die Frau heißt Sonja Wraake. Haben Sie das nicht in der Zeitung gelesen?«

Miriam tat so, als würde sie überlegen. »Ach ja, richtig. Das Attentat. Ich lese selten Zeitung.«

»Und dann muss ich Ihnen noch etwas sagen, damit keine Missverständnisse aufkommen. Mein Partner wurde heute festgenommen. Er wird verdächtigt, den Mann aus dem Schlammweiher umgebracht zu haben.«

Miriam verschlug es die Sprache. Da stand diese Frau, die genauso gut Fotomodell hätte sein können, und teilte ihr in aller Seelenruhe die totale Katastrophe mit. Fehlte nur noch, dass sie anfing, von ihren sexuellen Problemen zu erzählen und dass es ihrer Beziehung guttun könnte, wenn er eine Zeit lang Urlaub machte. Nicht zu fassen. Sie musste einfach fragen.

»Warum erzählen Sie mir das?«

Solveig Kropps Blick verschwand irgendwo im Himmel. »Sie erfahren es so oder so. Jetzt wissen Sie, woran Sie sind, und können entscheiden, ob Sie hierbleiben wollen oder nicht.«

So hatte Miriam das noch gar nicht gesehen. Nicht übel. Diese Solveig hatte wirklich recht. Wenn vorher alles geklärt war, gab es weniger Schwierigkeiten. Zumindest in der Theorie.

Was soll's, dachte sie. Ich habe einen Job, und den werde ich machen. Von mir aus können hier zehn potenzielle Mörder rumlaufen. Ich weiß nur, dass ich einen davon auf den Fersen habe, und der scherzt nicht. Ein Schauer lief ihr über den Rücken, als sie sich an den Hochsitz erinnerte. Sie hatte mit ihrem Leben abgeschlossen und erfahren müssen, dass es Angst gab, die sie nicht beschreiben konnte. Zweimal hatte sie in die Hose gepinkelt, und nur mit Mühe hatte sie es geschafft, ihre Pobacken zusammenzukneifen. Dieser seltsame Mann, dieser Verrückte, der sich selbst Minoru nannte, machte ihr nicht nur Angst. Er hatte Macht über sie. Zu viel Macht. Also lächelte sie Solveig Kropp an und sah, dass es wie immer ankam.

»Ich schätze Ihre Offenheit. Darf ich fragen …«

Solveig schnitt ihr das Wort ab. »Nein, er war es nicht. Dafür würde ich mein Leben verwetten.«

»Dann wird er bald wieder frei sein.«

»Danke. Macht es Ihnen etwas aus, wenn wir uns duzen?«

»Nein, im Gegenteil.« Miriam streckte ihr erneut die Hand hin. »Paula.«

»Solveig.«

Das fühlt sich gut an, stellte Miriam fest. Sie wusste so viel über diese seltsame Frau, aber die wusste nichts über sie. Ein herrliches Spiel. Vielleicht hätte sie doch zur Polizei gehen sollen. Dann würde sie jetzt auf der anderen Seite stehen. Fragen stellen, angestrengt dreinschauen, gehetzt durch die Flure des

Kommissariats rennen und mit rauer, tiefer Stimme die Mörder verhaften und unter Einsatz ihres Lebens die Unschuld der Unschuldigen beweisen. Miriam musste lächeln. Die Unschuld der Unschuldigen. Das klang nett. Anders ging es ja auch nicht. Man konnte ja nicht die Schuld der Unschuldigen beweisen. Oder doch? Es gab ja auch Justizirrtümer. Die Schuld der Unschuldigen. Das klang wie ein Buchtitel. Sie könnte auch ein Buch schreiben. Ein paar Schreibkurse, Zeit genug hatte sie ja. Warum nicht? Und der Titel würde lauten: »Totenhalle – ein deutsches Gefängnis von innen«. Sehr gut. Sie nahm sich vor, das Buch in Angriff zu nehmen. Einfach nur erzählen, was ihr passiert war. Starker Tobak.

Sie folgte Solveig in die Reithalle, machte brav alles mit, was sie sagte. Reiten war nicht mal so schlecht, aber auf die Dauer war das nichts für sie. Alpinski, das gab den richtigen Kick. Ein Meter Pulverschnee, und dann weg von den eingespurten Pisten, durch den Wald, über Felssprünge hinweg, über Zäune und über Dächer, wenn es richtig schön geschneit hatte.

Nach der Stunde fragte Miriam, ob sie noch mal zu Annabelle dürfe. Solveig hatte nichts dagegen, schaute sich an, wie sie Annabelle führte, und schlug ihr vor, morgen, wenn sie wolle, mit ihr auf die Koppel zu gehen. Artig fragte Miriam, ob sie sich das wirklich zutrauen sollte, aber Solveig winkte ab.

»Kein Problem. Annabelle ist sanft wie ein Lämmchen, sie mag dich. Du musst halt ein, zwei Sachen beachten, aber das erzähle ich dir morgen. Die Alarmanlage und so. Du kriegst den Code, damit du nicht auch noch verhaftet wirst.«

Beide lachten. Zufrieden machte sich Miriam auf den Weg nach Hause. Im Hof zwinkerte sie dem Stallknecht zu, der seine Wohnung auf der Litermont Ranch hatte. Sie las in seinen Augen, dass sie eine der nächsten Nächte bei ihm verbringen würde. Wenn sie das wollte.

Vorerst freute sie sich auf ein heißes Bad, gute Musik, ein Glas Sekt und eine Zigarette. Das war es, was sie die ganze Zeit vergessen hatte. Rauchen. Sie hatte fast zweieinhalb Stunden keine Zigarette geraucht. Das wäre eine gute Gelegenheit, mit dem Rauchen aufzuhören. Gut. Ab heute bin ich Nichtraucherin, Schriftstellerin und frei. Das waren angenehme Gedanken, mit denen sie so gut gelaunt wie schon lange nicht mehr nach Hause fuhr. Nicht ohne dem Verrückten Bescheid zu geben, dass sie schon morgen den Code haben würde. Und noch eine Entscheidung fällte sie. Ihr war eingefallen, dass sie doch nicht ganz frei war. Dem würde sie mit einfachen Mitteln abhelfen.

DREIUNDZWANZIG

Das Büro von Richterin Swelow-Hübner machte den Eindruck, die Zeitenwende verpasst zu haben. Bremer konnte sich eines unbehaglichen Gefühls nicht erwehren. Die Termine beim Haftrichter waren nie besonders angenehm für ihn. Er kam sich vor wie ein Schulbub, der beweisen musste, dass er seine Hausaufgaben richtig gemacht hatte. Vor ihm saß die ehrenwerte Richterin, die einen Kollegen vertrat, der eigentlich die Rufbereitschaft gehabt hätte. Die Grippe grassierte, raffte die Richter hinweg, die anderen hatte der Urlaub hinweggerafft, und die wenigen, die noch übrig waren, würde bald die Arbeitsüberlastung hinwegraffen. Der Samstagmorgen besorgte den Rest. Aber es führte kein Weg daran vorbei. Innerhalb von vierundzwanzig Stunden musste die Verdächtige einem Richter vorgeführt werden. Oder einer Richterin.

Swelow-Hübners Augen schimmerten rot gerändert, als hätte sie vier Wochen ununterbrochen vor einem Monitor gesessen und einzelne Pixel gezählt. Sascha Bellorz saß Bremer zur Rechten, Dr. Hugo Kazim legte Swelow-Hübner gerade ein Schriftstück vor, Franziska Deich saß links außen und musterte die stuckverzierte Decke.

Die Richterin räusperte sich. »Also, meine Dame, meine Herren.« Ihr Blick blieb auf dem Schriftstück haften. »Haben Sie da nicht ein wenig überreagiert!«

Das Ausrufezeichen am Ende ihres Fragesatzes hing wie ein Damoklesschwert über Bremer. Jetzt fixierte sie Bellorz, der erst mal brummte und dann zum Plädoyer ansetzte. Aber Swelow-Hübner hob nur die Hand und stoppte damit den Redefluss, bevor er überhaupt begonnen hatte.

»Das war keine Aufforderung, Ihre Position zu verteidigen. Das werden Sie noch früh genug tun. Ich glaube, es ist besser, Frau Deich wieder auf freien Fuß zu setzen.«

Bremer wusste genau, was in Bellorz vorging. Seine Kiefer mahlten, sein Blutdruck erreichte die kritische Marke, sein Gehirn arbeitete auf Hochtouren. Wie ein Schachspieler ging er alle Möglichkeiten durch, und wie ein Großmeister musste er erkennen, dass er vorerst schachmatt war. Bremer erging es nicht anders. Sein Magen grummelte schon wieder.

»Sie haben keinen einzigen Beweis. Nicht die kleinste Spur. Nicht den Fitzel eines Fitzels DNA. Kein Blut, kein Gewebe, keine Tatwaffe, ja nicht einmal die Todesart, geschweige denn den Todeszeitpunkt. Solange es keinen Todeszeitpunkt gibt, gibt es auch kein Alibi, das zu überprüfen wäre.«

Bellorz hielt es nicht mehr aus. »Wir haben ein überaus starkes Motiv, wir haben die Gelegenheit, und wir haben die Tagebücher, in denen quasi ein Mord geplant wird.«

Swelow-Hübner lächelte mitleidig. »Lieber Herr Bellorz. Sie sind ein tüchtiger Staatsanwalt mit beeindruckenden Quoten. Wer bei Ihnen unters Messer kommt, wird fein säuberlich tranchiert, nicht zuletzt wegen der vorbildlichen Arbeit von Kriminalhauptkommissar Bremer.« Sie ignorierte Bremer völlig. »Verzeihung. Erster. Erster KHK. Leiter der Mordkommission. Das klingt alles ausgesprochen gut. Aber wir leben in einem Rechtsstaat. Da geht das nicht, was Sie da machen. So nicht. Zumal Frau Deich dargelegt hat, dass es im Tagebuch nicht um Anton Deich ging, sondern um den Pferderipper, der ja bekanntlich noch auf freiem Fuß ist, da die Polizei ihn nicht fangen kann.«

Bellorz' Zorn-Ader pulsierte bedenklich. Bremer warf einen Blick auf Kazim, der zufrieden wie eine Katze hinterm Ofen in seinem Sessel saß und die Hände gefaltet hatte, als könne er kein Wässerchen trüben. Bremer hatte ihn unterschätzt, das wurde ihm jetzt klar. Ein Geniestreich. Das Hassobjekt einfach umwidmen. Sie konnten nicht das Gegenteil beweisen, also hatte Swelow-Hübner gar keine Wahl. Ihn wunderte allerdings, mit welchem Genuss sie Bellorz und ihn auflaufen ließ. Sie hatte Bremer noch nicht ein einziges Mal angesehen. Die Richterin fuhr fort.

»So. Jetzt können Sie reden. Wenn Sie noch wollen. Ich sage Ihnen gleich, es hat keinen Sinn. Sie können keine Beweise herbeireden.«

Bellorz suchte den Blick der Richterin. »Also werden Sie Franziska Deich aus der Haft entlassen?«

»Selbstverständlich.« Sie wandte sich Franziska Deich zu, die inzwischen das Muster des Teppichs bewunderte, der hier bestimmt schon seit zehn Jahren lag. »Natürlich muss sie in der Nähe bleiben. Es besteht jedoch weder Flucht- noch Verdunklungsgefahr, da es noch gar kein Verbrechen gibt.«

Bellorz setzte wieder an, aber Swelow-Hübner kannte keine Gnade. »Die Tagebücher geben wieder, was wir jeden Tag denken, wenn wir an unsere Feinde denken. Mich würde interessieren, Herr Bellorz, was Sie wohl denken. Über mich. Aber das werden Sie mir nicht sagen. Schade. Bringen Sie Beweise, und ich lasse jeden verhaften, und wenn es der Ministerpräsident persönlich ist. Immunität hin oder her.«

Bremer fühlte sich einfach nur müde. Was für eine aufgeblasene Person da vor ihm saß und ihre Macht genoss. Glaubte er selbst an Franziska Deichs Schuld? Sie konnte es getan haben. Jahrelange Unterdrückung, sie findet keinen Ausweg, ihr Tagebuch wird zum Komplizen, Filmour heizt die Fantasien mit an, und eines schönen Abends stirbt Anton Deich von der Hand, von der er es niemals erwartet hätte. Von der Hand seiner eigenen Frau. Vielleicht hat sie Filmour eingeweiht, und er hilft ihr, die Leiche zu beseitigen? Kein schlechtes Geschäft für ihn. Offiziell waren keine Gelder geflossen zwischen ihm und Franziska Deich. Nichts nachweisbar. Aber kurz nach dem wahrscheinlichen Verschwinden von Anton Deich standen die Pferde der Litermont Ranch wieder auf den Deich'schen Koppeln. Genug Anhaltspunkte für einen Anfangsverdacht, genug um Franziska Deich durchleuchten zulassen. Bellorz hatte sich von Rebald schon den Beschluss zur Überwachung geholt, das MEK saß in den Startlöchern. Dasselbe galt für Filmour. Rebald hatte ihn ebenfalls laufen lassen müssen. Mit denselben Argumenten. Und noch einem Extra-Argument, das er Bremer auf dem Flur zugeflüstert hatte. »Wir stehen unter Druck. Der Innenminister ist nicht glücklich. Franziska Deich ist eine angesehene Geschäftsfrau mit besten Verbindungen in die höheren Kreise des Saarlandes. Dass ihr Gatte ein Fiesling war, ist vielen klar. Frau Deich wird allgemein gemocht und respektiert. Ohne Beweise können wir sie nicht festhalten. Und damit Filmour ebenfalls nicht.«

Filmours Erleichterung füllte das ganze Amtsgericht. Aber auf ihn warteten die Schatten. Er würde keinen Schritt mehr tun, ohne dass Bremer davon erführe. Telefon, Post, Internet, verwanzte Wohnung, Beschattung mit mehreren Teams, das volle Programm. Und er würde nicht das Geringste merken. Das Saarland mochte zwar Provinz sein, aber das MEK hatte Erfolgsquoten, mit denen es entweder das Misstrauen oder den Spott anderer Länder auf sich zog. Entweder hieß es, die Zahlen seien manipuliert, oder, was wesentlich mehr schmerzte: »Das Saarland ist so klein, da kennt ja eh jeder jeden. Da brauchst du nur in die Stammkneipe zu gehen, und du hast alle Bewegungsdaten, die du brauchst.«

Bremer hatte eine Zeit lang mit dem Gedanken gespielt, zum MEK zu wechseln. Aber die Belastung hatte ihn abgeschreckt. Wenn sie hier rausgingen, würden die Männer und Frauen des MEK Tag und Nacht ihrer Beute nachspüren, so lange, bis sie entweder überführt oder entlastet war. Sie würden sich anhören, was Filmour und Kropp im Schlafzimmer redeten, wenn sie Sex miteinander hatten, falls sie Sex miteinander hatten. Aber das wäre ja schnell klar. Jeder Brief würde zuerst von den Spezialisten vom MEK geöffnet, der Inhalt aufgezeichnet und dann von der MOKO analysiert werden. Nichts davon werden sie merken, dachte Bremer. Das System ist beinahe perfekt. Beinahe. Er erinnerte sich an eine Observation, die gescheitert war, weil sich ein Beamter nicht an die ungeschriebenen Gesetze gehalten hatte. Sein Kollege holte sich etwas zu essen, als die Zielperson unerwartet den Standort wechselte. Er spurtete los, und im selben Moment erkannte die Zielperson, was sie schon lange vermutet hatte. Die ganze Aktion war verbrannt, und es hatte zwei weitere Jahre gedauert, bis der Täter gefasst werden konnte.

Diesmal würde nichts schiefgehen. Es war ruhig, das gesamte MEK konnte sich auf die beiden und ihr Umfeld konzentrieren, und der Leiter des MEK hatte gedroht, jeden zu vierteilen, der einen Fehler machte. Vorsorglich hatte er Urlaub gestrichen und die Überstundenzettel des letzten halben Jahres verbrannt.

Bellorz packte seine Sachen und verschwand wie die Erinnerung an einen bösen Traum. Franziska Deich dankte ihrem Anwalt, Bremer zögerte noch einen Moment.

»Ja, Herr Bremer? Haben Sie noch ein Anliegen?« Swelow-Hübner schaute an Bremer vorbei.

»Ich möchte Ihnen nicht zu nahe treten. Ich habe eine Frage.«

»Schießen Sie los. Ich kann mich durchaus verteidigen.«

»Daran habe ich keine Sekunde gezweifelt. Als Helga Simonis auf Sie zugegangen ist und Sie bedroht hat, haben Sie da Ihr Urteil bereut?«

Swelow-Hübner zögerte nicht mit der Antwort und sortierte dabei ihre Akten. »Nein. Und wenn sie mich getötet hätte, ich hätte mit einem guten Gewissen an die Himmelspforte geklopft. Wir dürfen die Rechte der Täter nicht einschränken, weil wir Mitleid haben mit den Opfern. Beantwortet das Ihre Frage?«

Bremer nickte. »Vielen Dank für Ihre Offenheit, Frau Swelow-Hübner. Meine Frage ist damit bestens beantwortet.«

Sie reichte ihm ihre schmale, faltige Hand, deren Rücken Altersflecken überzogen, und schaute ihn das erste Mal an. Nur einen Moment. Zeit genug für Bremer.

Sie verließen gleichzeitig den Richterraum, Swelow-Hübner eilte in die nächste Verhandlung, es ging Schlag auf Schlag, Zeit war kostbar, so mancher Anwalt würde das heute noch zu spüren bekommen.

Nachdenklich schlenderte Bremer durch den Gang. Die Angst in ihren Augen. Und irgendetwas an ihrem Zimmer hatte ihn irritiert. Aber er konnte es nicht benennen. Was ihn nicht irritiert hatte, war Swelow-Hübners Lüge. Sie hatte ihre Akten fester gegriffen und einen Fuß nach hinten gesetzt, als müsste sie jeden Moment losrennen. Sie hatte Angst. Und die Angst war verdeckt. Aber was hatte ihn an dem Zimmer irritiert?

»Verkrampf dich nicht«, murmelte er, »dann fällt es dir ein.«

Außerdem ist es ja eigentlich nicht so wichtig. Wichtig ist, dass ich mit meinem Team einen großen Kriegsrat abhalte. Dass wir die Geliebte von Anton Deich finden. Dass wir herausfinden, wann und wo er gestorben ist. Das alles waren gute Ideen und Maßnahmen. Trotzdem telefonierte er mit Bellorz und schlug ihn breit, ihm die Protokolle der letzten hundert Prozesse, bei denen Swelow-Hübner in den letzten vier Jahren den Vorsitz geführt hatte, zu geben. Dann bestellte er die gesamte Kavallerie für zwanzig Uhr in sein Büro.

***

Sonja hatte ihre Beziehungen spielen lassen müssen, um die Besuchserlaubnis zu bekommen. Sie kannte den Verwaltungsdirektor der forensischen Klinik in Merzig sehr gut, er schuldete ihr etwas, wie das so üblich war. Jetzt hatte sie die Schuld eingefordert und hätte es fast bereut. Helga Simonis sah aus wie eine Leiche. Der Blick gebrochen, der Körper gebeugt, seit fünf Minuten hatte sie kein einziges Wort gesprochen. Herr, gib mir Kraft, dachte Sonja und spürte ihr Herz bis in den Kehlkopf.

Der Pfleger ließ Simonis nicht aus den Augen. Nach dem Attentat war sie umgehend in die Klinik eingewiesen worden. Attentat. Was für ein überhöhtes Wort. Eier. Simonis hatte eine Packung Eier gekauft, Swelow-Hübner damit beworfen und sie beschimpft. Sie hatte einige Treffer gelandet, die Richterrobe war reif für die Reinigung, und die Richterin musste duschen gehen.

»Frau Simonis?« Sie versuchte es jetzt schon das zehnte Mal, aber es kam keine Reaktion. Natürlich. Man hatte sie ruhiggestellt – vollgepumpt mit Drogen, die aus jedem Menschen einen Zombie machten. Das hatte keinen Sinn. Sonja stand auf, wollte gehen. Langsam hob Simonis einen Arm, ihr Gesicht schien von Schmerz verzerrt.

»Nein«, hauchte sie. Nicht mehr. Nur ein »Nein«, verloren und einsam.

Simonis hob den Kopf. Wie besoffen lallte sie ein paar Worte. »Stark. Müssen stark sein.«

Sonja floh aus dem Raum, aus der Klinik, warf sich hinter ihr Steuer und raste los. Sie nahm die Autobahnauffahrt Richtung Luxemburg mit achtzig, die Reifen quietschten, sie trudelte heraus aus der Kurve, trat das Gaspedal durch und beschleunigte auf fast zweihundert Kilometer pro Stunde. Sie nahm nichts wahr außer einem dumpfen Schmerz, der ihr Universum vollständig ausfüllte. Ihr war es gleichgültig, ob sie geblitzt wurde und ihren Führerschein verlieren würde. Ihr war es egal, ob sie ihr Leben in Gefahr brachte. Es war ihr egal, ob sie das Leben anderer in Gefahr brachte. Ihre Flucht führte sie vorbei an den kleinen nordsaarländischen Dörfchen Menningen, Bietzen und Harlingen. Sie durchflog den Tunnel, kein anderes Auto kam ihr in die Quere. Vorbei an Tünsdorf, Eft und Borg, dann die lang gezogene Kurve bei Sehndorf, die sich mit dieser Geschwindigkeit bedrohlich eng zusammenzog. Aber die wundersame Technik des Fahrzeugs hielt Sonja in der Spur. Sie donnerte weiter, die Moselbrücke kam in Sicht, und die Verlockung, den Sprung zu wagen, stieg. Nur ein kleiner Ruck am Lenkrad, und sie konnte ruhig schlafen, für immer. Schweiß lief ihr über das Gesicht, die Hände umklammerten das Lenkrad, der Fuß stand auf dem Gaspedal, der Tacho zeigte zweihundertvierundzwanzig Stundenkilometer an. In wenigen Sekunden hatte sie die Brücke überquert, die Chance vertan. Gedanken drückten in ihr Bewusstsein. Fragen. Warum benimmst du dich wie ein Mann? Warum willst du dich mit deinem Auto umbringen? Warum willst du Menschen töten? Keine Antworten. Nur Schmerz. Ihr Fuß rutschte vom Gaspedal, der Tacho zählte nach unten. Die Ausfahrt Frisange kam in Sicht. Sie hatte für die fast vierzig Kilometer zehn Minuten benötigt. Ein Höllentrip. Die Kleider hingen ihr nass am Leib, der Schmerz war einer dumpfen Betäubung gewichen. Sie fuhr von der Autobahn ab, zog ihr Handy heraus, rief Sibelius Wächter an und verabredete sich mit ihm. Sie wollte seine Kraft spüren. Wollte einfach nur in seinen Armen liegen und Wolkenbilder deuten. Sie wollte seine warme Stimme hören, die ihr zuflüsterte, es sei alles nur ein dummer Traum. Um acht Uhr könne er in Saarlouis sein, hatte Sibelius gesagt. Am Saaraltarm, auf der Vauban-Insel.

***

Bremer hatte den kleinen Konferenzraum belegt. Eine Flipchart, ein Whipeboard, Beamer und Laptop standen bereit. Die üblichen Verdächtigen hatten sich eingefunden. Weber, Holt, Keller, der sich in den Fall mit Genehmigung von Bellorz und Haffner eingeklinkt hatte, und alle anderen, die der MOKO direkt oder indirekt zuarbeiteten.

»Also gut. Fangen wir an, auch wenn Rudi noch nicht da ist.« Bremer straffte sich. »Wir stehen da wie die Deppen.« Er hielt eine Saarbrücker Zeitung hoch. Die Schlagzeile verkündete wenig schmeichelhaft, dass sich die saarländische Polizei jetzt auf blinden Aktionismus verlegt habe. Bremer hatte den Atem angehalten und dann zufrieden erkannt, dass der Artikel nicht von Reiner Zettler verfasst worden war.

»Deich und Filmour sind wieder frei. Die Anwälte haben sich ins Fäustchen gelacht. Also. Wir gehen heute nicht eher hier raus, bis wir einen vernünftigen Ansatz gefunden haben.«

Susanne Holt nickte. »Ich habe mir Anton Deich noch mal ganz genau angesehen. Vor allem sein Umfeld ist interessant. Keine Freunde. Völlig isoliert. Bei seinen«, sie malte Anführungszeichen in die Luft, »Angestellten galt er als Ekelpaket, dem man besser aus dem Weg ging. Einige haben rundheraus zugegeben, dass sie Franziska Deich für fähig halten, ihren Mann umgebracht zu haben. Und sie würden ihr am liebsten dazu gratulieren.«

»Was für armselige Kreaturen«, bemerkte Keller. »Zu feige, selbst etwas zu unternehmen, und dann die eigene Chefin in die Pfanne hauen.«

»Das ist noch nicht alles. Wir haben überall dort gestochert, wo Deich seine Spuren hätte hinterlassen können. Dabei sind wir auf etwas Interessantes gestoßen, das allerdings unseren Kollegen Keller betrifft. Zumindest indirekt.«

Holt blickte zu Keller hin. Er zeigte keine Regung.

Bremer spürte seinen Magen. Jetzt wurde der Fall auch noch in die eigenen Reihen getragen. Genau das, was er nicht vertragen konnte.

Holt fuhr fort. »Martin, ich denke, Herr Keller muss uns einen Moment allein lassen.«

Keller setzte sich auf. »Geht es um meine Person oder um eine Person in meinem Umfeld?«

»Es geht um Ihr näheres Umfeld. Bitte.«

»Wir sagen dir sofort Bescheid, Frank, warte bitte draußen«, sagte Bremer. Sein Ton entschuldigte sich für die Worte.

Keller erhob sich langsam und verließ den Raum.

Ruhig fuhr Holt fort. »Es geht um den WEISSEN RING. Franziska Deich hatte vor vierzehn Jahren Kontakt zum WEISSEN RING. Damals steckte alles noch in den Kinderschuhen, Keller war zwar nicht dabei, aber zwei Personen, die er kennt und die heute noch im WEISSEN RING tätig sind. Es handelt sich um die Sekretärin Eva-Maria Breitling und um Nana Kollmann, die heute nicht mehr als Beraterin fungiert. Sie hat aufgegeben, weil sie mit der Belastung nicht mehr fertig wurde. Wir haben mit einigen Opfern gesprochen, die von den beiden betreut wurden beziehungsweise heute noch von Frau Breitling betreut werden. Beide werden übereinstimmend als sehr engagiert bezeichnet. Drei Zeugen haben Kollmann als Racheengel charakterisiert. Dieselben Zeugen haben bestätigt, dass Kollmann ihnen gegenüber gesagt hat, sie werde Deich eines Tages, Zitat: ›fertigmachen‹. Eva-Maria Breitling hat ebenfalls ein Motiv. Sie hat sich beim WEISSEN RING beworben, nachdem ihre Schwester Opfer eines Vergewaltigers geworden war. Deich stand viermal vor Gericht: 1991, 1997, 2003 und 2005. Drei glatte Freisprüche, einmal Einstellung des Verfahrens.

Weber kratzte sich am Kinn. »Unglaublich. Hast du die Prozessakten eingesehen?«

»Ja. Beim ersten Querlesen klingt alles plausibel. Die Freisprüche ergingen in dubio pro reo, es gab keine handfesten Beweise, nur jeweils Aussagen, die aber vor Gericht wieder zurückgezogen wurden. Die angeblichen Opfer schienen weder eingeschüchtert noch bestochen. Alle erzählten dieselbe Geschichte. Sie hätten Deich eins auswischen wollen. Sie bekamen Geldstrafen wegen Falschaussage et cetera, die sie umgehend beglichen. In bar.«

»Und eins dieser Opfer war die Schwester von Breitling?«, fragte Weber.

»Nein. Die Einstellung des Verfahrens im vierten Fall kam wegen einer Ermittlungspanne zustande. Der Staatsanwalt musste vor Gericht einräumen, dass jemand ein Kleidungsstück des Opfers verschlampt hatte, dem Spermaspuren von Deich anhafteten. Zwar waren die DNA-Proben noch da, aber der Richter weigerte sich, ohne die Spurenträger das Verfahren zu eröffnen. Das Material hätte sich ja jemand illegal besorgen können. Folge: Einstellung des Verfahrens. Das Opfer wurde von Breitling betreut. Aus den Akten geht hervor, dass die Frau keinerlei Spuren von Gewalt zeigte. Keine Verletzung, nichts. Sie gab an, aus Todesangst gelähmt gewesen zu sein. Sie habe ohne Widerstand alles über sich ergehen lassen. Sie erwähnte keine Tätowierung. Deich sagte, sie habe ihn bekniet, mit ihm zu schlafen. Es wurden zwei psychologische Gutachten angefertigt, nicht etwa von Deich, sondern von dem Opfer. Beide kamen zu dem Schluss, dass sie glaubwürdig sei. Es änderte nichts an der Entscheidung. Bevor jemand fragt:

Sie ist nach Australien ausgewandert. Ich habe sie überprüft. Sie war definitiv nicht in Deutschland.«

»Sehr gut, Susanne«, sagte Bremer. »Hast du Kollmann und Breitling schon gecheckt?«

»Weiße Westen. Weiß wie Schnee.«

Weber rutschte unruhig auf seinem Stuhl hin und her. »Wenn wir die beiden verdächtigen, müssen wir aber noch einige andere mit einbeziehen. Zum Beispiel Frank Keller. Oder die anderen Berater beim WEISSEN RING.«

»Das habe ich mir auch überlegt. Allerdings gibt es nur bei Breitling und Kollmann den Ansatz eines Motivs. Die anderen machen regelmäßig Supervision.«

»Damit sind sie aber nicht automatisch sanfte Lämmer. Die Supervision können sie auch zum Schein machen«, gab Weber zu bedenken.

Holt nickte. »Sicher. Wenn die anderen nichts hergeben, können wir immer noch umschwenken. Und Keller ist bekannt als ausgeglichener Mensch, nicht die geringste Neigung zu Rachegedanken. Der hat damit nichts zu tun. Da würde ich drauf wetten.«

»Das hat nichts zu sagen. Wir wissen doch, dass wir nicht in die Menschen hineinsehen können.« Weber war aufgestanden. »Es gibt Wahrscheinlichkeiten. Die beiden haben eine höhere Wahrscheinlichkeit, die Täter zu sein, als du, ich oder Keller.« Er rannte hin und her.

»Du bist ja schlimmer als Bellorz. Setz dich doch wieder. Du machst mich ganz nervös«, sagte Holt.

»Ich muss manchmal rumlaufen, damit ich denken kann. Also. Trotzdem hast du ihn rausgeschickt?«

»Zu unserem und seinem Schutz. Was denkst du, Martin? Sollen wir ihn wieder mit einbeziehen?«

Bremer überlegte nicht lange, bat Keller wieder herein und erklärte die Situation.

»Frau Holt hat absolut richtig gehandelt, ich hätte es nicht anders gemacht. Ich muss zugeben, ich wäre nicht auf die Idee gekommen, die beiden in die engere Wahl zu ziehen. Insofern war ich befangen. Die Argumente sind nicht von der Hand zu weisen. Breitling hat sich in der letzten Zeit zu viel aufgebürdet. Sie identifiziert sich sehr stark mit den Opfern, reagiert oft emotional, übt Kritik am System mit sehr drastischen Worten. Wir sollten auf jeden Fall in diese Richtung ermitteln. Ich werde Augen und Ohren offen halten.«

»Gut, Frank. Ich habe nichts anderes erwartet. Morgen werde ich jemanden vorbeischicken, der sich Breitling vornimmt. Einverstanden?«

»Klar. Kein Thema. Wenn sie irgendetwas damit zu tun hat, werden wir es herausfinden. Soll ich Nana Kollmann vernehmen? Zusammen mit Frau Holt?«

Bremer nickte und freute sich über Keller. Ein Guter. Zuverlässig. Kühler Kopf. Teamfähig. Holts »Rausschmiss« hatte er keine Sekunde lang persönlich genommen. »Hast du was Neues im Fall Wraake, Fred?«

»Ja. Einige Ausschlüsse. Es ist wirklich seltsam. Alle Männer, die mit Wraake schlechte Erfahrungen gemacht haben, scheiden aus. Ein Alibi besser als das andere. Die Männer auf der Liste sind raus.«

»Gut. Zurück zu Deich. Die Stimmenproben?«

»Nichts.«

Bremer wandte sich zur Flipchart. Ein Foto von Anton Deich war daran festgesteckt. Sein feistes Gesicht grinste die Kommissare an, als wollte er sagen, dass er ihnen zeit seines Lebens entkommen sei und dass sie jetzt nicht einmal in der Lage waren, seinen Mörder zu fangen.

Pfeile wiesen von ihm aus auf Franziska Deich, John Filmour und eine Handvoll anderer Personen, mit denen er näher zu tun gehabt hatte, die als Tatverdächtige aber nicht in Frage kamen. Amalie hatte einen Ehrenplatz als wahrscheinliches Opfer und daher auch noch den Vermerk »verdächtig«.

Bremer fügte Breitling und Kollmann hinzu, versah sie mit dem Kürzel »WR« für WEISSER RING und notierte das mögliche Motiv: »Rache«.

Viele gute Verdächtige, aber ohne Todeszeitpunkt oder Tatwaffe waren sie genauso weit wie vorher. Wenn der Täter nicht ganz dumm war, dann würden sie ihn so schnell nicht erwischen. Ob das mein erster ungelöster Mordfall wird?, überlegte Bremer. Ein perfektes Verbrechen? Wohl kaum. So ein Unsinn. Seine Gedanken begannen schon, Salto zu schlagen. Er holte tief Luft und fühlte sich müde. An welchem Fädchen konnten sie noch ziehen?

»Was sollen wir machen, Martin?« Webers Stimme brachte ihn zurück in die Welt, in der er lebte.

»Wie gehabt. Graben, die Kreise immer größer ziehen. Wenn wir hier nicht weiterkommen, fahren wir nach Hamburg und machen dort alles links. Vielleicht haben die Kollegen etwas übersehen. Bringt ihr mir bitte die Akten in mein Büro? Ich werde alles noch mal durchgehen. Wenn ich damit fertig bin, geht ihr auch noch mal alles durch und notiert euch, was euch auffällt, egal, was.«

Bremer zapfte vier Espresso. Sie schlürften, genossen den Moment der Ruhe.

Zerb stolperte herein. »Verzeihung, ich musste noch was fertigmachen, aber jetzt bin ich ja da. Gibt's was Neues?«

»Das kannst du im Bericht nachlesen. Hast du was Neues?«

»Ja. Hab ich, Martin. Ich muss es noch prüfen lassen, aber ich glaube, ich kann die Liegezeit von Ötzi bestimmen. Und noch etwas: Ich weiß, wo er mit aller Wahrscheinlichkeit nach umgebracht worden ist.«

»Seit wann weißt du das?«

»Seit gerade eben. Ich musste noch auf ein Ergebnis warten. Von der Body Farm. Leider haben wir in Deutschland so etwas nicht. Es gibt im Moment nichts Besseres, um den Verwesungsvorgang von Leichen zu studieren, als die Body Farm in den USA. So was haben wir in Europa gar nicht. Zurzeit haben die, glaube ich, mehr als hundert Leichen herumliegen ...«

Keller setzte seine Tasse ab. »Und? Worauf warten Sie? Wir wissen alle, was die Body Farm ist.«

Zerb verzog das Gesicht. »Ein spannendes Ergebnis. Damit hätte keiner gerechnet.«

Zerb war wieder ganz der Alte, aber Bremer merkte, dass er heute das Frage- und Antwortspiel nicht ertragen konnte.

»Würdest du uns bitte erzählen, was du herausgefunden hast?«, sagte er sehr leise. So leise, dass Zerb rot anlief und loslegte.

»Also. Liegezeit: ziemlich genau einhundertvierundsechzig Tage. Offenbar ist er um den 17. Januar herum gestorben. Es gibt in Schlammweihern bestimmte Insekten, die ihre Larven in den

Schlamm legen. Wenn es wärmer wird, werden sie aktiv und machen sich auf Nahrungssuche. An Deichs Fuß haben wir Fraßlöcher gefunden. Die Leiche ist also warm im Schlamm versenkt worden. Die Wärme weckt diese kleine Larve auf, sie frisst sich rein, macht es sich gemütlich, und dann wird es auf einmal wieder kalt. Ach so, die sind ziemlich klein, die süßen Dinger. Mit dem bloßen Auge ist das Loch nicht zu erkennen. Ich habe jeden Quadratzentimeter mit der Lupe abgesucht. Äußerlich sind hier und da noch ein paar Spuren von Insektenbeißerchen zu finden. Aber nichts, was uns weiterhelfen könnte. Unsere Süße aber hat einiges an Stoffwechselprodukten in Ötzis Bein gelassen. Und jetzt wird's richtig spannend. Die Body Farm kennt die kleinen Kerlchen natürlich. Ich habe ihnen das Früchtchen geschickt, allerdings nicht per E-Mail.« Er lachte wiehernd, sah nur ernste Gesichter, redete weiter. »Okay. Ihr werdet noch an Humorlosigkeit eingehen. Egal. Die haben einen Besiedlungsversuch bei einem ihrer Kunden gemacht. Übrigens: Habt ihr euch mal näher über die Body Farm informiert? Die haben in den USA Leichen, die noch laufen können.«

Zerb brüllte vor Lachen. Er verschnaufte kurz. »Da steht allen Ernstes folgender Satz.« Er überlegte kurz. »›Das gut gesicherte Gelände darf nur von Wissenschaftlern, in erster Linie Anthropologen und Kriminologen, sowie freiwilligen Körperspendern betreten werden.‹« Beifallheischend blickte er sich um. »Na? Ist das nicht gut?«

Ohne Vorwarnung bog sich Keller vor Lachen. Nacheinander fielen die anderen mit ein. Nur Bremer blieb ernst. Die schauen sich das doch vorher an, dachte er sich. Und dann sind sie noch am Leben. Wo ist da der Witz? Wer seinen Körper der Body Farm vermacht, weiß, dass seine Leiche von Maden aufgefressen wird oder im Wasser herumliegt oder dass sonst was mit ihr angestellt wird, damit Wissenschaftler herausfinden, wie lange eine Leiche unter bestimmten Umständen irgendwo gelegen hat. Genau das wollte er jetzt von Anton Deich wissen.

Der Lachsturm zog vorüber, Zerb deutete Bremers Miene richtig und fuhr fort, das Geheimnis zu lüften.

»Wie gesagt. Besiedlung. Am Stand der Entwicklung der Larve erkennen wir, dass Deich maximal eine Stunde tot gewesen sein konnte. Die Temperatur im Januar war recht mild, so um die vier bis sechs Grad. Da war unsere Kleine schon fast wach, aber erst Ötzis Zuwendung hat sie putzmunter werden lassen. Mit abnehmender Körpertemperatur hat sie immer langsamer geknabbert, bis sie irgendwann aufgehört und sich wieder schlafen gelegt hat. Sie wusste gar nicht, was los war, ihr ging es wahrscheinlich so wie uns: Es wird immer wärmer, wir denken, das ist halt so, auf einmal wachsen Palmen vorm Präsidium. Bei ihr wurde es halt immer kälter, viel zu schnell, bis ihre Lichter wieder ausgingen. Als es dann wirklich warm wurde, hat sie gegenüber ihren Kolleginnen natürlich einen Vorteil gehabt. Sie ist fast einen ganzen Tag schneller in ihrer Entwicklung. Er muss also etwa eine Stunde nach seinem Tod, abzüglich Verlade- und Tranchierzeit, im Teich eingelagert worden sein. Die Schnitte sind ziemlich gut ausgeführt. Die Geschlechtsteile abgeschnitten. Es muss alles schnell gegangen sein. Zuerst umbringen. Wie, wissen wir noch nicht. Dann die Leichenschändung, anschließend zerlegen. Geübte brauchen dafür keine zehn Minuten, verpacken noch mal fünf. Die Organe sind entfernt worden, ziemlich sauber, also fünfzehn Minuten für das Ausnehmen des Bratens. Es fehlen immer noch Teile, vor allem der Kopf. Deswegen glaube ich, dass Anton Deich erschlagen wurde. Wir sind inzwischen bei Schlammloch Nummer vierzehn angekommen.«

Zerb machte eine Pause, Bremer reichte ihm hastig ein Glas Wasser. In einem Zug kippte er es hinunter.

»Das tut gut. Weiter im Text. Um an den Weiher zu kommen, muss der Täter sein Auto über den Feldweg herangefahren haben. Holprig, er will keinen Krach machen, allein für die anderthalb Kilometer braucht er zwanzig Minuten, teilweise fährt er im Schneckentempo. Im weiten Umkreis des Schlammweihers haben wir kein Blut von Deich gefunden, fällt mir gerade ein. Ist ja auch eine Weile her, aber bei den Mengen hätten wir was finden können. Wo war ich? Ach ja. Schneckentempo. Fünfunddreißig Minuten. Ausladen. Versenken. Schauen, dass die Teile auch weg sind, nachstochern. Zehn Minuten. Bleibt noch eine Viertelstunde. Plus/minus zehn Minuten.«

»Das ist gut, Rudi. Mein Gott, das ist verdammt gut. Und die Liegezeit?«

»Noch kleinere Kameraden. Algen. Eine spezielle Art Algen, die sich an organisches Material andockt und da eine ganze Zivilisation aufbaut. Das Entwicklungsstadium ist zeitlich genau zu verfolgen. Wir haben im Schlammweiher eine recht gleichmäßige Temperatur, die sich nur langsam nach oben und unten verändert. Unsere Algen haben eine mustergültige Entwicklung hingelegt und uns quasi Ötzis Tagebuch hinterlassen. Der 17. Januar. Plus/minus einen Tag. Jetzt seid ihr dran.«

Sascha Bellorz hatte die ganze Zeit nur zugehört und immer wieder genickt. Er stand auf, ging auf Zerb zu und drückte ihm die Hand. »Saubere Arbeit. Das gibt eine Eins mit Sternchen.«

Zerb lief rot an, die anderen applaudierten. Es hatte sich herumgesprochen, dass Rudi Zerb vor allem eins zum Leben brauchte: die Anerkennung seiner Kollegen und Vorgesetzten.

Bellorz wandte sich Bremer zu. »Das stimmt ja auch mit der Rekonstruktion von Deichs letzten Monaten überein, wenn ich mich recht entsinne?«

Bremer nickte. Ja, das war ein Volltreffer. Den Aussagen der Zeugen nach musste Deich Mitte bis Ende Januar verschwunden sein. Die Angaben waren deshalb so ungenau, weil Deich immer mal wieder für Wochen verschwand, ohne sich zu melden oder Bescheid zu sagen, wo er sich aufhielt. Sein Team hatte gute Arbeit geleistet, aber ohne Zerbs Untersuchungen hätten sie immer noch keinen Ansatz gehabt.

»Martin, du bekommst Verstärkung. Ich werde mit Haffner klarmachen, dass du noch fünf Mann kriegst. Ist das okay?«

»Je mehr, desto besser, das weißt du doch. Es steht jetzt jede Menge Kleinarbeit an. Wir müssen alle noch mal nach ihren Alibis befragen.«

»Ich werde mein Bestes tun«, sagte Bellorz und rauschte hinaus.

Schon eine Stunde später meldeten sich sieben Kriminalkommissare bei Bremer, die der MOKO zugeteilt worden waren. Er drückte jedem einen Stapel Vernehmungsprotokolle in die Hand. Er selbst vertiefte sich in die Aussagen von John Filmour und Franziska Deich. Als er die erste Akte aufschlug, fiel ihm siedend heiß ein, dass ja der Fall Wraake vor sich hindümpelte. Er schickte eine Rundmail an alle, die an der Ermittlung beteiligt waren, aber es gab nichts Neues.

Vier Stunden las er, machte sich Notizen, fügte Querverweise ein, forderte andere Protokolle an, trug Daten in sein Beziehungsdiagramm ein. Wer warum wann mit wem.

Das Telefon auf seinem Schreibtisch meldete sich. Das Display zeigte eine Nummer von außerhalb. Bremer nahm ab und lauschte aufmerksam. Mit jedem Wort hellte sich seine Miene auf. Thies Mainka wollte auspacken.

***

Minoru schwankte. Die Welt schien sich aufzulösen, vor seinen Augen sprang die Straße hin und her. Das hatte ihm gerade noch gefehlt. Er schloss die Augen, die Straße kam zur Ruhe, aber das Feuerrad drehte sich trotzdem. Vorsichtig ließ er sich auf einer Gartenmauer nieder. Gut. Einfach warten. Zehn oder fünfzehn Minuten, dann war es wieder vorbei. Wann hatte er das letzte Mal das Feuerrad gesehen? Es musste etwa zwei Wochen her sein. Und davor? An die sechs Wochen. Die Abstände verkleinerten sich. Bedenklich. Aber Minoru konnte nicht zum Arzt gehen. Ärzte wussten nichts. Sie würden ihm Medikamente geben und ihn ruhigstellen. Er wusste es besser. Die Anfälle waren nichts Krankes. Von Zeit zu Zeit musste er leiden, damit er die Seelen erlösen konnte. Leid war die Essenz. Durch Leid zur Vervollkommnung. Da. Schon verkleinerte sich das Rad. Von den Rändern her schrumpfte es, die Intensität der Regenbogenfarben ließ nach. Mit einem sprühenden Feuerwerk zerplatzte es. Minoru öffnete die Augen, und die Welt stand wieder da, wo sie hingehörte.

Zanders hatte ihm den Code geliefert, sie wartete auf grünes Licht, den Stallknecht abzulenken. Minoru wusste den genauen Tag noch nicht. Bisher war ihm immer klar gewesen, wann er die Seele befreien musste. Geduld. Hab Geduld, mahnte er sich. Alles geschieht zur rechten Zeit. Du weißt, dass du dich darauf verlassen kannst. So hast du noch ein paar Tage, die du mit leichtem Gewissen herumlaufen kannst.

Er verbrachte den Nachmittag damit, in Buchhandlungen zu

stöbern auf der Suche nach Wissen über Dinge, die anderen Menschen nicht zugänglich waren. Er wollte nicht glauben, dass er tatsächlich allein auf der Welt war.

***

Thies Mainka empfing Bremer und Holt in seinem Büro in Eppelborn. Der Flachbau stammte eindeutig aus den siebziger Jahren, die klobige Bronzetür mit den verwirrenden Mustern machte den Eindruck, ihr Besitzer hätte sich eigentlich lieber eine Burg gebaut. Nichts wies darauf hin, dass hier der größte Automatenaufsteller des Saarlandes residierte. Bremer hatte Mainka noch gut in Erinnerung. Wie ein Stier hatte er gebrüllt bei dem Streit mit Filmour und Kropp. Jetzt entpuppte sich Mainka als vollendeter Gastgeber. Der Kaffee schmeckte sehr gut, die Plätzchen hatte seine Mutter gebacken. Die beiden Sekretärinnen, beide mit Sicherheit weit über fünfzig, schienen ausgeglichen.

»Sie müssen einen schlechten Eindruck von mir haben, Herr Bremer, nachdem Sie mich auf der Litermont Ranch erlebt haben.«

»Im Moment belehren Sie mich eines Besseren. Ich hoffe, dass in diesem Fall mein zweiter Eindruck der richtige ist.«

Mainka lächelte, die meisten Falten in seinem Gesicht schienen tatsächlich Lachfalten zu sein.

»Filmour und ich sind wie Feuer und Wasser. Er hält sich für einen Pferdeflüsterer und mich für einen Versager. Ich kenne ihn, seit er die Litermont Ranch hat. Wir standen uns mal sehr nahe. Deswegen ist die Abneigung zwischen uns so groß.«

»Abneigung?« Bremer nahm ein Plätzchen. »Ich hatte das Gefühl, sie gehen sich gleich an die Gurgel.«

Mainka wiegte den Kopf. »Na ja, ich war wirklich stinksauer. Wobei er mit dem Pferd natürlich recht hatte. Ich wollte ihn provozieren. Weil er mich nicht mitnehmen wollte zum Turnier.«

»Ich dachte, da kann jeder mitmachen?«, fragte Holt.

»Grundsätzlich ja. Allerdings kann man vom Turnier ausgeschlossen werden, unter anderem von der Aufsicht am Abreiteplatz.«

»Moment. Wir sind Laien. Was ist ein Abreiteplatz?«

»Die Pferde müssen vor dem Turnier warm gemacht werden, und manchmal brauchen sie Bewegung, müssen sich noch ein bisschen austoben, weil sie sonst zu nervös sind oder einfach zickig. Die Aufsicht am Abreiteplatz passt auf, dass die Pferde nicht überanstrengt werden, pickt die Tiere raus, die lahmen oder sonst ein Zeichen von Krankheit an den Tag legen. Die Westernreiter nehmen den Schutz der Tiere sehr ernst, zumindest was die Turniere der EWU angeht. EWU ist die Erste Westernreitunion Deutschland, eingetragener Verein.«

Holt fragte weiter. »Aber dann sollten Sie sich doch keine Sorgen machen müssen?«

Mainka lachte. »Was glauben Sie, wer in der EWU Südwest das Sagen hat?«

»Das sollten *Sie* uns sagen.«

»Solveig Kropp und John Filmour. Fast der ganze Verein tanzt nach deren Pfeife. Wir sind ja nicht so groß, und wer die Arbeit macht …«

Bremer beugte sich vor. »Das heißt, die beiden würden Sie einfach so ausbooten, und niemand würde etwas dazu sagen?«

»Davon bin ich felsenfest überzeugt. Noch Kaffee?«

Bremer und Holt nickten, Mainka schenkte nach und bat dann eine der Sekretärinnen, einen neuen aufzusetzen.

»Deswegen habe ich meine Teilnahme zurückgezogen.«

»Und Ihre Pferde werden Sie woanders unterbringen, um die Litermont Ranch in die Knie zu zwingen.« Holt konnte ihr Staunen nicht verbergen. »Warum hasst Filmour Sie so? Und warum hassen Sie ihn so?«

»Eins nach dem anderen. Ich werde meine Pferde woanders unterstellen, das ist richtig. Für eine kurze Zeit. Ich bin dabei, einen eigenen Stall aufzubauen. Die Litermont Ranch wird sich wünschen, mich nicht vergrault zu haben. Konkurrenz belebt das Geschäft, aber ich fürchte, meine Konkurrenz wird das Geschäft der Litermont Ranch eher bremsen. Filmour hasst mich, weil er ein eitler Pfau ist, der nicht ertragen kann, wenn man sein Eigentum beansprucht. Ich hatte eine kurze, aber heftige Affäre mit Solveig Kropp.«

Bremer fiel fast die Tasse aus der Hand. »Sie mit Frau Kropp?«, fragte er ungläubig. »Wie das?« Er konnte sich die sensible Solveig Kropp schlecht vorstellen mit dem echten eitlen Pfau, der da vor ihm saß.

Mainkas Augen leuchteten. »Sie ist an diesen Langweiler einfach verschwendet. Bei allem, was recht ist, die hat Feuer im Hintern. Und schauen Sie sich Filmour an. So cool, dass er fast einfriert. Das kann doch nicht gehen!«

»Anscheinend doch«, warf Susanne Holt ein. »Sie hat sich für Filmour entschieden. Das war sicherlich eine harte Niederlage für Sie.«

»Ja. Sie haben recht. Eine Niederlage. Ich habe verloren gegen die Karrieresucht einer Frau. Nicht etwa gegen Filmour. Bei gleichen Voraussetzungen hätte er keine Chance gehabt. Aber er hat die Macht gehabt.«

Bremer unterdrückte ein Lachen. Die Jungs vom MEK machten bereits Witze über Filmour und Kropp. Sie hießen nur Hengst und Stute. Heiß ging es her im Bett oder besser gesagt in der ganzen Wohnung der beiden. Sobald kein Pferd in der Nähe war, wurde Filmour zum heißblütigen Lover.

»Welche Macht?«, fragte Holt. »Filmour ist kein Diktator, und die Litermont Ranch gehört beiden zu gleichen Teilen.«

»Inzwischen. Er hat ihr nach der Heirat die Hälfte überschrieben. Das war ihre Bedingung.«

Holt ließ nicht locker. »Trotzdem. Sie haben doch Geld genug. Sie hätten ihr die Litermont Ranch dreimal kaufen können.«

»Aber er hat die Reputation. Er hat die Preisrichter unter Kontrolle.«

»Ist die EWU so korrupt?«

»Natürlich. Was glauben Sie denn? Da geht es zu wie überall.«

Bremer schaltete sich ein. »Und da hatten Sie natürlich bis heute keine Chance, einen Huf auf den Boden zu bekommen.«

»Das ist gut.« Mainka lachte wieder. »Ich mag Leute mit Humor. Brauchen Sie nicht zufällig ein paar schöne Automaten für Ihr Präsidium? Ich lasse einen Polizeiflipper bauen. Da kriegen Sie dann zehntausend Punkte, wenn Sie mit der Kugel den Mörder abschießen. Und Sie werden irgendwann zum Hauptkommissar befördert. Das ist die Idee. Ein Krimi-Flipper. Sie inspirieren mich.«

»Und meine Frage?«

»Ja, Sie haben recht. Ich habe noch kein Turnier gewonnen, der vierte Platz war bisher das Beste, was ich erreichen konnte. Filmour lag immer vorne, obwohl er nicht wirklich besser ist als ich.«

Bremer hasste diese Art Mensch. Die Ursache für das eigene Versagen bei anderen suchen. Andere anschwärzen. Intrigieren. Die Aussagen der anderen Reiter waren eindeutig: Seit Filmour und Kropp die EWU maßgeblich gestalteten, lief es endlich gut. Von Korruption konnte gar keine Rede sein, die Preisrichter kamen nicht aus dem Saarland und waren in keiner Weise von Kropp und Filmour abhängig.

»Am Telefon sagten Sie, Sie wüssten, warum Filmour Anton Deich umgebracht hat?«

»Wissen ist zu viel gesagt.«

Jetzt macht er einen Rückzieher, dachte Bremer und nahm sich noch ein Plätzchen. Die schmeckten wirklich fantastisch. Irgendwie frisch, nicht so süß, sondern nach Butter und echter Vanille.

»Sie haben sicher einiges über Anton herausgefunden?«, fragte Mainka.

Bremer wusste, dass Holt jetzt eingreifen würde.

»Sie haben Anton Deich also näher gekannt? Haben Sie ihn nicht vermisst?«

»Sie stellen immer gleich mehrere Fragen auf einmal. Erstens: Jein. Zweitens: Nein.«

»Und?«

»Ich kannte ihn aus seiner Stammkneipe. Da habe ich einige Automaten stehen, und manchmal, wenn die Leute knapp sind oder einer mal freimachen will, übernehme ich den Service, leere die Automaten und warte sie. Anton verkehrte lange Zeit in Dillingen im ›Konverter‹. Ist so eine Stahlarbeiterkneipe, die bis fünf Uhr morgens geöffnet hat und nur eine Stunde schließt. Ab sechs gibt es Frühstück. Die Automaten laufen gut, und da ich eine Nachteule bin, hab ich dort oft vorbeigeschaut. Einige Male hat er da gesessen, blau wie ein Veilchen, und erzählt. Manchmal hab ich zugehört, aber geglaubt hab ich ihm, ehrlich gesagt, nur die Hälfte. Wir haben einmal ein Bier miteinander getrunken. Das war alles. Ich hatte keine Lust, mich mit ihm anzufreunden.«

»Warum?«

»Weil er Pferde hasst, Frau Kommissarin. Besser gesagt, hasste. Er hat immer davon gefaselt, nur ein totes Pferd sei ein gutes Pferd. Und selbst wenn er verhungern würde, er würde kein Pferdefleisch anrühren. Das seien schmutzige Bestien mit schwarzer Seele. Von dem Tag an habe ich einen Bogen um den ›Konverter‹ gemacht, wenn ich seinen Wagen gesehen habe. Als er dann nicht mehr auftauchte, habe ich ihn nicht vermisst. Logisch, oder?«

»Logisch. Was hat er sonst noch so erzählt?«

»Einmal hat er damit geprahlt, jede Frau haben zu können, die er wollte. Mein Gott, die Jungs in der Kneipe haben nur gegrient und sind ihm dann ebenfalls aus dem Weg gegangen, als hätte er Lepra.«

Bremer und Holt tauschten Blicke, Mainka bemerkte nichts und redete weiter.

»Aber das Beste kommt erst. Warum ich glaube, dass Franziska Deich und John Filmour etwas mit dem Mord an Anton Deich zu tun haben.«

Er legte eine Kunstpause ein, räusperte sich und goss sich frischen Kaffee ein.

»Was Sie nicht wissen können und was nur wenige wissen: Es wurde ein Kopfgeld auf den Ripper ausgesetzt.«

Bremer sah die Genugtuung in Mainkas Augen. Zwei Polizisten, denen man ansah, dass sie mehr als überrascht waren. Bremer dachte an die Internetseite, an die Bürgerwehr aus Hamburg, gegen deren Mitglieder Ermittlungsverfahren liefen. In welcher Welt lebte er eigentlich? Bremer zügelte seine Gedanken, Holt kam ihm zuvor.

»Herr Mainka. Heißt das, Sie behaupten, dass Anton Deich der Ripper war? Oder besser: *ein* Ripper?«

»Nein.«

»Was soll das dann?«

»Denken Sie doch mal nach. Das ist doch Ihr Job.« Mainka schmunzelte und rieb sich die Hände.

Bremer tat ihm den Gefallen.

»Ich denke gerade darüber nach, dass ich Sie auf der Stelle festnehmen sollte. Sie haben mir gerade ein hervorragendes Motiv genannt, warum Sie«, Bremer zeigte auf Mainka, »Deich ermordet haben.«

Mainka verging das Schmunzeln. Susanne Holt führte den Gedanken zu Ende.

»Ihr Ziel war es, Filmour zur Strecke zu bringen. Also töten Sie Deich und hängen es Filmour an.«

»Aber Deich wurde doch aus purem Zufall gefunden.«

»Dem hätten Sie schon noch nachgeholfen. Wie hat sich denn herumgesprochen, dass Deich der Ripper ist? Das können doch nur Sie verbreitet haben?«

»Da waren doch noch jede Menge andere Leute, die das in die Welt gesetzt haben konnten. Sie wissen nicht, wie Reiter ticken. Wenn Sie einem Reiter sein Pferd von der Koppel wegschlachten, rasten die aus. Glauben Sie mir, wenn ich den Ripper erwischt hätte, er hätte sich gewünscht, nie geboren worden zu sein.«

Holt setzte gnadenlos nach. »Klar, Stahlarbeiter, die nach der Schicht nichts anderes zu tun haben, als sich auf ihr Zwanzigtausend-Euro-Pferd zu setzen und den lonely Cowboy zu spielen.«

»Nein, nein. Da treffen Sie auch ganz andere Leute. Rechtsanwälte, Ärzte, alles Mögliche.«

»Sie haben sich etwas zu weit aus dem Fenster gelehnt, Herr Mainka. Filmour hat Ihnen die Frau ausgespannt. Filmour hat die Macht, Ihnen den Erfolg bei Turnieren vorzuenthalten. Filmour ist Ihnen ein Dorn im Auge. Und was für einer. Er schmerzt. Ständig. Es hört nicht auf, es wird immer schlimmer. Aber Sie sind ja nicht dumm. Also entwerfen Sie einen teuflischen Plan, der tatsächlich aufzugehen scheint. Wo waren Sie in der Zeit vom 19. bis 23. Januar?«

»In Australien. Von Dezember bis Februar. Enttäuscht?«

»Das werden wir prüfen.«

»Das glaube ich sofort. Sie sind wirklich gut. Mann, haben Sie mir Angst eingejagt. Ihre Idee ist gar nicht so dumm.«

Bremer konnte nicht anders. Er griff sich noch ein Plätzchen. Mainka sah es und nickte aufmunternd.

»Darf ich Ihnen eine Frage stellen, Herr Bremer?«

»Klar«, nuschelte der zwischen den Zähnen hervor.

»Ich sehe, dass Ihnen die Plätzchen ausgesprochen munden. Wie machen Sie das? Kekse knabbern und gleichzeitig überlegen, ob Sie mich festnehmen wollen? Reibt da nicht irgendetwas?«

»Nein«, sagte Bremer.

Mainka wartete, bis Bremer noch zweimal zugegriffen hatte.

»Ist das alles? Nein?«

»Ja. Nein ist meine Antwort. Nicht mehr und nicht weniger.«

Mainka rieb sich das Kinn. »Aha. Sie essen meine Kekse, verdächtigen mich, machen mir die Hölle heiß, aber ich soll Ihnen helfen, einen Mörder zu fangen?«

»Sie sollen nicht nur. Wenn Sie es nicht tun, machen Sie sich strafbar.«

Abwehrend hob Mainka die Hände. »Okay, okay, ich will ja helfen. Im Saarland hat sich eine Ripperwehr gebildet. Vor einigen Tagen wurde in Felsberg ein Pferd umgebracht. Die Besitzerin, ein Mädchen, noch keine fünfzehn, hat den Ripper anscheinend gestört. Aber das Pferd ist tot und das Mädchen völlig traumatisiert. Was dieses Ungeheuer anrichtet, ist nicht in Worte zu fassen. Sehen Sie, zu einem Pferd können Sie Gefühle entwickeln wie zu einem Menschen. Die Trauer und der Schmerz, wenn dieses Wesen ermordet wird, ist furchtbar. Die Litermont Ranch ist bisher verschont geblieben, weil Filmour und Solveig aufpassen wie die Schießhunde. Die Pferde werden nachts grundsätzlich nicht auf den Koppeln gelassen. Die Überwachungsanlage haben Sie ja gesehen. Fehlen nur noch die Kameras. Die werden demnächst angebracht. Das kostet ja auch eine ganze Menge Geld. Heinkel hat einiges dazugegeben, nächste Woche will er die Kameras installieren. Diese Ripper sind einfach nur krank. Seit Anfang der achtziger Jahre wurden in Deutschland mehr als hundert Pferde ermordet, über neunhundert angegriffen und zum Teil schwer verletzt, aber die Ripper bleiben in der Regel im Dunkeln. Die Polizei ermittelt nur oberflächlich. Es ist halt kein Kapitalverbrechen. Da muss man sehen, wie man sich hilft.«

»Sie glauben also, Deich war ein Ripper und Filmour hat ihn erwischt und im Schlamm versenkt?«

»Das kann ich mir gut vorstellen. Wenn es um Pferde geht, versteht Filmour keinen Spaß. Solveig hat damit nichts zu tun.«

Holt schüttelte den Kopf. »Das glauben Sie ja wohl selbst nicht. Sie ist die erste Vorsitzende der EWU Südwest. Sie ist mit Filmour verheiratet. Sie weiß mit Sicherheit alles, was hier im Saarland mit Pferden zu tun hat. Sie liebt Pferde ebenso abgöttisch wie ihr Gatte. Sie träumen, Mainka. Sie träumen.«

Sie ließ Mainka nicht von der Angel, lehnte sich vor, fuchtelte mit einem Plätzchen vor seinem Gesicht herum. »Ihr Traum: Filmour weg, Solveig bei Ihnen, dem weißen Ritter, der sie vergöttert, die Litermont Ranch übernimmt, und alles wird gut. Sie sind ein Fantast.«

Ein Beben ging durch Mainka. Er nahm seine Tasse, führte sie zum Mund, aber bevor er trank, stellte er sie wieder ab, auf den Rand der Untertasse. Bevor die Tasse umfallen konnte, griff Mainka zu und schob sie zurück.

»Ich habe keine Sekunde aufgehört, sie zu lieben.« Er verzog sein Gesicht, zeigte auf seinen Bauch. »Es brennt. Jeden Tag. Jede Nacht. Meine Fantasien bringen mich um. Sie liegt mit ihm im Bett. Er wälzt sich über sie, dringt in sie ein, sie erträgt alles mit starrem Blick, wartet nur darauf, dass es vorbei ist.« Seine Stimme verlor sich im Raum.

Holt beugte sich noch weiter vor. »Sie würden alles tun, um sie wiederzubekommen. Das kann ich gut verstehen. Der Schmerz *ist* unerträglich.«

Mainka sprang auf, fegte Plätzchen und Kaffee vom Tisch. Holt purzelte nach hinten und plumpste in ihren Sessel. Mit zwei Schritten stand Mainka am Fenster und drückte seinen Kopf gegen die Scheibe. Er begann zu schluchzen.

»Womit habe ich das verdient? Sie liebt mich doch auch. Filmour hat sie erpresst. Das ist alles. Wäre sie frei, sie würde sofort zu mir zurückkommen. Das ist die Wahrheit.«

Er atmete mehrmals tief durch und setzte sich wieder.

»Solveig hat nichts von dem Kopfgeld gewusst. Auf der Litermont Ranch wissen davon nur drei Personen.« Mainka putzte sich die Nase und wischte sich das Gesicht trocken. »Filmour, Heinkel und Françoise Rabelle.«

Bremers Herz schlug immer noch bis zum Hals. Mainkas plötzliche Aggression hatte ihn in Alarmbereitschaft versetzt. Seine Hand hatte die Waffe entsichert, als Mainka aufgesprungen war. Jetzt steckte sie wieder gesichert im Holster. Er musste an seine österreichischen Kollegen denken, die eine Dienstwaffe führten, die entsichert war, sobald sie das Holster verlassen hatte.

»Wer ist Françoise Rabelle?«

»Eine Lehrerin. Jung, hübsch, geerbtes Geld, das sie für ihre

Pferde ausgibt. Protegé von Filmour. Viermal Saarlandmeisterin in verschiedenen Disziplinen. Nicht seine Geliebte. Filmour ist viel zu langweilig für eine Geliebte. Heinkel hat mal eine Affäre mit ihr gehabt. Seine Frau hat es rausgekriegt und ihm einen solchen Einlauf verpasst, dass er seitdem auf Seitensprünge verzichtet.«

»Wie viel?« Holt wischte sich ein paar Schweißperlen von der Stirn.

»Achtzigtausend Euro.«

»Sind die achtzigtausend Euro gezahlt worden?«

»Soweit ich weiß, nicht. Nach Deichs Verschwinden hat sich niemand gemeldet. Und das Rippen ist weitergegangen.«

»Es könnte also sein«, überlegte Bremer, »dass sie den Falschen erwischt haben. Ein Gerücht entsteht, Deich ist eh ein Ekelpaket, der bringt auch Pferde um, er wird erledigt, aber leider geht das Pferdemorden weiter.«

»So stelle ich mir das vor. Und Filmour hat Deich auf dem Gewissen.« Mainka hatte sich vollkommen beruhigt.

Bremer erhob sich. »Das werden wir herausfinden. Werden Sie zu Ihrer Aussage stehen?«

Mainka wirkte beleidigt. »Natürlich. Mein Wort gilt.«

»Gut. Würden Sie dann bitte morgen in Saarlouis Ihre Aussage protokollieren lassen und unterschreiben? Die Beamten werden Bescheid wissen.«

»Selbstverständlich.«

Bremer sah wieder die Lachfalten. Er wurde aus Mainka nicht schlau. Da gab es erheblichen Informationsbedarf. Am liebsten hätte er alle überwachen lassen. Aber das war schlicht nicht möglich. Selbst wenn er einen Richter gefunden hätte, der alles unterschrieben hätte. Es fehlten das Personal und die Technik, um mehr als vier oder fünf Personen lückenlos zu überwachen. Er nahm sich vor, bei den Kollegen von der Zielfahndung nachzufragen, ob die noch Kapazitäten hatten. Auf jeden Fall hatte Mainka sie ein gutes Stück weitergebracht. Auch auf der Litermont Ranch war nicht alles Gold, was glänzte.

Sie verließen das Büro, Mainka verabschiedete sich mit einer Entschuldigung für seinen Ausbruch und der nochmaligen Versicherung, er werde zu jedem einzelnen Wort stehen, auch vor Gericht.

Bremer und Holt fuhren zurück nach Saarbrücken. Bremer versuchte, die Kekse zu zählen, die er gegessen hatte. Es mussten vierzehn oder fünfzehn gewesen sein. Kein Wunder, dass sein Magen zwickte.

***

Sonja hatte Jeans angezogen und Slipper aus weichem Hirschleder. Ein T-Shirt dazu und einen leichten Blouson, falls es doch noch kühl werden sollte. Sie stand auf der Fußgängerbrücke, die den Saaraltarm von der Vaubanstraße bis zum Marschall-Ney-Weg überspannte. Unter ihr tummelten sich Enten, die von einer alten Frau und einem jungen Mädchen gefüttert wurden. Großmutter und Enkeltochter? Wahrscheinlich, aber nicht überprüft. So wie Sibelius Wächter. Er war real, aber er hatte sich noch nicht bewiesen. Bewiesen als was? Zuverlässig? Anders als alle anderen Männer? Sonja warf eine Fünfzig-Cent-Münze in die Saar. Wünschte sich ein paar Stunden Frieden.

Sie sah ihn aus den Augenwinkeln auf die Brücke treten. Den Strauß Blumen konnte er nicht verstecken, seine breiten Schultern waren nicht breit genug. Sie drehte sich zu ihm hin und wunderte sich, dass sie einen solchen Mann begehrte. So viel älter, so mimosenhaft. Sie wollte ihn in sich spüren, seine Zunge sollte zwischen ihren Beinen tanzen und sie aus dieser Welt hinauskatapultieren. Dann sollte er sie im Arm halten und sagen, dass alles gut werden würde. Sie wollte alles. Am besten sofort. Und immer wieder. Morgen konnte sie tot sein. Ein Unfall mit dem Auto. Ein Attentat. Ihr rechtes Handgelenk kribbelte, als wäre es eingeschlafen. Schon war Sibelius heran und streckte ihr das Rosenmeer hin. Sie nahm die Blumen, küsste ihn und schmeckte seinen Speichel. Nichts anderes war es. Speichel vermischen, Speichel trinken. Körperflüssigkeiten verquirlen. Er erwiderte den Kuss. Aber nicht so, wie Sonja sich das vorgestellt hatte. Halbherzig. Sie zog sich zurück.

»Was ist los? Magst du mich nicht küssen?«

»Lass uns ein paar Meter gehen.«

Sonja blieb stehen, ein leichtes Zittern fuhr ihr durch die Glieder. Sie starrte Wächter an.

»Was ist?«, fragte er. »Warum siehst du so entsetzt aus? Gefallen dir die Blumen nicht? Willst du nicht ein paar Schritte gehen?«

Wie betäubt ließ sich Sonja von Wächter am Arm nehmen. Sie gingen hinüber zur Vauban-Insel, die Gaststätte hatte geöffnet, sie fanden zwei freie Plätze und bestellten Rotwein.

Sonja konnte keinen klaren Gedanken fassen. Sie wusste, was jetzt kommen würde. Sein Blick sprach Bände. Mitleid. Mitleid mit einer Frau, der man gleich sagen wird: »Du, lass uns doch Freunde bleiben.«

Wächter vergrub den Kopf in seinen Händen, massierte sich die Stirn. Er blickte auf, aber Sonja traute sich nicht, seinen Blick zu erwidern.

Von ferne hörte sie seine Stimme. »Mir ist etwas passiert, mit dem ich nicht gerechnet habe.«

Er machte eine Pause. Die typische Pause vor dem vernichtenden Schlag. Jetzt ergriff er auch noch ihre Hände.

»Du wirst darüber nicht glücklich sein.«

Die nächste Kunstpause. Folter. Dieser Mann folterte sie und hatte Freude daran. Sie hielt beharrlich ihren Blick von ihm abgewendet, ihre Hände fühlten sich an wie Holz.

»Ich bin ein Narr. Wie hätte ich auch nur im Traum glauben können, dass du mir tiefere Gefühle entgegenbringst«, sagte Wächter, ließ ihre Hände fahren, stand auf und ging. Sonja blieb sitzen und fragte sich, in welchem der schlechten Filme sie saß. Sie hatte alles falsch verstanden. Dann eben à la Hollywood, dachte sie, sprang auf, hetzte Wächter hinterher, stoppte ihn, drehte ihn um, umarmte ihn und flüsterte ihm ins Ohr, dass sie sich auch verliebt habe. Dass das ganz und gar unmöglich war und sie gedacht habe, er wolle sie jetzt abschießen, ihr erklären, dass er sie nicht wolle. Dass er verheiratet sei und zehn Kinder habe.

Der nächste Kuss fiel zu Sonjas voller Zufriedenheit aus. Hand in Hand spazierten sie durch den Stadtpark, blieben einen Moment am Freibad stehen, das einem Eventpark weichen würde, ließen sich auf eine sattgrüne Wiese fallen, lagen einfach nur da und genossen das Herzklopfen, fühlten sich einen langen Moment glücklich. Sonja spürte, wie die Tränen kamen. Sie konnte sich nicht wehren und weinte eine halbe Stunde in den Armen eines Mannes, in den sie sich verliebt hatte, obwohl sie sich geschworen hatte, genau das nie wieder zu tun.

***

Bremer machte sich keine allzu großen Hoffnungen, als er den Klingelknopf drückte. Warum sollte Franziska Deich ihn hereinlassen, geschweige denn mit ihm reden? Er war ihr ärgster Feind. Er hatte sie festgenommen, ihr Haus und ihre Firma durchsuchen lassen, sie gedemütigt. Die Sprechanlage knackte. Amalies Stimme.

»Sie haben tatsächlich die Unverfrorenheit, hier aufzutauchen? Schämen Sie sich nicht?«

Aus dem Hintergrund hörte Bremer Franziska Deich einen Befehl rufen. Das Tor schwang auf, die Haustür öffnete sich. Franziska Deich bat Bremer hinein, ein feines Lächeln auf den Lippen. »Ich nehme an, dass Sie mich heute nicht festnehmen werden?«

»Das ist allerdings richtig, und ich bin froh, dass Sie mich anhören.«

Amalies Blicke hätten Bremer auf der Stelle getötet, aber sie stellte ihm dennoch brav Kaffee und Gebäck hin.

»Ich lege die Karten auf den Tisch, Frau Deich. Sie gehören immer noch zum Kreis der Verdächtigen im Fall Anton Deich. Können Sie das verstehen?«

»Selbstverständlich. Sie wären ein schlechter Polizist, wenn Sie anders vorgingen.«

»Gut. Ich werde dennoch vorerst annehmen, dass Sie nichts mit dem Tod Ihres Mannes zu tun haben.« Er nahm einen Schluck Kaffee und wünschte sich auch eine Haushälterin, die ihn verwöhnte. »Ich weiß, dass wir das schon hundertmal durchgekaut haben …«

Franziska Deich nickte. »Anton war mein Mann. Ich wünsche, dass sein Mörder zur Rechenschaft gezogen wird.«

»Hat sich Ihr Mann am Tag seines Verschwindens ungewöhnlich benommen?«

»Ja. Er war besonders übellaunig, tauchte in der Firma auf und machte Krawall. Mit nichts war er zufrieden, seine Fahne roch man auf zwei Meter Entfernung. Es war entwürdigend.«

»Ihre Mitarbeiter haben wir bis in den letzten Winkel durchleuchtet. Alle haben ein wasserdichtes Alibi.«

»Das war sicher eine Menge Arbeit?«

Bremer ging auf die Frage ein, die direkt auf sein Selbstbewusstsein zielte. »Ja. Wir haben viele Überstunden gemacht. Warum haben Sie Anton Deich nicht verlassen?«

»Wie stellen Sie sich das vor? Das ist nicht mein Stil. Ich habe ihn geheiratet und geschworen, dass uns nichts trennen werde außer dem Tod. Ich bin doch kein Flittchen.«

»Und Amalie?«

»Ich habe Ihnen bereits erzählt, dass ich das unterbunden habe.«

Bremer wandte sich an die Haushälterin, die neben ihrer Herrin stand. »Wie können Sie damit leben?«

Amalie blickte weiterhin starr geradeaus. »Es gibt Schlimmeres.«

»Was kann schlimmer sein? Klären Sie mich auf.«

Franziska Deich nahm Amalies Hand. »Du kannst dich jetzt zurückziehen.«

Bremer ließ sie gehen.

»Ist sie von ihrem Vater missbraucht worden?«

»Über Jahre hinweg.«

»Und dann passiert ihr hier das Gleiche. Frau Deich, wie können *Sie* damit leben?«

»Ich wusste es ja nicht. Wusste nicht, dass Anton die Gewalt liebte. Die Erniedrigung. Er hatte Geld genug, um sich jede Nutte kaufen zu können. Aber das war für ihn wie Bier ohne Alkohol. Der Kick fehlte.«

»Woher wissen Sie das?«

»Er hat es mir gesagt. Er war fruchtbar betrunken. Es ist viele Jahre her. Ich hielt es für die Provokation eines frustrierten Mannes.«

»Was hat ihn so frustriert?«

»Als ich ihn das erste Mal traf, war er ein schlanker junger Mann, gebildet, intelligent, er studierte Jura. Mein Gott, ist das lange her.« Sie schenkte sich Kaffee nach und vergaß völlig, Bremer zu fragen, ob er auch wollte. »Sein Traum war, Notar zu werden, vier Kinder zu zeugen, ein Haus zu bauen und ein bedeutendes juristisches Werk zu schreiben. Bis auf das Haus blieb alles ein Traum. Sein Jähzorn kostete ihn das Studium. Er zertrümmerte in einem Hörsaal mehrere Bänke und drohte, den Professor eigenhändig zu erwürgen, weil er seine Klausur falsch bewertet habe. Im Nachhinein zeigte sich, dass Anton recht gehabt hatte. Zu spät. Mein Vater machte ihm das Angebot, in die Firma einzusteigen. Das ging eine ganze Zeit lang gut. Vater war wie ein Medikament für Anton. Der nächste schwere Schlag kam bald. Diagnose zeugungsunfähig. Anton fing an zu trinken. Oder besser gesagt, er intensivierte sein Trinken. Ich verweigerte ihm bald das Schlafzimmer, denn er kam nur noch zu mir, wenn er sturzbetrunken war. Vater redete ihm ins Gewissen, und er stabilisierte sich ein wenig. Als Vater dann starb, war es vorbei. Von da an ging es steil bergab. Eine Praktikantin warf ihm vor, versucht zu haben, sie zu vergewaltigen. Sie wurde großzügig abgefunden.«

»Das alles hat nicht gereicht. Ich muss zugeben, es fällt mir schwer, Sie zu verstehen.«

»Ich habe es Ihnen bereits erklärt. Die Menschen haben keine Moral mehr und keine Werte.«

»Sie halten es für ehrenwert, einen Vergewaltiger zu decken?«

»Die Ehre der Familie hat Vorrang. Der Name Gabataler darf nicht beschmutzt werden.«

»Sie haben den Namen Ihres Mannes angenommen. Gabataler ist Ihr Mädchenname.«

Franziska Deich starrte auf den Teppich. »Niemand ist ohne Fehl.«

Bremer ballte seine Hände zu Fäusten und entspannte sie wieder. »Wie konnte Ihr Mann gegen Ihren Willen Filmour die Koppeln wegnehmen?«

»Mein Vater hat ihm einen Teil seines Vermögens hinterlassen. Darunter auch die Grundstücke.«

»Ihr Vater wusste nichts von Antons Leben?«

»Er hat bis zum Schluss gekonnt die Augen verschlossen.«

»So wie Sie.«

»Ich habe Schlimmeres verhindert.«

»Nein. Sie haben nichts verhindert. Sie haben einen Verbrecher frei herumlaufen lassen, der sehr wahrscheinlich noch einige andere Frauen auf dem Gewissen hat. Hätten Sie ihn angezeigt, hätten wir ihm das Handwerk legen können.«

Franziska Deich versteifte sich, und Bremer wusste, dass er einen Fehler gemacht hatte.

»Es ist besser, wenn Sie jetzt gehen.«

»Entschuldigen Sie bitte meinen Vorwurf. Nicht Sie sind verantwortlich für das, was Ihr Mann getan hat.«

Ihr Blick wurde weich, dann überzog Trauer ihr Gesicht. »Ist das wahr? Er hat andere …?«

»Wir suchen noch Beweise und Zeuginnen, aber wir können davon ausgehen, dass es so ist.«

»Es gibt so viele Menschen, die Anton gehasst haben. Ich glaube, am meisten habe ich ihn gehasst, weil ich mich nicht befreien konnte. Es stimmt, dass John und ich Pläne geschmiedet haben, Anton zu töten. Aber wir hätten unsere Pläne nie ausgeführt. Es war eine Art Spiel, um einen letzten Rest von Würde zu behalten.«

»John ist wie der Sohn für Sie, den Sie nie hatten?«

Vorsichtig stellte Franziska Deich ihre Tasse ab. »Ich stamme aus einem alten Adelsgeschlecht. Mein Großvater hat das gesamte Vermögen verspielt. Friedrich von Hohenhausen zu Lüdenscheid, so hieß er. Meinem Vater blieb nichts als der Titel, den er aber ablegte, als er mit seinen Geschäften begann. Er kam von der Front zurück, ein junger Mann, desillusioniert. Er stolperte auf seinem Fußmarsch über einen Lkw voll Zigaretten und Leichen. Die Toten hat er begraben, mit den Zigaretten hat er sein Unternehmen aufgebaut und den Namen Gabataler angenommen. *Seine* Reaktion auf den Krieg war Fürsorge. Mit der Zeit wurde er blind für menschliche Schwächen und unfähig, hart durchzugreifen. Anton hat ihn immer wieder um den Finger gewickelt. Ich habe meinem Vater am Sterbebett versprochen, Anton nicht im Stich zu lassen. Vater war überzeugt davon, dass er einen guten Kern habe und sich bessern werde. Ein Versprechen, das man seinem Vater gibt, bricht man nicht.«

»Wofür steht der Name Gabataler?« Bremer verstand die ganze Namensverwirrung nicht.

»Verantwortung, Zuverlässigkeit. Würde. Wahrhaftigkeit.«

Bremer verabschiedete sich, dankte für den ausgezeichneten Kaffee, das wunderbare Gebäck und den Mut, ihm die Geschichte zu erzählen.

Wie konnte Franziska Deich so blind sein? Sie selbst hatte ihrem sogenannten Namen den schwersten Schaden zugefügt. Das war nicht strafbar und ihre ureigenste Angelegenheit. Und Bremer glaubte nicht an den edlen Vater von Franziska Deich. Sie setze ihm ein Denkmal, das jenseits jeder Realität liegen musste. Eine Abfindung zahlen, wenn eine Frau missbraucht wird. Das sah ihnen ähnlich, den Geldmenschen. Von wegen Verantwortung. Nichts als leere Worte, nichts als Maskerade. Ekelerregend. Bremer musste sich eingestehen, dass er wenig Mitgefühl hatte mit Franziska Deich. Sie hatte gegen besseres Wissen und Gewissen gehandelt. Daran gab es nichts zu rütteln. Aber sie hatte ihren Mann nicht umgebracht. Da war sich Bremer sicher. Wer immer Anton Deich getötet hatte, er oder sie mussten ihn abgrundtief gehasst haben. Das war nicht schwer bei einem Menschen wie ihm.

Bremer fuhr zurück nach Saarbrücken und hoffte, nie so zu hassen und nie so gehasst zu werden.

VIERUNDZWANZIG

Richterin Swelow-Hübner nahm wieder Platz. Die Anwesenden im Gerichtssaal taten es ihr gleich. Der Staatsanwalt, die Nebenklägerin, der Rechtsbeistand der Nebenklägerin in persona Sonja Wraake, der Angeklagte, der Anwalt des Angeklagten, der Justizwachtmeister. Niemand sonst hatte sich im Sitzungssaal 212 des Amtsgerichts zu Saarlouis eingefunden. Ein Schöffe saß je zur Rechten und zur Linken der Vorsitzenden.

Swelow-Hübner rückte ihre Brille zurecht, ließ ihren Blick über die leeren Publikumsbänke streifen und setzte dann an, ihren Beschluss zu verkünden.

»Auf Beschluss der vorsitzenden Richterin am Amtsgericht wird verfügt, dass die Sitzung fortgeführt wird in Anwesenheit des Angeklagten. Der Antrag der Nebenklägerin auf Ausschluss des Angeklagten wird hiermit abgelehnt.«

Das Grinsen des Angeklagten fuhr Sonja wie ein heißes Eisen in die Glieder. Sie sprang auf, der Gerichtsdiener zuckte zusammen, Swelow-Hübner blieb starr wie eine Gipsfigur.

»Das können Sie nicht machen!« Sonjas Stimme drohte zu kippen. »Der Angeklagte hat mehrfach gedroht, Frau Steffenson umzubringen, wenn sie nicht ›richtig‹ aussagt. Er hat sie als Lügnerin und Schlampe beschimpft. Meine Mandantin ist krank vor Angst. Wie soll sie hier aussagen, wenn sie der Psychofolter dieses Untiers ausgesetzt ist?«

Swelow-Hübner hielt ihre Augen fast geschlossen. »Setzen Sie sich und mäßigen Sie sich in Ihrer Ausdrucksweise, Frau Anwältin, oder ich lasse Sie aus dem Gerichtssaal entfernen.«

Der Gerichtsdiener erhob sich von seinem Platz, die Schöffen hielten den Atem an, der Angeklagte feixte.

Sonja ließ sich auf die Bank fallen. »Sie sind eine Schande für den Richterstand!«, brüllte sie. »Ihnen sind die Opfer egal. Was glauben Sie, wie diese Frau leidet? Endlich hat sie sich durchgerungen, vor Gericht auszusagen, um dieses Monster hinter Gitter zu bringen, und Sie haben nichts Besseres zu tun, als sie fertigzumachen! Sie bestrafen nicht die Täter. Sie bestrafen die Opfer! Und das scheint Ihnen auch noch Spaß zu machen. Ich verachte Sie!«

Sonja war wieder aufgesprungen und ballte die Fäuste. Swelow-Hübner lächelte.

»Gerichtsdiener, entfernen Sie Rechtsanwältin Sonja Wraake aus dem Gerichtsgebäude. Hiermit ergeht folgender Beschluss: Die Rechtsanwältin Sonja Wraake wird wegen ungebührlichen Verhaltens zu einer Ordnungsstrafe von zweitausend Euro verurteilt, wahlweise vierzig Tage Haft.«

Sonja zitterte am ganzen Leib. Alles verschwamm in einem blutigen Nebel. Hektisch raffte sie ihre Unterlagen zusammen, sah Swelow-Hübner immer noch lächeln, sah die entsetzten Gesichter der Schöffen, den fassungslosen Blick ihres Kollegen, die Tränen ihrer Mandantin und die obszöne Geste, die der Angeklagte hinter vorgehaltener Hand machte, sodass nur sie es sehen konnte.

Der Gerichtsdiener nahm sie am Arm, sie schüttelte ihn unwirsch ab, ihr war es egal, ob die alte Schlampe noch Widerstand gegen die Staatsgewalt draufpackte. Sie straffte sich und verließ den Saal erhobenen Hauptes, klackte mit ihren Absätzen die Treppe hinunter, drückte die Tür zur Schleuse auf, wartete, bis die äußere Tür freigegeben war, und stolperte ins Freie. So hatte sie sich das Ende ihrer Karriere nicht vorgestellt.

***

Bremer hatte John Filmour und Solveig Kropp nach Saarbrücken in sein Büro bestellt. Mattern war mit einem informellen Gespräch einverstanden gewesen. Er saß zwischen seinen Mandanten. Die Vereinbarung lautete: keine Aufzeichnungen. Es ging nur darum, die Aussagen von Mainka zu kommentieren. Bellorz hatte Bremer zugesagt, das Vorgehen zu decken.

Nachdem Bremer Kaffee verteilt hatte, kam er zur Sache. »Herr Filmour, ist es richtig, dass Sie Anton Deich für einen Pferderipper gehalten haben?«

Filmour senkte den Blick. »Das kann nur Thies gewesen sein. So ein Idiot. Was hat er Ihnen alles erzählt? Seine Affäre mit Solveig? Dass sie abhängig von mir ist und wir so was wie die Westernreitmafia sind? Thies hat einen Dachschaden. Er hält sich für einen gottbegnadeten Reiter, aber bei ihm ist Hopfen und Malz verloren. Jahrelang haben wir versucht, ihm eine vernünftige Haltung beizubringen, aber er ist in der Hüfte steif wie ein Brett, und das wird sich wohl nie ändern. Seine vierten Plätze hat er nur deshalb gewonnen, weil er genug Geld für fantastische Pferde hat.«

»Ich dachte mir schon, dass Sie Herrn Mainka nicht wirklich mögen. Vor ein paar Tagen klang das noch anders. ›Thies ist wirklich gut ...‹«

Mattern hob nur die Hand, und Bremer kam zurück zur Sache. »Ist denn die Affäre wahr?«

»Ja. Solveig hatte eine kurze Affäre mit ihm, hat sich aber bald von ihm getrennt. Sie hat es mir gestanden, und ich muss zugeben, das war meine schwärzeste Zeit hier. Wir haben eine Paartherapie gemacht. Das war nicht schlecht. Eins wissen wir zumindest: Eine Ehe muss man sich jeden Tag aufs Neue erarbeiten.«

Wieder musste Bremer sich beherrschen. Er dachte an die Aufzeichnungen des MEK. Die Therapie musste hervorragend gewesen sein. Kropp und Filmour waren echte Nachtarbeiter geworden.

Solveig nahm Filmours Hand. »Wir haben die letzten Monate eine wirklich gute Zeit gehabt. Und jetzt dieser ganze Mist.«

Bremer knetete seine Hände und nahm sich vor, ebenfalls eine Paartherapie zu machen, wenn es mit Saskia mal nicht so gut laufen sollte. Anscheinend wirkte das ja Wunder.

»Gibt es ein Kopfgeld, das auf den Ripper ausgesetzt ist?« Er vermisste die Plätzchen von Mainkas Mutter.

Solveig antwortete. »Kein Kopfgeld. Es ist eine Belohnung für die Ergreifung des Täters. Wir haben niemals davon geredet, den Ripper zu töten. Halten Sie uns für vollkommen verdorben? Wir kennen den Unterschied zwischen Mensch und Tier. Auch wenn ich den Pferderipper verabscheue – ich bin erklärte Gegnerin der Todesstrafe.«

»Bis jetzt sind Sie verschont geblieben. Was aber, wenn der Ripper eins *Ihrer* Lieblingspferde tötet?«

»Dann werde ich trauern und alles tun, damit das Scheusal ins Gefängnis kommt. Ich bin ein erwachsener Mensch.«

»Und Sie, Herr Filmour?«

»Ich gebe zu, dass ich nicht traurig wäre, wenn der Ripper nicht mehr leben würde. Aber ich töte keine Menschen. Es sei denn in Notwehr.«

»Und wenn Sie Notwehr herbeiführen?«

»Sie meinen, wenn ich ihn auf frischer Tat ertappe? Dann kommt es darauf an, wie er sich verhält. Wenn er versucht, zu fliehen, werde ich versuchen, ihn daran zu hindern. Das ist mein gutes Recht, ja sogar meine Pflicht. Und wenn er mich angreift, werde ich mich verteidigen. Aber ich werde es nicht darauf anlegen, ihn zu töten.«

»Wo waren Sie zwischen dem 19. und 23. Januar dieses Jahres?«

»Da kann ich Ihnen nicht auswendig sagen.« John Filmour zog einen Taschencomputer aus der Innentasche seines Leinensakkos. Bremer wunderte sich, dass der Mann nicht schwitzte. Filmour tippte ein paarmal auf den Bildschirm.

»Ich war an allen vier Tagen auf der Litermont Ranch. Zuerst Unterricht, danach habe ich Pferde beritten, also korrigiert. Ihnen etwas beigebracht. Dann habe ich die Abrechnung für Dezember gemacht. Unser Steuerberater wollte die Daten für den Jahresabschluss. Gegen zwölf war ich zu Hause.«

»Darf ich mal sehen?« Bremer streckte eine Hand nach dem elektronischen Terminkalender aus. Ohne Zögern reichte ihm Filmour das Gerät. Bremer stöberte und stellte fest, dass tatsächlich alle Termine minutiös eingetragen waren. Auch intime Details. Wann er mit Solveig besonders guten Sex gehabt hatte. Wahrscheinlich Teil der Paartherapie. Wusste er noch, wann er mit Saskia geschlafen hatte und wie es gewesen war? Er erinnerte sich an ein paar Highlights, aber er konnte beim besten Willen nicht alle Termine aufzählen. Wie das schon klang. Termine! Wenn es um Sex ging. Er gab den Kalender zurück.

»Warum vertrauen Sie mir? Ich habe Sie festgenommen und traue Ihnen einen Mord zu.«

»Ich halte Sie für einen gewissenhaften Polizisten, der seine Arbeit gründlich macht. Ich gehe davon aus, dass Sie auch nach entlastenden Beweisen suchen und sich nicht von Täuschungen ablenken lassen.«

Bremer fühlte sich nicht wohl. Filmour gab den edlen Staatsbürger, voller Vertrauen in den Rechtsstaat. Seine Körpersprache ließ keine Deutungen zu. Bremers Sohn verhielt sich so, wenn er seinem Vater eine Lektion im Pokern gab. Undurchschaubar. Pokerface. Filmour hatte einen ganzen Pokerface-Körper. Ebenfalls undurchschaubar. Was war mit Solveig Kropp? Das ganze Gehabe von Filmour lenkte immer wieder von seiner Frau ab. Hatte Kropp Deich überrascht und getötet? War Kropp eines der Opfer von Deich, das geschwiegen hatte?

»Wo waren Sie, Frau Kropp?«

Solveig überlegte. »Ich war auf jeden Fall bei unserem Steuerberater. Das können Sie nachprüfen. Ansonsten Fehlanzeige.«

»Wer hat das Geld gegeben, und wo befindet sich das Geld?« Bremer sehnte sich nach einem Plätzchen.

Filmour antwortete. »Es gibt eine Liste der Geldgeber. Ich werde sie Ihnen zukommen lassen. Mit allen Beträgen. Das Geld liegt auf einem Treuhandkonto.«

»Achtzigtausend?«

»Einhundertfünftausend. Der Ripper ist noch nicht unschädlich gemacht, die Summe erhöht sich mit jedem ermordeten Tier.«

Die Worte, dachte Bremer. Die Worte verraten ihn. Unschädlich machen. Nicht etwa fassen oder aufhalten. Unschädlich machen. Ein scharfer Begriff. Ein Pferd ermordet. Ermorden kann man nur Menschen. Ich werde euch im Auge behalten. Beide. Ihr spielt ein falsches Spiel. Da könnte ich wetten.

Bremer lächelte. »Vielen Dank für Ihre Hilfe.«

Mattern erhob sich zuerst, dann folgten zögerlich Kropp und Filmour.

Als sie den Flur hinuntergingen, beschloss Bremer, Heinkels Sicherheitsfirma HIGHSEC unter die Lupe zu nehmen. Zuerst studierte er wie immer die Akten. Heinkel galt als zuverlässig, seriös und diskret. Nicht nur der Ministerpräsident buchte seine Männer. Viele Firmen und Privatpersonen verließen sich auf das Know-how des ehemaligen Polizisten und Grenzschützers. Er rief die Personalakte auf, nachdem er sich von Bellorz die Genehmigung geholt hatte. Beim MEK war er auch gewesen, der Heinkel. Natürlich hatte er einen Waffenschein. Und eine blütenreine Weste. Wenn Heinkel auf der Liste der Geldgeber stand, würde Bremer ihm die Hölle heißmachen. Guter Vorsatz hin oder her.

Hundert Riesen brachten die Stärksten zum Grübeln. Wirtschaftlich stand HIGHSEC tadellos da. Die Sicherheitsbranche boomte. Heinkel hatte nur ein Problem: gute Leute zu finden. Er nahm keine abgehalfterten Arbeitslosen, die Cowboy spielen wollten. Verdammt, dachte Bremer. Was entgeht mir? Wo ist der Missing Link? Er war überzeugt davon, dass alle den Ripper lieber heute als morgen tot sehen würden. Aber sein Gefühl sagte ihm, dass er an der falschen Stelle suchte. Und ein weiteres Gefühl sagte ihm, dass er ganz nah dran war. Zum Verzweifeln. Wieso hatte er keine Plätzchen?

Bremer nahm den Hörer ab, rief Mainka an und bat um das Rezept. Der lachte nur und sagte, dass er bei seiner Mutter schon ein Blech für den Kommissar bestellt hatte. Bremer dankte, legte auf und hielt sich selbst für einen Volltrottel. Ein Blick auf die Uhr bestätigte seine Einschätzung. Saskia würde in zehn Minuten aus dem Flugzeug steigen, und er hatte noch nicht einmal Blumen gekauft.

Das wird noch zur Gewohnheit, dachte er und pflanzte das Blaulicht aufs Dach.

***

Der ehemalige Richter Schöneberg stand vor dem Haus der amtierenden Richterin Swelow-Hübner und spürte sein Herz bis hinauf in die Kehle schlagen. Er wusste, dass niemand da war. Swelow-Hübner saß in einer Besprechung, die noch länger dauern würde. Hier in der Lohmeyerstraße wohnten gut situierte Saarbrücker. Swelow-Hübners Haus stand am Ende der Straße, die in einen Fußweg mündete. Von da konnte man die Charlottenstraße erreichen. Natürlich hatte er es umgekehrt gemacht. Sein Auto parkte in der Charlottenstraße. Der Weg durch das kleine Waldstück schützte ihn vor Entdeckung, die Bäume standen dicht in vollem Laub. Ohne gesehen zu werden, konnte er sich vom Wald aus dem Haus nähern. Er wusste auch, wie er hineinkam. Vorausgesetzt, Katharina hatte ihre Gewohnheiten nicht geändert. Unterhalb der Terrasse gab es ein Stück Wiese, und ein Stück dieser Wiese war nicht echt. Darunter verbarg sich ein Hohlraum, in dem der Terrassenschlüssel für Notfälle deponiert war. Schöneberg konnte mit Fug und Recht behaupten, dass es sich um einen Notfall handelte. Vorsichtig schloss er die Terrassentür hinter sich und lauschte. Nichts. Kein Geräusch. Niemand da.

Er schaute sich um. Unglaublich. So gut wie nichts hatte sich verändert in den letzten dreißig Jahren. So lange war es her, dass er in diesem Raum gestanden hatte. Eine neue Küche war eingebaut worden, auf alt getrimmt, ein futuristischer Herd, aber die Sitzmöbel waren die gleichen. Und sie sahen aus wie neu. Es war der 11. Februar 1977 gewesen, als sie ihn rausgeworfen hatte. Zuerst den Topf mit dem Sauerbraten. Dann seine Kleider, dann ihn selbst. Erstaunlich war, dass diese Affäre bis heute im Saarland unbekannt war. Niemand hatte davon Notiz genommen, er hatte es niemandem erzählt und sie offenbar auch nicht. Er konnte bis zu einem gewissen Grad nachvollziehen, warum sie so reagiert hatte. So viel Einfühlungsvermögen besaß er. Aber die Heftigkeit der Reaktion, die hatte er bis heute nicht verstanden. Er hatte rheinischen Sauerbraten gemacht. Nach Originalrezept mit Klößen und Rotkraut und mit alten traditionellen Zutaten und viel Liebe. Kerzen hatte er aufgestellt, Mozart spielte im Hintergrund, sie hatten sich in Schale geworfen. Gerade mal vier Tage kannten sie sich, aber es war eine der heißesten Bekanntschaften gewesen, die er jemals gehabt hatte. Nie hätte er hinter der kühlen Fassade der Richterin eine solche Triebhaftigkeit erwartet. Sie hatten das ganze Wochenende im Bett verbracht, das Kamasutra mit allen Ableitungen durchgeackert. Sein Vorschlag zu kochen, begeisterte sie, es sei nämlich sehr selten, dass normale Männer kochen könnten, hatte sie ihm ins Ohr geflüstert und ihm dabei den Schritt massiert. Er versprach eine Überraschung. Die war ihm auch gelungen. Sie kostete, war begeistert und fragte, ob das ein Bio-Rind sei. »Nein, nein«, hatte er gesagt und ihr erzählt, wo er das Fleisch besorgt hatte. Er war extra nach Frankreich gefahren, um ein richtig gutes Stück zu kaufen. Nicht von irgendeinem klapprigen Vieh, das notgeschlachtet worden war. Nein, es sollte ein Pferd sein, das zartes Fleisch hergab. Bei dem Wort Pferd sprang sie auf, rannte in die Toilette, erbrach, was sie bisher gegessen hatte.

Zuerst bewarf sie ihn mit allem, was sie im Bad greifen konnte. Er flüchtete, sie vollzog seinen Rausschmiss und gab ihm mit auf den Weg, er solle sich nie wieder blicken lassen. Nie, nie, nie! Das hatte er ernst genommen.

In den vier Tagen ihrer Affäre hatte sie nichts von ihrem Hobby, dem Reiten, erzählt. Er hätte es ja noch verstanden, wenn sie angeekelt gewesen wäre. Wenn sie ihn ausgeschimpft und ihm ihr Glas Wein ins Gesicht geschüttet hätte. Aber ihn ohne die Möglichkeit der Verteidigung, ohne die geringste Chance auf Wiedergutmachung einfach vor die Tür zu setzen, das war erbärmlich gewesen.

Er stieg die Treppe hoch, ein paar Bilder hatte sie ausgewechselt. Jetzt hingen hier Fotografien von Pferden. Oder war es immer dasselbe Pferd? Wahrscheinlich Adonis. Ihr Hengst, der von einem Ripper bestialisch geschlachtet worden war. Schließlich hatte er auch angefangen zu reiten. Wegen seiner Tochter. Und hatte trotzdem rheinischen Sauerbraten mit Pferdefleisch gemacht. Seine Tochter hatte dann außerhalb gegessen, ihm aber nie einen Vorwurf gemacht.

Er fragte sich, ob das Bett immer noch dasselbe war, und fand sich bestätigt, als er die Tür zum Schlafzimmer öffnete. Ein Duft von Zitronen lag in der Luft. Es erregte ihn. Selbst nach dreißig Jahren erregte ihn das Schlafzimmer seiner kürzesten und gleichzeitig heißesten Affäre. Seine Frau, die er danach geheiratet hatte, schenkte ihm eine wundervolle Tochter, aber die Leidenschaft war auf der Strecke geblieben. Selbst jetzt noch, als alter Mann, regte sich sein Geschlecht. Er hatte schon ewig keine Frau mehr gehabt. Prostituierte kamen für ihn nicht in Frage, Sex gegen Geld war für ihn nicht viel besser als Vergewaltigung.

Schöneberg zog die Schublade am Nachttisch auf und wurde sofort fündig. Eine Packung Antidepressiva lag zuoberst. Eine Hunderter-Packung mit dem Hauptwirkstoff Fluoxetin. Schöneberg kratzte sich den Kopf. Er kannte den Wirkstoff gut. Behandlung von depressiven Erkrankungen, Zwangs- und Essstörungen. Die Hälfte der Tabletten war aufgebraucht, unter der Packung lag ein Blankorezept von einem Dr. Hausmann. Mit dem Rezept konnte sie alles bekommen. Er suchte weiter und staunte nicht schlecht über das Arsenal an Tabletten, die sich zum Teil gegenseitig in ihrer Wirkung aufhoben. Das war bei Tablettenabhängigen üblich. Einen Downer, um nicht vollkommen zu überdrehen, einen Upper, um nach einer Schlaftablettennacht wieder zu sich zu kommen. Schöneberg fotografierte die Tabletten und das Rezept, wühlte noch ein wenig in Katharinas privaten Dingen auf der Suche nach einem Tagebuch oder Briefen, in denen sie vielleicht offenbarte, was wirklich in ihr vorging. Nichts. Kein Brief, kein Tagebuch. Keine Fotos von Angehörigen oder Verwandten. Katharina musste vollkommen isoliert leben. Kein Wunder, dass sie sich so seltsam benahm. Seit wann eigentlich? Schöneberg fiel auf, dass sie seit dem Tod ihres Pferdes vor Gericht den Opfern gegenüber immer härter geworden war. Das musste er nochmals prüfen. Sie hatte sich kein neues Pferd gekauft. Sie hatte keinen neuen Mann. Sie hatte keine Kinder. Die Bilder. Die Pferdebilder waren der Schlüssel zu Katharinas Wesen. Adonis war Ersatz gewesen für Mann und Kind. Sein Tod hatte sie getroffen wie andere der Verlust der ganzen Familie. Sie musste ein posttraumatisches Stresssyndrom entwickelt haben. Schöneberg kannte genug Fälle dieser Art. Die Menschen teilten sich in zwei Gruppen. Die Sieger. Die trauerten ausgiebig, manchmal ein, zwei Jahre lang, und dann lebten sie ihr Leben weiter, verliebten sich wieder, bildeten neue soziale Netze. Auch wenn die Narben nie vollständig verheilen konnten. Die Verlierer. Sie kamen nie über den Verlust hinweg, suchten sich Ersatz, isolierten sich, flohen in Arbeit, Drogen oder Krankheit. Schöneberg setzte sich an den Wohnzimmertisch, bewunderte die verspielt gedrechselten Beine und das Muster des Wurzelfurniers. Kein Geräusch war zu hören. So musste es sein, wenn man lebendig begraben ist. Er stellte sich Katharina vor, wenn sie nach Hause kam. Mehrere Verhandlungen, ein Papierberg, der stetig wuchs, der ständige Druck, den Terminen hinterzuhetzen, ohne Aussicht, jemals fertig zu werden. Sie zieht sich um, fährt nach Saarlouis und verbringt ein oder zwei glückliche Stunden mit Adonis.

Schöneberg ging in die Küche und schenkte sich ein Glas Milch ein. Bio-Vollmilch. Alle Nahrungsmittel stammten aus biologischem Anbau. Schöneberg musste lächeln. Fluoxetin und Co, die absoluten Chemiekeulen, und dann Bio. Ein schwacher Ausgleich, ein lächerlicher Versuch, den Untergang aufzuhalten. Eigentlich sollte ich die Sache einfach laufen lassen, dachte Schöneberg und stellte fest, dass diese Bio-Milch köstlich schmeckte. Aber Katharina richtet Schaden an. Ich habe die moralische Pflicht, sie kaltzustellen. Ich werde mit ihr reden. Ich werde sie konfrontieren. Vielleicht können wir dann einen peinlichen Skandal verhindern.

Schöneberg fühlte sich gut. Er stand kurz vor seinem Ziel und war auch noch in der Lage, Gnade vor Recht ergehen zu lassen. Ein kleiner Wink an die Presse würde Katharinas Ruf sofort zerstören. Er nahm noch einen Schluck Milch, schüttete den Rest in den Ausguss, säuberte das Glas und stellte es zurück.

Ohne sich umzublicken, kehrte er zu seinem Auto zurück, fuhr in die Stadt und genehmigte sich zur Feier des Tages im »Oro« den teuersten Wein, der auf der Karte zu finden war.

***

Saskia küsste Bremer zwei volle Minuten. Er ließ sich fallen, Schwindel ergriff ihn, aber er wehrte sich nicht. Als sie sich löste, brauchte er einen Moment, um wieder in die wirkliche Welt zu finden.

»Hi, lonely Wolf. Wie geht es dir?«

»Die letzten Minuten waren definitiv extra gut.«

»Das wird noch besser, darauf kannst du dich verlassen.«

Saskia hakte sich bei Bremer unter, er nahm mit der anderen Hand ihren Koffer.

»Was hast du vor?«

»Ich habe ein Programm ausgearbeitet. Sex für traumatisierte Kriminalkommissare.«

»Und? Hast du es schon getestet?«

»Das ist das Problem. Bis jetzt haben alle gekniffen. Du bist meine letzte Chance. Willst du mein Versuchskaninchen sein?«

Bremer lachte. »Irgendwelche Nebenwirkungen?«

»Mit Sicherheit. Lendenlahmheit, Muskelkater in Muskeln, deren Namen du noch nie gehört hast. Schlafmangel. Um nur die harmlosen zu nennen.«

Bremer hielt Saskia den Schlüssel hin. »Willst du fahren?«

»Gerne.«

Sie setzte sich auf den Fahrersitz, ihr Rock rutschte hoch, und Bremer legte eine Hand auf ihren Oberschenkel. Er spürte die festen Muskeln, streichelte ihr Knie und genoss seine Erektion.

»Wie läuft dein Fall?«

Bremer seufzte. »Ich komme nicht richtig voran. Wenigstens wissen wir jetzt, wann Deich ungefähr getötet worden sein muss. Wir können Alibis überprüfen.« Seine Hand kam zur Ruhe.

»Mach ruhig weiter.« Saskia warf ihm einen kecken Blick von der Seite zu. »Ich habe das vermisst. Deine Hand ist so warm und zärtlich.«

Bremer streichelte sie weiter. »Nach wie vor fehlt uns die Todesursache. Und der Kopf. Und ein Bein und ein Arm. Wir haben nur diese blöden Pferdeknochen und Motive ohne Ende. Kein Haftbefehl. Alle Verdächtigen auf freiem Fuß.«

Saskia brummte nur kurz.

»Und im Fall Sonja Wraake tut sich auch nichts. Was meinst du? Galt der Anschlag dem Pferd oder der Reiterin?«

»Bei der Vorgeschichte bin ich überzeugt, dass der Anschlag der Anwältin galt. Sie ist ein harter Brocken und hat einigen Leuten wirklich Ärger gemacht«, sagte Saskia.

»Wir haben die Alibis überprüft. Es sind vier Personen übrig geblieben. Aber ohne Beweise …«

»Wraake ist seitdem unbehelligt geblieben?«

Bremer nickte und ließ seine Finger am Saum von Saskias Schlüpfer entlanggleiten. Darunter hatte sich ein Hauch Schweiß gebildet. Bremer lief das Wasser im Mund zusammen, und er führte seine Hand in weniger gefährliche Gefilde.

»Deich hat Pferde gehasst. Es geht das Gerücht, er sei ein Ripper gewesen. Es wurde ein Kopfgeld ausgesetzt. Er ist tot, aber das Rippen geht weiter.«

»Na bitte, da hast du doch den Missing Link. Da bist du mit Sicherheit auch selbst draufgekommen. Drei grobe Richtungen: Deich ist ein Ripper. Es kann ja mehrere davon geben. Er wird erledigt. Natürlich wird der Täter gedeckt. Aber das Rippen geht weiter. Das Kopfgeld wird erhöht. Zweitens: Deich ist kein Ripper. Dann ist er Opfer der Gerüchte geworden. Er stirbt. Aber verdammter Mist! Das nächste Pferd stirbt auch. Der Ripper lebt also immer noch. Verwechslung zum Nachteil des Anton Deich. Drittens: das Übliche. Beziehungstat. Such dir was aus.«

»Warum tötet ein Mensch Pferde?«

»Da gibt es mehrere Theorien. Versicherungsbetrüger, Rachsüchtige, Gelegenheitstäter, die ihre Machtfantasien ausleben. Trittbrettfahrer. Sexuelle Störungen. Spirituelle Gründe. Rituelle Tötung, Tieropfer. Die Pferdeknochen im Schlammweiher. Stell eine Verbindung her. Finde heraus, welches Pferd das war, finde den Besitzer, und du bist ein Stück weiter.«

Bremer wurde heiß. »Danke für die Lektion, Saskia. Mein Gott, bin ich ein Volltrottel.« Er zückte sein Handy, rief Zerb an und fragte ihn, ob man anhand der Pferdeknochen herausfinden könne, wem das Pferd gehört hatte. Zerb stieß einen empörten Laut aus.

»Was meinst du, was ich gemacht habe? Aber das dauert. Das Ergebnis hast du in vier bis fünf Tagen. Schneller geht es nicht. Dann müssen wir die Proben an die verschiedenen Samenbanken schicken. Das sind, glaube ich, acht oder zehn. Mit Hunderten Samenproben. Die müssen ja erst mal analysieren und dann vergleichen. Das kann Monate dauern, und wenn wir Pech haben, finden wir den Besitzer nie, weil keine Proben mehr da sind. Alles klar?«

»Alles klar, Rudi. Entschuldige. Mir hätte klar sein müssen, dass du das sofort in die Wege leitest. Du bist einfach der Beste. Das meine ich ernst.«

Rudi brummelte zufrieden wie ein Pferd.

»Wir könnten die Sache aber beschleunigen.«

»Und?«, fragte Zerb.

»Wir nehmen zuerst die Proben aller saarländischen Pferde, die in den Samenbanken eingelagert sind.«

»Autsch. Logisch. Alles klar. Ist so gut wie gemacht. Bis dann, Martin. Danke.«

Bremer unterbrach die Verbindung. »Ich werde alt, Saskia. Gut, dass ich Leute habe, die mitdenken. Gut, dass du da bist.«

Sie nahm seine Hand und drückte sie fest. »Ich liebe dich. Auch wenn das manchmal nicht so aussieht. Oft liege ich im Bett und denke an dich. Manchmal sitze ich an meinem Schreibtisch und komme nicht voran, weil ich an die letzte Nacht mit dir denke, an deinen Duft, deine Berührungen und deine sündigen Komplimente. Lass uns nach Spicheren fahren. Ins ›La Motte‹. Unser erster Abend. Ist George noch da?«

»Aber sicher. Er wird sich freuen, dich zu sehen«, sagte Bremer und spürte das Kribbeln in seinem Bauch. Balsam für seine Seele.

Saskia wechselte auf die linke Spur und bog ab.

»Saskia, ich liebe dich auch. Und trotzdem habe ich Angst. Woher kommt das?«

»Wovor hast du Angst?«

»Ich habe mir vorgestellt, wir heiraten, kriegen noch zwei Kinder. Ich habe Lust, ein guter Vater zu sein und meine Fehler wiedergutzumachen.«

Saskia lächelte. »Wenn du deine Fehler wiedergutmachen willst, dann solltest du dich an die Lebenden wenden. Du hast zwei Kinder. Dirk wohnt ja jetzt bei dir, das ist ein guter Anfang. Was ist mit Lara? Wann hast du sie das letzte Mal gesehen?«

Bremer schluckte. Saskia hatte diese messerscharfe Logik, die befreit war von Sentimentalitäten und Lügen. Sie hatte recht. Er wünschte sich neue Kinder, um zu fliehen. Um nicht wirklich etwas tun zu müssen.

»Du meinst, ich soll Lara zu mir holen?«

»Ich meine, du solltest erst einmal herausfinden, wer Lara ist und was sie will, großer Kommissar.«

Bremer musste lachen. »Ich verstehe nicht, dass du dich mit mir abgibst. Ich muss dir doch vorkommen wie der letzte Depp.«

Saskia parkte vor dem »La Motte« ein, stieg aus und ging ein paar Schritte in Richtung Kriegerdenkmal. Bremer folgte ihr und nahm ihre ausgestreckte Hand.

»Ich gebe mich mit dir ab, weil du tatsächlich eine Ansammlung von Störungen hast, die in dieser Kombination selten sind. Aber zu den Störungen gesellt sich der Wille, etwas dagegen oder vielleicht auch damit zu tun. Das ist noch viel seltener. Außerdem hast du schöne Augen und einen knackigen Hintern. Und du leckst wie ein Weltmeister.«

Sie rannte quietschend vor Vergnügen los, Bremer hinterher, eine Böschung hinunter, durch ein kleines Wäldchen. Vor ihnen erstreckte sich eine Lichtung, das Gras stand kurz, saftig und grün. Saskia zerrte Bremer zu sich hinunter, und sie liebten sich ohne Rücksicht auf Ort und Zeit.

FÜNFUNDZWANZIG

Heute würde es geschehen. Annabelle musste befreit werden. Sie hatte ihn so laut gerufen, dass er Kopfschmerzen davon bekommen hatte. Minoru hatte Zanders befohlen, sie solle sich den Stallknecht krallen, in dieser Nacht von Sonntag auf Montag werde er der Litermont Ranch einen Besuch abstatten. Diese Frau funktionierte gut. Er würde sie nicht töten, sondern sie weiter für sich arbeiten lassen. Die Entscheidung war ihm nicht leichtgefallen. Der Gedanke an Zanders' Befreiung hatte eine Erregung in ihm ausgelöst, die er so noch nicht erlebt hatte.

Zweimal schaute er den »Letzten Samurai«, dann war es so weit. Seine Ausrüstung lag bereit, die Nacht schmeichelte mit lauer Luft und Mondlicht. Minoru kannte den Weg auswendig. Er parkte den Nachtmahr unter der Brücke, schlug sich in die Büsche und tastete sich langsam in Richtung Litermont Ranch vor. Niemand kam ihm in die Quere. Das Flutlicht der Polizei tauchte die Weiher in taghelles Licht, die Pumpen brummten, eine bessere Tarnung konnte es nicht geben.

Minoru huschte zum Tor, Zanders' Auto stand davor, er gab den Code ein, der Schließmechanismus klackte leise, das Tor rollte ein Stück zur Seite, Minoru schlüpfte in den Hof, schloss das Tor und schaltete den Alarm wieder scharf. Er wusste, dass in der Zentrale von Heinkels Sicherheitsfirma jeder Öffnungs- und Schließvorgang aufgezeichnet wurde. Das gehörte zum Standard heutiger Schließanlagen. Aber auch nicht mehr. Morgen würde die Polizei genau feststellen können, wann er das Gelände betreten und wieder verlassen hatte. Einen Moment hielt er inne und wittertete wie ein wildes Tier.

In der Wohnung des Stallknechtes brannte Licht, die Vorhänge schützten Zanders und den Knecht vor Spannern. Minoru grinste. Wer sollte hier schon spannen? Leise Musik drang nach außen. Gebückt eilte er zu Annabelles Box. Die Pferde blieben ruhig. Er hielt den Taser durch die Stäbe, drückte ab, und schon lag Annabelle gelähmt auf der Seite. Die anderen Pferde reagierten nicht. Sie zogen so gut wie nie in Zweifel, was ein Mensch machte, erkannten die Gefahr nicht.

Das Boxentor quietschte ein wenig beim Öffnen, aber das war Minoru egal. Er spürte die Macht, die ihn vorwärtstrieb. Der Schnitt durch die Kehle, die aufgerissenen Augen des Tieres, das heiße Blut. Er trennte ein Ohr ab, steckte es ein. Dann nahm er den Speer und öffnete Annabelles Bauch. Die Därme quollen heraus, der Geruch betörte Minoru. Ein animalischer Duft, unbeschreiblich. Das vollkommene Ritual.

Er erstarrte. Ein Geräusch. Ein Menschengeräusch. Ein unterdrücktes Würgen. Ein Schluchzer. Und noch einer. Wie eine Kobra stieß Minoru hinaus in die Gasse, seine Ohren leiteten ihn, da oben auf dem Balken saß Zanders, zusammengefaltet wie ein Stück Papier, und hielt eine kleine giftige Kamera in der Hand. Mit Restlichtverstärker. Er hob den Taser, drückte ab und sah sie fallen wie reifes Obst. Minoru spürte einen Schlag am Kopf, die Kamera. Er tastete, aber es floss kein Blut. Gleichzeitig schlug Zanders dumpf auf dem Beton der Stallgasse auf. Knochen knackten, aber sie konnte ihren Schmerz nicht hinausschreien. Ihre Augen starrten Minoru an, grenzenloses Entsetzen, grenzenlose Einsamkeit und die Erkenntnis, dass es das Letzte sein würde, was sie sah. Sein Schnitt ging tief, Menschenhaut war so viel verletzlicher als Pferdehaut. Sie zuckte ein paarmal, trotz des Elektroschocks, aber nach wenigen Sekunden lag sie still. Er setzte den Speer an, öffnete ihren Bauch und zuckte zurück. Infernalischer Gestank strömte hervor, widerlich, als hätte er ein Tor zur Hölle aufgestoßen. Fleischfresser. Widerliche Fleischfresser. Er steckte die Kamera ein, schnitt Zanders das linke Ohr ab, trat hinaus in den Hof, wo kein Blut den Boden bedeckte. Er lauschte. Die Pumpen. Die Pferde, die unruhig ihre Boxen durchmaßen wie Verbrecher ihre Gefängniszellen. Nur mit Mühe widerstand er der Versuchung, sie laufen zu lassen, und gleichzeitig wurde ihm klar, dass er selbst ja auch ein Grund war, warum im Saarland niemand mehr gerne seine Pferde über Nacht auf der Koppel ließ. Er dachte an Raisio Celestino. Wie ein Pfeil waren sie über die Wiese geflogen, als Raisio in einen Maulwurfshügel trat und stürzte. Als er wieder aufwachte, staunten die Ärzte, niemand hatte damit gerechnet. Später erfuhr er die Wahrheit: Raisio war in dem Moment gestorben, als er seine Augen geöffnet hatte. Da war ihm klar geworden, worum es ging. Doch die schwerste Prüfung stand an, als ihn sein zweites Pferd, Hell Boy, gerufen hatte. Er hatte es fast nicht übers Herz gebracht. Bei Annabelle hatte er auch Schmerz gespürt, ein wenig, gerade so viel, dass er sie voll Respekt befreien konnte. Der Körper war nur die Hülle. Die Katharer hatten das schon vor tausend Jahren erkannt. Aber sie waren frömmelnde Christen gewesen, die einem falschen Gottesbild nachhingen. Wenn er nicht so viel zu erledigen hätte auf dieser Welt, wäre er schon längst hinübergegangen, das war ihm klar. Er knickte ein. Der Schmerz war vollkommen unerwartet über ihn hereingebrochen. Sein Auge. Das Feuerrad. Nicht jetzt. Er musste weg hier. Würde der Stallknecht nicht nachsehen, wo sein Betthäschen blieb? Minoru robbte hin zum Tor. Seine Sinne versagten ihren Dienst.

Der Mond schien seine Zähne zu blecken, Minoru sah sich von seinem fahlen Licht beleuchtet, kriechend und stöhnend, er bewegte sich außerhalb seines Körpers.

Immer schneller drehte sich das Rad, der Schmerz fraß sich nach innen, griff auf den Nacken über und raste dann die Wirbelsäule entlang. Warum starb er nicht? Warum quälten ihn die Schmerzen, dass er fast wahnsinnig wurde? Oder war er schon wahnsinnig? Erlebte er das alles? Hatte er gerade ein Pferd und einen Menschen getötet? Sammelte er Ohren? Er schlug mit dem Kopf auf den Boden, immer wieder, bis die Kopfhaut platzte und sein Blut auf den Hof spritzte. Er drückte seinen Kopf gegen das Tor, der Schmerz ließ nach, das Feuerrad verlangsamte sein irres Tempo.

Wie ausgeschaltet verschwand der Schmerz. Aber das beruhigte ihn nicht. Die Abstände der Anfälle wurden immer kürzer. Wenigstens klarten seine Gedanken wieder auf wie der Himmel nach einem Gewittersturm. Nach wie vor war er allein.

Wo war der Knecht? Der musste in seiner Wohnung sein, hier auf dem Hof. Keine zwanzig Meter von ihm entfernt. Er konnte keinen Zeugen gebrauchen. Zanders zu töten war kein Problem gewesen, im Gegenteil. Die Lust war bis in die letzte Faser seines Körpers gedrungen.

Minoru rappelte sich auf, die ersten Schritte ungelenk, dann kehrte die Kraft zurück. Vorsichtig sah er durch die Fensterscheibe. Durch die Vorhänge konnte er nichts sehen. Er brachte den Taser in Position, riss die Eingangtür auf, stürmte in den Flur, wehte durch die Räume wie ein Gespenst, wie ein Albtraum in einem weißen Kostüm. Aber da war niemand. Diese verfluchte kleine Schlampe hatte ihn in eine Falle locken wollen. Sie hatte ihn betrogen und belogen. Alles geplant. Ein tödlicher Fehler. Sie hatte ihren verdienten Lohn bekommen.

Er nahm sein Werkzeug und die Kamera und verließ lautlos den Hof. Keine zwanzig Minuten waren vergangen. Wolken schoben sich vor den Mond. Der Motor des Nachtmahrs schnurrte. Die Wunde am Kopf blutete immer noch. Es war nur eine Platzwunde, aber Kopfwunden bluteten nun mal sehr stark. Minoru hatte sich gerade beruhigt, sein Atem ging gleichmäßig, als ihn der Ruf traf wie ein Hammer. Sonja Wraake. Du musst Sonja Wraake befreien.

***

Sonja wachte mit furchtbaren Kopfschmerzen auf. Sie quälte sich aus dem Bett, stolperte über die Whiskyflasche und schlug der Länge nach hin. Ein stechender Schmerz sprang in ihre Nase, sie fühlte heißes Blut. Mühsam rappelte sie sich hoch und befahl ihrem Körper, ins Bad zu gehen. Ihre Befürchtung bestätigte sich. Blut lief, eine Beule hatte sich auf dem Nasenhöcker gebildet. Sie tippte die Nase an und zuckte sofort zurück. Ein Stromschlag blitzte durch ihren Kopf. Die Ringe unter ihren Augen erinnerten an schwarze Löcher. Ihr Haar hing überall auf ihrem Kopf herum, nur nicht da, wo es hingehörte. Die erste Maßnahme hieß duschen. Heiß und lang. Die zweite hieß anziehen und zum Arzt gehen. Der bestätigte, dass die Nase gebrochen sei und sie unglaubliches Glück gehabt hätte.

»Sie könnten tot sein«, sagte er und fuchtelte mit seinem Zeigefinger herum, dass ihr schlecht wurde. »Wenn sich das Nasenbein ins Gehirn drückt, dann ist es vorbei.« Mit Samtpfötchen klebte er ihr ein Pflaster auf das geschundene Organ und bestellte sie für den nächsten Tag wieder ein, nicht ohne ihr eine endlose Liste von Verhaltensmaßregeln mit auf den Weg zu geben. Zum

Abschluss sagte er noch, es könne sein, dass sie die nächste Zeit Geschmacksirritationen habe. Der Geruchsnerv sei gequetscht worden, aber er sei noch intakt, sodass sich mit der Zeit wieder ein normales Geschmacksempfinden einstellen werde.

Sonja floh aus der Notaufnahme. Ärzte waren fast so schlimm wie Rechtsanwälte.

Der Rausch hatte ihr gutgetan, trotz gebrochener Nase. Die halbe Nacht war sie in Selbstmitleid versunken, bis sie einfach eingeschlafen war. Jetzt war sie bereit zu kämpfen. Swelow-Hübner hatte noch lange nicht gewonnen. Sonja würde ein Attest beibringen, das ihr ein posttraumatisches Stresssyndrom bescheinigte, und schon war die Sache aus der Welt. Sie bedauerte nur, dass ihre Mandantin so hatte leiden müssen. Bei ihr würde sie sich tausendmal entschuldigen und ihr Wiedergutmachung anbieten. Schade nur, dass sie nicht noch mehr reingehauen hatte. Ein zweites Mal konnte sie sich das nicht leisten. Sie dachte an Sibelius und war sich nicht schlüssig, was sie von ihm halten sollte.

Auf ihrem Handy waren einige Anrufe eingegangen und eine SMS. Rebald forderte sie kurz und knapp zum Gespräch. Sie ignorierte die Anrufe und machte sich auf den Weg nach Canossa.

Sie erschien pünktlich in Rebalds Büro, und er legte sofort los.

»Was ist denn in dich gefahren? Der Anwaltskammer liegt ein Ausschlussantrag vor. Bist du krank, oder was?«

Sonja hielt sich die Ohren zu. »Bitte. Mach mich fertig, aber leise. Mir zerspringt der Schädel.«

Rebald senkte seine Stimme. »Hast du irgendetwas zu sagen?«

»PSS. Ganz heftig.«

»Ich dachte, gegen so was bist du immun?«

»Irren ist menschlich.«

»*Du* hast dich geirrt? Du bist also doch nicht die eiserne Lady, nicht wahr?«

Sonja schüttelte langsam den Kopf. Ihr Hirn fühlte sich wie Hirsebrei an. Sie musste Richard davon überzeugen, dass sie tatsächlich ein posttraumatisches Stresssyndrom hatte. Wenn er für sie sprach, würde die Anwaltskammer nichts Gravierendes unternehmen, außer vielleicht eine Abmahnung aussprechen.

»Es hat mich doch ganz schön erwischt. Und was ich Richterin Swelow-Hübner an den Kopf geworfen habe, war vollkommen indiskutabel. Ich werde mich selbstverständlich mündlich und schriftlich bei ihr entschuldigen. Außerdem gehe ich zu einem Psychotherapeuten, der mir mit Sicherheit sofort ein Attest ausstellt.«

Rebald nahm ihre Hand. »Mensch, Sonja, mach doch keinen Mist. Du klingst genauso überzeugend wie ein Massenmörder, der Menschlichkeit predigt. Du hast im Gerichtssaal jedes Wort genau so gemeint, wie du es gesagt hast.«

Sonja wusste nicht, was sie sagen sollte. Richard hatte so recht. Sie konnte ja nicht einmal sich selbst versprechen, dass sie nicht bei der nächsten Gelegenheit doch Swelow-Hübners Briefbeschwerer einer neuen Aufgabe zuführen würde: als Schädelzertrümmerer. Aber sie hatte auch keine Lust, ihren Beruf zu verlieren, der ihr alles bedeutete. Ja, sie war in letzter Zeit dünnhäutiger als sonst. Aber das war doch kein Wunder.

Sonja überlegte kurz, welchen Typ Mann Richard darstellte. Väterlicher Freund? Mit Bart und dreißig Jahre älter hätte er Dumbledore sein können. Ja, das passte. Trotz der Affäre.

»Was soll ich denn machen, deiner Meinung nach?«

Sein seidenweicher Blick bestätigte ihr, dass sie die richtige Richtung eingeschlagen hatte.

»Mach mal eine Pause. Fahr weg. Am besten in die Staaten. Besuch deine Tante in Boston. Geh in New York shoppen und zieh dir ein paar Musicals am Broadway rein.«

Keine Frage, er kannte sie gut. Das musste sie sich eingestehen. Genau das hatte sie sich auch überlegt. Aber im Moment ging es nicht. Sie konnte frühestens in vier bis sechs Monaten weg. Dann waren alle Verfahren, an denen sie beteiligt war, voraussichtlich beendet. Voraussichtlich.

»Das ist eine gute Idee, Richard. Du kennst mich wirklich gut.«

»Du mich auch. Die Streicheleinheiten für mein Ego tun mir gut.« Er feixte. »Du weißt, wie lange ich im Geschäft bin. Spätestens seit meinem vierten Richterjahr bin ich gründlich desillusioniert. Ich weiß, was du von mir willst, und das kriegst du auch. Wenn du deine Zulassung verlieren würdest, wäre das eine Schande. Ich kann dich dieses eine Mal schützen. Nur dieses eine Mal. Verstanden? Und mir ist es vollkommen egal, wie du deine Aggressionen in den Griff kriegst. Konsultiere von mir aus einen Wunderheiler oder schluck Pillen. Aber halt dich von Swelow-Hübner fern. Schick eine Kollegin. Der nächste Ausrutscher wird dein letzter als Anwältin sein. Da nützt auch ein Attest von Sigmund Freud persönlich nichts. Haben wir uns verstanden?«

Deswegen hatte sie diese Affäre mit ihm gehabt! Er war ein verdammter Ersatzpapa für sie gewesen. Ihr Vater: immer korrekt, immer alles wissend, jeden durchschauend, verzeihend. Zum Kotzen.

Die Affäre hatte Richard zu einem normalen Mann gemacht, der seinen Trieb nicht im Griff hatte.

»Okay, alles klar. Ich werde mich zurückhalten und sie mit allen legalen Mitteln zuschmeißen, die ich kenne.«

»Da hört sich gut an. Das ist deine Stärke. Du kennst jeden Kniff und jeden Trick. Lass sie spüren, dass sie nicht gewonnen hat. Dass du gestärkt aus der verlorenen Schlacht hervorgehst. Und pass auf deine Nase auf.«

Ja, Papa, dachte sie. Darauf kannst du wetten. Und ich werde mir die Akte »Phantom« ansehen. Vielleicht hat Curt ja was gefunden. Und dann kriegt sie eine Schlammpackung, dass sie sich wünscht, mich nie kennengelernt zu haben.

Sie verabschiedete sich mit einem Küsschen auf die Backe und dachte an Sibelius. An seine Hände, die eine so seltsame Macht über sie besaßen. Er *war* gefährlich. In seiner Gegenwart verlor sie die Kontrolle. Das durfte er nicht erkennen. Sonst würde er sie beherrschen wollen. So wie jeder Mann. Also würde sie ein wenig mit ihm spielen müssen. Ihn an sich ranlassen und dann wieder auf Abstand gehen. Wenn er das mit sich machen ließ, bestand eine Chance, dass sie es mit ihm eine Zeit lang aushalten konnte. Eine angenehme Ruhe überkam sie. Es hat doch alles einen Sinn, stellte sie fest und machte einen Termin mit ihrem Psychotherapeuten aus.

***

Um acht Uhr fünfunddreißig ging der Notruf ein, der sofort an die Beamten weitergeleitet wurde, die am Schlammweiher Wache hielten. Der Stallknecht hatte das Blutbad gefunden, als er seine

Arbeit aufnehmen wollte. Zwei Minuten später stand der erste Polizist in der Stallgasse und würgte. Er drehte sich um, hielt sich die Hand vor den Mund, schaffte es noch bis auf die andere Seite des Hofs und übergab sich. Der zweite Beamte hatte schon so einiges gesehen und behielt einen kühlen Kopf. Er begriff sofort, dass Zanders nicht mehr zu helfen war, und verzichtete auf Erste Hilfe. Er sperrte die gesamte Litermont Ranch ab, versorgte seinen Kollegen und den Stallknecht, den er per Krankenwagen abtransportieren ließ. Dann wartete er auf die Tatortbereitschaft. Die brauchte genau achtzehn Minuten bis zur Litermont Ranch.

Rudi Zerb stieg aus, legte einen Pfad fest jenseits der deutlichen Blutspuren und verschaffte sich einen ersten Überblick. Alle verfügbaren Männer waren mitgekommen, die Größe des Tatorts und die Brisanz des Falles verlangten schnelles, koordiniertes Handeln.

Bremer, Holt und Weber trafen kurz nach der Tatortbereitschaft ein und warteten an der Absperrung. Der Tatort war nicht freigegeben, und das hieß Finger weg für alle, bis Rudi grünes Licht gab. Selbst der Innenminister hätte das abgesperrte Gelände nicht betreten dürfen.

Nach einer Viertelstunde erstattete Zerb Bericht.

»Ein echtes Schlachtfeld. Eine tote Frau. Ein totes Pferd. Viel Blut. Auch in dem kleinen Häuschen da.« Er zeigte auf das einstöckige Domizil des Stallknechtes. »Ablauf der Tat: Der Ripper tötet das Pferd. Danach tötet er die Frau und durchsucht die Wohnung. Am Tor ist er auf die Knie gegangen. Sein Kopf muss das Tor berührt haben, die Wischspuren zeigen deutlich ein Haarmuster. Wahrscheinlich ist er verletzt. Die Tatzeit ist glasklar: heute Morgen zwischen zwei Uhr sechzehn und zwei Uhr achtunddreißig. Die Alarmanlage wurde entschärft und dann wieder scharfgemacht. Zweimal. Rein und raus. Ist bei der Wachgesellschaft aufgezeichnet. HIGHSEC heißt sie. Überall kleben Sticker mit der Telefonnummer. Sowohl dem Pferd als auch der Frau wurde die Kehle durchgeschnitten, und beiden fehlt das linke Ohr. Da haben wir einen Sammler. Es ist die Handschrift des Pferderippers, keine Frage.«

»Vor allem haben wir eine Eskalation«, sagte Holt. »Bisher waren es nur Pferde. Aber es scheint, dass dem Ripper der Kick mit den Pferden nicht mehr ausreicht. Vom Pferderipper zu Jack the Ripper.«

»Ist die Identität der Frau bekannt?«, fragte Weber.

»Miriam Zanders.«

Fast gleichzeitig stießen Bremer, Weber und Holt einen Fluch aus.

»Ihr kennt sie?«

Bremer nickte. »Der Fall Wraake. Sie stand mal auf der Liste. Aber sie hatte ein Alibi.«

»Ihr wurde das Abdomen geöffnet. Genau wie dem Pferd. Die Därme hängen raus. Nicht schön. Sie wurde vorher mit einem Taser bewegungsunfähig gemacht. Die Spitzen stecken in ihrer Stirn. Das war äußerst schmerzhaft. Als ihr der Bauch aufgeschlitzt wurde, war sie wahrscheinlich schon tot. Wenn du mich fragst: Die hat den Kerl ertappt, und er hat sie mundtot gemacht. Dann ist er in die Wohnung des Stallknechtes, der nur deswegen den Sensenmann nicht getroffen hat, weil er einen Tag Urlaub hatte und die Nacht bei seiner Freundin verbracht hat.«

»Er hat die Leichen gefunden?«

»Ja. Liegt mit schwerem Schock im Krankenhaus. Die Besitzer sind informiert.«

»Können wir rein?«

Zerb nickte. »Achtet auf die Pfade. Nichts anfassen ...«

»Keine Souvenirs heute?«, fragte Bremer und schlüpfte unter dem grünen Absperrband hindurch. Im Gänsemarsch überquerten sie den Hof, begutachteten die Blutspuren, traten in die Stallgasse ein. Vor der zweiten linken Box lag Miriam Zanders auf dem Rücken, die Augen aufgerissen.

»Mein Gott«, sagte Weber. »Der hat offenbar versucht, den ganzen Kopf abzutrennen. Da ist nicht mehr viel dran, was ihn am Rumpf hält.«

Ein Fotograf wuselte herum und digitalisierte die unwirkliche Szenerie.

»Fällt euch was auf?«, fragte Bremer.

Statt einer Antwort blickten alle drei nach oben.

»Sie ist wahrscheinlich von da heruntergefallen.«

»Richtig, Susanne. Warum?«

»Wischspuren am Balken. Sie hat noch versucht, sich festzuhalten, dabei hat sie die uralten Spinnenweben zerrissen. Dreck auf der Blutspur, die von der Box hierherführt. Ein gebrochenes Bein. Offener Bruch. Sie ist von hier unten mit dem Taser betäubt worden, sie muss ziemlich gelenkig gewesen sein, dass sie zwischen die Balken gepasst hat. Sie stürzt. Der Täter schneidet ihr die Kehle durch. Sie hat ihn gestört. Aber was hat sie da oben gemacht?«

»Sie hat auf ihn gewartet. Sie wusste, dass er kommt«, sagte Bremer. »Was meinst du, Fred?«

»Dafür würde ich meinen Kopf gegen eine Bratpfanne verwetten.«

»Dann müssten deine Köpfe nachwachsen wie die der Hydra.« Holt überlegte einen Moment. »Und du müsstest eine ansehnliche Sammlung Pfannen besitzen.« Sie lachte leise.

Weber seufzte. »Frauen!« Er schaute sich in der Stallgasse um. »Die anderen Pferde sind recht ruhig. Ich dachte immer, Blutgeruch würde sie aufregen?«

»Anscheinend nicht.« Bremer drehte sich um einhundertachtzig Grad. Ging ein Stück weiter. Schaute in die offene Box. Die Erkenntnis, dass Annabelle tot war, traf ihn wie ein Huftritt und raubte ihm den Atem. Er hatte keine Sekunde daran gedacht, dass das möglich sein könnte. Bremer krümmte sich, Weber und Holt waren gleich bei ihm und stützen ihn. Holt schaute sich das Pferd genauer an.

Sie zog heftig Luft. »Verdammt, Martin. Das tut mir leid.«

Bremer kämpfte mit der aufkommenden Übelkeit. Er hatte schon Leichen gesehen, die so mit Insekten besiedelt gewesen waren, dass sie den Eindruck machten, sie würden unter den Maden zucken, um sie loszuwerden. Und jetzt stand er hier bei einem toten Pferd und hatte das Gefühl, seine beste Freundin verloren zu haben. Das durfte nicht sein, aber sein Magen belehrte ihn eines Besseren. Der dumpfe Schmerz wich einem scharfen. Bremer ließ die Tränen zu, und schon ebbte der Schmerz ab. Er weinte eine Weile, dann war es gut. Sein Magen ließ ihn in Ruhe, er konnte sich wieder aufrichten.

»Wir haben es mit einem echten Monster zu tun«, sagte er und schnäuzte sich. Seine beiden Mitstreiter nickten stumm. »Ich bin wieder okay. An die Arbeit. Als Erstes müssen wir wissen, wie

Miriam Zanders hierherkommt. Kropp und Filmour. Die werden mir hoffentlich Antworten geben. Fred, du machst dich über HIGHSEC her und findest raus, was es mit der Alarmanlage auf sich hat. Außerdem will ich, dass die ganze Gegend hier abgesucht wird. Susanne, du fährst in Zanders' Stammkneipe und quetschst den Wirt aus. Wirte wissen normalerweise alles über ihre Stammkunden. Mach ihm so richtig die Hölle heiß. Nimm zwei Grüne mit, und wenn er zickt, Gefahr im Verzug, Hausdurchsuchung, Festnahme. Alles klar?«

Holt und Weber waren schon auf dem Weg. Bremer drehte sich noch einmal zu Annabelle um. Der tödliche rote Halsreif. Das fehlende Ohr. Eine Sache von Sekunden. Ein fühlendes Wesen, das niemandem das Geringste getan hatte. Geschlachtet ohne Sinn und Verstand. Bremer fürchtete sich davor, den Täter in die Finger zu bekommen. Verdammt, sie war mir eine Freundin gewesen. Ich habe sie gemocht. Sie war mir nicht gleichgültig. Die Frau, die der Ripper ermordet hat, ist mir auch nicht gleichgültig. Aber es ist anders. Annabelle hat mir etwas Wunderbares geschenkt: Sie nahm mir die Angst vor Pferden und schenkte mir das Reiten. »Leb wohl«, flüsterte Bremer, wunderte sich über seinen Gefühlsausbruch, drehte sich um und freute sich darauf, den Täter zu fassen.

Ein Beamter rief ihn. Kropp und Filmour waren gerade angekommen. Bremer verließ den abgesperrten Bereich. Da standen die beiden. Arm in Arm. Solveig Kropp hatte ihren Kopf auf Filmours Schulter gelegt und machte den Eindruck, als breche sie jeden Moment zusammen.

»Es ist etwas Furchtbares passiert«, sagte Bremer so neutral wie möglich.

»Hat Juri einen Unfall gehabt? Geht es ihm gut?«

»Er hat einen Schock. Er wird im Krankenhaus behandelt. In der Stallgasse liegt eine gewisse Miriam Zanders. Ermordet.«

Solveig hob den Kopf. »Eine Frau? Ermordet? Das kann doch nicht sein.« Sie begann zu schluchzen. »Was ist nur los, John? Die ganze Welt ist aus den Fugen. Unsere Welt. Sie zerbricht Stück für Stück. Was haben wir getan? Wofür werden wir so bestraft?«

Bremer holte tief Luft. »Und Annabelle ist in ihrer Box einem Ripper zum Opfer gefallen.«

Jetzt stiegen auch Filmour die Tränen in die Augen. Kropp ging in die Knie und weinte hemmungslos.

Filmour presste ein paarmal die Lider aufeinander. »Das geht Ihnen auch sehr nah, Herr Kommissar. Nicht wahr?«

Bremer nickte. »Es trifft mich tiefer, als ich erwartet hätte. Wie kommt jemand da rein, ohne Code?«

»Gar nicht. Es gibt Bewegungsmelder. Infrarot-Schranken. Akustische Überwachung.«

»Zentral entschärfbar?«

»Ja. Jemand muss den Code gekannt haben. Aber niemand aus dem Stall würde einem Fremden den Code geben.«

»Gibt es jemand Neuen hier im Stall?«

Solveig Kropp kam wieder hoch. »Ja. Vorgestern hat eine junge Frau mit Reiten angefangen. Paula. Paula Meier. Sonst niemand.«

»Und Sie haben ihr den Code gegeben?« Bremer schüttelte verständnislos den Kopf. »Sie war doch so gut wie fremd!«

Solveig Kropp kämpfte mit den Tränen. »Sie war so freundlich, so offen so … Ich bin schuld.« Ihre Stimme versagte.

»Das ist Unsinn«, sagte Bremer schnell. »Bitte schauen Sie sich die Tote an. Es ist kein schöner Anblick. Ich muss Sie warnen.«

Solveig Kropp fasste sich. »Egal. Ich tue alles, um das Schwein zu kriegen. Wo ist sie?«

Ein Uniformierter folgte, Bremer ging vor.

»Bitte immer auf dem Pfad bleiben«, rief er über die Schulter. Männer in weißen Overalls stellten Schilder auf, maßen Entfernungen, mehrere Fotoapparate schossen Bilder von jedem Detail. Der gesamte Tatort wurde stereoskopisch aufgenommen, um später am Computer jede Spur im Detail auf den Zehntelmillimeter ausmessen zu können.

Solveig Kropp hielt den Atem an. John Filmour schaute sofort wieder weg.

»Das *ist* Paula Meier.«

Bremer führte sie weg von dem grauenhaften Ort. »Danke. Vielen Dank. Das war eine große Hilfe. Leider müssen Sie vorläufig den Reitbetrieb einstellen. Wir arbeiten so schnell wie möglich. Aber Sie werden verstehen, dass wir hier jeden Stein umdrehen müssen.«

»Natürlich. Aber was machen wir mit den Pferden? Die müssen versorgt werden.« Filmour hob hilflos die Hände.

»Sie können selbstverständlich die Pferde mit Wasser und Nahrung versorgen. Beamte werden Ihnen zeigen, wo Sie gehen dürfen und wo nicht. Wir müssen von Ihnen sowohl DNA-Proben als auch Fingerabdrücke nehmen, um Sie als berechtigte Personen identifizieren zu können. Das Gleiche gilt für alle, die hier ihre Pferde stehen haben oder in der letzten Zeit hier waren.«

»Das sind eine ganze Menge Leute. Apropos.« Filmour griff in seine Tasche und zog ein eng bedrucktes Blatt Papier heraus. »Hier ist die Sponsorenliste.«

Bremer nahm sie entgegen und überflog sie. Bei einem Namen blieb er hängen. Interessant, dachte er. Sehr interessant.

»Verstehen Sie jetzt, warum wir eine Belohnung ausgesetzt haben?«, fragte Kropp.

»Das war mir schon vorher klar. Aber ich bin mir immer noch nicht sicher, ob es eine Belohnung oder ein Kopfgeld ist. Deich hat Pferde gehasst. Vielleicht ist sein Tod ein Versehen gewesen? Jemand war übereifrig, aber der Ripper macht weiter. Haben Sie sich *das* mal klargemacht? Ich könnte auch gut verstehen, wenn Sie den Mörder decken. Schließlich war Deich ein Ungeheuer. Aber niemand hat das Recht, über das Leben eines anderen zu entscheiden. Bitte entschuldigen Sie mich.«

Bremer ließ die beiden stehen in ihrem Unglück und Leid. Aber ihm ging es ja nicht besser. Er hätte mit einem Vorschlaghammer einen Betonbunker zerlegen mögen, so war ihm zumute. Aber nein. Er musste stark bleiben, den Mörder jagen, auf jeden Rücksicht nehmen, hundert Gesetze beachten, die ihm das Leben schwermachten. Er beschloss, Sonja Wraake die Nachricht vom Tod ihres Pferdes zu überbringen.

***

Er wartete am Taffingsweiher. Von dort konnte man ein schönes Stück laufen. Die Sonne schien angenehm warm. Sie parkte an der Taffingsmühle. Er ging ihr entgegen, öffnete die Tür und half ihr hinaus. Müde fühlte er sich. Sie küsste ihn, aber er konnte die

Zärtlichkeit nicht wirklich erwidern. Jetzt sah sie seine Verletzung. Er sah ihre verarztete Nase.

»Was ist denn passiert, Sibelius?«

Er spürte ihre Vorsicht. Sie wollte ihn nicht erschrecken. Wollte nicht die Mama spielen.

»Das sieht aber übel aus«, setzte sie nach.

Er drehte den Kopf weg. »Das ist nichts, nur ein Kratzer. Eine Schranktür war im Weg.« Er lächelte gequält. »Die Tür müsstest du mal sehen. Die sieht vielleicht aus.«

Sonja lachte. »Das glaube ich sofort, du Dickschädel. Du bist sicher, dass das nichts Schlimmes ist? Eine Gehirnerschütterung vielleicht?«

»Nur ein Kratzer. Lass uns ein wenig spazieren gehen und die Zeit genießen. Ich muss bald wieder los.«

»Ja, ja, die Rentner. Dein Terminkalender ist voller gepackt als meiner. Wo musst du hin?«

Er winkte ab. »Steuerberater. Irgendetwas mit meinem Geld. Keine Ahnung. Er hat gesagt, es sei dringend.« Das entsprach sogar der Wahrheit. Zumindest teilweise. »Lass uns über etwas anderes reden. Hast du Lust, mit mir am Wochenende wegzufahren? Ohne Termine, ohne Gericht. Nur wir beide.« Er blinzelte in die Sonne, das grelle Licht stach ihm in die Augen.

»Ja, warum nicht. Wohin?«

»Ins Elsass. ›La Petite Pierre‹.«

Sonja nickte begeistert. »Das ist eine tolle Idee. Da war ich schon lange nicht mehr. Wandern, ausspannen, gut essen und viel Zeit für uns. Ja. Ich komme gerne mit.«

Er schlug sich die Hand vor den Kopf. »Das Wichtigste habe ich vergessen. Wie ging es mit Richter Rebald?«

»Gut. Ich werde mich bei Swelow-Hübner entschuldigen und so weiter und so fort. Dann ist die Sache aus der Welt.«

Sie wusste es noch nicht, wurde ihm klar. Er betrachtete die Frau vor sich. Eine Schönheit. Wild. Ungezähmt und voller Verletzungen. So wie er. Und sie versuchte, ihn zu lieben. »Was ist mit deiner Nase passiert?«

Sie winkte ab. »Hausfrauenunfall. In der Wohnung gestolpert, und voll auf die Nase. So wie mit dieser Richterin. Aber die Folgen sind nicht wirklich bedrohlich. Ein Wink mit dem, ich muss es zugeben, extradicken Zaunpfahl.«

In seinem Kopf explodierte etwas. Da war er wieder, der Ruf. Du sollst sie befreien!, schrie es laut. Tu es jetzt. Jetzt!

Er hatte kein Auge zugetan, seit er von der Litermont Ranch nach Hause zurückgekehrt war, sondern immer wieder geschrien, dass er es nicht tun werde. Dass er nie wieder töten werde. Weder Mensch noch Tier. Dass er zur Polizei gehen werde. Doch die Stimme war immer lauter geworden, bis er nichts anderes mehr wahrnehmen konnte. Dann hatte Sonja angerufen, und die Stimme hatte nachgelassen. Als sie aus dem Wagen gestiegen war, konnte er die Stimme kaum noch hören, und jetzt marterte sie ihn plötzlich brutaler als je zuvor. Eine Million Mal sagte er nein. Die Stimme verschwand wieder, und Ruhe überkam ihn. Er bereute nichts. Jedes Pferd, das er erlöst hatte, war ein gutes Werk gewesen. Zanders hatte ihn verraten und den Lohn der Verräter bekommen. Auch das bereute er nicht. Aber Sonja war unschuldig. Es war schon schlimm genug, dass er ihr Pferd hatte töten müssen. Es konnte doch kein Zufall gewesen sein, dass er Zanders daran hatte hindern können, Sonja zu erschießen. Nein, das konnte kein Zufall gewesen sein. Kein Zufall. Alles war so verwirrend, so unklar. Anders als früher. Früher, da hatte er immer genau gewusst, was er zu tun hatte. War er doch wahnsinnig? Die Sache mit Zanders könnte er noch als Totschlag hinbiegen. Sie hat ihn angegriffen, Panik. Unsinn. Wenn er sich danach sofort gestellt hätte! Aber so war es eine klassische Verdeckungstat. Mord. Lebenslänglich. Er hatte nur eine Chance. Aufhören, alle Beweise vernichten und hoffen, dass er nicht gefasst wurde. Hätte er nur Zanders in Ruhe gelassen. Dieses Aas.

Er lächelte. »Ich habe ein Doppelzimmer gebucht. Ist dir das recht?«

»Du bist ein echter Gentleman. Woher willst du wissen, dass ich mit dir in einem Zimmer schlafen will?«

»Soll ich umbuchen?«, fragte er hilflos.

Sie drückte ihm einen Kuss auf die Nase. »Quatschkopf, sei nicht so empfindlich. Haben wir noch Zeit für einen kleinen Spaziergang? Einmal um den See herum?«

»Ja«, sagte Minoru und fragte sich, ob er stark genug sein würde, seiner Mordlust zu widerstehen.

***

Bremer hatte bei Wraakes Sekretärin eine Nachricht hinterlassen, auf Wraakes Handymailbox und auf ihrem privaten Anrufbeantworter. Die Nummer hatte er erst nach Sendung eines Fax von Bellorz an die Telekom bekommen. Was, wenn es um Minuten ging? Konnte man nicht einigen Beamten einen Zugang zu sensiblen Daten geben? Er wischte den Ärger beiseite. Bellorz saß ihm gegenüber und studierte die Liste.

»Verstehe, Martin. Das wirft in der Tat Probleme auf. Das ist eine ganze Lawine, die wir da lostreten. Du weißt, dass das nichts Illegales ist, was die gemacht haben. Es wird sogar von der Polizei empfohlen, da der Apparat nicht die Ressourcen hat, Hunderte von Pferden zu bewachen.«

»Das weiß ich alles. Wir setzen ja selbst Belohnungen aus. Für Hinweise. Für die Ergreifung. Aber nicht für die Hinrichtung. Deich ist ermordet worden, er hat Pferde gehasst. Und damit ist jeder auf der Liste verdächtig.«

»Aus deiner Sicht vielleicht.«

Bellorz stand auf und begann seine Denkrunden zu ziehen. Er seufzte.

»Ich kann dich nicht von der Leine lassen. Das gäbe richtig Ärger. Und ich kann nicht zweiundzwanzig Personen überwachen lassen. Klar haben die ein Motiv gehabt. Und der Ripper treibt sich auch da draußen rum. Das alles ist ein großer Mist.«

Bremer verfolgte Bellorz' Wege durch das Büro. »Das ist es ohne Zweifel. Aber irgendwo auf dieser Liste und auf der Litermont Ranch liegt die Lösung des Rätsels. Der Ripper ist so gut wie sicher ein Mann. Einzeltäter. Ich habe mir die Profile kommen lassen und mit Kollegen aus Niedersachsen gesprochen. Saskia hat das alles bestätigt.«

Bellorz' Miene hellte sich auf. »Ist sie hier?« Er wartete nicht auf Antwort. »Dann müssen wir unbedingt zusammen essen gehen. Keine Widerrede. Wann?«

»Morgen ist sie wieder weg.«

Bellorz schlug sich mit die Faust in die Hand. »Verdammt. Heut Abend kann ich nicht. Warum hast du sie noch nicht geheiratet? Warum hast du sie noch nicht im Saarland angekettet? Sonst bist du doch so schnell mit dem Verhaften. Mach ihr ein Kind, der Rest ergibt sich von selbst.«

Bremer wurde blass.

»Aha. Treffer, versenkt. Mensch, wenn du die nicht anleinst, bist du selber schuld. Na gut. Du bist ja erwachsen. Und wir haben einen fiesen Fall. Langsam gehen mir die Antworten aus. Nur gut, dass Zettler ruhighält. Er hat uns eine Menge Ärger erspart.«

Bellorz wartete, aber Bremer ließ seine Worte unkommentiert.

»Okay. Machen wir weiter. Das Täterprofil ist also einigermaßen scharf?«

»Ja. Allerdings haben wir recht unterschiedliche Motivlagen. Das geht von sexuellen Fantasien bis hin zu Rache. Wenn wir wissen, wer der Besitzer der Pferdeknochen ist ...«

»Warum dauert das so lange?«

»Die Labors sind überlastet, und dann müssen wir leider mehrere Samenbanken prüfen. Die Spermaproben müssen erst analysiert werden. Es sind Samenbänke, keine DNA-Datenbänke.«

»Die Pferdeknochen kann doch jeder da reingeworfen haben, oder?«

»Grundsätzlich ja. Aber die Lage hat sich geändert. Wir haben heute Morgen eine Hand gefunden, die mit einem Schal an einen Huf des Pferdes gebunden ist. Der Schal gehörte Anton Deich. Keine verwertbaren Spuren daran.«

»Okay. Das ist gut. Wie lange kann das dauern?«

»Wochen oder Monate. Es gibt ziemlich viele Samenbanken. Unter Umständen müssen wir in ganz Europa suchen, dann kann es Jahre dauern, und es wird richtig teuer. Wir können immerhin das Alter etwas eingrenzen. Das Pferd war sieben.«

Bellorz schüttelte unwillig den Kopf. »Uns läuft die Zeit davon. Und die Festnahmen waren nicht gerade glücklich. Bis wir was Handfestes haben, lassen wir die Finger von den Handschellen. Du kriegst noch mehr Personal, das ist ja eine echte Sisyphusarbeit. Bis dahin leuchtet ihr halt jeden Winkel aus. Wir haben noch ein Problem. Du hast nicht nur Freunde bei der Polizei.«

»Das ist für mich kein Problem.«

Bellorz verzog den Mund. »Kann es aber werden. Man will dir die Leitung der MOKO wegnehmen.«

»Wer will das?«

»Schuster hat laut darüber nachgedacht. Ob du der richtige Mann bist.«

»Warum Schuster? Ich dachte, er ist so zufrieden mit mir?«

»Das war er auch. Aber ich habe dich schon mal gewarnt. Wer Fehler macht, wird für Schuster zum Ärgernis. Er ist in seiner eigenen Partei umstritten. Deine Fehler werden als seine gesehen.«

»Habe ich Fehler gemacht?«

»Handwerklich nicht. Aber politisch. Franziska Deich ist halt nicht irgendjemand. Das weißt du ja.«

Bremers Magen rebellierte erstaunlicherweise nicht. Schuster wollte ihn hängen sehen, aber das regte ihn nicht auf. Es stand außer Frage, dass er ersetzbar war. Fred könnte seine Position übernehmen. Und noch einige andere Kollegen. Susanne brauchte noch ein bisschen Zeit. Aber nicht mehr viel.

»Sascha, was hältst du davon, wenn ich die Leitung freiwillig abgebe?«

Bellorz schürzte die Lippen. »Davon halte ich natürlich gar nichts. Allerdings könnte es ein genialer Schachzug sein, um Schuster unter Druck zu setzen. Warum nicht? Ich werde Schuster anrufen und ihm deine Entscheidung mitteilen. Er wird im Dreieck springen und von dir verlangen, das sinkende Schiff nicht zu verlassen. Du bist ein Schlitzohr, weißt du das?«

Bremer staunte. Er hatte sein Angebot ernst gemeint. Er hing nicht an diesem Posten. Er zog keine Befriedigung daraus, Menschen zu sagen, was sie zu tun hatten. Befriedigung zog er aus der Lösung eines Falles.

»Wenn du das sagst.«

»Köstlich. Das könnte von mir sein. Gut. Du machst weiter wie bisher.«

Das hatte Bremer so oder so vorgehabt. Als Erstes würden die Kandidaten von der Sponsorenliste ausgequetscht. Danach Lagebesprechung. Um achtzehn Uhr.

***

Schöneberg drückte jede Taste mit Genuss. Die Vorfreude auf Swelow-Hübners tiefen Fall setzte ihn unter Strom. Überraschung schwang in ihrer Stimme. Natürlich war sie überrascht. Nur wenige besaßen ihre Privatnummer. Das Alter hatte ihr Timbre nicht verändert.

»Hallo, Katharina.«

Ihr Antwort kam prompt. »Was immer du willst, vergiss es.«

»Leg besser nicht auf. Ich sage nur ein Wort: Fluoxetin.«

Schweigen. Schöneberg freute sich wie ein Kind. Touché!

»Du weißt davon?«

»So sieht es aus. Und ich habe eine gute Nachricht für dich. Ich werde damit nicht an die Öffentlichkeit gehen, weil du schon morgen aus gesundheitlichen Gründen dein Amt niederlegen wirst. Bin ich nett oder bin ich nett?«

Wieder dauerte es eine ganze Weile, bis die Antwort kam. Schöneberg spielte mit seinem Füllfederhalter. Goldfeder, silberne Einlegearbeiten, sein Name in den Nussholzgriff eingraviert.

Swelow-Hübner räusperte sich. »Ja, ich bin in der Tat erstaunt, dass du nicht sofort zur Presse gerannt bist. Wie hast du es herausgefunden?«

»Das bleibt mein kleines Geheimnis. Haben wir einen Deal?«

»Ich weiß, dass ich nicht in der Position bin, Forderungen zu stellen, aber darf ich eine Nacht darüber schlafen? Du wirst verstehen, dass das sehr plötzlich kommt.«

Schöneberg wollte kein Unmensch sein. »Natürlich. Ich melde mich morgen um die gleiche Zeit. Auf einen Tag mehr oder weniger kommt es jetzt auch nicht mehr an.«

»Danke«, hauchte Swelow-Hübner ins Telefon, und Schöneberg lief es heißkalt über den Rücken. Er widerstand dem Impuls, Sonja anzurufen und ihr die freudige Nachricht zu überbringen. Erst musste Katharina ihre Kündigung unterschrieben und abgeschickt haben. Frohen Mutes schnürte er seine Wanderschuhe und machte sich auf den Weg an die Saarschleife, um den Rest des Tages zu wandern.

***

Etwa die Hälfte der Mordkommission hatte sich versammelt. Unterlagen, Schaubilder, Fotografien, alles was benötigt wurde, lag und stand bereit. Der Tag hatte Neues gebracht. Bremer bat Susanne Holt, die Ergebnisse zusammenzufassen. Sie sollte möglichst schnell lernen, wie man eine Horde Kriminalbeamter führte. Bremer hatte das Bedürfnis angesprungen, mehr Zeit mit Saskia zu verbringen. Ihr ging es nicht anders. Sie spielte mit dem Gedanken, sich ins Saarland versetzen zu lassen. Beim Landeskriminalamt war eine Stelle vakant. Das Justizministerium hatte für ihre Qualifikation ebenfalls Möglichkeiten. Ihm war klar, dass er diese Frau liebte oder sich zumindest allein fühlte, wenn sie nicht da war. War das Liebe? Er musste es, er wollte es ausprobieren. Da half nur zusammenleben und schauen, ob der Alltag die Liebe förderte oder tötete.

Eine Tonne Steine war ihm vom Herz gefallen, als Saskia von sich aus das Thema angesprochen hatte. Beide waren bereit, beruflich etwas kürzerzutreten. Ob es funktionieren würde, das musste ein Versuch zeigen. Einig waren sie sich ebenfalls, dass sie nichts übers Knie brechen wollten. Bremer hatte Holt und Weber im Blick als Nachfolger.

Saskia wollte sich im Saarland genau umsehen, Leute kennenlernen und dann entscheiden. Das war ein guter Plan. Er rief sich zur Ordnung und wandte seine Aufmerksamkeit wieder seiner potenziellen Erbin zu.

»Die Sponsorenliste findet ihr im Spurenordner 8b. Wie ihr seht, haben wir ein paar neue in der engeren Auswahl: Albert Heinkel, Thies Mainka, Sonja Wraake, Françoise Rabelle, Chantal und Mark Robert. Alles Kunden der Litermont Ranch. Neu ist die Klientel des Waldhofs, ein Reitstall unterhalb von Felsberg. Da sind vor allem Mathilde und Herbert Frön verdächtig, die Besitzer. Keine der genannten Personen hat ein Alibi. Aber wir haben nach wie vor keinerlei Beweise. Vierzehn Schlammweiher sind ausgepumpt. Bis auf die Hand mit dem Pferdeknochen nichts weiter, abgesehen von einem gestohlenen Auto und jeder Menge Müll. Die Überwachung von Franziska Deich, Solveig Kropp und John Filmour läuft lückenlos, aber ohne Überraschungen. Unser Ansatz sind die letzten Tage von Anton Deich. Wir wissen, dass er in der Nacht vom 16. zum 17. Januar in der

Gaststätte ›Konverter‹ in Dillingen war. Gegen drei Uhr am Dienstagmorgen ist er von dort aufgebrochen. Wir haben einen Zeugen, der behauptet, Deich habe vorgehabt, irgendetwas Böses zu tun. Den ganzen Abend habe er von nichts anderem gesprochen. Was das im Einzelnen war, konnte der Zeuge nicht sagen. Er wusste nur, dass Deich eine Runde nach der anderem schmiss, selbst aber keinen Alkohol trank. Das ist bedauerlich, denn eine Alkoholblutkonzentration hätte uns gute Hinweise auf Deichs genaueren Todeszeitpunkt geben können.«

»Siehst du! Saufen ist Bürgerpflicht Nummer eins«, kam von den hinteren Sitzen. Ein wohltuender Lachsturm entspannte die Männer und Frauen, die die ganze Zeit die Bilder der aufgeschlitzten Miriam Zanders, der geschlachteten Annabelle und des zerstückelten Torsos von Anton Deich vor sich hatten.

Bremer kannte seine Leute, und es war ihm wichtig, dass alle Beteiligten, auch wenn sie nur Schreibtischarbeit zu erledigen hatten, jederzeit möglichst umfassend über den Stand der Ermittlungen informiert waren. Oft waren es winzige fehlende Verbindungen, die die Lösung eines Falles verzögerten oder sogar verhinderten.

»Wir werden unserer Bürgerpflicht nachkommen, wenn wir den Fall geknackt haben, das ist so sicher wie das Amen in der Kirche«, versprach Holt.

Bremer lobte sich selbst für die Wahl dieser jungen Frau zur Kronprinzessin. Sie hatte ein sicheres Gespür, wie man Leute motivierte, und sie hatte nichts gegen ein gutes Glas Wein oder ein paar Gläser Bier. Bremer konnte es sich leisten, fast nichts zu trinken. Er wurde auch so respektiert.

Als das zustimmende Gemurmel verstummt war, fuhr Holt fort.

»Neben dem vielen Pech in diesem Fall haben wir auch ein wenig Glück. Wir wissen, dass Anton Deichs Jeep in dieser Nacht von Saarlouis aus Richtung Felsberg gefahren ist.«

»Wurde er gesehen?«

Holt blickte zu Bremer. Der gab ihr zu verstehen, dass sie fortfahren sollte.

»Indirekt. In der Nacht lief ein Feldversuch zur routinemäßigen Erfassung von Kennzeichen.«

Ein Raunen ging durch die Mannschaft. Einige Bundesländer scannten bereits den fließenden Verkehr, zeichneten die Kennzeichen auf, verglichen sie mit einer Fahndungsliste und fischten auffällige Fahrzeuge heraus. Im Saarland lief ein Pilotprojekt. So weit, so gut. Aber dass die Daten ein halbes Jahr nach der Aufzeichnung noch vorhanden waren, das war ein starkes Stück. Ein junger Kommissar fragte danach.

»Gut gefolgert.« Sie hielt ein Foto hoch. »Aber ganz so schlimm ist es nicht. Deich hatte drei Tage vorher eine Radarfalle passiert. Innerorts, sechsundneunzig Kilometer. Deswegen wurden die Daten aufgehoben. Sie sind nicht gerichtsverwertbar, sie dienten der statistischen Erhebung.«

»Ein Glück für uns. Von mir aus kann das System morgen eingeführt werden. Flächendeckend. Das würde eine Menge Arbeit sparen, und wir würden einige mehr schnappen.«

Die Anwesenden applaudierten dem jungen Mann, der allen aus der Seele gesprochen hatte. Nur Bremer war sich nicht schlüssig, ob er das gut finden sollte. Er kannte die Zahlen aus den Bundesländern, die mit der Methode arbeiteten. Millionen erfasster Kennzeichen, dreihundert Treffer. Null Komma drei Promille, in Niedersachsen sah es noch schlechter aus. Ernüchternd. Großer Aufwand, aber was hatten die Kollegen erreicht? Ein paar Versicherungsbetrüger, Kleinkram, nichts Weltbewegendes. Bisher war noch kein Kapitalverbrechen damit aufgeklärt worden. Nützlich wäre ein Bewegungsprofil, also die Überwachung aller Autos mittels Blackbox und GPS. Aber dagegen würden die Datenschützer Sturm laufen. Wie auch immer. Hier und heute war die Kennzeichenerfassung nützlich.

»Leider wissen wir nicht, ob Deich auch am Steuer gesessen hat. Wir haben das Auto sichergestellt und untersucht. Frau Deich hat es zwei Tage nach seinem Verschwinden vom Walshof weggefahren und es bei ihrem Automechaniker untergestellt. Kein Blut. Wieder ein Indiz dafür, dass sie sehr wohl etwas mit dem Mord zu tun haben könnte. Woher wusste sie, dass der Wagen dort stand? Die Polizei hatte nach dem Wagen gesucht, wegen der Geschwindigkeitsübertretung. Sie hat übrigens das Bußgeld bezahlt, damit war die Sache vom Tisch. Keine Blutspuren im Wagen. Keine Fremd-DNA. Einen Treffer gaben die Verbindungsnachweise vom Festnetzanschluss der Deichs. Vom Auto aus wurde mit seinem Handy telefoniert. Franziska Deich hat versucht, ihn zu erreichen, er hat wohl kurz abgehoben und dann wieder aufgelegt. Aber sie hat deutlich die Fahrtgeräusche gehört. Wir können also vorerst davon ausgehen, dass Anton Deich zu dieser Zeit noch gelebt hat. Danach gibt es kein Lebenszeichen mehr von ihm. Einen Termin am nächsten Tag mit einem Mitarbeiter hat er nicht wahrgenommen. Statt Anton Deich war Franziska Deich gekommen. Nehmen wir dazu die Ergebnisse der Obduktion und die Entwicklung unserer Algen, haben wir unser Zeitfenster von etwa drei Tagen. Und wir haben noch mal Glück gehabt. Ab 17. Januar nachmittags wurde ein benachbarter Weiher mit Schlamm verfüllt. Tag und Nacht. Bis zum 11. März. Damit haben wir den wahrscheinlichen Todeszeitpunkt auf die Zeit vom 17. Januar, drei Uhr morgens, bis 17. Januar, fünfzehn Uhr, eingegrenzt. Sehr wahrscheinlich wurde er noch in der Nacht getötet und versenkt.«

Susanne Holt zeigte auf die Pinnwand. Ein Bild von Anton Deich zu Lebzeiten hing in der Mitte. Die Zeitangaben standen darüber.

»Eva-Maria Breitling, die Sekretärin vom WEISSEN RING, hat ein Alibi, Frau Kollmann ebenso. Der Kreis der Personen mit Motiv ohne Alibi: John Filmour, Solveig Kropp. Sonja Wraake. Thies Mainka. Albert Heinkel. Mathilde und Herbert Frön. Das Ehepaar Robert. Françoise Rabelle. Alle anderen auf der Sponsorenliste haben ein wasserdichtes Alibi. Die Telefonüberwachung hat ergeben, dass alle Personen Kontakt zueinander haben. Das Thema Ripper ist zentral. Man ist sich einig, dass der Pferdemörder immer noch frei herumläuft. Sie haben Wachen eingeteilt, sich mit Nachtsichtgeräten ausgerüstet. Und das nicht zum ersten Mal, sondern bereits seit Monaten. Auch im Januar hat es Wachen gegeben. Allerdings nicht auf der Litermont Ranch, sondern nur am Waldhof und bei den Koppeln von Françoise Rabelle und dem Ehepaar Robert. Wir haben den Einteilungsplan aus dem Rechner von Albert Heinkel.«

Susanne Holt nahm einen Schluck Wasser und schmunzelte.

»Er hat wohl geglaubt, sein Rechner sei sicher. Unser Mann hat immerhin eine Dreiviertelstunde gebraucht. In der Nacht zum 17. Januar 2007 hatten Franziska Deich und John Filmour Nachtwache an den Koppeln des Waldhofs.«

Sie machte eine Pause. Weber übernahm.

»Ihr könnt euch vorstellen, dass wir die beiden gerne wieder festnehmen würden, aber wir haben von ganz oben einen Rüffel bekommen. Ohne Beweis geht gar nichts. Immerhin können wir die Überwachung ausweiten. Unser geschätzter Kollege Hansen ist ganz begeistert. Er bekommt Verstärkung von der Zielfahndung und vom SEK. Trotzdem sind sie am Limit.«

»Im Fall Zanders steht die Hausdurchsuchung an, und wir werden ihr Umfeld in die Mangel nehmen. Das Übliche.

Bremer betrachtete die schweigenden Männer und Frauen, die in den nächsten Tagen und Wochen arbeiten würden bis zum Umfallen, wenn es sein musste. Kein Wunder, dass der eine oder andere schwach wurde, Fehler machte oder den Druck mit legalen und illegalen Drogen kompensierte. Die Ausfälle stiegen ständig. Bremer kam sich vor wie ein Feldherr, der seine Truppen sehenden Auges in die Schlacht schickt, wissend, dass nur wenige zurückkommen. Er wäre niemandem böse gewesen, der sich verweigert hätte. Aber das war ihm bis jetzt nicht passiert. Seine Leute wollten Erfolg haben. Der tägliche Krieg gegen die Lawine der kleinen Verbrechen stumpfte die meisten ab. Immer das Gleiche. Endloser Papierkram. Da war ein Mordfall eine willkommene Abwechslung und eine Sinn gebende Beschäftigung. So manche Einbruchsermittlung würde liegen bleiben und erst im letzten Moment bearbeitet, wenn es gar nicht mehr anders ging. Es war Zeit für eine aufmunternde Rede, wie er sie schon oft gehalten hatte.

»Okay. Vor uns liegt ein Haufen Kleinarbeit. Ich werde euch immer auf dem Laufenden halten. Wie immer werden wir am Ende gemeinsam sagen können: Wir haben einen Mord aufgeklärt. Und wir wissen, dass das niemand im Alleingang schaffen kann. Auch wenn uns das die Krimischreiber suggerieren wollen. Wir sind ein Team. Ein starkes Team. Ganz ehrlich: Ich bin stolz, mit euch arbeiten zu dürfen. Danke.«

Niemand applaudierte. Das hatte Bremer auch gar nicht erwartet. Schweigend nahmen sich die Beamten die vorbereiteten Aufträge und machten sich an die Arbeit.

Während Holts Vortrag war Bremer eine Idee gekommen. Er winkte Weber zu sich.

»Hast du Zeit, etwas zu überprüfen?«

Weber wedelte mit seiner Arbeitsliste. »Klar, kein Problem. Ich habe mir das Schlafen sowieso abgewöhnt. Ist reine Zeitverschwendung.«

»Gut. Wer hat wirklich wie viel Geld gegeben? Check die wirtschaftlichen Verhältnisse durch.«

»Du glaubst, da ist noch jemand.«

»Ja. Jemand, der im Schatten steht und lange Arme hat.«

»Oder lange Zügel«, sagte Weber.

»Der Schattenreiter.«

»Literarisch.«

»Mörderisch«, sagte Bremer und legte Weber eine Hand auf die Schulter. »Kannst du dir vorstellen, mein Nachfolger zu werden?«

»Nein.«

Bremer starrte Weber an.

»Nein? Ein brutales Nein?«

»Ja.«

»Warum?«

»Ich stehe nicht gern in der Schusslinie. Außerdem willst du Susanne als Nachfolgerin.«

»Sie ist noch nicht so weit. Du bist dran.«

»Ach Martin. Das glaubst du doch selbst nicht. Du gehst hier erst raus, wenn dich Haffner an den Haaren herauszerrt, weil du schon zwei Jahre in Rente bist und dich jeden Morgen hier reinschleichst.«

»Glaubst du wirklich?«

Weber schloss halb die Augen und berührte Bremer mit einer Hand kurz an der Wange.

»Ich weiß es«, flüsterte er. »Und es ist gut so. Wenn du irgendwann gehst, gehe ich auch.«

»Aber …«

Weber unterbrach. »Kein Aber. Lass uns einen Mörder fangen. Oder zwei. Zerren wir den Schattenreiter ins Licht.«

Bremer schluckte. So hatte er Fred noch nie erlebt. Er hatte ihm so unrecht getan. Hatte nichts begriffen von dem Wesen, von der Seele seines treuesten Mitarbeiters.

»Entschuldige, Fred.«

»Jetzt mach hier nicht einen auf ›Gute Zeiten, schlechte Zeiten‹. Ich bin dann mal weg.«

Er drehte sich um und ging. Bremer blieb zurück, fühlte sich alt und dumm. Der Schattenreiter. Bremer wusste, es war noch nicht zu Ende. Da draußen kochte das Leben eine Suppe, deren Zutaten er nicht kannte. Sie war dickflüssig, die Gewürze waren fremd und exotisch und meistens zu scharf. Er sah auf seine Armbanduhr. Der Schattenreiter musste warten. Jetzt war Saskia wichtig. Er freute sich darüber, dass er sich freute, das Präsidium zu verlassen und mit Saskia *sein* Leben zu kosten. Er würde dem Schattenreiter schon noch in die Suppe spucken.

SECHSUNDZWANZIG

Die Klingel wollte nicht aufhören zu lärmen. Schöneberg wälzte sich auf die linke Seite und tastete nach dem Lichtschalter. Zwei Uhr dreiunddreißig, Montagmorgen. Welcher Wahnsinnige riss ihn um diese Zeit aus dem Schlaf? Wahrscheinlich irgendwas mit dem WEISSEN RING.

Schlaftrunken öffnete er die Tür und beschattete sich die Augen. Mehrere Taschenlampen blendeten ihn. Eine unangenehme Stimme fragte ihn, ob er Curt Schöneberg sei. Wer sonst, gab er zurück und erkannte dann den Ausweis der saarländischen Kriminalpolizei. Der Beamte leierte seine Belehrung herunter, hielt Schöneberg einen Durchsuchungsbeschluss vor die Nase, drängte ihn beiseite und betrat seine Wohnung. Zwei Streifenpolizisten nahmen Schöneberg in die Mitte und geleiteten ihn in sein Wohnzimmer. Er verzichtete auf einen Anwalt und studierte den Beschluss. Einbruchdiebstahl. Hausfriedensbruch. Erpressung. Diese miese … Schöneberg verdrängte die Wörter, die ihm einfielen. Wie ein Anfänger war er auf sie hereingefallen. Aber damit lieferte sie sich doch nur selbst ans Messer. Oder … Er wagte nicht, den Gedanken zu Ende zu denken.

Ein Beamter hielt triumphierend Schönebergs Digitalkamera in die Luft. Er schaltete sie ein, sah die Bilder durch und nickte zufrieden. Schöneberg wusste, was jetzt kam. In Begleitung der Grünen zog er sich an, fuhr mit auf die Wache und ließ sich erkennungsdienstlich behandeln. Drei Stunden später saß er wieder zu Hause, trank einen Kaffee und verfluchte zum hundertsten Mal seine nicht zu überbietende Dummheit. Vor ihm lag Swelow-Hübners Anzeige. Den Durchsuchungsbeschluss hatte Richard Rebald unterschrieben. Das bedeutete Schönebergs Aus beim WEISSEN RING und die endgültige Ächtung. Das Verfahren würde eine Geldstrafe nach sich ziehen, nicht mehr. Lächerlich. Aber die Öffentlichkeit würde sich auf ihn stürzen. Er hatte dem WEISSEN RING einen echten Bärendienst erwiesen. Hatte alles nur noch schlimmer gemacht.

Seine Dummheit hatte sich wie ein Lauffeuer herumgesprochen. Ein befreundeter Beamter im Justizministerium hatte ihn angerufen und ihm gesagt, dass Swelow-Hübner die Geschichte überall herumposaunte. Ob er denn nicht gewusst habe, dass die Swelow-Hübner ihre Erkrankung ganz offiziell gemeldet hatte? Dass ein psychiatrisches Gutachten ergeben hatte, dass sie hundertprozentig arbeitstauglich sei? Dass die Medikamente in dieser Konzentration harmlos seien? Dass sie vielleicht zweimal in der Woche eine nahm, um besser einzuschlafen?

Schöneberg versuchte gar nicht, sich zu rechtfertigen. Er hatte mit offenen Karten geblufft und folgerichtig verloren. Sonja würde ihm den Kopf abreißen. Und Keller. Er hatte alles gründlich versaut. Die Arbeit von Jahren war gefährdet. Wie konnte er das nur wiedergutmachen?

Noch nie in seinem Leben hatte sich Curt Schöneberg so schlecht gefühlt.

***

Sonja Wraake hatte eine halbe Stunde gebraucht, um sich wieder zu fassen. Bremer hatte die direkte Methode angewendet.

»Frau Wraake. Heute Morgen ist Ihr Pferd in seiner Box auf der Litermont Ranch getötet worden. Es tut mir sehr leid.«

Als Bremer ihr erzählte, dass der Pferderipper auch einen Menschen ermordet hatte, wich die Trauer dem Entsetzen. Bremer konnte sich angesichts dieser Reaktion Wraake schwer als Mörderin vorstellen. Die Frage war, inwieweit sie ein Scheusal wie Anton Deich noch als Menschen betrachtete. Dass sie zu unkontrollierter Aggression fähig war, hatte sie ja im Gerichtssaal demonstriert.

»Kann ich Ihnen Fragen stellen?«

Sie nickte stumm.

»Ich muss Sie darauf hinweisen, dass Sie zum Kreis der Verdächtigen in Mordfall Anton Deich gehören.«

Das Entsetzen wich vollkommener Überraschung, gemischt mit Heiterkeit. Bremer hatte Susanne Holt mitgenommen und sie gebeten, Wraake genau zu beobachten und ihm zu signalisieren, ob sie stimmig reagierte.

»Wie kommen Sie darauf?« Wraakes Stimme zeigte nicht die Spur einer Unsicherheit.

»Sie und Filmour hielten in der Mordnacht Wache an den Koppeln des Waldhofs. Deich ist in dieser Nacht dorthin gefahren.«

»Wann ist er denn ermordet worden?«

»In der Nacht zum 17. Januar dieses Jahres.«

Wraake überlegte, einen Zeigefinger am Kinn, dann stand sie von der tiefen Couch auf und zog ihren Computer zurate.

»Sie haben recht. Wir hatten Wache. In welchen Rechner sind Sie denn eingebrochen?«

Bremer grinste nur schief. Wraake setzte sich wieder.

»In dieser Nacht ist auf einer etwas abgelegenen Koppel ein Pferd getötet worden. Der Besitzer hatte es trotz Warnungen dort stehen. Wir hatten ihm klargemacht, dass wir die Koppel nicht kontrollieren können. Wir haben niemanden umgebracht. Ich muss Ihnen sagen, jetzt im Moment könnte ich den Ripper allerdings umbringen. Kein Problem. Was er mir und Annabelle angetan hat, ist unentschuldbar.«

»Ein Pferd ist für Sie genauso viel wert wie ein Mensch?«

Wraake seufzte. »Immer diese Gewissensfragen. Mein Gott, Menschen sind auch nur Tiere. Intelligente, meinetwegen. Aber der Mensch handelt nach demselben Prinzip wie vor einer Million Jahren. Der Stärkere hat das Recht und macht die Gesetze. Ich denke, niemand sollte ein anderes Wesen ohne Not töten. Und nein, ich bin keine Vegetarierin. Schlimm ist, dass dieser Verrückte immer noch da draußen herumläuft.«

»Ihre Bürgerwehr hat also keinen Erfolg gehabt. Der Ripper hat hier im Saarland fünfmal zugeschlagen. Sie konnten es nicht verhindern.«

»Wir sind zu wenige. Die meisten verlegen sich darauf, die Pferde nachts wegzuschließen. Aber auch das bringt keine Sicherheit. Dieses Monster ist wie ein Marder. Er dringt überall ein, killt sinnlos und verschwindet wieder. Und jetzt hat er auch noch einen Menschen auf dem Gewissen. Ich werde gerne alles tun, um ihn dingfest zu machen.«

»Richterin Swelow-Hübner hat auch ein Pferd an den Ripper verloren. Wussten Sie das?«

»Natürlich.«

»Und?«

»Was, und?«

»Hat sie sich beteiligt? An der Belohnung? An den Wachen?«

Wraake holte tief Luft. »Sie wissen, dass ich Swelow-Hübner nicht mag. Ja, sie hat Geld gegeben. Einiges. Aus allem anderen hat sie sich herausgehalten. Und sie wollte auf keiner Liste auftauchen. Das war ihre Bedingung.«

Bremer nickte zufrieden. Fred hatte sehr schnell herausgefunden, dass die Beteiligten nicht in der Lage gewesen waren, diese Summe aufzubringen. Alle waren an der Grenze ihrer finanziellen Möglichkeiten. Heinkel hatte Unsummen in seine neue Firmenzentrale investiert, die Litermont Ranch hatte die gesamte Boxenanlage überholt, die anderen gingen normalen Berufen nach, hatten Haus und Auto und Urlaub zu bezahlen.

»Haben Sie einen Verdacht, wer Anton Deich ermordet haben könnte?«

»Nein. Wir alle wollen dem Ripper das Handwerk legen. Aber wir sind keine Mörder. Wenn er gefasst wird, hört das Töten auf. Darum geht es. Wir haben uns oft darüber unterhalten. Heinkel wollte uns sogar mit Schusswaffen ausrüsten. Wir haben entsetzt abgelehnt, und er hat das auch schnell eingesehen und es verworfen. Wir sind mit Reizgas, Schreckschuss und Elektroschocker ausgerüstet, wenn wir auf Wache gehen. Nichtletale passive Bewaffnung. Was mir im Gerichtssaal passiert ist, war eine einmalige Entgleisung. Ist Ihnen so etwas noch nicht passiert?«

»Das steht hier nicht zur Diskussion. Mich interessiert: Wie schaffen Sie das? Die Belastung durch die Opferarbeit. Die Belastung durch die Nebenklagevertretung? Sie haben immer mit Opfern zu tun. Und jetzt sind Sie selbst eins geworden. Gleich zweimal.«

Wraake zeigte keinerlei Gefühlswallung.

»Lieber Herr Bremer. Glauben Sie mir, ich kenne mich mit PSS und allem Drum und Dran aus. Wenn ich bei mir auch nur das geringste Symptom feststelle, werde ich mich in ärztliche Obhut begeben.«

»Und was war das im Gerichtssaal?«

»Ein Zeichen, dass ich mal Urlaub machen muss. Ich habe in der letzten Zeit sehr viel gearbeitet.«

»Gut. Das ist ja auch Ihre Sache. Ich danke Ihnen, dass Sie kooperieren. Gibt es noch irgendetwas, das Ihnen in letzter Zeit aufgefallen ist?«

»Vieles. Aber ob das mit dem Fall zu tun hat, weiß ich nicht. Sollte mir etwas einfallen, werden Sie es als Erster wissen.«

Sie verabschiedeten sich. Im Wagen schüttelte Holt nur kurz den Kopf. »Die war es nicht«, hieß das und zugleich: »Die muss aufpassen.«

Bremer versank in Gedanken. Wraake war Opfer eines Verbrechens geworden und hatte sich verändert. Keller hatte ihn darauf angesprochen. Bremer erinnerte sich an die Zeit nach seiner Entführung. Die ersten zwei Wochen ging es gut. Dann kam der Zusammenbruch. Von einem Tag auf den anderen. Allerdings hatte er nicht eine Sekunde daran gezweifelt, dass er Hilfe brauchte, die er auch bekam. Die Albträume suchten ihn wieder heim. Die Erinnerungen sprangen aus dem Schatten und warfen ihn manchmal fast um. Saskia war für ihn die beste Therapie. In ihrer Gegenwart fühlte er sich sicher.

Wraake aber schien auf dem besten Weg, richtig auszurasten.

***

Endlich war dieser impertinente Kommissar wieder weg. Sie musste mit Sibelius reden. Sie wählte seine Nummer, aber nur der Anrufbeantworter sprach mit ihr. Sie hinterließ eine Nachricht, er solle zurückrufen.

Warum fährst du nicht einfach mal hin?, fragte sie sich und setzte die Idee sofort in die Tat um. Er wohnte im alten Forsthaus an der Hessmühle, das hatte er ihr einmal erzählt. Sie kannte das Haus, sie waren ja schon gemeinsam daran vorbeigegangen. Sie hatte gar nicht gewusst, dass dort überhaupt jemand wohnte.

Wie ein Hexenhaus lag Wächters Heim im Wald. Hohe Fichten umstanden es wie Aufpasser, undurchdringliche Dornenhecken umgaben das Grundstück, ein ideales Plätzchen für ein Dornröschen. Sibelius war so etwas wie ein Dornröschen. Er wollte wach geküsst werden. Sie war der Prinz, der ihn befreite. Vor zwei Wochen hätte sie jeden für verrückt erklärt, der behauptet hätte, sie würde einem Mann das Lieben beibringen wollen. Aber so war das Leben. Es schlug zu, ohne zu fragen und ohne sich an Regeln zu halten.

Sie öffnete das Gartentor, es quietschte in den Angeln. Das Grundstück wehrte sich verzweifelt gegen die Übergriffe des Waldes, nur ein kleines Stück Wiese lag noch frei, alles andere war schon überwuchert und drohte zu ersticken. Rosenstöcke, Spalierobst, niemand kümmerte sich hier. Das passte so gar nicht zu Sibelius. Sie hatte ihn für einen pedantischen Menschen gehalten, der Unordnung nicht ertragen konnte. Eigentlich war der Garten nicht unordentlich, sondern verwildert. Wieder dieser Eindruck, als würde hier niemand wohnen. Sie trat auf die erste Stufe der Holztreppe, die offensichtlich zur Eingangstür führte. Vorsichtig prüfte sie die Festigkeit des Holzes. Die Stufe gab nicht nach. Also stieg sie die Treppe ganz hoch und suchte die Klingel. Nichts. Nicht einmal ein Klopfer. Sie pochte gegen die Tür, dumpf antwortete der Flur. Noch mal schlug sie gegen das Holz. Die Tür gab nach. Sonja erschrak, sie hatte gedacht, jemand habe geöffnet, aber da war niemand. Sie drückte die Tür ganz auf. Ein seltsamer Geruch schlug ihr entgegen, draußen schrie ein Rabe.

»Sibelius?« Die Frage versickerte in den hellen Wänden. Keine Tapete. Der nackte Putz. Rustikal. Kühle umspielte ihre Haut, der kurze Rock und die ärmellose Bluse, die sie trug, waren fast schon zu leicht für diese Temperatur. Sie wünschte sich einen Schal um die Schultern. Wieder rief sie nach ihm.

Ihr Herz begann zu rasen. Da war ein Geräusch gewesen. Ein Stöhnen. Mein Gott, was ist hier los? Sie konnte sich nicht bewegen, ihr Blut rauschte in den Adern. Immer wieder gab sie sich den Befehl, weiterzugehen, und schließlich gehorchten ihre Beine. Wieder das Stöhnen. Furchtbar. Angst. Sie hatte Angst, Angst, Angst. Sie ging weiter. Drückte die Klinke einer Tür aus hellem Fichtenholz. Die Maserung brannte sich in ihre Netzhaut, was würde sie hinter dieser Tür finden? Die Tür schwang in den Flur auf. Sie erkannte ihn sofort, ihre Angst verschwand. Sibelius lag auf einem breiten Bett, eine Hand auf die Stirn gepresst, und stöhnte.

»Sibelius! Was ist denn los?«

Er fing an, um sich zu schlagen. Anscheinend konnte er nichts sehen, denn seine Schläge gingen ins Leere.

»Sibelius, ich bin's! Sonja!« Sie brüllte.

Sibelius hörte auf zu fuchteln. Sein Atem ging stoßweise. Seine Hände bildeten Fäuste und lösten sich wieder. Es sah aus, als würde er etwas pumpen.

»Ich kann nichts sehen.«

Er flehte. Er war verzweifelt. Sonja stürzten Tränen aus den Augen. Sie warf sich über ihn, nahm in die Arme und verwarf alle Pläne, ihn mit Spielchen zu testen. Seine Hilflosigkeit war so echt, so menschlich.

»Ich bin ja hier. Es wird alles gut.«

Tatsächlich beruhigte er sich. Ein Weile lag er still in ihren Armen. Seine Augen waren aufgerissen, aber er sah offenbar immer noch nichts.

»Ich rufe einen Arzt.«

Sonja wollte aufstehen, aber seine Arme hinderten sie daran.

»Nein. Bitte nicht. Keinen Arzt. Wenn du mir helfen willst, wenn du mich liebst, bleib einfach bei mir sitzen und halt mich fest.«

»Aber du brauchst Hilfe. Das ist kein Spaß.«

»Es geht vorbei. Nicht mehr lange. Glaub mir.«

Sonja gab nach und schaute sich im Zimmer um. Erst jetzt fiel es ihr auf. Die Wände waren schwarz gestrichen. Auch die Tür, die Fensterrahmen, alles. Außer dem Bett gab es nichts hier. Schwarz wie im Grab. Eine Augenkrankheit. Lichtüberempfindlichkeit. Das musste es sein. Ein schwerer Migräneanfall. Ja. Das wird es sein. Migräne legt den stärksten Mann lahm. Bei chronischer Migräne hilft nur aushalten. Da half kein Arzt. Er hatte ja recht. Was wusste sie schon über ihn? Nichts.

Eine halbe Stunde lang saß sie neben ihm, streichelte ihm den Kopf und massierte ihm die Stirn. Mit jeder Minute entspannte sich Sibelius mehr.

Schließlich regte er sich.

»Die Bilder kommen zurück. Es wird wieder hell. Gott sei Dank. Gut, dass du gekommen bist. Ich wusste es. Es muss so sein. Man muss dem Ruf folgen.«

Er lächelte. Ein seltsames Lächeln. Angefüllt mit Trauer. Sie spürte, dass er sich aufrichten wollte, und gab ihn frei. Er schwang die Beine über die Bettkante. Rieb sich die Augen und die Schläfen.

»Wo du schon mal hier bist, kann ich dir ja mein Haus zeigen. Willst du?«

»Ja, gerne. Dir geht es wieder gut?«

Sibelius nahm einfach ihre Hand und zog sie hoch.

»Komm, wir fangen im Keller an. Ich zeige dir meine Sammlung.«

»Was sammelst du denn?«

»Überraschung!«

Sie gingen über den Flur zurück, Sonja hatte die Kellertür beim Hereinkommen glatt übersehen. Eine schwere Eisentür. Sibelius ging vor, die Treppe hinunter, schob eine andere Tür zu Seite. Sie trat ein. Sah ein Regal, auf dem Einmachgläser mit Pferdeohren standen. Bevor sie schreien konnte, ploppte der Taser.

***

»Was ist denn mit Zanders' Wohnung? War die Spusi schon drin?« Bremer saß hinter seinem Schreibtisch und rief in den Raum hinein.

»Ach du je. Ich glaube, nein. Die sind alle noch auf der Litermont Ranch«, antwortete Holt.

Bremer wählte Zerbs Nummer.

»Sag mal, Rudi, ich brauche ein, zwei Leute für Zanders' Wohnung. Wie sieht es aus?«

»Ja, ja, ich weiß, wollte das gestern schon machen, aber hier ist halt wirklich was los. Tonnenweise Material. Weißt du was? Ich komme mit zwei Leuten, wir treffen uns da in einer Viertelstunde. Okay?«

»Geht klar.«

Bremer schnappte sich sein Sakko, warf Holt die Wagenschlüssel zu.

»Was ist eigentlich in Zanders' Stammkneipe rausgekommen?«

»Ach so. Nichts. Der Wirt schwört alle Eide dieser Erde, dass

Zanders in der Kneipe war, als auf Wraake geschossen wurde. Meiner Meinung nach lügt er wie gedruckt.«

»Obwohl Zanders tot ist. Es kann sie nicht mehr schützen. Muss so was wie Gaunerehre sein. Das ergibt alles keinen Sinn.«

»Sie hatte ein Motiv.«

»Schon. Aber warum lauert sie dem Pferderipper auf, als er das Pferd tötet, auf dem ihre Todfeindin reitet? Kannst du mir das erklären?«

Holt schwieg, dachte nach. Bremer kannte inzwischen ihre Eigenheiten. Wenn sie nicht gerade am Lenkrad saß, knabberte sie oft an einem Finger beim Denken.

»Darf ich mal rumspinnen?«

»Nur zu.«

»Deich wird in derselben Nacht in der Nähe des Waldhofs getötet wie Pilar. Pilar war das zweite Pferd des Waldhofs, das der Ripper getötet hat. Deich hat sich da rumgetrieben, hatte ja wohl etwas Böses im Sinn. Er war auf der Jagd. Wollte sich am Waldhof eine Frau abgreifen und ein bisschen Spaß haben. Was er nicht weiß, weil er keinen Zugang zur Pferdewelt hat, ist, dass Wachen unterwegs sind. Sonja Wraake, die ihn kennt, und John Filmour, der anscheinend doch ein anständiger Kerl ist. Deich kann sein Glück nicht fassen, als er Sonja Wraake sieht. Ein saftiger Braten für einen wilden Wolf. Filmour ist gerade im Gebüsch pinkeln. Bevor Deich zum Zuge kommt, hat Filmour ihn mit dem Schocker außer Gefecht gesetzt. Aber Deich kommt schnell wieder zu sich. Sie kämpfen, Filmour ist durchtrainiert, er zückt sein Messer und schlitzt Deich die Kehle auf. Böse Sache, aber die beiden sind sich schnell einig. Tranchieren und einlegen. Im Schlammweiher, den niemand jemals untersuchen wird. Und dann passiert das Unglaubliche. Die Leiche taucht wieder auf. Der Ripper rippt weiter. Deswegen ist die Belohnung auch nicht ausgezahlt worden.«

»Was die Belohnung angeht: Die sollte nur an Leute gehen, die nicht zum Netzwerk gehören.«

Bremer schloss die Augen und versetzte sich zurück in die Nacht zum 17. Januar. Es ist nicht sehr kalt. Der Mond leuchtet durch eine dünne Wolkendecke, Pferde stehen auf der Koppel und wittern einen Menschen. Nein. Nicht einen. Zwei. Einer auf der Jagd nach Mensch, der Ripper auf der Jagd nach Pferd. Ein Mensch und ein Pferd bleiben tot zurück. Der Menschenjäger, Anton Deich, stört den Ripper. Genau wie auf der Litermont Ranch. Das kostet ihn das Leben. An Ort und Stelle. Der Ripper entsorgt Deich. Die Schwelle zum Mörder hat er schon früher überschritten. Das ist es.

Bremer wurde heiß. Hektisch telefonierte er ein paarmal, gab Anweisungen durch. Betonte die Dringlichkeit.

Holt saß am Steuer und nickte. »Hoffentlich haben die Kollegen den Fall vernünftig asserviert.«

Die d-Moll-Toccata. Bremer lauschte, lächelte. »Sie haben einen Schnelltest gemacht. Pferdeblut …«

»Und Menschenblut«, ergänzte Holt. »Es wird das Blut von Anton Deich sein.«

Beide fühlten, wie sich ihr Puls beschleunigte. Wenn es Deichs Blut war, konnten sie seinen Tod auf die Minute genau bestimmen. Und dann würden die Karten neu gemischt werden.

***

Sonja kam wieder zu sich. Sie versuchte, sich zu bewegen. So schlecht hatte sie sich noch nie gefühlt. Wund. Überall war sie wund. Jeder Muskel und jeder Knochen schien freizuliegen. Sibelius war verschwunden. Das Regal mit den Ohren nicht. Die Übelkeit stieg so schnell auf, dass sie sich nicht mehr wehren konnte. Sie erbrach sich über ihre Bluse und ihren Rock, heiß platschte die klebrige Masse auf ihre Beine. Panik perlte den Hals hoch. Sie atmete stoßweise, spuckte dazwischen Brocken auf den Boden, die Magensäure brannte wie Feuer. Annabelles Ohr schwamm im ersten Glas. Dieses Monster. Dieses Vieh. Wenn sie sich befreien konnte, würde sie Sibelius Wächter töten. Das war sicher. Sie schloss die Augen, konzentrierte sich darauf, ihren Puls wieder in den Griff zu kriegen. Er raste, als wäre sie gerade fünf Kilometer einen Berg hinaufgerannt. Was hatte er mit ihr vor? Sie töten? Wie Miriam Zanders? Spielte das eine Rolle? Jetzt gab es nur eine einzige Aufgabe: Sie musste sich befreien. Ihre rechte Hand war mit einer Handschelle an einem Heizungsrohr festgemacht.

Sonja verzog ihr Gesicht zu einem Grinsen. Dieses Arschloch war vielleicht ein Killer, aber er hatte keine Ahnung von moderner Heizungsinstallation. Kupfer. Heizungsleitungen waren heutzutage aus Kupfer, aus weichem, nachgiebigem Kupfer, und Sonja war nicht aus Pappe. Sie stemmte ihre Beine gegen die Wand, hielt sich mit der anderen Hand das gefesselte Gelenk. Ein Ruck, und die Schelle, die das Rohr hielt, riss aus der Wand. Leichtbauweise. Ein weiterer Ruck, und die Leitung knickte unterhalb des Thermostats ab. Ein paarmal bog sie das Rohr hin und her, schon tröpfelte durch einen Riss Heizungswasser, noch zweimal, und das Rohr brach. Ein Schwall stinkenden Wassers ergoss sich über Sonja, die keinen Schmerz mehr fühlte und keine Angst. In der Höhle des Löwen hatte sie das Heft in die Hand genommen. Ach was. Das war kein Löwe. Eine feige, hinterlistige Hyäne war Wächter. Sie würde ihn mit seinen eigenen Waffen abstechen. Sechs Speere hingen an der Wand. Sie wog einen in der Hand. Leicht war er. Und die Spitze scharf wie eine Rasierklinge.

Wie er Annabelle getötet hatte. So würde sie ihn töten. Der Weg war frei, die Tür immer noch zur Seite geschoben, der Kellereingang offen. Bis hier herunter hörte sie sein Stöhnen. Er hatte wieder einen Anfall von was auch immer. Es würde sein letzter sein. Sie sprang die Treppe hoch, fegte in den Flur, da lag er, auf seinem Bett. Sie stürmte in das Zimmer, hob den Speer und stach zu.

***

Das Labor meldete sich wieder. Bremer zog die Augenbrauen hoch. Schon? So schnell konnte das nicht gehen.

»KHK Bremer?«

»Ja, am Apparat.«

»Wir haben die Asservate auf Blutgruppen untersucht. Einmal Pferd, zweimal Mensch. Na, ist das was?«

»Allerdings. Vielen Dank. Wann wissen wir, ob Deichs Blut dabei ist?«

»In zwei bis drei Stunden. Sie haben absoluten Vorrang.«

Er unterbrach die Verbindung. »Wir haben Blut von zwei Menschen.«

»Ein Kampf.«

»Zumindest eine Verletzung. Der Täter hat seine Visitenkarte hinterlassen.«

Susanne Holt bog von der Alleestraße in die Burbacher Straße.

»Gar nicht so schlecht hier«, sagte sie. Sie bog noch mal ab und hielt nach vierhundert Metern an. »Am Alsbach 16. Wohnen im Grünen in Altenkessel.«

Zerbs Wagen stand schon vor dem Haus. Bremer rief hinein, ob sie reinkommen könnten. Zerb streckte seinen Kopf aus einem Fenster im ersten Stock.

»Aber nur vermummt. Hier.« Er warf zwei Monturen runter.

Zerb kam ihnen entgegen und zeigte auf die Kellertür. Sie stiegen hinab und staunten nicht schlecht. Das Haus war komplett unterkellert mit einem privaten Schießstand. Hülsen lagen herum, Faustfeuerwaffen, aber kein Gewehr.

»Jede Wette, das ist ein Treffer.« Zerb rieb eine kleine Hülse zwischen den Fingern. »0.22, lang für eine Büchse. Schwer zu beherrschen. Hier unten kannst du das gar nicht üben. Die Entfernung stimmt nicht. Kein Wind, keine Ablenkung. Sie ist Anfängerin. Die Treffer waren purer Zufall.«

»Dann hat Zanders gar nicht auf den Ripper gewartet, sondern auf Wraake. Aber um die Zeit? Und unbewaffnet?« Holt schüttelte den Kopf.

»Sie wird es uns nicht mehr sagen können«, bemerkte Bremer und stellte fest, dass er schon scharfsinnigere Kommentare abgegeben hatte. »Schauen wir uns um. Ich gehe nach oben.«

Die Stufen ächzten unter Bremers Schritten. Blumentapete schmückte die Wände, ein Geruch von Zitronenshampoo lag in der Luft. Die Badtür stand offen, schmutzige Wäsche lag auf den Kacheln, in der Badewanne Handtücher. Bremer wechselte ins Schlafzimmer. Ein französisches Bett mit rosafarbenem Himmel dominierte den Raum. Eine weiße Schrankwand verringerte die freie Fläche um mindestens vier Quadratmeter. Auf dem Bett Unterwäsche verstreut, gemischt mit Tampons, Kondomen und Zeitschriften, die sich eindeutig an weibliche Leser wandten. Bremer zog die Schublade am Nachttisch auf und pfiff durch die Zähne. Ein Bündel druckfrischer Hunderter lachte ihn an. Er packte das Bündel in eine Plastiktüte und hoffte, dass darauf Fingerspuren zu finden waren. Unter dem Bündel lagen Papiere, die Bremer darüber aufklärten, dass Zanders mit der Miete im Rückstand war und bei der Schufa zwei Einträge hatte wegen Krediten, die noch nicht getilgt waren. Kein Tagebuch. Schade. Bremer liebte Tagebücher. Auch wenn sie einen auf die falsche Fährte bringen konnten wie das von Franziska Deich. Inzwischen war er sich sicher, dass sie nichts mit dem Tod ihres Mannes zu tun hatte. Behn und Boese und wie sie alle hießen, waren auch aus dem Rennen und wieder auf freiem Fuß. Er wühlte weiter. Ein Terminkalender.

Die Einträge erzählten ihm, was er wissen wollte. »Sibelius Wächter, Altes Forsthaus an der Hessmühle, Rehlingen. Fünftausend Euro.« Er rief Holt, und diesmal fuhr Bremer zu Recht mit Blaulicht und überhöhter Geschwindigkeit.

***

Wächter hatte nicht reagiert. Der Speer war neben seinem Ohr durch das Kissen in die Matratze gefahren. Den zweiten rammte sie zwischen seinen Beinen ins Bett. Ihr war klar geworden, dass er vollkommen wehrlos war. Der dritte Speer diente ihr als Versicherung, falls Wächter wieder zu Kräften kommen sollte. Sie musste nicht lange warten. Er öffnete die Augen. Als er sich aufrichten wollte, hielt ihm Sonja den Speer vor die Brust und stieß ihn zurück aufs Bett. Die Spitze ging wie Butter durch sein Hemd und ritzte ihm die Haut. Blut quoll hervor. Sonja wollte mehr davon sehen. Sehen, wie Sibelius Wächter in seinem eigenen Blut starb. Vorher musste er ihre Fragen beantworten.

»Warum? Warum tötest du?«

Wächter schloss die Augen. »Es ist der Ruf. Sie rufen mich.«

»Und Miriam Zanders. Hat die dich auch gerufen?«

»Nein. Sie wollte mich töten. Hat mir aufgelauert. Ich habe Glück gehabt. Notwehr.«

Sonja hatte Mühe, ihre Wut und ihre Mordlust unter Kontrolle zu bekommen. Sie musste irgendetwas tun, sonst würde sie ihn aufspießen wie ein ekelhaftes Insekt, bevor sie alles wusste.

Er hatte sich in ihr Leben eingeschlichen, um zuerst ihr Pferd und dann sie selbst zu schlachten. Übelkeit stieg in ihr auf. Und erneut glühender Hass. Sie war erstaunt darüber, wie sehr sie hassen konnte. So sehr, dass sie töten konnte.

»Du bist ein Lügner. Ein mieser Lügner und ein feiges Schwein!«, schrie sie. Das tat gut.

Wächter grinste schief. »Niemand kann begreifen, warum ich tue, was ich tue. Ihr seid so auf diese eine Welt festgelegt, so auf Fakten und Beweise, auf Wissenschaft oder lächerliche Religion. Immer wenn mich ein Pferd gerufen hat und ich es befreien konnte, ist ein Wunder geschehen. Ein Wunder, verstehst du? Ein echtes Wunder. Das Kind, das aus dem vierten Stock gestürzt ist und überlebt hat. Die Frau, die aus dem Koma aufgewacht ist.«

»Halt die Klappe. Du bist doch wahnsinnig.« Sonja hielt es nicht mehr aus. Sie wollte nicht mehr wissen, warum dieser Mensch eine Bestie war. Sie wollte nur noch weg.

»Ich liebe dich, Sonja.« Wächter lächelte. »Verrückt. Ich hätte dir nichts getan. Niemals.«

»*Ich* hasse dich. Allein schon deswegen, weil du lügst. Du wolltest mich genauso schlachten wie Annabelle. Ich würde dich am liebsten langsam zu Tode quälen. Aber ich werde es kurz machen.«

»Tu es. Ich bitte dich darum. Das würde es mir leichter machen. Das würde mein Gewissen erleichtern. Mir ist nichts gleichgültig. Ich leide, wenn ich befreie. Das ist das Schicksal eines jeden Messias.«

Wächter war ja vollkommen durchgeknallt. So etwas gab es sonst nur im Fernsehen. Sie verwarf Wächters Todesurteil. Das wäre zu gnädig gewesen.

»Nein. Du wirst leben. Und jeden Tag, den du im Gefängnis sitzt, wirst du an die Frau denken, die dich zu Fall gebracht hat.«

»Du hast mich nicht zu Fall gebracht. Die Schmerzen. Das Feuerrad. Das Schicksal. Wäre ich nicht krank, würdest du nicht hier stehen. Ich habe da unten wirksame Vorrichtungen, um Menschen zu fesseln. Außerdem bist du hierhergekommen. Ich habe dich nicht entführt.«

»Aber du wolltest es. Das war dein Plan. Gib es doch wenigstens zu!«

Wächter seufzte. »Nicht von Anfang an. Ich war entsetzt, als der Ruf kam. Als du mich gerufen hast. Ich habe dich deutlich gehört.«

»Das nennt man psychotischen Wahn. Hast du das schon mal gehört?«

»Ich habe alles darüber gelesen. Zuerst dachte ich auch, dass ich verrückt geworden bin. Standhaft habe ich mich gegen die Stimmen gewehrt. Dreißig Jahre lang habe ich mein Geschäft geführt, meine erste Frau habe ich zwei Jahre nach der Hochzeit verloren. Ein Verkehrsunfall. Ich habe keine Kinder und habe nie wieder geheiratet.«

»Ja und? Was soll der Mist? Willst du mir jetzt dein armseliges Leben erzählen?«

»Das Universum hat für jeden eine Aufgabe. Meine bekam ich erst sehr spät. Bis dahin lebte ich ein, sagen wir, nicht sehr aufregendes Leben. Jetzt weiß ich, warum. Das Geld, die Geduld, meine Fähigkeiten, die ich mir im Laufe der Jahre angeeignet habe. Alles hat einen Sinn. Auch die Tatsache, dass ich jetzt hier liege.« Er hob die rechte Hand und zielte mit einer Pistole auf Sonja.

»Ich muss mein Schicksal erfüllen so wie du deins. Lass es einfach geschehen, dann ist es nicht so schwer.«

Aber Sonja ließ nicht mit sich handeln.

***

Sie kamen gleichzeitig mit drei Streifenwagen an. Bremer fragte sich, warum die so lange gebraucht hatten. War das Funkwagennetz schon so ausgedünnt? Holt und die Männer stürmten zum Eingang und stoppten, als sie den Schuss hörten. Bremer hätte lieber auf das SEK gewartet, aber jetzt hatte er keine Wahl mehr. Die Tür stand offen, sie drangen ein, immer nach rechts und links sichernd, mit gezogenen Waffen. Sofort stand Bremer der Schweiß auf der Stirn. Vom Flur aus sah er das schwarze Zimmer und das Bett. Sonja Wraake lag über einen Mann hingestreckt, auf ihrem Rücken breitete sich ein Blutfleck aus. Aus dem Mann ragte eine Lanze. Beide stöhnten. Beide lebten. Der Mann musste bewaffnet sein. In drei Sekunden waren die Beamten über ihm, entwaffneten ihn.

Bremer trocknete sich die Stirn und beobachtete Susanne

Holt, die sich bemühte, dass der Tatort nicht ganz zerstört wurde.

»Wir sollten das gesamte Haus sichern«, sagte Bremer leise. Sie teilten sich in drei Teams auf. Bremer und Holt inspizierten den Keller. Fanden die Ohren, den Taser, einen in Tarnfarbe lackierten Jeep, auf dessen Räder profillose, extrabreite Reifen aufgezogen worden waren. Sie fanden weitere Speere, eine Werkstatt und einen Raum, in dem nur ein Fernseher mit einem DVD-Spieler stand. Darin der »Letzte Samurai«, das eingefrorene Bild des sterbenden Katsumoto.

***

Bremer staunte wieder einmal über das Medieninteresse. Hatten die Leute nichts Besseres zu tun, als sich am Tod anderer zu vergnügen?

Auf dem Podium saßen Schuster, Bellorz, Haffner und Sven Boldorf, der Pressesprecher des Präsidiums. Bremer nahm neben Bellorz Platz.

Schuster eröffnete, trug die Fakten vor, skizzierte die Ermittlungsarbeit geschickt. Umschiffte einige Klippen und präsentierte Wächter als Hauptverdächtigen im Fall Deich und Zanders. Dass er der Pferderipper war, daran bestand kein Zweifel. Natürlich nannte Schuster keine Namen, aber die Presse hatte die Identität schon längst herausgefunden. Bremer kam gar nicht zu Wort. Das war ihm recht, dann konnte er auch nichts Falsches sagen. Wo war Zettler? Bremer nahm sich vor, ihn anzurufen. Wie schon so oft.

Nach einer halben Stunde war die Konferenz vorbei. Bremer zog sich in sein Büro zurück, braute sich einen Espresso, legte seine Füße auf den Schreibtisch, schloss die Augen und ließ den Fall noch einmal Revue passieren.

Die Litermont Ranch. Das Beziehungsgeflecht. Thies Mainka, der alles gepetzt hatte. Filmour, der Mann mit dem eingebauten Pferdesinn. Solveig Kropp, die für ihn seltsam ungreifbar geblieben war. Der Chef der HIGHSEC, von dem er auch nicht viel wusste. Sonja Wraake. Bei ihr liefen alle Fäden zusammen. Sie hatte viele Feinde. Sie arbeitete mit beim WEISSEN RING. Sie hatte Wächter in ihr Haus, ihr Bett, ihr Leben gelassen. Wie war die Verbindung Wächter–Wraake zustande gekommen? Er rief im Krankenhaus an. Wraake war vernehmungsfähig.

Am Telefon erzählte sie ihm von ihrer ersten Begegnung mit Wächter. Natürlich. Wächter alias Minoru der Ripper musste Zanders beim Attentat beobachtet haben. Er macht sich an Zanders heran, beobachtet Wraake. Beginnt ein Verhältnis mit ihr. Nicht Zanders hat ihn erpresst. Es muss genau umgekehrt gewesen sein. Sein Ziel von Anfang an war Wraake oder Annabelle oder beide. Deswegen trieb er sich bei der Litermont Ranch herum.

Er musste mit Wächter sprechen. Der behandelnde Arzt gab grünes Licht. Vorsorglich hatten sie ihn auf die Intensivstation gelegt und komplett verdrahtet. Vor der Tür hielten zwei Grüne Wache. Bremer grüßte und schärfte den beiden ein, aufmerksam zu sein. Sie quittierten die Ermahnung mit ausdruckslosen Mienen.

Wächter war umstellt von Infusionsständern, Monitoren und Messgeräten. Ein gleichmäßiges Piepen zeigte seinen Puls an. Er begrüßte den Kommissar mit einem Kopfnicken.

»Sie wissen, dass Sie nicht mit mir reden müssen, Herr Wächter?«

»Ja, aber ich glaube, es wird mir guttun.«

»Das glaube ich auch. Beantworten Sie einfach meine Fragen. Was haben Sie In der Nacht des 17. Januar gemacht?«

Wächter lächelte. »Bevor ich antworte, möchte ich Ihnen noch eine seltsame Geschichte erzählen. Erinnern Sie ich an Ihren Ausflug in den Bliesgau?«

Bremer verzog ungläubig das Gesicht. »Was wissen Sie davon?«

»Sie haben mich in dieser Nacht gerettet.« Wächter schmunzelte. »Keine hundert Meter von Ihnen entfernt habe ich in meinem Versteck gesessen und wäre fast in die Falle gelaufen, wenn Sie nicht die Bürgerwehr aufgeschreckt hätten.«

»Das ist eine wirklich gute Geschichte. Sie lagen auf der Lauer.«

»Ja. Ein Pferd hatte mich gerufen, und ich war dem Ruf gefolgt, wie immer. Ich wollte eine Seele befreien, so wie ich das am

17. Januar auch getan habe. Ganz in der Nähe des Waldhofs. Kennen Sie den?«

Bremer nickte. »Was befreien Sie da eigentlich?«

»Manchen Pferden wird bei der Zeugung der Odem einer menschlichen Seele eingehaucht. Das ist ein Gesetz kosmischer Ordnung. Es ist nötig, um energetisches Gleichgewicht herzustellen. Immer wenn ich eine Seele befreie, geschieht ein Wunder.« Wächter stöhnte leise. »Sonja hat mich ganz schön erwischt. Das Pferd auf dem Waldhof war fast schon ein Wildpferd. Robusthaltung. Zu jeder Jahreszeit im Freien. Es ging schnell.«

»Sie haben sonst niemanden dort gesehen?«

»Niemanden sonst.«

»In dieser Nacht ist Anton Deich ermordet morden. Und zwar genau da, wo Sie das Pferd getötet haben. Sein Blut war vermischt mit dem Blut des Pferdes und einer dritten Person.«

Wächter verzog das Gesicht. »Ich habe eine Seele befreit.«

»Wie auch immer. Haben Sie Anton Deich getötet, oder befreit, wie Sie es nennen?«

»Nein. Ich bin kein Killer. Außerdem haben Sie ja mein Blut. Sie müssten doch wissen, dass ich nichts damit zu tun habe.«

»Und was ist mit Miriam Zanders?«

»Das war Notwehr. Sie wollte mich vernichten. Sie hatte ein Gewehr.«

»Sie haben Zanders genauso geschlachtet wie Annabelle.« Bremer sah auf diesen Menschen hinab, den er für vollkommen verrückt hielt.

»Sie mochten Annabelle? Das tut mir leid. Sehen Sie, ich leide furchtbar darunter. Dass ich anderen Leid zufügen muss. Aber das müssen Sie auch. Wir sind uns da ganz ähnlich. Es ist eine Berufung.«

Bremer musste sich zusammenreißen. Natürlich hatten sie das Gewehr von Zanders gefunden. Es stand in Wächters Keller. Seit mindestens vier Tagen. So alt war nämlich das feine Netz, das eine fleißige Spinne vom Gewehrlauf zur Wand gesponnen hatte. Frische und alte Fliegenleichen hingen darin, ein Klacks zu bestimmen, seit wann das Gewehr nicht mehr angefasst worden war. Bremer atmete tief durch. Er durfte seinen Gefühlen nicht erlauben, seinen Verstand zu vernebeln. Wächter hatte gerade gesagt: »Sie wollte mich vernichten. Sie hatte ein Gewehr.« Er hatte nicht gesagt, dass sie das Gewehr dabeihatte. Verdammt. Also hatte er schon früher Kontakt zu Zanders. Gut. Wie kam Zanders' Gewehr in seinen Keller?

»Wie wollte Zanders Sie vernichten?«

»Sie hatte eine Kamera dabei und filmte mich bei Annabelles Befreiung. Damit hätte sie mich in der Hand gehabt. Die Kamera habe ich restlos vernichtet.«

»Aber sie hat Ihnen Zugang zur Litermont Ranch verschafft?«

»Ja. Das war der Deal. Ich lasse sie leben, gebe ihr Geld, sie arbeitet für mich.«

»Wo haben Sie Zanders kennengelernt?«

»Ich habe Sonja beobachtet. Zanders schoss, traf Annabelle. Zuerst dachte ich, Zanders ist so wie ich. Aber sie wollte nur billige Rache. Sie wollte Sonja töten. Ich habe Zanders mitgenommen, als sie es wieder versucht hat.«

»Wieder versucht hat, Sonja Wraake zu töten?«

»Ja.«

Das Puzzle setzte sich zusammen. Und Wächter beichtete, als ginge es morgen aufs Schafott.

»War Anton Deichs Tod nicht auch Notwehr?«

Wächter überlegte. »Da war sonst niemand. Wirklich. Sie müssen wissen, ich fahre nicht einfach so in der Gegend herum. Ich werde von einem Pferd gerufen. Es kann sein, dass dieses Pferd weit weg auf irgendeiner Koppel oder in irgendeinem Stall steht. Ich mache mich auf den Weg und erkunde das Terrain. Erst wenn ich sicher sein kann, nicht gestört zu werden, schreite ich zur Tat. Ich wusste, dass es auf dem Waldhof Wachen gab. Sie waren so leicht zu durchschauen. Da habe ich Sonja Wraake übrigens das erste Mal gesehen. Eine beeindruckende Frau.«

»Wäre das auch Notwehr gewesen? Sonja Wraake?«

Wächter schien Bremers Frage nicht gehört zu haben. »Sie haben keine Vorstellung davon, wie schwer meine Berufung ist. Mein eigenes Pferd musste ich erlösen. Aber es hat sich gelohnt. Die Wunder! Immer geschehen Wunder! Und jetzt kann ich den Menschen nicht mehr helfen. Immerhin darf Sonja weiterleben. Obwohl sie mich gerufen hatte. Letztlich bin ich schwach geworden. Ich habe ihr Herz verfehlt, habe die Hand weggerissen, als ich abdrückte.«

Wächter war ein klarer Fall für die Psychiatrie, aber er war schlau. Für ihn war das Leben in Freiheit auf jeden Fall zu Ende. Warum hatte Wächter all das getan? Bremer musste zugeben, dass er kein Interesse daran hatte, es zu erfahren. Wächter hatte gestanden, ein Mord war aufgeklärt und viele Pferdetötungen. Das Wort schmeckte seltsam. Pferdetötung. Aber Pferdemord, das war mit Sicherheit das falsche Wort. Menschen und Pferde waren nun mal nicht dasselbe.

»Vielen Dank, Herr Wächter. Sind Sie bereit, diese Aussage zu wiederholen und zu unterschreiben?«

»Auf jeden Fall. Ich habe keinen Grund, zu lügen. Ich stehe zu allem, was ich getan habe. Und ich bereue nichts.«

Bremer verließ Wächters Zimmer und schärfte den Beamten noch mal ein, gut aufzupassen.

»Wächter ist gefährlich. Sehr gefährlich. Ich werde noch einen Beamten anfordern, der im Zimmer Wache hält. Bis dahin übernehmen Sie das bitte.« Bremer hatte sich an den größeren der beiden gewandt.

»Da muss ich erst die Anweisung meines Vorgesetzten abwarten. Bis jetzt haben wir nur die Order erhalten, die Tür zu sichern.«

Bremer rieb sich die Augen. Dann brachte er seinen Mund ganz nah an das Ohr des Beamten und flüsterte ihm die Losung in den Gehörgang.

»Wenn hier irgendetwas schiefgeht, nur weil du endlich mal einem Kripomann zeigen willst, dass wir keine Weisungsbefugnis mehr über euch haben, dann bist du so was von fällig, du aufgeblasener Sack.«

Bremer trat einen Schritt zurück und lächelte freundlich. »Ich wünsche einen angenehmen Tag.«

Da niemand etwas sagte, drehte Bremer sich um und verließ das Krankenhaus. Vor der Tür schaltete er sein Handy wieder ein. Er hatte einige Nachrichten auf seiner Mailbox. Er stellte die Verbindung her.

»Susanne hier. Eine junge Frau hat sich gemeldet. Sie ist am 17. Januar nachts von einem Mann angegriffen worden. Am Waldhof. Sie ist über die Wiesen Richtung Neuhof geflüchtet und entkommen. Sie hat Deich anhand des Fotos identifiziert. Ich habe eine Streife rausgeschickt, um das zu überprüfen. Das Mädchen hat behauptet, ihre Jacke weggeworfen zu haben. Wir haben die Jacke gefunden. Ziemlich gut versteckt in einem Gebüsch. Auf deinem Schreibtisch findest du eine Skizze mit dem Fluchtweg und dem wahrscheinlichen Weg von Deich. Wir kommen der Sache immer näher. Bis dann.«

»Guten Tag, Herr Bremer. Also, kein Blut passt. Die sind alle raus erst mal. Wächter ebenfalls. Falsche Blutgruppe. Auf Wiederhören.«

Bremer hätte am liebsten das Handy auf den Boden geworfen. Aber es hatte auch sein Gutes. Die Besitzer der Litermont Ranch waren augenscheinlich keine Mörder. Vielleicht waren sie haarscharf daran vorbeigeschrammt, einen Menschen zu töten. Hatten es sich vorgenommen, weil sie glaubten, Unrecht könne man durch Unrecht ausgleichen. Oder weil sie so verletzt waren, dass sie nur noch in blinder Rache zurückschlagen konnten. Das war die zentrale Frage. Wie sehr musste ein Mensch sein Pferd lieben, um es mit einem Menschenleben gleichzustellen? Wie zerstört musste eine Menschenseele sein, um blindlings zu morden? Der Täter musste ein Opfer sein. Ein intelligentes Opfer. Der verschwundene Torso. Die sabotierten Maschinen. Allein der Ablageort der Leiche, der Schlammweiher, war genial gewählt. Bremer war sich bewusst darüber, dass es mehr perfekte Morde gab, als sich die Polizei eingestehen wollte. Anton Deichs Entdeckung war purer Zufall gewesen, ein Ereignis, das man vorher nicht für möglich gehalten hätte. Aber so war das Leben. So war sein Job. Es geschahen tagtäglich Dinge, die man nicht für möglich hielt, bis sie eintrafen.

Am Anfang seiner Karriere hatte er einen Bankräuber gejagt. Sie hatten ein hübsches Bild von ihm. Wussten, wie er vorging. Aber sie konnten ihn nicht fassen. Bis Bremer eines Tages mit einem Kollegen unterwegs war und Hunger verspürte. Sie fuhren zu ihrer Lieblingsbude, bestellten sich zweimal Currywurst mit ganzem Weck, zwei Malzbier und nahmen den Bankräuber fest, der gerade die gleiche Lust verspürt hatte und neben ihnen genüsslich kaute.

Die d-Moll-Toccata. Bremers Herz machte einen Sprung. Saskia.

»Hallo, Süßer«, flötete sie. »Ich bin im Lande. Zwei Termine sind ausgefallen. Hast du was vor?«

Bremer überlegte. Die Ermittlungen liefen weiter, er hatte seinem Überstundenberg in den letzten Tagen noch einige hinzugefügt. Es war an der Zeit, ein wenig zu leben.

SIEBENUNDZWANZIG

Sonja konnte nicht schlafen. Die Schmerzen in ihrer Schulter waren zwar betäubt, die Medikamente halfen, aber die Bilder verschwanden nicht. In einer Schleife wiederholte sich immer wieder die Szene in Wächters Haus. Bis zu dem Moment, als sie dachte, sterben zu müssen. Nie hätte sie gedacht, dass eine Pistole so laut sein konnte. Und nie hätte sie gedacht, dass eine Kugel so wehtun konnte. Das Projektil hatte ihre Schulter glatt durchschlagen, ein Vollmantelgeschoss mit vergleichsweise geringer Schadwirkung. Aus ihrem Studium kannte sie Verletzungen, die von Hohlmantelgeschossen verursacht worden waren. So ein Ding hätte ihr die ganze Schulter herausgerissen und sie dabei getötet. Ihr rechter Arm lag in einer Schlinge und war zusätzlich mit einem Band um die Taille fixiert. Inzwischen kannte sie jeden Flecken an der Decke des Zimmers. Wieder stoppte ihre Erinnerung, als das Geschoss in ihre Schulter einschlug. Ab diesem Zeitpunkt wusste sie nichts mehr, bis sie aus der Narkose aufgewacht war. Ärzte und Schwestern hatten um sie herumgestanden, ihr zugelächelt und ihr erklärt, dass bis auf eine Narbe nichts zurückbleiben würde. Typisch. Die hatten ja keine Ahnung, was in ihr vorging. Sie war fast ermordet worden, gleich von zwei Menschen. Wie konnte da irgendjemand behaupten, es werde nichts bleiben außer einer Narbe? Der Moment, in dem sie auf Wächter einstach, hatte in ihr eine unbeschreibliche Befriedigung ausgelöst. All ihre Wut, ihre Verzweiflung, ihre Enttäuschung über seinen Verrat hatten sich in dem Speer konzentriert und waren in seinen Körper hineingefahren wie ein Dämon. Die Erkenntnis, dass er noch lebte, warf sie zurück in tiefe Ohnmacht. Sie konnte nur dann wieder in Ruhe leben, wenn Wächter tot war. Von ihrer Hand. Er hatte ihr Leben zerstört. Dafür würde er bezahlen müssen.

Sie klemmte die Infusion ab, schwang ihre Beine über die Bettkante und stellte sich auf die Füße. Sie fand Badeschlappen und schlüpfte hinein. Etwas tun. Nicht einfach daliegen und langsam wahnsinnig werden. Sie machte einen Schritt. Ihr Arm hing zwar wie ein Stück Holz an der Schulter, aber es ging erstaunlich gut. Vorsichtig öffnete sie die Tür. Der Flur verschwamm vor ihren Augen, aber der Schwindelanfall ging schnell vorbei.

Wo lag Wächter? Sie hatte keine Ahnung, also überlegte sie. Wächter war ein Mörder. Und Mörder wurden von Polizisten bewacht. Ein Zimmer mit Polizisten davor. Das war gut. Sie schlich über den Flur, wechselte in die nächste Etage, ohne dass ihr jemand begegnete. Keine Polizisten. Die Fahrstuhltür öffnete sich. Eine Schwester kam heraus, Sonja straffte sich und sprach die Schwester an.

»Verzeihen Sie, wissen Sie, vor welchem Zimmer die Polizisten stehen? Die würde ich mir gerne mal ansehen.« Sie lächelte, und das Misstrauen in den Augen der Schwester verschwand.

»Ein bisschen Auslauf tut ganz gut, nicht wahr?«

Sonja nickte.

»Die sind aber nicht mehr da. Vor einer Viertelstunde sind sie gegangen. Seltsam. Es ist auch keine Ablösung gekommen. Die müssen den doch bewachen.«

Sonja schluckte. Vor ihren Augen tanzten Lichter. Sie lehnte sich an die Wand.

Die Schwester runzelte die Stirn. »Sind Sie nicht die Anwältin, die angeschossen worden ist?« Sie deutete auf Sonjas Schulter.

Der Flur begann sich vor Sonjas Augen aufzulösen, dann hörte sie ein seltsames Läuten, sank in sich zusammen und spürte nichts mehr.

***

Bremer ordnete seinen Schreibtisch. Er fühlte immer noch Saskias Hände auf seiner Haut, der Sommer produzierte schon wieder einen Bilderbuchtag, und der Mörder von Anton Deich lief aller Wahrscheinlichkeit nach immer noch frei herum. Eine Mischung, die Bremer gar nicht gefiel. Seine gute Laune hatte sich in die abgestandene Luft aufgelöst, die das Präsidium, die Akten und der Fall ausdünsteten. Geblieben waren ein leichtes Ziehen im Magen und das Bedürfnis, alle Papiere durch den Schredder zu schicken. Was Bremer bisher immer verdrängt hatte, schien zur Gewissheit zu werden. Eine Zufallstat oder die Beziehungstat einer Person, die nicht im Umfeld der Deichs zu orten war. Eine alte Rechnung. Deich hatte mit Sicherheit einen ganzen Stapel alter Rechnungen offen. Also blieb nichts anderes, als das zu machen, was er immer machte. Ein Steinchen nach dem anderen umzudrehen, zu schauen, ob etwas Interessantes darunter war, und es dann wieder zurücklegen.

Er schloss die Tür zu den anderen Büros. Weber und Holt hatte er befohlen, einen Tag Urlaub zu nehmen, und beide hatten dankend angenommen. Die Pumpen liefen immer noch, die Litermont Ranch war freigegeben, die zu Unrecht Verdächtigten mit einer etxtragroßen Entschuldigung benachrichtigt. Deichs »Geliebte« war aufgetaucht. Sie hatte sich gemeldet, als sie ihr Bild in der Zeitung gesehen hatte. Sie hatte Deich noch nie gesehen und war alles andere als seine Geliebte. Wahrscheinlich hatte Deich sie als Opfer auserkoren und deshalb ihr Bild mit sich herumgetragen. Alle Fäden hatten sich zu einem perfekten Gewebe zusammenknüpfen lassen. Bis auf den Webfehler, dass der Mörder wahrscheinlich irgendwo im Freien einen Kaffee schlürfte anstatt im Gefängnis.

Das Telefon blinkte hektisch. Bremer hob ab. Er korrigierte sich. Bis auf den Webfehler, dass der Mörder von Anton Deich *und* Sibelius Wächter frei herumlief. Sibelius Wächter war gerade eben ermordet in seinem Krankenzimmer gefunden worden. Damit waren schlagartig wieder alle im Rennen, die mit Wächter noch ein Hühnchen zu rupfen gehabt hatten. Und das waren viele.

Holt und Weber brauchten nicht lange überredet zu werden. Bellorz stöhnte nur und gab Bremer freie Hand. Er solle festnehmen, wen immer er festnehmen wolle, außer den Innenminister.

Wo waren die Wachen gewesen?, fragte sich Bremer und nahm sich vor, dafür zu sorgen, dass die Verantwortlichen aus dem Polizeidienst entfernt werden würden. Fast den ganzen Weg nach Saarlouis knirschte er mit den Zähnen.

Bremer stürmte den Flur entlang bis zur Absperrung der Tatortbereitschaft. Ein Beamter winkte ihn durch, er blieb an der Tür stehen und betrachtete das Schlachtfest. Wächter lag mit starren Augen und aufgeschlitzter Kehle auf seinem Totenbett. Aus seinem Bauch quollen Gedärme.

Die Wachen waren samt ihrem Einsatzfahrzeug verschwunden, das Personal hatte nichts gesehen und nichts gehört. Natürlich. In Wächters Stirn steckten zwei Elektroden, neben dem Bett lag der dazugehörige Taser.

Zerb rauschte herein und schnalzte mit der Zunge. »Sauber. Zahn um Zahn.«

»Wieso?«

»Stimmt. Es müsste heißen: Ohr um Ohr.« Vorsichtig näherte sich Zerb dem Toten und beugte sich über den Kopf. »Das linke Ohr fehlt.«

»Martin«, rief Susanne Holt. »Martin, komm doch mal schnell.«

Bremer gehorchte. Holt führte ihn zu einer Krankenschwester, die ihm erzählte, dass die Beamten vor etwa vierzig Minuten in großer Eile abgerückt seien. Im Vorbeigehen hatte sie gehört, dass sie anscheinend von einem hohen Tier einen neuen Einsatzbefehl bekommen hätten. Und dass das sehr ungewöhnlich sei und sie es nicht getan hätten, wenn Sie die Person nicht persönlich gekannt hätten. Aber sie wusste keine Namen.

Die sofort ausgelöste Fahndung brachte kein Ergebnis.

Bremer schwitzte. Eine Katastrophe nach der anderen. Irgendjemand war ihnen einen Schritt voraus und hatte anscheinend nichts mehr zu verlieren. Panik stieg seine Luftröhre hoch. Er mahnte sich zur Ruhe und bat Holt, mit den Befragungen weiterzumachen. Die Krankenschwester fragte er nach einem Raum, in dem er zehn Minuten ungestört sein konnte. Sie zeigte ihm den Schwesternraum. Bremer sperrte von innen ab, legte sich auf die Liege und schloss die Augen.

Alle wichtigen Begegnungen und Stationen ließ er ablaufen. Suchte nach Fehlern im Muster. Was hatte er übersehen? Wo war der blinde Fleck?

Das Motiv konnte nur Rache sein. Wächter war so geschlachtet worden, wie er die Pferde geschlachtet hatte. Wer Wächter getötet hatte, hatte auch Deich getötet. Konnte es sein, dass unter das Blut von Deich und dem Pferd vom Täter anderes Blut untergemischt worden war, um noch eine falsche Spur zu legen? Unwahrscheinlich. Deichs Tod war nicht geplant gewesen. Es musste eine spontane Tat gewesen sein. Jemand, der Grund zur Rache hatte und dem Pferde wichtiger waren als Menschenleben. Jemand, der bereit war, alles zu riskieren. Wo war der blinde Fleck? Die Macht. Das war der blinde Fleck. Das war der Fehler. Das Richterzimmer von Swelow-Hübner. Ihr Schreibtisch. Eine Akte. Eine ganz bestimmte Akte. Was wollte Swelow-Hübner damit? Sie hatte eine Saarbrücker Zeitung darüber gelegt, als er hereingekommen war, aber eine Ecke lag frei. Die Ecke hatte einen roten Aufkleber. Susanne Holts Zeichen. Es war die Zusammenfassung im Fall Anton Deich gewesen.

Was war ihm in dem Zimmer aufgefallen? Genau. Die Bilder. Pferdebilder. Sie hatte ein Pferd an den Ripper verloren, interessierte sich für den Fall Deich so sehr, dass sie ihre Kompetenzen überschritt und Akten einsah, die sie zu diesem Zeitpunkt nichts angingen. Wer hatte die Möglichkeit, unbemerkt einen Torso verschwinden zu lassen? Wer kannte sich in den Abläufen so gut aus? Wer konnte Polizeibeamte von ihrer Position abberufen? Keiner der bisherigen Verdächtigen. Außer Keller vielleicht. Aber der hatte ein Alibi. Blieb nur noch eine Person. Unfassbar. Wenn er recht hatte, bekäme die Presse einen fetten Brocken ins Maul.

Bremer ließ sich mit dem LKA verbinden. Fragte, ob die Daten aus der Kennzeichenerfassung noch da seien. Nur die Treffer? Bremer wollte es nicht glauben. Also bluffte er. Sagte, er wisse doch, dass die Daten aus dem Pilotversuch zu statistischen Zwecken noch nicht gelöscht seien. Und dass ihn das völlig kaltlasse und die Daten sowieso nicht als Beweis zugelassen würden und dass er für sich behalten könne, dass sich das LKA ziemlich weit aus dem Fenster gelehnt habe. Nur *ein* Kennzeichen. Der Kollege zögerte unerträglich lange. Schließlich lenkte er ein. Bremer gab das Kennzeichen durch. Zehn Sekunden später wusste er, dass ein Kraftfahrzeug, zugelassen auf den Namen Katharina Swelow-Hübner, in der Nacht des 17. Januar um ein Uhr fünfundvierzig die automatische Kennzeichen-Erfassungsstelle auf der B269/B405, Metzer Straße, passiert hatte, keine fünfhundert Meter von der Einfahrt zum Waldhof entfernt.

Sie war da gewesen. Sie hatte ein Motiv, die Gelegenheit und die Mittel. Sie besaß intellektuelle Fähigkeiten, von denen andere träumten. Was war mit Heinkel, dem Ex-Bullen? Bremer rief ihn an. Fragte, wo er sei.

»Hamburg«, sagte er. Zur Bestätigung hörte Bremer Möwenschreie im Hintergrund. Gut. Übrig blieb nur Katharina Swelow-Hübner.

Im Flurfunk hatte er aufgeschnappt, dass ein Curt Schöneberg, ein ehemaliger Richter, versucht hatte, sie zu denunzieren. Er war bei ihr eingebrochen und hatte nachweisen wollen, dass sie nicht mehr für das Richteramt tauge. Sie nahm Antidepressiva und war in ärztlicher Behandlung. Das war bei den entsprechenden Stellen bekannt. Deswegen war der Schuss nach hinten losgegangen. Und wie. Swelow-Hübner hatte ihn angezeigt wegen Einbruchs und einiger anderer unschöner Tatbestände, man hatte ihn festgenommen und erkennungsdienstlich behandelt.

Bremer zögerte nicht und rief Curt Schöneberg an. Der ihm haarklein beichtete, was er getan hatte und wusste.

Bremer wählte Saskias Nummer, erklärte ihr seinen Verdacht. Sie schwieg eine Zeit lang, Bremer kaute auf einem Nagel herum. Kurz bevor er fragen wollte, ob sie noch dran sei, räusperte sie sich.

»Ich setze jetzt mal voraus, dass sie die Mörderin von Anton Deich ist. Dann ist sie mit großer Wahrscheinlichkeit auch die Mörderin von Wächter. Sie wollte mit Deich den Mann töten, der ihr Emotionsobjekt getötet hat. Ihr Über-Ich, also ihre moralischen Instanzen und Gesetze, verbieten ihr eigentlich, Selbstjustiz zu üben. Aber ihre Triebe, ihre Rachsucht, ihre verletzten Gefühle sind stärker. Sie kämpft jeden Tag mit ihrer Schuld und beginnt, sich Rechtfertigungen zurechtzulegen. Sie sucht nach Gründen, die Täter *ent*schuldigen und Opfer *be*schuldigen. Mit jedem Prozess entwickelt sie mehr Verständnis für die Täter, weil sie selbst Täterin ist. So hält sie ihr Über-Ich im Zaum. Der Mord an dem falschen Ripper hat ihre Persönlichkeit zutiefst erschüttert. Es muss für sie ein unglaublicher Schock gewesen sein, als die Leiche von Anton Deich aufgetaucht ist. So kann es gelaufen sein. Sie hat mit dem vergeblichen Mord an Deich längst den Point of no Return überschritten. Sie hat nicht aktiv nach Wächter gesucht. Das Risiko, einen weiteren Fehler zu machen, war ihr zu groß. Allerdings muss ihr auch klar geworden sein, dass sie Wächter nicht unerkannt töten kann. Ich glaube, sie ist akut suizidgefährdet. An deiner Stelle würde ich sie ganz schnell suchen. Wenn sie unschuldig ist, sitzt sie irgendwo und trinkt Kaffee, wenn nicht, ist sie dabei, sich selbst zu töten.«

»Danke, Saskia. Ich beeile mich.«

Natürlich. Swelow-Hübner hatte Franziska Deich laufen lassen. Hatte sich als Haftrichterin in den Fall eingeschaltet. Damit hatte sie endlich vollen Zugriff auf die Ermittlungsakten gehabt. Jederzeit. Vollkommen legal. Die saarländische Polizei hatte die Arbeit für Swelow-Hübner erledigt: den Ripper finden. Den Mann, den Swelow-Hübner mehr hasste, als sie ihr Leben liebte. Sie war verbittert, nahm Tabletten gegen Depressionen, stand kurz vor der Pensionierung und hatte seit Adonis kein Pferd mehr gehabt. Ihr größter Wunsch war es, den Ripper tot zu sehen.

Bremer löste eine Großfahndung nach Richterin Katharina Swelow-Hübner aus, ordnete an, ihr Haus abzuriegeln, und fühlte sich elend wie schon lange nicht mehr. Bellorz bekam fast einen Herzinfarkt, als er den Durchsuchungsbeschluss für Swelow-Hübners Haus unterschrieb.

***

Bremers Wünsche waren perfekt in die Tat umgesetzt worden. Das SEK hatte ganze Arbeit geleistet. Keine Maus wäre herausgekommen, geschweige denn ein Mensch. Wenn denn einer in dem Haus gewesen wäre. Die Richterin war ausgeflogen.

Susanne Holt hatte die Freude, im Keller in einer Tiefkühltruhe die restlichen Teile von Anton Deich zu finden: seinen zertrümmerten Kopf und seine Geschlechtsteile, die fehlenden Gliedmaßen. Nur die Eingeweide blieben verschwunden. Wächters Ohr lag ebenfalls in der Truhe, es war noch nicht gefroren. Es konnte also noch nicht lange hier liegen.

Bremer fand den Abschiedsbrief und las ihn Holt und Weber vor.

»Sehr geehrter Herr Bremer. Nach meinen letzten Handlungen werden Sie wohl endlich eins und eins zusammenzählen und die richtigen Schlussfolgerungen ziehen: Ich habe Anton Deich und Sibelius Wächter gerichtet. Ich muss sagen, ich bin froh darüber, dass Anton Deich ein durch und durch schlechter Mensch war. Er hat zwar keine Pferde getötet. Aber er hat viele Frauen auf dem Gewissen. Das

weiß ich seit einigen Tagen. Es ist nicht schade um ihn, obwohl er sicherlich ebenso Opfer war wie ich.
Bei Sibelius Wächter ist es etwas anderes. Sie können nicht nachvollziehen, was es bedeutet, sein Ein und Alles zu verlieren. Adonis war mehr wert als Wächter. Hundertmal mehr wert.
Ich bin am Ende angekommen. Einzig der Gedanke, den Mörder von Adonis seiner gerechten Strafe zuzuführen, hat mich am Leben gehalten. Jetzt ist für mich auf dieser Welt kein Platz mehr.
Leben Sie wohl und freuen Sie sich über den Triumph, eine Richterin gejagt und erlegt zu haben.
Hochachtungsvoll
Jgez. Richterin am Landgericht Saarbrücken,
Katharina Swelow-Hübner.
P.S. Ihren Beamten geht es den Umständen entsprechend gut. Sie werden ein paar Tage Kopfschmerzen haben und wahrscheinlich nie wieder ihre Posten verlassen. Der Streifenwagen mit den beiden steht in der Titzstraße in der Garage rechts. Die Garage ist offen.«

Swelow-Hübner hatte die Wahrheit gesagt. Friedlich schlafend konnten die beiden befreit werden.

»Wo wird sie sich umbringen?«, fragte Holt.

»Wenn sie es standesgemäß tut, per Pferd. Wie immer das gehen soll«, meinte Weber.

Bremer stimmte zu und rief auf dem Waldhof an. Mathilde Frön bestätigte, dass Frau Swelow-Hübner gerade den Hof verlassen hatte. Zu Pferde. Sie hatte ein Stallhalfter mitgenommen.

»Sie wird sich also erhängen. Irgendwo dort in der Gegend«, stellte Bremer fest und orderte alle verfügbaren Kräfte zum Waldhof.

Zehn Minuten später standen sechsundzwanzig Beamte vor Bremer und nahmen ihren Suchsektor entgegen.

Mathilde Frön hatte sich angeboten, Pferde zur Suche zur Verfügung zu stellen und sie zu führen. Sie kannte hier jeden Winkel. Zwei Beamte meldeten sich. Bremer erklärte sich für verrückt und hob ebenfalls die Hand und klärte Mathilde Frön darüber auf, dass er Anfänger sei. Sie versicherte Bremer, ihm ein braves, nervenstarkes Pferd zu geben. Nach fünf Minuten brachen sie auf.

Mathilde Frön zögerte nicht lange und fiel jenseits der Bundesstraße sofort in einen mittelschnellen Galopp, quer über die Felder. Bremer hatte keine Probleme, den Galopp auszusitzen, wie es im Jargon hieß. Sein Pferd lief gleichmäßig mit weit ausholenden Galoppsprüngen. Er fühlte sich wie in einem Schaukelstuhl. Der Wind pfiff ihm um die Nase, und fast hätte er vergessen, dass er eine Mörderin verfolgte. Mathilde Frön führte die Beamten zu einer Stelle, an der sich ein Reitlehrer erhängt hatte, weil er nicht verwinden konnte, dass in einer seiner Stunden ein Mädchen bei einem Reitunfall ums Leben gekommen war. Unterhalb der Teufelsburg gab es eine kleine unzugängliche Lichtung, in deren Mitte eine alte Eiche stand. Ein Ast hing so weit herunter, dass man von einem Pferderücken aus bequem sein Seil darum legen konnte.

Der Waldsaum rückte näher, Frön nahm die Pferde in den Schritt zurück. Langsam, aber sicher erklommen sie den steilen Hang zur Teufelsburg. Seit vier Monaten war die Straße unpassierbar, ein Bergrutsch hatte sie verschüttet, und die Stadt hatte es nicht eilig. Sie passierten die Teufelsburg, stiegen auf der anderen Seite des Hügels wieder herunter. Der dichte Wald erlaubte keine schnellere Gangart.

Die Pferde schnauften, Äste knackten unter den Hufen, und der Wind spielte mit dem Laub der Bäume. Frön hielt an, alle Pferde folgten ihrem Beispiel.

Bremer hörte es. Fluchen. Lautes Fluchen. Sie lebte noch. Frön trieb die Pferde an, Äste klatschten Bremer ins Gesicht, seine Hose riss auf, als sein Pferd zu dicht an einem Baum vorbeilief. Schlagartig verschwand das Laub. Sie kamen auf die Lichtung, das Fluchen hatte nicht nachgelassen. Richterin Swelow-Hübner, die gewohnt war, dass ihr Mensch und Tier gehorchten, hatte ein Problem. Das Pferd wollte nicht losgehen. Es stand wie angewurzelt da, obendrauf saß die Richterin mit dem Rücken zu den Ankömmlingen und einem Stallhalfter um den Hals. Bremer ließ Frön am Waldrand warten und stieg ab. Er wollte nicht riskieren, dass sein reiterliches Unvermögen eine Katastrophe verursachte. Die beiden Beamten pirschten sich mit ihren Pferden heran, nahmen Swelow-Hübner samt Pferd in die Zange und kappten das Seil. Die Richterin war so perplex, dass sie keinerlei Widerstand leistete.

***

Katharina Swelow-Hübner zog es vor, zu schweigen. Selbst als das Urteil gefällt wurde, lebenslänglich, sagte sie kein Wort.

Bei der Obduktion von Sibelius Wächter war ein taubeneigroßer Tumor hinter dem rechten Auge gefunden worden. Die Ausläufer hatten das Großhirn erreicht und wahrscheinlich zu schweren psychotischen Wahnschüben geführt.

Nach drei Monaten Haft bat Katharina Swelow-Hübner Bremer zum Gespräch.

Der Besucherraum in der JVA Ottweiler war renoviert worden, hell gestrichene Wände suggerierten fröhliche Atmosphäre. Die ehemalige Richterin wurde von zwei Justizvollzugsbeamtinnen begleitet. Ihr schien es gut zu gehen.

Bremer drückte ihre Hand. Sie war trocken und faltig. »Warum ich?«, fragte er beim Hinsetzen.

»Ich habe gehört, dass Sie der Einzige waren, der mich nicht verurteilt hat.«

»Das ist nicht mein Job.«

Ihre Augen lächelten. »Ich bin in der Nacht zum 17. Januar zum Waldhof gefahren. Ich entschied mich immer spontan, wo ich Wache halten wollte. Allein. Ich wollte immer allein Wache halten.«

»Damit Sie im Fall der Fälle keine Zeugen hatten?«

»Natürlich. Als Adonis ermordet wurde, war es keine Frage für mich, seinen Mörder zur Strecke zu bringen. So oder so. Die deutsche Justiz ist rückständig, wenn es um die Gefühle der Menschen geht. Adonis war für mich wie ein Kind. Entsprechend ist der Mörder von mir bestraft worden. Das ist mein Beruf. Urteile fällen. Dieses eine musste ich selbst vollstrecken, so schwer es mir auch gefallen ist. Jetzt können Sie mich auch verurteilen.«

»Warum sollte ich? Was mich interessiert, ist, wie Sie damit umgegangen sind, als Ihnen klar wurde, dass Sie einen Unschuldigen getötet haben.«

»Sie sind wahrhaftig ein Profi. Immer auf der Suche nach Antworten. Wie ich damit umgehe? Ich sah einen Mann über das Pferd gebeugt und war mir sicher, dass es der Ripper war. Ich schlug zu. Aber nicht hart genug. Er schaffte es, mir einen Kinnhaken zu verpassen. Meine Unterlippe platzte auf, ich blutete stark. Mein zweiter Schlag hat seinen Schädel zertrümmert und ihn ausgeschaltet. Ich zögerte keinen Moment. Ein paar präzise Schnitte, mein Geländewagen stand bereit, ich wusste, dass der Weiher fertig verfüllt war. Wenn ich geahnt hätte, dass Sie mich erst so spät in den Kreis der Verdächtigen aufnehmen würden, hätte ich mir kein neues Auto kaufen müssen. Mein altes ließ ich mithilfe eines Bekannten im Nahen Osten verschwinden. Deichs Kopf platzierte ich in der Kühltruhe. Nach einer Weile wollte ich den Kopf entsorgen, aber ich konnte es nicht. Die Eingeweide habe ich recycelt. Ein paar Schweine haben sich darüber gefreut. Sie glauben nicht, wie gut es getan hat, den Ripper neben meinem Adonis im Schlamm zu versenken. Und es war so einfach. Sie sollten für immer verbunden bleiben.«

»Deshalb haben sie eine Hand an Adonis' Huf festgebunden?«

Die ehemalige Richterin neigte leicht den Kopf »Als ich merkte, dass er der Falsche war, habe ich einen Moment mit dem Gedanken gespielt, mich zu stellen. Aber ich musste erst den Richtigen in die Finger bekommen. Dann machte ich einen Fehler, weil ich meine Angst nicht mehr im Griff hatte. Ich sabotierte die Pumpen. Das war natürlich vollkommener Unsinn, jeder macht Fehler. Sie und Ihr Team haben gut gearbeitet. Kompliment. Lassen Sie mich Ihnen noch einen guten Rat geben: Bedenken Sie, dass Opfer immer Täter sind. Immer.«

Die ehemalige Richterin erhob sich, drehte sich ohne ein weiteres Wort um und ließ Bremer zurück, der sich zu erinnern versuchte, wann er das letzte Mal so sprachlos gewesen war.

Er verließ das Gefängnis, schaute sich vom Parkplatz aus noch einmal um und stellte laut fest, dass Täter immer Täter waren und manchmal Opfer und dass kein Opfer das Recht hatte, zum Täter zu werden.

***

Bremer räumte seinen Schreibtisch auf. Betrachtete eine Ansichtskarte aus Boston. Sonja Wraake hatte ihre Kanzlei aufgegeben und war nach Amerika ausgewandert. Sie studierte dort Jura und machte sich berechtigte Hoffnungen, bald in eine angesehene Kanzlei aufgenommen zu werden. Die Einladung zu Franziska Deichs zweiter Heirat hatte er dankend abgelehnt, er hatte lieber mit Saskia ein Wochenende auf Pferderücken verbracht. Die Litermont Ranch hatte sich schnell wieder erholt, John und Solveig mussten ständig Touristen abwimmeln, die unbedingt die »Blutgasse« sehen wollten.

Bremer verteilte die Akten unter seinen Mitarbeitern. Wünschte Weber viel Erfolg als frischgebackener Leiter der Mordkommission und bedankte sich bei Susanne Holt für ihre Arbeit.

»Jetzt mach mal kein Drama draus, wenn du vier Wochen in Urlaub gehst«, sagte Weber. »Mein Gott, du klingst, als hättest du lebenslänglich bekommen.«

Da hast du recht, mein Freund, dachte Bremer. Ich habe lebenslänglich. Als Opfer. Das ist mir klar geworden. Opfer bekommen immer lebenslänglich. Meine Albträume sind wieder da. Und die Angst. Aber das war sein Problem, und er wusste, dass er das in den Griff bekommen würde.

Bremer lachte. »Vier Wochen! Weißt du, was das für mich bedeutet?«

»Dass du erwachsen wirst so langsam?«, fragte Weber.

»Ja, vielleicht hast du damit sogar recht.«

»Nichts ist mehr so, wie es einmal war«, sinnierte Susanne Holt.

»Die Welt ist immer, wie sie ist. Nur sehen wir sie manchmal anders«, sagte Bremer, verließ das Präsidium und beschloss, sich mit Reiner Zettler zu treffen. Jetzt sofort. Zettler war begeistert.

Das ist die Fortsetzung einer wunderbaren Freundschaft, dachte Bremer, und sein Magen fühlte sich gut an.

DANKSAGUNG

Vielen Dank an alle, die maßgeblich dazu beigetragen haben, dass ich in der Lage war, dieses Buch zu schreiben:
Monika Aeckerle, Ludwig Amann, Rabia Bakri, Martina Beck, Lothar Braun, Monika Bucher, Günter Dennemärker, Ernst Eisenbarth, Sonja Hager, Peter Haiser, Bernd Jacob, Brigitte Janson, Gerhard Kallenborn, Sabine Klewe, Monika Lober, Ottmar Mohr, Thomas Pack, Bettina Rau, Jürgen Seiwert, Bernd Speicher, Ursula Trappe, Helmut Wendel, Pia Zenner und alle, die anonym bleiben wollen.
Vielen Dank an die treuen Pferde Carino, Sullivan und Mammut.

Besonderer Dank gilt Stefanie Rahnfeld, die mich mit ihrer Klugheit, Weitsicht und Professionaliät wieder einmal vor vielen Fehlern bewahrt hat.

Vielen Dank für die reibungslose Zusammenarbeit mit dem Team vom Emons Verlag.

Martin Conrath
DER HOFNARR
Broschur, 208 Seiten
ISBN 978-3-89705-479-0

»In seinem neuen Saarland Krimi nimmt Martin Conrath die derzeitige Begeisterung für Ritterspiele zum Anlass, um seine Opfer einen archaischen Tod sterben zu lassen. Am Ende stehen sich Bremer und der Ritter im Duell gegenüber.« Saarbrücker Zeitung